Piper Rayne

The One Real Man

Piper Rayne

The One Real Man

Aus dem Amerikanischen
von Cherokee Moon Agnew

FOREVER

Forever by Ullstein
forever.ullstein.de

MIX Papier FSC® C083411

Originalausgabe bei Midnight
Midnight ist ein Verlag der Ullstein Buchverlage GmbH, Berlin
Juli 2019 (1)

Titel der amerikanischen Originalausgabe:
Umschlaggestaltung: zero-media.net, München
Titelabbildung: © FinePic®
Übersetzung: Cherokee Moon Agnew
Innengestaltung: deblik Berlin
Gesetzt aus der Quadraat Pro powered by pepyrus.com
Druck- und Bindearbeiten: CPI books GmbH, Leck

ISBN 978-3-95818-340-7

Kapitel 1

Was ist abgesehen von »Wir müssen reden« der allerschlimmste Satz, den man zu hören kriegen kann? Genau. »Wir sind überbucht – Sie sind raus.«

Und ganz besonders, wenn es nur noch sechs Wochen bis zur Gala sind, bei der man eigentlich die Korken knallen lassen wollte, weil man gerade eine Wohltätigkeitsorganisation gegründet hat.

Normalerweise hätte der Alkohol meine Stimmung gehoben oder mir in dieser beschissenen Situation wenigstens einen Funken Optimismus verliehen. Wir leben in einer der größten Städte Amerikas. Hier muss es irgendwo einen Veranstaltungsort geben, der auch kurzfristig freie Termine hat. Hochzeiten werden doch ständig abgesagt. Nicht, dass ich mir wünschen würde, dass irgendjemandem das Herz gebrochen wird, nur damit ich meine Location bekomme. Und ich will auch nicht zynisch klingen, aber ich spreche aus Erfahrung. Es ist besser, niemals »Ja, ich will« zu sagen, als im Scheidungskrieg der Hälfte seiner irdischen Besitztümer beraubt zu werden.

Seien wir mal ehrlich. Liebe vernebelt die Sinne mehr als eine ganze Flasche Tequila am Strand von Mexiko. In einem Moment ist man noch himmelhoch jauchzend, leckt sich am Pool unter provisorischen Tiki-Hütten das Salz von der Hand und saugt an Zitronenscheiben. Im nächsten klammert man sich kotzend an eine Palme.

Mit der Liebe ist es genau das Gleiche. Nur dass die Reue nicht immer am selben Abend kommt. Manchmal schleicht sie sich an wie eine lange Nacht mit teurem Champagner. Man denkt, man hätte eine gute

Zeit, trinkt in Maßen und hält sich von dem harten Zeug fern. Und dann verliert man auf dem Nachhauseweg das Bewusstsein, wacht irgendwo auf und fragt sich, was zum Teufel man getrieben hat und wo die verdammten Kopfschmerztabletten sind.

So sind jedenfalls meine Erfahrungen mit der Ehe.

Ich kenne Todd schon mein ganzes Leben. Wir lernten uns in der ersten Woche auf der Montessori-Schule kennen und wuchsen zusammen auf. Er jagte mich über den Spielplatz. In der ersten Klasse schenkte er mir ein Medaillon, und in der dritten Klasse fragte er mich, ob ich ihn zum Jahrmarkt begleiten würde. Das zwischen uns war nicht unbedingt Schicksal. Die halbe Zeit war ich von ihm genervt, aber er war liebenswürdig und aufmerksam. Ein guter Kerl. Bevor ich den Gang zum Altar antrat, habe ich mir eingeredet, dass Leidenschaft und Spontanität völlig überbewertet werden.

Die Tatsache, dass ich den Moment seines Heiratsantrags auf den Monat genau vorhergesagt hatte, machte mir bewusst, dass ich ihm immer eine Nasenlänge voraus war. Wäre sein untreuer Schwanz nicht gewesen, würde ich heute vielleicht glauben, die Ehe wäre langweilig und überflüssig.

»Noch eine Runde, die Damen.« Lincoln, der Kellner, der uns üblicherweise in der Speakeasy-Bar Torrios Tisch – wo ich Mitglied bin – bedient, serviert meinen zwei Mitarbeiterinnen und mir unsere Drinks.

»Ich weiß, er ist jung, aber hey ...« Chelseas Blick liegt auf seinem Hintern, während er sich entfernt.

Auch ich schmachte ihm hinterher, denn Lincoln ist wirklich ein Augenschmaus. Nicht mal eine Nonne könnte das leugnen.

»Darüber ist Dean sicher erfreut.«

Chelsea lächelt Victoria zuckersüß an. »Tu ruhig so, als würdest du nicht hinsehen, du Heilige. Aber mir kannst du nichts vormachen. Und nur, weil ich ihm hinterhergaffe, heißt das nicht, dass er meinem Kerl das Wasser reichen kann.«

Beide haben seit Kurzem einen neuen Mann in ihrem Leben. Sie haben sich dazu entschlossen, der Liebe noch eine Chance zu geben und glauben daran, dass das Schicksalsnavi sie bei ihrer ersten Ehe einfach in die falsche Richtung geschickt hat. Na ja, was Chelsea angeht, der Weg hat sie zu ihrem Ex-Mann zurückgeführt.

Sind sie glücklich?

Auf jeden Fall.

Wird es diesmal klappen?

Ich weiß es nicht.

Ich hoffe es.

Aber ich war auch mal da, wo sie jetzt sind. Sex bis zum Morgengrauen und Frühstück im Bett. Und schwups, masturbiert man stattdessen und schnappt sich zum Frühstück eine Banane, während man auf seinen Starbucks-Kaffee wartet. Beängstigend, wie schnell sich die Dinge ändern können.

Ich wünsche ihnen wirklich ein Happy End, aber jetzt müssen sie kurz von Wolke sieben absteigen und mir helfen, einen neuen Veranstaltungsort zu finden.

»Ich habe keine Ahnung, was wir jetzt machen sollen. Es ist Juli. Die Einladungskarten sind bereits gedruckt, was bedeutet, dass ich neue machen lassen muss, aber ich habe nicht mal eine Adresse. Mädels, wir müssen brainstormen.« Ich drehe den Stiel meines Glases zwischen Daumen und Zeigefinger.

»Uns wird schon etwas einfallen.« Victoria sieht mich ermutigend an.

Die Tür zum Separee geht auf, und herein kommt mein größter Albtraum mit einem arroganten Grinsen auf den Lippen. »Das hat gerade noch gefehlt.«

Chelsea entdeckt den Kerl, von dem sie denkt, er würde mir seit Monaten feuchte Träume bescheren, und dreht sich grinsend zu mir.

»Ignorier ihn.« Victoria drückt meinen Unterarm. Zum Glück ist wenigstens sie noch bei klarem Verstand.

Roarke Baldwin schlendert durch den Raum, nickt und winkt den anderen Gästen zu, als würde er für den verdammten Kongress kandidieren. Ich warte immer noch auf eine Antwort vom Geschäftsführer, wie er es geschafft hat, bei Torrios Mitglied zu werden. Vor meiner Scheidung ist er nie hier gewesen.

Während er unseren Tisch passiert, hält er den Blick die ganze Zeit auf mich gerichtet.

Ich halte die Luft an, bis er aus meinem Sichtfeld verschwindet. Doch dann nehme ich in der Sitzecke hinter uns eine Bewegung wahr. Er will uns belauschen! Chelseas Augen sind auf seinen Hinterkopf gerichtet, was meine Vermutung bestätigt.

»Ich bin sicher, wir werden eine Lösung finden.« Ich spiele die Sache herunter, weil ich nicht will, dass der Typ von meinem Problem erfährt.

»Wir werden einen neuen Veranstaltungsort auftreiben. Mach dir keine Sorgen«, platzt es aus Chelsea heraus. Ich hoffe wirklich, es liegt an den Hormonen, dass sie nicht gemerkt hat, dass ich nicht mehr über das Thema sprechen will. »Wie kann es bitte sein, dass sie den Termin doppelt vergeben haben und es erst sechs Wochen vor der Veranstaltung merken?«

Ich fahre mit dem Zeigefinger über meinen Hals.

»Da gebe ich dir völlig recht. Ich hätte ihnen auch am liebsten die Kehle durchgeschnitten, als sie angerufen haben. Zum Glück geht es dir auch so. Ich dachte schon, es läge an den Schwangerschaftshormonen. Gestern Abend war ich so sauer auf Dean, weil er Grover nicht die Pfoten abgewischt hat, als sie vom Gassi gehen zurückgekommen sind«, plappert Chelsea munter weiter.

»Chels.« Victoria reißt die Augen auf und neigt den Kopf in Roarkes Richtung.

»Oh«, flüstert sie und krümmt sich. »Sorry«, flüstert sie erneut und beißt sich auf die Unterlippe.

Ich schließe die Augen, und hinter mir bewegt sich jemand.

Bitte hol dir einen Drink. Lincoln hat auf der anderen Seite der Bar alle Hände voll zu tun, würde also Sinn ergeben, wenn Roarke zur Bar ginge.

Chelseas Blick folgt ihm. Ich muss ihr nur ins Gesicht sehen, um genau zu wissen, wo er ist. Sogar Victoria beobachtet ihn. Jetzt steht er anscheinend an der Bar. *Zum Glück.*

Keine Sekunde später reißen sie die Augen auf und werden ganz bleich. Ihre wortlosen Reaktionen lösen meinen inneren Alarm aus, der mich darauf hinweist, dass er sich nähert. Wie eine Schlange wickelt sich der Moschusduft seines Parfums um unsere Sitzecke. Kein Wunder, schließlich ist er eine Viper.

Als er uns in seinen Fängen hat, beäugt er den freien Platz neben Chelsea.

Aus mir unerfindlichen Gründen rutscht sie rüber und rückt näher an Victoria heran.

Er schiebt sich in unsere Sitzecke, das Glas fest im Griff, den Blick ausschließlich auf mich gerichtet. »Ms. Crowley, ich habe zufällig mitbekommen, dass Sie auf der Suche nach einem Veranstaltungsort sind.« Sein perfekt gestyltes, grau meliertes Haar ist ein eindeutiges Zeichen dafür, dass er gefährlich ist. Es lässt darauf schließen, dass er älter und erfahrener ist als ich. Er hat jahrelange Erfahrung darin, das Leben anderer zu zerstören – wahrscheinlich nicht nur beruflich. Der liebe Gott weiß, dass seine Karriere von seiner Fähigkeit abhängt, einem das Wort im Mund umzudrehen und Zweifel zu säen.

Als er seinen Drink auf den Tisch stellt, schlägt ein großer Eiswürfel gegen das Glas und lässt die bernsteinfarbene Flüssigkeit umherschwappen.

»Kein Interesse.« Ich nippe an meinem Drink, presse absichtlich die Lippen gegen das Glas und hoffe, dass ich ihn genauso um den Verstand bringe wie er mich.

»Was, wenn ich Ihnen eine Location sichern kann?«

Seine Arroganz überrascht mich immer wieder. Als wäre ich eine Dame in Nöten, und er käme auf seinem weißen Pferd in die Stadt geritten, um mich zu retten. Nein, danke.

Die Mädels starren mich an, als würden sie sich gerade das neueste Drama ansehen und die Protagonistin hätte eben verkündet, dass sie schwanger ist. Vielleicht sollte ich ihnen noch einen Eimer Popcorn hinstellen, damit ihnen die Münder nicht sperrangelweit offen stehen.

»Ich bin sicher, der Preis übersteigt unser Budget.« Ich versuche, meine Gefühle im Zaum zu halten, meine irrationale Seite, die am liebsten über den Tisch greifen und ihn so lange würgen würde, bis er knallrot anläuft.

»Oh, Ms. Crowley, da haben Sie wohl etwas falsch verstanden. Sie wissen genauso gut wie ich, dass die Kunst des Verhandelns relativ simpel ist. Ich gebe Ihnen etwas, das Sie wollen, und im Gegenzug bekomme ich etwas, das ich will.«

Ich drehe mein Glas zwischen den Fingern, die Flüssigkeit darin schwappt hin und her.

Frag nicht. Schütte ihm einfach deinen Drink ins Gesicht.

Leider wurde ich dazu erzogen, mir meine Gefühlsregungen nicht allzu sehr anmerken zu lassen.

»Reiß dich am Riemen«, höre ich die Stimme meines Vaters in meinem Kopf. *»Zeig ihnen nicht, was du fühlst. Unter gar keinen Umständen.«*

Ich setze ein kleines Lächeln auf. »Und was wollen Sie, Mr. Baldwin?«

Ich blicke ihm in die Augen. Vielleicht hat er ebenfalls von meinem Vater gelernt, denn in seinem Gesicht ist nicht die kleinste Unsicherheit abzulesen.

»Sie.«

Plötzlich habe ich mindestens eine Million Schmetterlinge im Bauch. Manche sterben und fallen zu Boden, während die anderen wild umherflattern und genau wissen wollen, was er mit mir vorhat.

Kapitel 2

»Oh, Mr. Baldwin …«

»Nennen Sie mich doch Roarke.« Über den Rand seines Glases hinweg spiegelt sich Arroganz in seinen Augen wider. Sein Adamsapfel hüpft, und ich spüre, wie sich zwischen meinen Brüsten Schweißperlen bilden.

»Lieber nicht.« Ich nippe an meinem kühlen Drink, denn ich muss unbedingt meinen eisigen Hass zurückerlangen, um mit diesem Aasgeier fertigzuwerden.

»Warum nicht?«

Chelsea macht ein quietschendes Geräusch. Victoria greift zu ihr hinüber und drückt ihr Knie.

»Was meinen Sie?«, frage ich vollkommen emotionslos.

»Warum wollen Sie mich nicht Roarke nennen?« Wieder klirrt das Eis gegen das Glas, als er es abstellt, und mein Blick fällt auf seine teure Armbanduhr. Unter seinem dunklen Anzug blitzen die Ärmel seines weißen Hemds hervor. In seiner Brusttasche steckt sogar ein karminrotes Taschentuch, was ihn von allen anderen Anzugträgern hier unterscheidet.

Wie passend, schließlich stolziert er herum, als wäre er der verdammte König von England.

»Würde ich Sie Roarke nennen, würde dies implizieren, dass ich Sie mag. Und das tue ich nicht.«

Er legt die Hand an seine Brust und sieht meine beiden Freundinnen an. »Ist sie immer so direkt?«

Die zwei Frauen, die ich aufgrund ihrer scharfen Zungen und ihrer Intelligenz eingestellt habe, sehen im Moment eher aus wie liebeskranke Teenager.

Roarke wartet nicht auf eine Antwort. Wahrscheinlich interessiert ihn die Meinung anderer ohnehin nicht. »Ihre Worte schmerzen mich, Ms. Crowley. Ich habe nichts getan, was so viel Hass rechtfertigen würde.«

Ich lege den Kopf schief, atme lange und tief ein und gebe mir größte Mühe, mein Temperament im Zaum zu halten.

Eins … zwei … drei.

Tja, das hat wohl nicht funktioniert.

»Sie haben mir so viel genommen. Gestohlen. Dinge, die ihm nicht zustanden.« Ich verziehe keine Miene, um meine Wut zu verbergen.

»Aber, aber. Mein Klient hat mich für meine Dienste bezahlt. Ich habe nur meine Arbeit getan.«

Ich schnaube, reiße mich aber sofort wieder zusammen und richte mich gerade auf. »Ihr Klient hat für dieses Geld nicht gearbeitet. Und auch nicht für das Ferienhaus. Für nichts musste er selbst schwitzen. Sein Chirurgengehalt blieb unsere gesamte Ehe über so gut wie unberührt.«

Warum habe ich plötzlich das Gefühl, wir wären wieder mitten im Schlichtungsverfahren?

Bevor er etwas erwidern kann, hebe ich die Hand. »Wissen Sie was? Es ist egal. Die Scheidung ist vollzogen, und ich bin den Namen endlich los. Es ist, wie es ist. Aber eines kann ich Ihnen versichern, Mr. Baldwin. Ich brauche weder jetzt noch in Zukunft Ihre Hilfe. Vielen Dank für das nette Angebot, aber wir kommen auch so klar.«

Der verdammte Mistkerl grinst, als hätte ich ihm gerade einen runtergeholt und sein Sperma würde wie geschmolzenes Eis über meine Finger laufen.

»Na schön. Sie werden bestimmt eine Lösung finden.« Er erhebt sich mit einer Eleganz, als würde er sich niemals tollpatschig anstellen.

»Einen schönen Abend, Mr. Baldwin.«

»Han... Ms. Crowley.« Er klopft auf die hölzerne Tischplatte, während er mich noch immer mit seinen Augen verschlingt.

Ich habe so viel Spucke im Mund, aber ich weigere mich zu schlucken. Niemals würde ich ihm zeigen, dass ich mich körperlich zu ihm hingezogen fühle.

»Sonst noch was, Mr. Baldwin?« Ich blicke ihm in die Augen, und das Ziehen zwischen meinen Schenkeln wird immer stärker.

»Falls Sie es sich doch anders überlegen, wissen Sie ja, wo Sie mich finden.« Er zwinkert, und Chelsea sieht ihm kurz nach. Da sich in der Sitzecke hinter mir nichts bewegt, nehme ich an, dass er nun anderen mit seiner Anwesenheit auf die Nerven geht.

Nachdem ich meine Scheidung nun noch einmal mit dem Mann, der maßgeblich daran beteiligt war, durchlebt habe, würde ich am liebsten laut fluchen und noch einen Drink kippen. Aber ich muss den Mädels beweisen, dass ihre Chefin mit arroganten Typen umgehen kann, die sich wie ein edler Ritter in glänzender Rüstung aufführen.

»Heilige Scheiße«, sagt Chelsea und greift sich an den Bauch, als müsste sie sich übergeben. »Und ich dachte, zwischen Dean und mir würde es zur Sache gehen. Aber ihr zwei ...«

»Chels«, sage ich in strengem Ton.

»Gut gemacht, Hannah. Er kann uns mal.« Victoria leert den Rest ihres Vespers.

Ich lächle sie an. Chelsea ist immer noch wie vom Donner gerührt und kann es nicht lassen, immer wieder zu Roarke hinüberzuschielen.

»Er ist einfach so ...«, plappert Chelsea weiter. Sie scheint es nicht zu kapieren. »... fordernd.« Sie sieht uns an. »Als wollte er unanständige Sachen mit dir anstellen. Doch ich bin sicher, es würde dir gefallen. Und am Ende würdest du ihn anbetteln weiterzumachen.«

Da kann ich Chelsea nicht widersprechen. Roarke Baldwin schreit förmlich nach: »Fessle mich ans Bett und zeig mir, wie es ein richtiger Mann macht.« Nicht, dass ich so etwas jemals sagen würde.

Nein, ich würde auf die Knie gehen und ihn in einen Mann verwandeln, der mir am nächsten Morgen Frühstück serviert. Würde ich jedoch nur einen Zeh ins Wasser stecken, würde er mich sicherlich verschlingen wie ein hungriges Krokodil. Deshalb habe ich zwischen uns einen Elektrozaun errichtet. Damit ich jedes Mal, wenn meine weiblichen Geschlechtsteile ihm zu nahekommen, einen Stromschlag bekomme.

»Chels. Dean?« Victoria erinnert sie an ihren Verlobten.

Chelsea winkt ab und verdreht die Augen. »Ich bitte dich. Dean weiß genau, dass er der Einzige für mich ist. Wenn ich nach Hause komme, werde ich ihm von Roarke Baldwin erzählen. Wahrscheinlich ist er heute Nacht dann besonders dominant, um mir zu beweisen, dass er der einzige richtige Mann ist.« Sie ist schon jetzt total aufgedreht, wenn sie nur daran denkt. Ihre Wangen werden rosa, als würde sie sich gerade vorstellen, was er später mit ihr anstellt. »Aber alle Achtung, Hannah. Ich hätte nachgegeben. Dabei bin ich schwer zu knacken.«

»Chelsea, alles, was Dean tun musste, war, dich in sein Büro zu locken«, erwidert Victoria.

Nun erröten ihre Wangen noch mehr.

Manchmal frage ich mich, was wäre, wenn. Was wäre, wenn ich mich damals nicht für Todd entschieden hätte? Was hätte das Schicksal für mich bereitgehalten, wenn ich Single geblieben wäre?

Roarke Baldwin?

Ich glaube, ich muss dringend ein Wörtchen mit meinem Unterbewusstsein reden.

»Chelsea, mir ist ganz egal, was du tun musst. Ich zahle, was auch immer es kosten mag. Aber finde eine Location für mich«, sage ich und lenke das Gespräch zurück zum Geschäftlichen.

Chelsea nickt. Sie merkt, dass es langsam an der Zeit ist, nach Hause zu gehen.

Ich habe ihr den Job gegeben, weil ich in ihr die Fähigkeit gesehen habe, ein Nein in ein Ja zu verwandeln. Ich bin ziemlich sicher, dass sie mich auch diesmal nicht enttäuschen wird. Auf keinen Fall werde ich zu Roarke Baldwin gehen. Diesem Mann will ich nichts schuldig sein. So viel Stolz habe ich noch.

Kapitel 3

Als ich am nächsten Morgen zur Arbeit komme, redet Chelsea in ihrem Büro ununterbrochen auf Victoria ein.

Normalerweise höre ich ihren Geschichten gern zu, aber heute muss sie sich um wichtigere Dinge kümmern. Ich will jetzt nichts davon hören, wie atemberaubend der Sex mit Dean gestern Nacht war.

Ich stelle meine Taschen auf dem Stuhl vor Victorias Schreibtisch ab, durchquere den kurzen Korridor und geselle mich zu ihnen.

»Sieh mich nur an. Ich kann einfach nicht damit aufhören.« Ich höre Chelsea kichern.

»Du strahlst förmlich«, erwidert Victoria.

»Womit kannst du nicht aufhören? Hör auf zu grinsen. Jetzt reicht's mit ...« Ich halte inne und stütze mich am Türrahmen ab.

Chelseas Augen sind ganz rot und blutunterlaufen. O nein. Bitte nicht.

»Was ist los?«, frage ich erschrocken.

Victorias sanftes Lächeln verrät mir, dass ich mit meiner Befürchtung falschliege.

»Chelsea erlebt gerade das erste Trimester ihrer Schwangerschaft. Das ist alles. Die Hormone flitzen durch ihren Körper wie kleine Astronauten.«

»Kann ich sie nicht einfach abschießen wie bei Centipede? Diesem Computerspiel?« Chelsea nimmt sich ein Taschentuch und schnäuzt sich die Nase.

O Mann, und ich dachte, PMS wäre schlimm.

»Erstens sind das Käfer bei Centipede. Oder meinst du Space Invaders?« Victoria immer mit ihrer mütterlichen Weisheit.

Chelsea ignoriert Victorias Bemerkung komplett. »Dean glaubt, dass irgendwas nicht stimmt. Ich weine zu viel, meint er.«

»Wie oft weinst du denn?«, frage ich, setze mich auf den Stuhl vor ihrem Schreibtisch und schlage die Beine übereinander.

Victoria steht wie immer in der Tür, falls jemand anruft.

»Nun ja, vorgestern hat mich eine Werbung zum Weinen gebracht. Und als ich durch Facebook gescrollt habe, musste ich wieder weinen. Mir ist nie aufgefallen, was für traurige Sachen die Leute posten. Ich meine, ein Mann, der seinen Sohn überrascht, als er vom Krieg zurückkehrt? Ich bitte euch. Wer muss da nicht heulen?« Sie hebt die Hände und schüttelt sie, als würde sie ein Stoßgebet gen Himmel schicken.

»Das ist normal. Bei solchen Sachen kommen mir auch die Tränen.« Victoria versucht, Verständnis zu zeigen.

Für einen kurzen Moment wird Chelseas Gesichtsausdruck ganz hoffnungsvoll. »Ich musste sogar weinen, als ich an Grover gedacht habe. Daran, dass ich ihn kaum kenne und wir nie eine so innige Beziehung haben werden wie er mit Dean. Dass er eines Tages sterben wird und ich ihn nicht als Welpe gekannt habe.«

Victoria und ich wechseln einen bestürzten Blick.

»Seht ihr? Ihr haltet mich für verrückt. Vielleicht hat Dean recht. Was, wenn es ein Zeichen dafür ist, dass mein Hormonhaushalt zusammenbricht?«

»Tut er nicht.« Victoria geht zu ihr, stützt den Ellbogen auf den Schreibtisch und legt Chelsea die Hand auf die Schulter. »Das ist alles ganz normal. Als ich mit Jade schwanger war, habe ich geheult, weil Pete mir statt eines Erdbeershakes einen Bananenshake mitgebracht hat.«

»Da wäre ich auch sauer gewesen. Mit diesen Gelüsten ist nicht zu spaßen. Dean musste gestern Abend um zehn noch los, um mir was von Chick-fil-A zu holen.«

»Hatten sie noch geöffnet?«, fragt Victoria, als wäre sie auch schon mal spätabends da gewesen und enttäuscht worden.

»Nein. Er kam an, als sie gerade die Türen zugemacht haben. Der verdammte Geschäftsführer hat nicht mit sich reden lassen. Und ratet mal, was dann passiert ist.«

»Du hast geweint?«, frage ich.

Chelsea nickt, und schon wieder kommen ihr die Tränen.

Ding ding, richtige Antwort.

»Eure Geschichten machen einem nicht unbedingt Lust, selbst schwanger zu werden.« Ich stehe auf und streiche meinen Rock glatt.

»Warte, bis du ihn oder sie kennenlernst. Die ganzen verrückten Gefühle sind es allemal wert. Das verspreche ich dir.« Wie die Mutter, die sie nun mal ist, küsst Victoria Chelsea die Stirn. »Sag Dean, dass er nicht so überreagieren soll. Er hat noch viel vor sich.«

Chelsea lacht, und die Tränen versiegen. Ich will keine Arschlochchefin sein, aber sie muss dringend einen Veranstaltungsort für mich klarmachen. Am liebsten heute. Die ganze Nacht habe ich darüber nachgedacht, ob mir noch irgendjemand einen Gefallen schuldet. Doch die Hälfte meiner Kontakte ist in dem Moment verschwunden, als ich die Scheidungspapiere unterzeichnet habe, die Liste an Leuten ist daher deutlich geschrumpft.

»Oh, Hannah, ich warte auf Rückrufe von einigen Locations. Keine Sorge, ich werde ihnen am Telefon nichts vorheulen.«

»Super, halt mich auf dem Laufenden.« Ich verlasse ihr Büro und frage mich, wie die nächsten sechs, sieben Monate ihrer Schwangerschaft wohl verlaufen werden.

Victoria folgt mir. »Ich habe dir heute Morgen ein paar Nachrichten auf den Schreibtisch gelegt. Reed meinte, er würde sich umhören und schauen, ob sich etwas machen lässt, aber er ist heute die meiste Zeit im Gericht.«

»Sag ihm danke von mir, aber er hat sowieso genug zu tun.«

»Er freut sich, wenn er helfen kann.« Sie setzt sich an den Schreibtisch und legt sofort die Hände an die Tastatur. Jeden Tag bin ich dankbar dafür, dass Jagger mich angerufen und mir gesagt hat, dass seine Assistentin umzieht.

Als ich mein Büro betrete, hebt die weiß-goldene Einrichtung ein wenig meine Stimmung. Der unkonventionelle Stil erinnert mich daran, dass ich jetzt mein eigener Boss bin und mich nicht mehr den Wünschen anderer anpassen muss.

Als ich die Räume für RISE angemietet habe, habe ich beschlossen, auf keinen Fall langweiliges Schwarz, Grau und Braun zu nehmen. Ich wollte etwas Lebendiges, Neues ... etwas, woran ich endlich wieder Freude haben konnte. Jemand meinte mal, die weibliche Ausstattung würde meine Macht untergraben, wenn Gäste ins Büro kämen. Dass sie ausstrahlen würde, ich sei zu weich und man könne alles mit mir machen.

Okay, nicht irgendjemand – mein Vater. Aber RISE gehört mir. Ich bin diejenige, die jeden Tag an diesem Schreibtisch sitzen und die Wände ansehen muss. Und ich will verdammt noch mal glücklich sein.

Ich nehme den Papierstapel vom Schreibtisch und gehe die Nachrichten durch, alle von Leuten, die ich gefragt habe, ob sie für die stille Auktion spenden würden. Ich bin kein bisschen enttäuscht, dass keine Nachricht von Roarke Baldwin dabei ist, denn ich will auf gar keinen Fall, dass er mich kontaktiert.

Nope. Kein Stück.

• • •

Inzwischen ist es sechzehn Uhr. Da Chelsea bisher mit keiner neuen Location um die Ecke gekommen ist, schätze ich, ihr Feen-Zauberstab ist zerbrochen.

Es klopft an der Tür, als ich gerade das Telefonat mit Lennon Banks beende, der Frau, die in San Francisco eine Zweigstelle von RISE eröffnen will. Aber wie soll ich mich darum kümmern, wenn ich nicht mal weiß, wie es in nächster Zeit in Chicago laufen wird? Wir haben es geschafft, an fünf Schulen Nachmittagsprogramme zu starten, darunter auch an Jades Schule, also der von Victorias Tochter. Aber damit bin ich noch nicht zufrieden. Wir brauchen mehr. Unser Ziel ist es, Mädchen beizubringen, selbstbewusst ihre Stimme zu erheben und für sich einzustehen.

»Herein«, rufe ich und schiebe ein paar Unterlagen beiseite.

Mit gesenktem Kopf öffnet Chelsea die Tür. Normalerweise erhellt sie mit ihrem ansteckenden Lächeln und scharfen Witz jeden Raum. Hoffen wir mal, dass die Schwangerschaft für ihr Stimmungstief verantwortlich ist und nicht die Tatsache, dass sie keinen Veranstaltungsort für die Gala finden konnte.

Sie lässt sich mir gegenüber auf den Stuhl plumpsen. »Es tut mir leid, Hannah. Ich habe versagt.«

Ich drücke den Knopf der Sprechanlage. »Victoria, kannst du bitte in mein Büro kommen?«

Keine Sekunde später kommt Victoria herein und setzt sich stirnrunzelnd neben Chelsea. Sie weiß wohl schon Bescheid.

»Ich habe es überall probiert, Hannah. Na ja, außer beim Days Inn und beim Budget Motel. Aber da kann ich auch noch anrufen, wenn du willst.« Hoffnungsvoll sieht sie mich an.

Ich stütze die Ellbogen auf den Schreibtisch und reibe mir die Schläfen. Denk nach, Hannah, denk nach. Du kennst genug Leute.

»Ich bin sicher, du hast alles probiert«, sage ich und versuche, ihr ein gutes Gefühl zu geben.

Chelsea nickt und zählt an den Fingern ab, welche Hotels sie angerufen hat. »Das Ritz, das Westin, das Hilton, Four Seasons, das Drake, das Swissôtel. Ich habe alle durchtelefoniert. September ist wohl der neue Hochzeitsmonat, zumindest war das das Einzige, was ich von den Eventkoordinatoren zu hören bekommen habe.«

»Wie wäre es mit dem Lake Geneva? Wir könnten ein ganzes Wochenende daraus machen«, wirft Victoria ein. Die Idee ist super, aber alle Gäste mit nur einem Monat Vorlauf aus der Stadt rauskriegen? Keine Chance.

»Das wäre zu schön. Ist aber zu weit. Gibt's irgendwas am Stadtrand?«

»Ich habe ganz Oakbrook abtelefoniert. In Schaumburg ist auch alles ausgebucht.«

»Wie sieht's im Norden aus?«, frage ich.

»Tut mir leid, Hannah, nichts. Ich stehe auf jeder Warteliste, aber alles, was sich ergeben könnte, würde in allerletzter Minute passieren.«

Victoria kaut auf ihrer Unterlippe herum.

Chelsea blickt drein, als hätte sie eben erfahren, dass es den Weihnachtsmann gar nicht gibt.

»Geht nach Hause. Alle beide.« Ich winke ab.

»Und wie sieht jetzt der Plan aus?«, fragt Victoria, die nur noch auf der Stuhlkante sitzt.

»Ich weiß noch nicht. Ihr zwei geht jetzt nach Hause, und ich lasse mir etwas einfallen.«

Chelsea, eigentlich eine Kämpfernatur, steht auf ohne zu widersprechen. Wahrscheinlich will sie nur noch ins Bett und zu ihrem Verlobten Dean. »Ich versuche es morgen weiter«, murmelt sie und verlässt das Büro. »Tut mir wirklich leid, Hannah.«

»Setz sie ins Taxi. Oder ruf Dean an«, sage ich zu Victoria.

Sie nickt. »Soll ich danach noch mal zurückkommen?«

Ich schüttle den Kopf. »Nein. Geh nach Hause und ruh dich aus. Irgendwie wird es schon klappen. Das tut es doch immer.«

Seufzend lehne ich mich zurück. Ich hoffe bloß, dass ich meine Seele nicht an den Teufel – aka Roarke Baldwin – verkaufen muss.

Zehn Minuten später sind die Mädels weg, und ich lasse meiner Panik endlich freien Lauf. Jetzt, da ich allein bin, springe ich auf und gehe in meinem Büro auf und ab. Dann hechte ich in den Pausenraum, wo noch das Willkommenspaket der Bäckerei steht, die vor Kurzem nur einen Block von uns entfernt eröffnet hat. Es juckt mich in den Fingern, nach dem Zuckerzeug zu greifen, doch stattdessen öffne ich den Kühlschrank und nehme mir eine Diät-Limo.

Zurück in meinem Büro schlüpfe ich aus meinen High Heels und gehe noch eine Weile auf und ab. Irgendwann fällt mein Blick aus dem Fenster. Die Sonne scheint. Ich liebe den Sommer und die endlos langen Sommernächte.

Wieder muss ich an Roarke denken. Wenn Chelsea nichts finden kann, wie zum Teufel soll mir dann Roarke behilflich sein? Fast bin ich geneigt, es darauf ankommen zu lassen. Wahrscheinlich waren es nur leere Versprechungen. Und was will er überhaupt von mir?

Wir haben nicht darüber gesprochen, was er damit gemeint hat. Stattdessen wollte er mich dazu überreden, ihn Roarke zu nennen. Wahrscheinlich denkt er, ich würde mich bereitwillig opfern, wenn ich seinem Angebot zustimmen würde.

Die Vorstellung, nackt auf seinem Bett zu liegen, ist leider nicht so abstoßend, wie sie eigentlich sein sollte. Um ehrlich zu sein ist sie sogar ziemlich verlockend. Aber das würde ich niemals zugeben.

»Meine Güte, Han, reiß dich zusammen«, murmle ich vor mich hin.

Plötzlich sitzt ein kleiner imaginärer Engel auf meiner rechten Schulter. *Roarke Baldwin ist ein böser, böser Mann.* Der kleine Teufel erscheint auf meiner linken Schulter. *Und du bist ein böses Mädchen. Wie wird er dich wohl bestrafen?*

»Halt die Klappe, du verdammter Teufel«, rufe ich.

Die Tür zu RISE öffnet sich.

Wie angewurzelt bleibe ich stehen. Habe ich ihn etwa heraufbeschworen? Der Bösewicht erscheint immer dann, wenn sein Opfer am schwächsten ist.

Bin ich schwach? Vielleicht ein bisschen. Immerhin herrscht zwischen meinem Kopf und meiner Muschi Krieg – und mein feuchter Slip verrät mir, wer gewinnen wird.

»Ms. Crowley, tut mir leid. Normalerweise ist um die Uhrzeit keiner mehr hier.« Misty, die Putzfrau, steckt den Kopf zur Tür herein.

Gott sei Dank.

»Ich wollte gerade gehen.« Ich ziehe meine High Heels wieder an, fahre den PC herunter und schnappe mir meine Tasche. »Einen schönen Abend, Misty.« Ich lächle sie an.

»Seien Sie vorsichtig da draußen. Die Sonne geht schon unter.«

Ich blicke durch das Fenster neben Victorias Schreibtisch, die Sonne macht sich wirklich bereits an ihren Abstieg. »Das werde ich. Danke.«

»Sobald es dunkel wird, kommt der Teufel zum Spielen heraus.« Sie kippt den Inhalt von Victorias Abfalleimer in einen großen Müllsack.

»Manchmal erscheint er auch bei Tageslicht. Im maßgeschneiderten Anzug und mit Budapestern.«

Sie hebt die Augenbrauen. »Männerprobleme, Ms. Crowley?«

»Guten Abend, Miss.«

Ich verlasse das Büro und fahre ganz allein im Aufzug nach unten. Erst als ich auf die Straßen Chicagos hinaustrete, wird mir klar, dass mein Teufel nicht wie ein Dieb aus einer dunklen Gasse auftaucht. Er sitzt in seinem Penthouse oder Eckbüro und gibt sich als einer der erfolgreichsten Männer Chicagos aus. Er ist der Teufel im grauen Anzug. Und wenn ich nicht vorsichtig bin, vergesse ich es womöglich.

Kapitel 4

Während ich darauf warte, dass die Hotelmanagerin zurück ans Telefon kommt, klopfe ich ungeduldig mit meinem Stift auf der Tischplatte herum. Ich weiß es wirklich zu schätzen, dass sie so früh schon arbeitet und meinen Anruf entgegengenommen hat, aber sie sieht jetzt schon seit zehn Minuten in ihrem Kalender nach. Ich will die Location nicht in drei Jahren buchen. Das Event findet in sechs Wochen statt.

»Ms. Crowley«, ertönt ihre zittrige Stimme.

Sie ist bestimmt neu.

»Ja.«

Tip. Tap. Wie eine Wippe schlägt mein Stift gegen den weißen Schreibtisch.

»Es tut mir leid. Ich dachte, wir hätten eine Stornierung gehabt, aber heute Morgen hat die Braut angerufen und uns mitgeteilt, dass die Hochzeit doch stattfindet. War wohl eine kleine Unstimmigkeit.« Nun klingt ihre Stimme lieblich, als wäre sie froh, dass die Hochzeitsfeier nicht abgesagt wurde.

Zu schade, dass ich es anders sehe.

»Trotzdem danke. Könnten Sie mir bitte sofort Bescheid sagen, falls sich doch noch etwas ändert?«, frage ich mit honigsüßer Stimme. »Bitte notieren Sie, dass ich bereit bin, fünfzig Prozent mehr zu zahlen.«

Ich musste auf die harte Tour lernen, wie ich das bekomme, was ich will. Honig und Geld sind wesentlich effektiver, wenn man sie kombiniert.

»Das ist sehr nett von Ihnen, aber wir haben fixe Preise.«

Wir verabschieden uns und legen auf. Mein Blick schweift aus dem Fenster. Wie kalter Regen kriecht das Gefühl der Ausweglosigkeit in meine Poren. Wir werden das Entertainment umbuchen müssen, die Caterer, die Tischdecken – einfach alles. Mein Telefon klingelt. Da sonst noch keiner hier ist, gehe ich ran.

»RISE Foundation.«

»Hannah?«, begrüßt mich die energische Stimme meiner besten Freundin aus Kindheitstagen, Gwen Turner.

»Gwen?«

»Wer sonst?« Sie lacht. »Sorry, dass ich so früh anrufe.«

»Du hast im Büro angerufen. Schon in Ordnung.«

»Habe ich?« Sie hält kurz inne. »Ach du Scheiße. Ich bin wohl nicht mehr ganz bei Trost. Zu wenig Schlaf, zu viel Sex, zu viel Alkohol ... zu viel Spaß.«

Es raschelt in der Leitung.

»Was ist los? Du klingst, als wärst du abgelenkt.«

Wieder kichert sie. »Bin ich auch, sorry. Mein Manager meinte, er würde für mich noch einen Auftritt klarmachen, wenn ich sowieso schon in den Staaten bin. Ich habe ihm gesagt, dass ich für das Wochenende vom fünfzehnten September bereits gebucht bin, richtig?«

Ich atme laut aus. Wenn Gwen nicht als Rednerin auftreten kann, gibt es keinen Grund, die Gala überhaupt zu veranstalten. Sie ist die prominenteste Person, die ich eingeladen habe und der größte Anreiz für die Gäste, Geld springen zu lassen.

»Ja, richtig. Gibt es ein Problem?«, frage ich.

»NEIN!«, kreischt sie. »Ich habe ihm gesagt, er soll mich gefälligst in Ruhe lassen. Dass ich mein Mädchen unmöglich enttäuschen kann.«

»Danke.« Der Druck, eine neue Location zu finden, wird immer größer und plättet mich wie einen Pfannkuchen.

»Er wollte mir sogar vorrechnen, wie viel Geld ich dadurch verliere. Dieser Kerl hat keine Ahnung, was wahre Freundschaft bedeutet, weißt du?«

Noch mehr Schuldgefühle. Es ist nicht so, als wäre Gwen arm. Im

Gegenteil. Sie ist reich. Nicht so reich wie ich, aber dafür hat sie ihr Geld selbst verdient. Ich hingegen habe meins geerbt. Das ist ein Unterschied. Ein großer Unterschied.

»Oh, Gwen, ich will aber nicht ...«

»Ruhe, Montana. Du bist es mir wert. Deine Wohltätigkeitsorganisation ist es wert, ein paar Tausender zu verlieren. Mein Manager kann mich mal.«

Sie benutzt den Spitznamen, den ich so sehr hasse. Montana. Damit meint sie nicht den Bundesstaat, sondern Hannah Montana. Es ist das Einfallsloseste, was sie je zustande gebracht hat.

»Aber gern doch. Soll ich?« Eine männliche Stimme mischt sich in das Gespräch.

Gwen kichert.

»Das ist aber nicht dein Manager, oder?«, frage ich.

Ihr Kichern wird lauter, und ich befürchte, dass er ihr tatsächlich gerade an die Wäsche geht.

»Vielleicht. Vielleicht auch nicht.« Sie neckt ihn wie damals ihren Professor, mit dem sie während ihres kurzen Collegeaufenthalts geschlafen hat.

»Gwen, was hat es nur mit dir und Autoritätspersonen auf sich?«

Den Vaterkomplex kann sie nicht als Ausrede benutzen. Ihr Dad ist der fürsorglichste und liebevollste Mann der Welt. Er lässt sie alles machen, mischt sich nie ein, hilft ihr aber, kluge Entscheidungen zu treffen, damit nicht plötzlich irgendwo ein Sextape von ihr auftaucht.

»Ach Montana, schlüpf aus deinem biederen Businesskleid und lass dich flachlegen. Todd hat dich bestimmt nie richtig rangenommen. Es ist an der Zeit, endlich einen Mann zu finden, der weiß, wie es geht.«

Roarke Baldwin erscheint vor meinem geistigen Auge. Wie er wohl unter seinem Anzug aussieht? Er wirkt immer so kontrolliert, sein Haar ist stets perfekt gestylt, seine Bartstoppeln so makellos getrimmt, dass ich bei seinem Anblick ein feuchtes Höschen bekomme. Wie er wohl im Bett ist? Ein Biest? Eine Maschine? Könnte ich ihn genauso um den Verstand bringen wie er mich?

Ich schüttle den Kopf, um wieder einen klaren Gedanken zu fassen. »Du lebst in einer Märchenwelt.«

»Du solltest mich dort mal besuchen. Du wirst nie wieder gehen wollen, das verspreche ich dir.« Noch mehr Kichern und Rascheln in der Leitung.

Wie der Knall eines Champagnerkorkens leite ich das Ende unseres Telefonats ein. »Okay, Gwen. Zeit aufzulegen, damit du endlich zu deinem Orgasmus kommst. Danke, dass du mich dafür benutzt hast, deinen Manager hinzuhalten und die Explosion seiner Rakete hinauszuzögern.«

»Dein Humor ist wieder da, Montana. Ich vermisse dich.«

»Ist es diese Stiftung wirklich wert, fast eine Million zu verlieren?«, fragt eine tiefe Stimme.

Ich umklammere den Hörer so fest, dass meine Fingerknöchel weiß hervortreten.

»Hör auf, immer nur ans Geld zu denken, und gib mir endlich, was ich will.« Gwens lautes Seufzen reicht von Paris bis Chicago, und mir wird klar, dass ich tatsächlich mal wieder flachgelegt werden muss. Es ist schon eine ganze Weile her.

Auch nach dem Gespräch werde ich das ungute Gefühl im Bauch nicht los. Falls ich die Gala tatsächlich absagen muss, ist Gwen auch gearscht.

Zum hundertsten Mal muss ich an Roarke Baldwins Vorschlag denken, den er mir gestern Abend im Torrios unterbreitet hat.

»Was genau hat er gemeint, als er gesagt hat, dass er mich will?«

»Er meinte damit, dass er dich fesseln will. Oder vielleicht hat er bei sich zu Hause ein rotes Zimmer des Schmerzes.« Victoria betritt mein Büro und setzt sich auf den Stuhl vor meinem Schreibtisch.

»Mein Leben ist kein Film.«

Sie lächelt süß und zuckt mit den Schultern. »Warum bist du so früh schon hier?«

Schulterzuckend klopfe ich mit dem Stift auf die Tischplatte.

»Reed hat ein paar Leute angerufen. Alles ausgebucht. Genau wie bei Chelsea. Hochzeiten.«

Ich kaue auf der Innenseite meiner Lippe herum. »Bitte sag ihm danke von mir.«

»Mache ich. Und jetzt?«, fragt sie und rutscht vor bis zur Stuhlkante.

Victoria ist jemand, der alles immer in Ordnung bringen will. Das Wort »Niederlage« gehört nicht zu ihrem Wortschatz. Genau deshalb ist sie eine so gute Mitarbeiterin und Freundin.

»Ich werde einen Pakt mit dem Teufel eingehen müssen«, sage ich mit einem Enthusiasmus, der gegen null strebt.

Ihr Lächeln erstirbt augenblicklich. »Nein. Es muss noch eine andere Möglichkeit geben.«

Kopfschüttelnd lasse ich den Stift auf den Schreibtisch fallen. »Da bin ich nicht so sicher. Vielleicht will er ja nur, dass ich ihn zu irgendeinem großen Event begleite. Den Mädchen zuliebe würde ich es tun.«

»Das gefällt mir nicht. Ich finde, wir sollten die Gala verschieben. Wir könnten ein Winterwunderland organisieren. Heizpilze für draußen mieten. Die Deko für drinnen gestalten wir in Weiß, Silber und Blau. Das wäre wunderschön.«

Ihre Idee gefällt mir. Vor Gwens Anruf wäre ich sofort mit an Bord gewesen. Aber unser Gespräch hat mich daran erinnert, dass schon so viele Redner zugesagt und sich extra Platz in ihren vollen Terminkalendern freigeschaufelt haben. Sie wollen mir helfen, weil sie herzensgute Menschen sind. Ich kann sie jetzt unmöglich hängen lassen.

Chelseas Cousine und ihre Freunde kommen extra aus ihrem Trainingslager in Neuseeland hergeflogen, um ein Auktionspaket zu vergeben, das ein Wochenende in Park City mit ihnen als Tourguides beinhaltet.

»Hör auf, so dreinzublicken, als hätte ich dir gerade gesagt, dass Reed eine geheime Zweitfrau hat. Ich werde nicht meinen Körper verkaufen, Victoria.« Ich google Roarke Baldwins Namen, der Mistkerl von Anwalt, notiere seine Telefonnummer und schiebe Victoria den Zettel zu. »Hier. Ruf bitte dort an und sag ihnen, dass ich dringend mit der Schlange sprechen muss.«

»Das gefällt mir alles nicht. Nur damit du's weißt«, sagt sie, bevor sie aufsteht.

Eine Antwort spare ich mir, denn es gibt nichts weiter dazu zu sagen.

Durch die Milchglastür beobachte ich ihre Bewegungen. Sie hebt den Telefonhörer ab, und ich höre sie murmeln, doch sie legt auf, ohne einen Anruf zu mir durchzustellen.

Wahrscheinlich ist er gerade im Gericht und haut jemanden übers Ohr.

Als sie von ihrem Schreibtisch aufsteht, verengt sich mein Hals. Ich kann mich nicht daran erinnern, wann ich das letzte Mal so nervös war. Es trägt nur dazu bei, dass ich Mr. Baldwin noch mehr verachte.

Sie betritt mein Büro und legt mir einen Klebezettel auf den Tisch. »Er hat seiner Assistentin gesagt, dass du ihn auf dem Handy anrufen sollst. Das Bürotelefon ist nur für Klienten, und du bist keine Klientin.«

Ich zerknülle den Zettel in meiner Faust.

»Was für ein Drecksack!« Ich werfe das rosafarbene Papierknäuel quer durch den Raum.

»Mir gefällt das nicht. Ich finde, wir sollten die Gala verschieben.«

Ich rutsche mit dem Stuhl nach hinten, stütze die Hände auf die Tischplatte und stehe auf, um den zerknüllten Zettel aufzuheben. »Nein. Wenn Mr. Baldwin unbedingt spielen will, dann spielen wir eben. Eingebildete Raubtiere wie er unterschätzen ihre Beute gern. Roarke Baldwin ist der arroganteste Arsch, der mir je begegnet ist. Ich sage dir, er unterschätzt jede Frau, mit der er zu tun hat. Auch mich.«

»Jetzt machst du mir fast ein bisschen Angst«, sagt Victoria und macht einen Schritt rückwärts. »Darf ich die Tür einen Spalt offen lassen, damit ich lauschen kann?« Sie grinst.

Lachend scheuche ich sie mit einer Handbewegung aus meinem Büro. Chelsea muss gerade angekommen sein, denn einen Moment später nehme ich zwei Schatten wahr, die ihre Ohren gegen meine Tür pressen.

Kapitel 5

Mit zitternden Fingern wähle ich die Nummer, führe den Hörer ans Ohr und atme tief durch.

Bereits nach dem ersten Klingeln geht er ran. »Ich dachte, wir wären Freunde? Lassen Ihre Assistentin bei meiner Assistentin anrufen. Tststs, Ms. Crowley.«

Wut lässt alle Zellen meines Körpers zu einer undurchdringlichen Wand verschmelzen. »Erstens sind wir keine Freunde. Und zweitens würde ich lieber über das Geschäftstelefon mit Ihnen sprechen.«

Es folgt ein kurzer Moment des Schweigens. Wahrscheinlich wird ihm gerade klar, dass ich ihn von meinem Bürotelefon aus angerufen habe.

»Ahh ... dann haben Sie jetzt meine Nummer, aber ich nicht Ihre. Das ist aber unfair.«

»Ich wusste nicht, dass Ihnen Fairness so wichtig ist.« Ich lehne mich zurück und schlage die Beine übereinander.

»Sie wissen nicht sonderlich viel über mich. Vor allem nichts Intimes.« Er senkt die Stimme und betont das letzte Wort.

Ich verdrehe die Augen. Zum Glück unterhalten wir uns nicht von Angesicht zu Angesicht, sonst würde er sehen, wie ich rot werde.

»Sie wissen vielleicht, dass ich im Gerichtssaal der Boss im Ring bin, aber über mein Privatleben wissen Sie nichts. Sie wissen nicht, ob ich mir lieber Thriller oder Komödien ansehe. Ob ich lieber Sorbet oder Eis esse. Ob ich Boxershorts oder Slips bevorzuge.«

»Ich muss das alles gar nicht wissen«, erwidere ich frustriert und schließe die Augen, um das Bild von ihm in engen schwarzen Boxershorts in meinem Kopf loszuwerden.

»Aber Sie *wollen* es wissen.« Die sexuelle Anspielung trifft mich direkt zwischen die Schenkel.

»Woher wollen Sie bitte wissen, was ich will?« Ich greife nach meinem Stift und beginne, Unterlagen durchzublättern. Irgendwas, um mich von dem ziehenden Schmerz abzulenken.

»Ich weiß nicht nur, was Sie wollen. Ich weiß, was Sie brauchen, Ms. Crowley.«

Mit der flachen Hand schlage ich auf den Tisch. »Okay, Sie Macho. Lassen Sie uns jetzt über die Location sprechen, die Sie angeblich im Angebot haben und das Gespräch über Unterwäsche auf ein andermal verschieben.«

Ein Piepen unterbricht unsere Unterhaltung.

»Bitte keine Anrufe durchstellen, Kristen.« Dann kurzes Schweigen. »Tut mir leid, aber Sie wissen ja, wie beschäftigt ich bin.«

»Ja, es kostet sicher eine Menge Zeit, das Leben anderer Leute zu zerstören. Lassen wir also die sexuellen Anspielungen und kommen zum Geschäftlichen.«

»Wir sollten uns heute Abend treffen. Sie sind oft im Torrios, ich ebenfalls. Lassen Sie uns etwas Verrücktes tun und zusammen einen Drink einnehmen.«

»Ich brauche keinen Drink, Mr. Baldwin. Ich brauche einen Veranstaltungsort für meine Gala. Jetzt nennen Sie mir Ihre Forderungen und die Details zu der Location, die Sie mir angeblich klarmachen können. Bevor Sie mir nicht die nötigen Informationen liefern, werde ich mich nicht mit Ihnen treffen.« Ich nehme das Bein herunter und stelle mit Nachdruck den Fuß ab.

»So bestimmend. Das mag ich.« Im Hintergrund höre ich das Rascheln von Papier. »Ich sage meiner Assistentin, dass sie Ihrer Assistentin die Details zukommen lassen soll. Ich bin sicher, die Location wird Ihnen gefallen. Heute Abend treffen wir uns dann im Torrios. Punkt sieben. Betrachten Sie es als unsere private Happy Hour.«

»Ich lasse mich auf nichts ein, bevor ich die Location nicht gesehen habe.«

»Wir sehen uns dann um sieben.« Es klickt in der Leitung, und ich starre den Telefonhörer an.

»Arschloch«, murmle ich.

Es klopft an meiner Tür.

»Herein.«

Die zwei fallen förmlich zur Tür herein. »Gut zu wissen, dass so etwas wie Privatsphäre in diesem Büro nicht existiert«, sage ich und lasse den Stift auf den Schreibtisch fallen.

»Wir haben nur Bruchstücke gehört.« Mit einem Muffin in der Hand kommt Victoria herein.

»Hab ein wenig Nachsicht mit uns. Wenigstens haben wir uns nicht in meinem Büro versteckt und versucht, uns in die Leitung einzuklinken.« Chelsea setzt sich. Heute wirkt sie viel fröhlicher. Keine roten Augen, keine fleckige Haut, und sie lächelt strahlend.

»Du bist heute gut drauf«, bemerke ich.

Ihr Lächeln wird noch breiter.

»Oh, lass mich raten. Dean hat sich gestern Abend um die unkontrollierbaren Hormone gekümmert«, sage ich kichernd.

Sie zuckt mit den Schultern und verdreht die Augen.

»Schön für dich.«

»Warte, bis du im fünften Monat bist. Dann kriegst du das Grinsen überhaupt nicht mehr aus dem Gesicht.« Victoria wackelt mit den Augenbrauen und stellt mir den Muffin hin.

»Sag der Bäckerei, dass sie aufhören sollen, ständig Kostproben zu schicken. Meine Güte, wollen die etwa, dass mein Hintern so groß wird wie der Michigansee?« Ich schiebe den Muffin von mir. Schuld an meinem Verhalten ist der Mistkerl, den ich eben am Telefon hatte.

»Ich werde es ihnen ausrichten.« Schnell nimmt Victoria den Muffin weg – ein eindeutiges Zeichen dafür, dass ich mich gerade aufführe wie eine Zicke. Ich greife nach der verführerischen Köstlichkeit. »Schon okay. Tut mir leid. Aber dieser Kerl treibt mich in den Wahnsinn.«

»Gib ihn mir wieder. Ich glaube, sie denken, wir wollen alles mal probieren. Schließlich sind wir ein reines Frauenbüro.«

Chelsea wirft die Hände hoch. »Sag ihnen bloß nicht, dass sie aufhören sollen, Sachen zu schicken. Hallo?« Sie deutet auf ihren Bauch. »Die nächsten sieben Monate kann ich essen, was ich will, ohne ein schlechtes Gewissen haben zu müssen.«

Victoria gibt den Muffin Chelsea, die herzhaft hineinbeißt. Krümel rieseln auf ihren Schoß.

»Dann gehen wir heute Abend alle ins Torrios?«, fragt Chelsea mit vollem Mund.

»Nein. Ich gehe allein. Mr. Baldwins Assistentin wird dir die Infos zur Location schicken, Vic. Sag Bescheid, sobald du sie bekommen hast.«

»Du triffst dich mit ihm auf einen Drink?«, fragt Chelsea und sieht Victoria an. »Bei gedämpftem Licht, das forschende Hände und heimliche Küsse verspricht?«

»Nein, Chelsea. Ich gehe ins Torrios, wo hauptsächlich Geschäftstreffen stattfinden, keine romantischen Dates. Wo uns – wie immer – Lincoln bedienen wird. Wir werden eine Vereinbarung treffen, mit der ich einverstanden bin, und dann werde ich wieder gehen. Allein.«

Chelsea steht auf und wirft das Muffinpapier in meinen Mülleimer.

»Klar. Okay. Klingt, als hättest du einen Plan.« Sie fuchtelt in der Luft herum. »Und danach bist du ganz heiß, sexuell unbefriedigt und wünschst dir, dein Dildo wäre aus Fleisch und Blut.«

Mir fällt die Kinnlade herunter.

»Das sind die Hormone. Die machen einen verrückt«, tritt Victoria für ihre Freundin ein.

Ich bin jedoch überhaupt nicht sauer. Was sie gerade getan hat, ist schließlich einer der Gründe, warum ich sie eingestellt habe. Sie lässt es nicht unkommentiert, wenn Leute Quatsch reden – und gerade rede ich einen Haufen Müll. Zum Schutz werde ich heute Abend einen Hosenanzug tragen. Niemals würde ich zugeben, dass das, was sie eben gesagt hat, meine größte Angst ist, die im Morgengrauen vielleicht Wirklichkeit werden könnte.

»Sag Bescheid, sobald du die Infos bekommst.«

»Klar.« Victoria verlässt den Raum und wirft einen Blick in Chelseas Büro, wahrscheinlich, um sicherzustellen, dass sie wieder an ihrem Schreibtisch sitzt und nicht noch mehr unbequeme Wahrheiten von sich gibt.

Kapitel 6

»Danke, Bernie.«

Ich trete durch die Tür der Speakeasy. Seit Generationen ist meine Familie hier Mitglied. Wenn sie nicht so Arschlöcher wie Roarke hereinlassen würden, wäre es der perfekte Ort für mich, um nach einem langen Arbeitstag abzuschalten.

»Gern geschehen, Ms. Crowley.«

Ich nicke und betrete die Bar, die zu siebzig Prozent mit männlichen Gästen gefüllt ist. Es wäre schön, wenn noch mehr berufstätige Frauen hier wären. Es ist fast lächerlich, dass es immer noch so ist, als wäre man in einem Jungenclub.

Ich lasse den Blick durch den Raum schweifen, halte Ausschau nach dem König aller Jungs und finde ihn sofort. Man kann ihn nicht verfehlen. Während alle anderen ihre Krawatten gelockert und die Jacketts ausgezogen haben, wirkt er, als würde er in seinem perfekt sitzenden, dreiteiligen Anzug gerade frisch in den Arbeitstag starten. Keine Strähne seines grau melierten Haars tanzt aus der Reihe. Alle anderen Männer hängen in lockerer Pose an der Bar oder in einer der Sitzecken und unterhalten sich lachend. Doch Roarke sitzt aufrecht in der Sitzecke gegenüber der Eingangstür und fixiert mich.

Er winkt zwar nicht, sieht mir jedoch direkt in die Augen. Und er lächelt auch nicht, weder herablassend noch freundlich. Ich habe das Gefühl, wieder im Gerichtssaal zu sitzen, wie damals, als er mir einen flüchtigen Blick zugeworfen und Todd etwas zugeflüstert hat.

Ich glaube, das hier ist das Niederste, was ich je getan habe. Mich für eine Location herzugeben. Was zum Teufel ist nur los mit mir?

Ich gehe die zwei Treppen hinab und überbrücke die Distanz zwischen uns. Ich lächle noch ein paar bekannten Gesichtern zu, um meinen drohenden Untergang ein wenig hinauszuzögern.

Er steht auf und stellt sich neben den Tisch, um mich zu begrüßen. Was für ein edler Prinz. Nicht.

»Schön, Sie zu sehen, Ms. Crowley.«

»Das kann ich leider nicht erwidern, Mr. Baldwin.« Ich setze mich in unsere Stammsitzecke, doch diesmal auf Chelseas Platz.

Zum Glück ist Lincoln so aufmerksam wie immer. »Vesper?«, fragt er und legt mir eine Serviette hin.

»Heute nicht. Wie wäre es mit Scotch on the rocks?«

Er nickt und macht sich auf zur Bar.

»Scotch?«, hakt Roarke nach und zieht die Augenbrauen hoch bis zum Haaransatz.

»Ja. Wahrscheinlich halten Sie mich für ein Margarita- oder Daiquirimädchen. Doch da muss ich Sie leider enttäuschen.«

Leise lachend führt er sein Glas an die Lippen. »Sie enttäuschen mich nie.«

Ich verdrehe die Augen. »Lassen Sie uns lieber direkt zur Sache kommen, einverstanden?« Ich lege meine ineinander verschränkten Hände auf den Tisch.

Er stellt sein Glas ab und hat große Mühe, sich das Grinsen zu verkneifen. »Zur Sache?«, fragt er.

Es macht mich nervös, dass er alles, was ich sage, mit einer kurzen Frage kommentiert. Ist das der Anwalt in ihm?

»Ja, Sie benutzen die Location als Druckmittel, um etwas von mir zu bekommen. Ich bin nicht käuflich, Mr. Baldwin. Ich bin hier, weil der Veranstaltungsort passend wäre für unsere Gala. Und falls Sie halten können, was Sie versprechen, bin ich gern bereit, die Konditionen zu verhandeln.« Ich lehne mich nach vorn, damit ihm keins meiner Worte entgeht. »Aber lassen Sie mich eine Sache klarstellen. Sie werden mich nicht nackt an Ihren Bettpfosten binden.«

Mit zitternder Hand stellt Lincoln meinen Drink ab und wirft dabei das Glas um, dessen Inhalt sich über den gesamten Tisch verteilt. »Es tut mir schrecklich leid.« Lincoln greift nach der Serviette, doch sie reicht bei Weitem nicht aus, um die Sauerei aufzusaugen, also eilt er zur Bar.

»Sehen Sie nur, was Sie angerichtet haben. Sie haben Lincoln völlig aus dem Konzept gebracht.« Mit seiner eigenen Serviette hält Roarke die Flüssigkeit auf, bevor sie sich auf meinen Schoß ergießt.

Lincoln kommt mit einem Lappen zurück. »Es tut mir so leid, Ms. Crowley. So etwas ist mir noch nie passiert.«

»Schon okay, Lincoln«, erwidere ich.

»Ich hole Ihnen einen neuen Drink.«

»Danke, dass Sie meine Hose gerettet haben«, sage ich widerwillig zu dem Mann, der mir gegenübersitzt.

»Ich wollte nicht, dass Sie eine Ausrede haben, um das Treffen vorzeitig zu beenden.«

Bevor ich etwas entgegnen kann, serviert mir Lincoln einen neuen Drink. »Bitteschön, Ms. Crowley. Und noch mal. Tut mir wirklich leid.«

Er ist noch nicht so lange hier, aber er ist ein tüchtiger Kerl, wobei ich ziemlich sicher bin, dass sie ihn vor allem als Augenschmaus für die wenigen weiblichen Gäste angestellt haben. Mir ist er zu jung, aber die Tattoos, die unter seinem weißen Leinenhemd hervorblitzen, finde ich trotzdem heiß.

»Alles in Ordnung. Nennen Sie mich doch Hannah.« Ich lächle ihn an.

Roarkes Augen weiten sich. »Er darf Sie Hannah nennen?«

»Ja.« Ich nicke.

Lincoln sieht Roarke an. »Noch einen, Sir?«

Herablassend schüttelt Roarke den Kopf, und Lincoln wendet sich dem nächsten Tisch zu.

»Zurück zu der Sache mit dem Bettpfosten. Lassen Sie mich eines klarstellen. So etwas würde ich niemals von Ihnen verlangen, denn sobald ich Sie endlich habe, Ms. Crowley …« Er sagt meinen Namen mit einem Sarkasmus, der förmlich trieft vor Ahornsirup. »Werde ich Sie nicht festbinden müssen, um Sie an Ort und Stelle zu halten. Sie werden es wollen.«

Ich verdrehe die Augen, und der Scotch brennt mir im Hals, als ich einen großen Schluck von meinem Drink nehme. »Sie sind ganz schön überheblich. Falls Sie mich tatsächlich wollen, gehen Sie die Sache völlig falsch an. Ich bin kein junges Mädchen mehr, das vor Ihnen auf die Knie fallen wird.«

»Ich wage zu behaupten, dass Sie irgendwann freiwillig vor mir auf die Knie gehen werden.« Als ich ihn mit einem angewiderten Blick strafe, lacht er nur leise. »Was glauben Sie, was mich an Ihnen so fasziniert?«

»Sie wissen alles über mich. Sie wissen, wie viel Geld ich auf meinem Konto habe. Wie viele Grundstücke ich besitze. Sie sehen in mir lediglich eine Chance, Mr. Baldwin. Falls Sie mich wollen, dann nur, weil ich Ihnen in finanzieller und gesellschaftlicher Hinsicht einiges bieten kann.«

Er stützt sich auf die Unterarme und lehnt sich über den Tisch. Der Duft seines teuren Parfums überflutet meine Sinne. Ich darf mich jetzt nicht zurücklehnen, darf keine Schwäche zeigen.

»Sie mutmaßen schon wieder.« Mit einem Finger streicht er über meinen Handrücken. »Ich bin nicht Todd. Ich will keinen einzigen Cent von Ihnen. Ich will nur Sie. Das ist alles. Nichts weiter. Aber ich würde mich Ihnen niemals aufzwingen. Die Entscheidung liegt ganz bei Ihnen.«

Ich dränge die aufkeimende Erregung zurück, die seine Beichte in mir ausgelöst hat. Wenn er wirklich die Wahrheit sagt, unterscheidet ihn das von allen anderen. Bisher wollte mich keiner einfach so. Immer gab es einen Club oder einen Designer, bei dem ich meine Kontakte spielen lassen sollte. Ich bin sicher, dass Roarke nur mit mir spielt. Man wächst nicht mit dem Nachnamen Crowley auf, nur um dann unbekümmert den gelben Steinweg entlangzuhüpfen und zu glauben, dass der nächste Feind nicht jemand sein könnte, den man als Freund erachtet hat.

»Genug von diesem Hin und Her«, sage ich patzig. »Was schlagen Sie vor?«

Er lehnt sich zurück, und ich lege die Hände in den Schoß. Sein Blick folgt meiner Bewegung und wandert hinauf zu meinem Gesicht, jedoch nicht, ohne kurz auf meinen Brüsten hängen zu bleiben.

Seine Hände verschwinden ebenfalls unter dem Tisch und tauchen mit einem Aktenordner wieder auf.

Anwälte.

»Soll ich etwa einen Vertrag unterschreiben?«

»Sehen Sie nur, wie gut Sie mich bereits kennen.« Er grinst.

»Ernsthaft?« Mein Blick fällt auf die Unterlagen, die er aus dem Ordner hervorzieht. »Ich verspreche Ihnen, dass Sie sich auf mein Wort verlassen können.«

»Mein Beruf hat mich gelehrt, dass man sich auf Versprechungen niemals verlassen darf. Menschen vergessen schnell. Es kommt zu Missverständnissen. Fehlkommunikation. So haben wir alles Schwarz auf Weiß. Ohne Raum für Fehlinterpretationen.«

Ich lehne mich nach vorn und greife nach dem Vertrag, doch er zieht ihn schnell wieder zurück. Ich lasse mich nach hinten fallen. »Lassen Sie mich raten. Wenn ich meiner Verantwortung nicht nachkomme, muss ich ein Bußgeld bezahlen.«

»Tsts, Ms. Crowley. Hören Sie auf, Vermutungen anzustellen.« Er greift in seine Jacke, zieht eine schwarz umrandete Lesebrille hervor, setzt sie auf und greift erneut in seine Jacke, um einen Kugelschreiber herauszuholen.

Während des Scheidungsprozesses hat er die Brille ein paar Mal im Gerichtssaal getragen. Ich muss zugeben, dass ich schon damals fand, dass er damit noch heißer aussieht. Eine Brille sollte einen Mann nicht noch attraktiver machen.

»Vielleicht hätten wir uns besser im Büro treffen sollen, wenn alles so korrekt sein soll.« Ich werfe ihm ein abfälliges Lächeln zu.

»Ich habe darüber nachgedacht«, sagt er durch die Unterlagen blätternd und ohne mich anzusehen. »Aber der Drang, Sie über meinen Schreibtisch zu legen, wäre zu groß gewesen.« Er sieht auf und zwinkert.

Ein Blitz durchzuckt meinen Körper von Kopf bis Fuß, und die Härchen an meinen Armen und Beinen stellen sich auf.

Mistkerl.

»Das wird niemals passieren«, erwidere ich.

»Sie stellen immer noch Hypothesen auf.« Er legt den Stift beiseite, setzt die Brille ab und mustert mich. »Ich bekomme so gut wie immer, was ich will.«

»Lassen Sie diesen *Fifty Shades*-Quatsch.« Ich greife nach dem Vertrag, der Stift kullert von den Unterlagen und landet auf dem Tisch. »Ich werde das von meinen Anwälten prüfen lassen.«

»Ihre Anwälte werden diesen Vertrag nicht zu Gesicht bekommen. Beide Seiten werden ihren Nutzen daraus ziehen. Das versichere ich Ihnen.« Er lehnt sich zurück und wartet, bis ich mir den Vertrag durchgelesen habe.

»Wollen Sie etwa die ganze Zeit hier sitzen bleiben?«, frage ich.

»Ich will den Abend mit Ihnen verbringen. Andere Alternativen wären mir deutlich lieber, aber ich nehme, was ich kriegen kann.«

Ich starre ihn länger an, als ich sollte. Ich bin eindeutig im Nachteil, denn ich habe immer noch keine Ahnung, was er von mir will. »Dann machen Sie es sich bequem.«

Er hebt die Hand, und Lincoln kommt herbeigeeilt. »Noch einen, bitte.« Er wiegt sein Glas hin und her.

»Ms. Crowley?«, fragt Lincoln.

»Hannah«, erinnere ich ihn. »Und nein, für mich nichts.« Während Lincoln sich entfernt, bebt Roarkes Kiefer.

»Sie werden sehen, dass der Vertrag nichts Ungewöhnliches beinhaltet. Keine sexuellen Gefälligkeiten. Kein Geld. Ein sauberer Deal.

Ich besorge Ihnen die Location, und dafür schulden Sie mir fünf Gefallen.«

Ich blättere durch den Vertrag, überfliege die Seiten und stelle fest, dass er die Wahrheit sagt – nirgendwo taucht das Wort Sex auf, nirgendwo steht geschrieben, dass ich mich ausziehen muss, nirgendwo ist ein Geldbetrag verzeichnet.

»An welche Art von Gefallen hatten Sie gedacht?«, frage ich.

Er lächelt wieder. Es ist dasselbe Lächeln, das er an dem Tag im Gerichtssaal auf den Lippen hatte, als er meinem Ex-Mann mehr gesichert hat, als ihm zugestanden hätte.

»Hier müssen Sie mir vertrauen.«

Das soll wohl ein Scherz sein!

Ich lege den Vertrag auf den Tisch und rücke bis ans Ende der Sitzbank. »Kein Deal.«

Um mich am Gehen zu hindern, legt er seine große Hand auf meine. »Hören Sie.« In seiner Stimme liegt eine Verzweiflung, die mich innehalten lässt.

»Ich werde für Sie nicht das Beutetier spielen. Ein Spielzeug, das Sie herbeizitieren, wann immer es Ihnen passt, um etwas Peinliches oder Erniedrigendes zu verlangen.«

Sein Griff festigt sich, doch ich reiße mich los.

»Na schön.« Er schnappt sich Vertrag und Stift, notiert etwas und reicht ihn mir erneut.

Ich lese mir den hinzugefügten Absatz durch, in dem geschrieben steht, dass er nichts Peinliches oder Erniedrigendes von mir verlangen wird. Darunter hat er seine unleserlichen Initialen gekritzelt.

»Sie haben mir keine Wahl gelassen. Würde ich Sie um ein Date bitten, würden Sie verneinen. Fünf Gefallen, durch die Sie mich von einer anderen Seite kennenlernen werden. Das ist alles. Würden wir den Vertrag zerreißen und ich Sie bitten, mit mir auszugehen, würden Sie mir niemals eine faire Chance geben, selbst wenn ich es schaffen würde, Sie zu einem Date zu überreden. Das wissen wir beide.«

»Warum?«

Er nippt an seinem Drink. »Warum?«, fragt er und hebt eine Augenbraue.

Da wären wir wieder bei seinen verdammten Gegenfragen.

»Ja, warum geben Sie sich so viel Mühe, nur um mich davon zu überzeugen, dass Sie nicht der sind, für den ich Sie halte? Sie kennen mich ja nicht mal.«

»Ich weiß mehr über Sie, als ich sollte.«

Er senkt den Blick auf seinen Drink. Wahrscheinlich hat er einen Privatdetektiv auf mich angesetzt, so wie es mein Anwalt mit Todd gemacht hat. Wahrscheinlich kennt er all meine Gewohnheiten. Weiß von meiner Hündin Lucy. Verdammt, wahrscheinlich weiß er sogar, welche Tamponmarke ich benutze.

»Zurück zu Ihrer Frage. Ich fühle mich zu Ihnen hingezogen und glaube, wir zwei würden gut zusammenpassen.«

Für einen kurzen Moment mustere ich sein Gesicht und warte auf die Pointe, doch er wirkt aufrichtig, was mich völlig verblüfft. »Ein Scheidungsanwalt, der an die wahre Liebe und die Ehe glaubt?«

»Noch mehr Behauptungen. Das Thema Ehe habe ich nicht erwähnt. Und das habe ich auch nicht vor. Ich will Ihnen lediglich zeigen, wer ich wirklich bin, um eventuell eine Chance zu bekommen.«

Über den Tisch hinweg starre ich ihn an und warte darauf, dass er seine Fassade fallen lässt. Doch er zuckt nicht mal.

Würde ich mich nicht zu Roarke Baldwin hingezogen fühlen, würde mir die Entscheidung leichtfallen, doch genau das ist der Fall – obwohl ich es besser wissen müsste. Vielleicht kann ich ihn ein für alle Mal aus meinem Kopf verbannen, wenn ich mit ihm schlafe. Das wäre für uns beide eine Win-Win-Situation.

»Eins haben wir gemeinsam.« Er legt den Kopf schief. »Ich werde nie wieder heiraten.«

»Dann sollte Ihnen die Entscheidung nicht schwerfallen.« Er schiebt den Vertrag noch ein Stückchen näher an mich heran.

Ich lese ihn mir ganz genau durch, jeden Satz, jedes Wort. Er hat recht. Der Vertrag sichert ihm lediglich fünf Gefallen zu, die weder finanzieller noch sexueller Natur sind.

Ohne ihn anzusehen strecke ich meine Hand aus, damit er mir den Kugelschreiber reicht.

Ich bin stark, und das Schlimmste, was passieren kann, ist, dass ich mit Roarke Baldwin schlafe. Was nicht so schlimm wäre. Ich könnte damit leben ... glaube ich.

Ich unterschreibe den Vertrag, unterdrücke das Gefühl, gerade etwas getan zu haben, das sich nicht mehr rückgängig machen lässt, und schiebe ihm die Papiere zu.

»Sehen Sie, das war doch gar nicht so schwer.« Er faltet den Vertrag und steckt ihn in seine Brusttasche. »Ich werde sicherstellen, dass Sie morgen eine Kopie davon bekommen.«

Ich nehme einen großen Schluck von meinem Drink. »Und was ist mit dem Veranstaltungsort?«

Er zieht eine Visitenkarte hervor. »Rufen Sie morgen dort an. Sie haben den Termin bereits für Sie reserviert und brauchen nur noch die Details.«

»Einen schönen Abend noch, Mr. Baldwin.« Ich gleite aus der Sitzecke. Unmöglich kann ich dem Silberfuchs noch länger gegenübersitzen. Sonst verliere ich meine Willensstärke und bettle ihn an, die fünf Gefallen zu vergessen und mich mit nach Hause zu nehmen.

»Sie wollen schon gehen?«, fragt er eingebildet grinsend, als könnte er meine Gedanken lesen.

»Ja. Guten Abend.« Ich wende mich zum Gehen, komme jedoch nur einen Schritt weit.

»Wollen Sie denn gar nicht wissen, welchen Gefallen Sie mir als Erstes tun sollen?«

Abrupt bleibe ich stehen, drehe mich zu ihm um und halte meine Clutch fest umklammert. »Wollen Sie mich etwa gegen meinen Willen hierbehalten?«

Er lacht leise. »Nein.« Er erhebt sich und streichelt mir über den Arm. Ich versuche, ein Zittern zu unterdrücken. »Ich will, dass wir uns ab jetzt beim Vornamen nennen. Nicht mehr Ms. Crowley und Mr. Baldwin.«

»Nun gut. Einen schönen Abend noch, Roarke.« Sein Name kommt mir viel zu leicht über die Lippen, und ich frage mich, wie er klingen würde, wenn ich ihn schreien würde, während er in mich eindringt.

Da habe ich mir etwas eingebrockt mit diesem Kerl.

Er lehnt sich nach vorn, und ich spüre seine Bartstoppeln an meiner Wange, bevor er leicht meine Schläfe küsst. »Süße Träume, Hannah.«

Kapitel 7

»Fünf Gefälligkeiten?« Victoria wirkt angespannt. Chelseas Augen leuchten auf. Zwei komplett verschiedene Reaktionen von zwei Frauen, die unterschiedlicher nicht sein könnten.

Ich habe unsere morgendlichen Gespräche bisher immer genossen, aber jetzt, da *ich* diejenige bin, die ausgefragt wird, bin ich nicht mehr so sicher. Sie haben schon auf mich gewartet, um herauszufinden, was Mr. Bald... Roarke genau gesagt hat.

»Verrucht. Das mag ich«, sagt Chelsea. Verräterin.

Victoria überfliegt den Vertrag, den sie per E-Mail bekommen hat. »Du hast recht. Da steht nichts Sexuelles drin.«

»Zu schade.« Chelsea zuckt mit den Schultern.

»Ich nehme an, Dean kümmert sich immer noch gut um dich? Keine Tränen mehr?« Ich hebe eine Augenbraue.

»Nur weil ich in letzter Zeit so oft gekommen bin«, erwidert sie grinsend. Ich nippe an meinem Kaffee und ignoriere die aufkeimende Eifersucht.

Ich hatte seit Ewigkeiten keinen Sex mehr. Und das letzte Mal war mit einem Typen, der es überhaupt nicht draufhatte. Es ist nicht einfach, wenn deine beiden Freundinnen die ganze Zeit mit diesem postkoitalen Strahlen durchs Leben gehen. Vielleicht hoffe ich unterbewusst, dass Roarke das Problem für mich lösen wird.

»Es ist fast ein bisschen romantisch, oder nicht?« Victoria reicht Chelsea den Vertrag. Sie blättert ihn durch, wobei ich ziemlich sicher bin, dass sie nur nach den delikaten Stellen Ausschau hält.

»Ein Vertrag ist nie romantisch.« Ich lehne mich auf meinem Bürostuhl zurück.

Chelsea wirft den Vertrag auf meinen Schreibtisch. »Das stimmt irgendwie. Aber er gibt sich große Mühe, dich rumzukriegen.«

»Ich glaube immer noch, dass er nur Sex will«, erwidere ich.

Victoria zieht die Mundwinkel nach unten.

Chelsea grinst noch breiter. »Perfekt. Eine Win-Win-Situation. Du bist sowieso nicht auf der Suche nach einer ernsthaften Beziehung, die in einer Ehe endet, oder?«

»Ja. Aber das bedeutet, er wird mich rumkriegen, bevor der Vertrag überhaupt erfüllt ist. Und dann? Ich schlafe mit ihm und wir gehen wieder getrennte Wege?«

Ich werde ihnen nicht erzählen, wie unruhig ich gestern Nacht war. Ich habe mich so oft hin und her gewälzt, dass Lucy immer wieder aufgestanden ist. Irgendwann hat sie sich in ihr Körbchen gelegt. Ich werde einfach das Gefühl nicht los, dass ich für Sex bezahlt werde.

»Ich bitte dich. Du musst nicht mit ihm schlafen, wenn du nicht willst. Fünf Gefälligkeiten. Eine hat er bereits eingelöst. Jetzt sind es nur noch vier. Du hast die Macht.« Chelsea benimmt sich wie eine kleine Cheerleaderin.

»Chelsea hat recht. Halte ihn immer auf Abstand. Lass ihn nicht zu nah an dich ran. Du warst in einer ausweglosen Situation, und die Tatsache, dass er seine Kontakte spielen lässt, sagt viel darüber aus, was für ein Kerl er ist. Tu einfach, was er sagt und gut ist. Aber egal, was du tust – verlieb dich nicht in ihn.« Victorias innerer Mamabär brüllt laut.

»Mädels, ihr wisst, dass ich gut auf mich aufpassen kann. Alles in Ordnung. Macht euch keine Sorgen.«

»Eine Schande ist es trotzdem. Er weiß bestimmt mit dem Körper einer Frau umzugehen. Füchse wissen, wie man jagt.« Chelsea steht auf und nimmt ihre Schachtel voller Donuts mit.

»Du nimmst dir das mit dem ›Ich esse, was ich will‹ wirklich zu Herzen.« Ich deute auf ihre mit Puderzucker besprenkelte Brust.

»Scheiße«, murmelt sie und versucht, den Zucker wegzuwischen, doch er verschmiert nur.

»Nur zu, aber denk daran: Es ist harte Arbeit, das Gewicht wieder runterzukriegen, nachdem das Baby draußen ist. Das kannst du mir glauben.« Victoria verlässt den Raum.

Chelsea sieht mich an. »Kein Problem. Ich lasse mich einfach von Tad wieder in Form bringen.« Erneut beißt sie in ihren Donut und verlässt lächelnd mein Büro.

Ich drehe den Bürostuhl in Richtung Fenster und begutachte die Skyline Chicagos. In dieser Stadt leben und arbeiten Millionen von Menschen. Wie kann es sein, dass sich meine und Roarke Baldwins Wege immer wieder kreuzen?

Auf dem Schreibtisch vibriert mein Handy. Ich drehe mich wieder um, um den Anruf entgegenzunehmen.

Mein Dad.

Ich gehe ran und stelle den Anruf auf Lautsprecher.

»Hi, Dad.«

»Hi, Kürbis. Na, wie läuft's mit der Stiftung?«

»Gut.«

»Hast du den Herrn wegen der Gala kontaktiert? Er würde wirklich gern eine Rede halten.«

»Ich habe dir gesagt, dass es um die Stärkung von Frauen geht, deshalb werden nur erfolgreiche Frauen Reden halten.«

»Findest du das nicht irgendwie diskriminierend?« Im Hintergrund höre ich Motorengeräusche. Anscheinend sitzt er gerade im Auto und telefoniert über Bluetooth. Wahrscheinlich ist er gerade auf dem Weg zum Golfplatz.

»Nein, finde ich nicht.«

Er lacht leise. »Deinen Sturkopf habe ich schon immer geliebt. Von wem hast du den nur?«

»Von dir.«

»Ganz genau. Ich habe dir beigebracht, dich wie ein Mann zu verhalten.«

Ich verdrehe die Augen. Mein Dad liebt mich, hätte aber nur zu gern einen Sohn großgezogen.

»Ich würde eher sagen, du hast mir beigebracht, eine starke Frau zu sein.«

Er lacht erneut, als fände er das, was ich gesagt habe, lustig. Dieses Spiel spiele ich mit meinem Vater seit ich denken kann. Immer wieder versuche ich ihm klarzumachen, dass seine Vorstellungen sexistisch sind und er noch immer die Glaubenssätze von vor fünfzig Jahren hegt. Aber manche Kämpfe sind es nicht wert, ausgefochten zu werden. Ich habe keine Lust, mein ganzes Erwachsenenleben damit zu verbringen, mit meinem Dad zu streiten.

»Ich habe deiner Mutter gesagt, dass wir uns um dich keinerlei Sorgen machen müssen.«

»Danke, Dad.« Ich greife nach dem Kugelschreiber und beginne, damit herumzuspielen.

»Nehmen wir zum Beispiel Todd. Zum Glück bist du diesen Mistkerl los, nicht wahr?«

Ich lasse den Stift fallen. Was soll das denn jetzt? Ich dachte, es ginge um meinen Erfolg und darum, dass ich auf eigenen Beinen stehen kann. Darum, dass meine Mutter, die niemals auch nur einen Dollar selbst verdient hat, an meinen Fähigkeiten zweifelt.

»Wovon redest du?«, frage ich.

»Todd«, antwortet er lauter, als wäre ich sein Golfkumpel, der sein Hörgerät ausgeschaltet hat. »Die Bekanntmachung seiner Verlobung.«

Ich springe vom Stuhl auf. »Er ist verlobt?«

»Oh, das wusstest du nicht? Ich war sicher, du hättest vor uns davon erfahren. Es war gestern Abend im Club das große Thema. Während des Dinners. Anscheinend ist sie Krankenschwester. Ich finde es ein bisschen schäbig, mit jemandem zu schlafen, der unter einem arbeitet, aber seine Eltern haben von ihr geschwärmt.«

Mein Bauch sollte sich nicht anfühlen, als hätte ich gerade einen riesigen Burger verschlungen. Todd und seine bevorstehende Vermählung sollten mir total egal sein.

»Er ist mit ihr nach Tahiti oder so gereist, hat den Ring in einer Muschel versteckt und etwas in den Sand geschrieben. Du kennst mich ja. Ich habe irgendwann nicht mehr zugehört, aber deine Mutter hat sich Sorgen gemacht, wie du die Neuigkeiten auffassen würdest.«

Wahrscheinlich fragt sie sich, warum sich Todd bei mir nicht so viel Mühe gegeben hat. Mir hat er den Antrag an einem Freitagabend im Club gemacht, als es Bratfisch gab. *Arschloch*. Und jetzt reist er mit seiner Zukünftigen von meinem Geld durch die Weltgeschichte, um ihr einen ausgeklügelten Heiratsantrag zu machen?

Schweigend balle ich die Hände zu Fäusten. Mir fehlen die Worte.

»Mach dir nichts draus. Er ist ein Vollidiot, der nicht weiß, was er an dir hatte. Und seine Eltern sind ebenfalls Dummköpfe. Das fand ich schon immer.«

Ich kichere. Mein Dad mag früher streng gewesen sein und ja, er ist ein Chauvinist, aber er steht immer hinter mir.

»Ist mir egal«, sage ich. »Es ärgert mich nur, dass er dafür mein Geld benutzt. Was bringt ein Ehevertrag, wenn man trotzdem die Hälfte seiner Sachen verliert?«

»Aber Hannah, es war nicht abzusehen, dass Grandpa nur ein Jahr nach eurer Hochzeit stirbt. Außerdem gehörte er zur alten Schule. Einmal verheiratet – immer verheiratet. Der alte Narr dachte, es wäre nett von ihm, dich *und* Todd in seinem Testament zu erwähnen.«

»Genau das ist das Problem. Ein wahrer Gentleman hätte das Geld nicht genommen. Vor allem, wenn *er* der Grund dafür ist, dass die Ehe auseinandergegangen ist. Er ist Chirurg. Es ist nicht so, als würde er am Hungertuch nagen.«

»Du hast ihm einen Lebensstil ermöglicht, den er sich selbst als Chirurg niemals leisten könnte. Du musst loslassen und endlich dein Leben weiterleben. Ich bin sicher, irgendwo da draußen gibt es einen Mann, der nur auf dich wartet.«

»Auf mich wartet? Dad …« Ich seufze.

»Ach, Hannah. Du musst aufhören, dir so viele Sorgen zu machen. Ja, Todd hat mehr bekommen, als ihm jemals zugestanden hätte. Er hatte einen hervorragenden Anwalt. Leider sind wir ihm nicht zuvorgekommen.«

»So toll war er jetzt auch wieder nicht«, knurre ich.

»Weil du am anderen Ende saßt. Wäre er dein Anwalt gewesen, hättest du ihm die Füße geküsst.«

»Auf keinen Fall.« Ich gehe vor dem Fenster auf und ab.

»Jedenfalls weißt du jetzt, wen du anrufst, falls du noch mal heiratest und dich wieder scheiden lässt.« Er lacht leise.

Ich verdrehe die Augen. Zum Glück kann mein Dad mich nicht sehen, ansonsten würde er mir sagen, dass man sich seinem Vater gegenüber nicht so verhält.

»Da musst du dir keine Sorgen machen. Es war nach der Scheidung schwierig genug, wieder eine Crowley zu werden. Ich werde den Namen kein zweites Mal hergeben.«

Und das ist die Wahrheit. Die Behörde macht es einem wirklich schwer, wieder seinen Mädchennamen anzunehmen. Nach der Trauung wurde ich auf dem Amt angelächelt, gefragt, wann die Hochzeit war, wie er mir den Antrag gemacht hat, wo wir unsere Flitterwochen verbracht haben. Erzählt man jedoch, dass man sich scheiden lässt, gehen die Mundwinkel nach unten, und es werden keine weiteren Fragen gestellt.

Was sollen sie auch fragen? Wie viele Jahre hat es gehalten? Wessen Schuld ist es?

»Ach, Kürbis. Du hast bisher nur eine gescheiterte Ehe hinter dir. Sieh dir nur Onkel Harrison an. Er hat fünf Anläufe gebraucht, bis er die Richtige gefunden hat. Wir müssen uns nur besser schützen. Beim nächsten Mal wissen wir, auf was wir im Ehevertrag achten müssen. Ganz einfach. Scher nicht alle Männer über einen Kamm, nur weil Todd ein geldgieriges Arschloch ist. Ich habe diese Leute noch nie gemocht.«

»Danke für die aufmunternden Worte, Dad.« Ich lächle in mich hinein.

»Ich bin jetzt auf dem Golfplatz. Ich will nicht, dass du dich abschottest. Irgendwo da draußen gibt es einen Mann für dich.« Er schaltet sein Bluetooth aus und mich auf Lautsprecher.

»Gregory!«, ruft einer seiner Kumpels im Hintergrund.

»Toller Tag zum Golfen«, erwidert mein Vater.

»Okay, Dad. Wir hören uns.«

»Ja, bis bald. Komm am Sonntag zum Essen vorbei. Deine Mutter macht sich Sorgen um dich.«

»Ich versuch's«, sage ich, obwohl ich weiß, dass ich es wahrscheinlich sowieso nicht tun werde.

»Nicht versuchen. Machen. Tschüss, Süße.«

Dann ist die Leitung tot, und ich lehne mich mit der Schulter gegen das Fenster.

Todd ist verlobt.

Obwohl ich froh war, endlich die Scheidungspapiere zu unterzeichnen, frage ich mich jetzt, was an ihr so besonders ist. Was hat sie, was ich nicht habe?

Auf dem Schreibtisch vibriert mein Handy. Als ich nachsehe, erkenne ich sofort die Nummer, die ich erst gestern abgespeichert habe. Ich greife nach dem Smartphone, um die Nachricht zu lesen.

Roarke: Bereit für Gefallen Nummer zwei?

Ich: Woher hast du meine Handynummer?

Roarke: Sei froh, dass ich dich nicht schon früher auf dem Handy angerufen habe.

Ich: Juhu. Um was geht's?

Roarke: Ich muss übers Wochenende weg. Familiärer Notfall. Ich brauche jemanden, der auf mein Apartment aufpasst.

Ich: Auf dein Apartment aufpasst?

Roarke: Ja.

Ich: Soll ich deine Pflanzen gießen und die Fische füttern?

Das kann unmöglich sein Ernst sein. Er verschwendet einen Gefallen dafür, dass ich auf seine Wohnung aufpasse?

> **Roarke:** *Nein. Ich will, dass du das Wochenende bei mir verbringst, während ich unterwegs bin. Ich habe einen kleinen Kater, der sich noch einleben muss. Bist du allergisch?*

Scheiße, sag ja, Hannah. Sag, dass du einen anaphylaktischen Schock bekommen wirst.

Ich beginne zu tippen, lösche den Text wieder, tippe erneut, doch aus irgendeinem Grund bringe ich es nicht fertig, so zu lügen.

> **Roarke:** Ich werte dein Schweigen als ein Nein.
> **Ich:** Ich glaube, das überschreitet ein wenig die Grenzen.
> **Roarke:** Es ist weder sexuell noch peinlich. Oder findest du meine Bitte in irgendeiner Form erniedrigend?

Mistkerl.

> **Ich:** Hast du keine Angst, ich könnte herumspionieren?
> **Roarke:** Ganz im Gegenteil. Ich hoffe, du spionierst herum.
> **Ich:** Wer bist du?
> **Roarke:** Ich weiß, dass deine Mitarbeiterinnen mich den Silberfuchs nennen, aber nenn mich einfach Roarke.
> **Roarke:** ;)
> **Ich:** Ich habe einen Hund und keine Ahnung, ob er sich mit Katzen verträgt.
> **Roarke:** Ein Welpe?
> **Ich:** Ja.
> **Roarke:** Männchen oder Weibchen?

Ich: Aus all den Fragen schließe ich, dass du mich nicht mehr beschatten lässt?
Roarke: Du glaubst, ich hätte dich verfolgen lassen? Darüber machst du dir Sorgen?

Ich antworte nicht, doch am liebsten würde ich Ja sagen. Allmählich habe ich es satt, dass wir uns die ganze Zeit im Kreis drehen.

Roarke: Zurück zum Katzen-Hunde-Problem. Bring deinen Hund mit. Falls sie sich nicht vertragen, hinterlasse ich dir die Telefonnummer von jemandem, der dann übernimmt. Deal?
Ich: Ich schätze schon.

Einen so simplen Gefallen kann ich nicht abschlagen. Vor allem, weil ich dabei nicht mal in seiner Nähe sein muss.

Roarke: *Perfekt. Ich lasse dir heute einen Schlüssel zukommen und schicke dir die Adresse. Bitte behandle sie vertraulich. Wie du weißt, gibt es einige Menschen, die mich nicht mögen, und es wäre mir lieber, wenn sie nicht wüssten, wo ich wohne. Ich werde auf der Küchentheke einen Notizzettel mit Anweisungen hinterlassen.*

Wie professionell. Als wäre ich seine Bedienstete, nicht seine Sexsklavin.

Dieser Gedanke enttäuscht mich mehr, als er sollte.

Kapitel 8

Das Taxi bringt mich zu der Adresse, die mir Roarke geschickt hat.

»Komm, Lucy.« Ich zupfe an der Leine, doch sie bewegt sich kein Stück. Ich dachte, ich würde mir einen Schäferhund zulegen, der mich beschützt – aber weit gefehlt.

Nachdem ich noch ein paar Mal an der Leine gezogen habe, steht sie endlich auf und tapst den Bürgersteig entlang. Doch als ein Mann durch die Drehtür des Wohnhauses ins Freie tritt, bleibt sie abrupt stehen.

»Komm schon.« Ich ziehe erneut, aber sie setzt sich einfach hin und stemmt sich mit allen vier Pfoten dagegen. »Lucy, bitte«, bettle ich.

Nichts.

»Ich will da auch nicht rein, aber wir tun es für die Mädchen. Es sind nur zwei Tage, dann gehen wir wieder nach Hause.« Ich habe überlegt, ob ich einen Hundesitter organisieren soll, dachte mir dann aber, wenn ich Lucy mitnehme und sie tatsächlich anfängt, die Katze umherzujagen, dann komme ich ganz einfach aus der Sache heraus. Und die zweite Gefälligkeit wäre somit auch erledigt.

Aber was, wenn ich die Aufgabe nicht zu Ende führen kann und Roarke sagt, dass sie nicht als erfüllt gilt?

Ich schüttle den Kopf. Wir sind doch nicht mehr auf der Highschool. Er kann mich nicht mobben.

»Lucy.« Als ich mich zu ihr hinunterbeuge, rutscht die Reisetasche von meiner Schulter und fällt auf den Bürgersteig. Ich streichle ihren Kopf und sehe ihr tief in die Augen. »Wenn wir es erst mal durch die Drehtür geschafft haben, wirst du dich wie zu Hause fühlen.«

Sie senkt den Kopf. Meine aufmunternden Worte scheinen nicht bei ihr anzukommen.

»Miss?« Neben mir öffnet ein Mann eine Seitentür.

Ich richte mich auf, und auch Lucy erhebt sich endlich.

»Sie können gern diese Tür benutzen.« Der Mann trägt eine Uniform, entweder ist er der Portier oder von der Security.

»Vielen Dank.«

Diesmal folgt Lucy artig. Sie liebt Menschen nun mal.

»Zu wem möchten Sie?«, fragt er und stellt sich hinter seine Theke vor den Aufzügen.

»Ich passe auf Roarke Baldwins Apartment auf.«

»Ah ... ja ... das hatte er erwähnt, als er heute Morgen aufgebrochen ist. Er meinte, Sie hätten einen Schlüssel.« Er tippt auf der Tastatur herum. »Hannah Crowley?«

Ich zeige ihm den Schlüssel. »Die bin ich.«

»Er meinte auch, dass Sie viermal am Tag jemanden bräuchten, der mit Ihrem Hund Gassi geht?«

»Ähm ...« Lucy zerrt an der Leine, und ich ziehe sie zurück, damit ich die Unterhaltung zu Ende führen kann.

»Wir haben professionelle Dogwalker.«

»Würde die Rechnung auf Mr. Baldwin gehen?«, frage ich.

»Nun ja, schon, aber er hat bereits dafür bezahlt.«

Super, noch ein Gefallen weniger.

»Ich bestehe darauf, selbst dafür zu bezahlen.« Ich gehe auf die Theke zu, doch Lucy findet das kleine Mädchen, das gerade aus dem Aufzug steigt, wesentlich interessanter.

Ich gebe ihr ein wenig Leine und trete auf den Portier zu, auf dessen Namensschild Will geschrieben steht.

»Es tut mir leid, Ms. Crowley, aber das geht nicht.«

»Das geht nicht? Aber Sie können die Rechnung doch sicherlich an mich schicken statt an Mr. Baldwin.«

Er zeigt auf den Monitor. »Hier steht ausdrücklich, dass ich höflich ablehnen soll, falls Sie versuchen sollten, selbst zu bezahlen.«

Jetzt sehe ich Rot. Keine Ahnung, welches Spiel Roarke spielt, aber allmählich verliere ich die Geduld. Doch ich versuche, mich am Riemen zu reißen, schließlich kann Will nichts dafür. »Na schön, dann werde ich den Betrag direkt bei Mr. Baldwin begleichen. Steht sonst noch etwas in Ihren Notizen?« Ich zeichne Gänsefüßchen in die Luft, weil diese Art von »Notizen« einfach lächerlich ist.

»Nein, das scheint soweit alles gewesen zu sein. Er kommt Sonntag zurück.«

Ich nicke. »Ja, ich werde Sonntagmorgen in aller Früh gehen.« Als Will lächelt, kommen seine gelben Zähne zum Vorschein. Dem Geruch nach zu urteilen liegt es am jahrelangen Rauchen.

»Dann wollen wir Sie mal nach oben bringen.« Wieder umrundet er die Theke und tätschelt Lucys Kopf.

Lucy steht auf, wedelt mit dem Schwanz und wundert sich, warum er sich von ihr nicht das Gesicht abschlabbern lassen will.

»Ich schaffe es bestimmt auch allein nach oben«, sage ich.

»Ich halte Ihnen die Tür auf und drücke das richtige Stockwerk für Sie.«

Lächelnd steige ich mit Lucy in den Aufzug. Meine Schulter bringt mich um, denn ich schleppe nicht nur meine Reisetasche mit mir herum, sondern auch noch Lucys Körbchen und ihr Futter. Ich hätte Roarke einfach sagen sollen, dass er die Katze zu mir bringen soll, doch andererseits meinte er, sie müsse sich noch einleben. Also ist es wahrscheinlich besser, wenn sie in ihrer gewohnten Umgebung bleibt. Außerdem muss ich zugeben, dass ich schon sehr auf Roarkes Apartment gespannt bin.

»Danke, Will.« Ich krame ein wenig Geld aus meiner Handtasche und reiche es ihm.

Er schüttelt den Kopf. »Ich habe bereits fürs ganze Wochenende Trinkgeld bekommen. Und die anderen Portiers auch. Einen angenehmen Aufenthalt, Ms. Crowley.«

Die Türen des Aufzugs schließen sich, und ich stecke das Geld zurück in meine Tasche.

»Was für ein Idiot«, murmle ich vor mich hin. Neugierig dreht mir Lucy den Kopf zu. »Zwei Tage, Kleine. Dann schulde ich ihm nur noch drei Gefallen.«

Als wir das fünfundachtzigste Stockwerk erreichen, öffnet sich der Aufzug.

»Was? Er hatte keine Million mehr übrig für ganz oben?«, raune ich und nehme Lucy ein wenig kürzer, während wir den Flur hinabgehen.

Wir gehen immer weiter. Nirgendwo gibt es Türen oder Schilder, die mir den Weg weisen. Fast habe ich das Gefühl, wir gehen im Kreis, bis wir plötzlich vor der Tür mit der richtigen Nummer stehen. Den Weg hätte er mir ruhig ein wenig genauer erklären können. Ihm wird ja wohl nicht das gesamte Stockwerk gehören. Wobei, es ist schließlich sein Job, reiche Leute übers Ohr zu hauen. Meinem eigenen Anwalt musste ich genug zahlen, um genau zu wissen, dass sie im Supermarkt nicht auf Rabattcoupons angewiesen sind.

Ich stecke den Schlüssel ins Schloss. Lucy schnüffelt wie ein Drogenspürhund, als könnte sie es kaum erwarten, ihr Frauchen stolz zu machen. Das Schloss klickt, und Lucy springt gegen die Tür und in das Apartment.

Da die Leine fest um mein Handgelenk gewickelt ist, werde ich nach vorn gerissen. Meine Handtasche plumpst zu Boden, und der Inhalt ergießt sich über den teuren Marmor. Auch meine Reisetasche fällt herunter, aber zum Glück ist mein Laptop durch die Klamotten gut gepolstert.

»LUCY!«, schreie ich, doch sie rennt bereits von Zimmer zu Zimmer. Wahrscheinlich riecht sie die Katze.

Ich glaube, ich werde schon bald die Telefonnummer wählen. Mit einem Lächeln auf den Lippen richte ich mich auf.

Ein winziges silberfarbenes Knäuel rennt an mir vorbei und versteckt sich unter dem Sofa. Während Lucy das Möbelstück beschnüffelt, ergreife ich die Chance, den Blick durch das Apartment schweifen zu lassen. Das Dekor ist in Grau, Blau und Weiß gehalten. Die Fußböden sind dunkel, und jedes Zimmer verfügt über riesige Fenster, die zu allen Seiten hin eine andere Aussicht offenbaren.

Dem Mistkerl gehört vielleicht nicht das ganze Stockwerk, aber mindestens die Hälfte.

Ich mache mich auf, das Apartment genauer zu erkunden. Insgesamt gibt es drei Schlafzimmer mit jeweils einem eigenen Bad. Außerdem hat er ein Büro, das er offenbar nur selten benutzt. Das gigantische Wohnzimmer mit angrenzender offener Küche bildet das Zentrum des Apartments. Vor einem der großen Fenster steht ein langer Esstisch.

Alles ist genauso sauber und ordentlich, wie ich es mir vorgestellt habe. Keine herumliegenden Bierdosen. Kein überdimensionaler Fernseher, der das komplette Zimmer dominiert. Keine Klamotten auf dem Boden und keine verschmierte Zahncreme im Waschbecken. Hier lebt ein Perfektionist. Aber das habe ich mir schon gedacht.

Lucy umrundet noch immer das Sofa und versucht, ihre Beute zu erschnüffeln.

Auf der Küchentheke entdecke ich einen Zettel, also gehe ich hinüber, um mir seine Anweisungen durchzulesen, die er in unleserlicher Männerhandschrift aufgeschrieben hat. Es wundert mich fast, dass er sie nicht von seiner Assistentin hat abtippen lassen.

Hannah,
danke. Wie du wahrscheinlich inzwischen weißt, habe ich einen Dogwalker engagiert. Er kommt viermal pro Tag vorbei und hat Zugang zu meiner Wohnung, das heißt, du musst nicht unbedingt da sein. Wie du wahrscheinlich auch schon weißt, habe ich den Portiers schon für das ganze Wochenende Trinkgeld gegeben. Bitte versuch nicht, ihnen noch mehr Geld zu geben – sie werden es ablehnen.

Ich verziehe das Gesicht und verdrehe die Augen.

Kitty bekommt zweimal am Tag Futter. Nassfutter ist im Kühlschrank, Trockenfutter im Schrank. Wasser offensichtlich.

Ich habe keine Pflanzen, die man gießen müsste, und die Putzfrau war da, kurz bevor du gekommen bist.

Eine letzte Sache. Da ich versuche, Kitty aus den Gästeschlafzimmern fernzuhalten, wäre es gut, wenn du in meinem Bett schlafen würdest. Keine Sorge, alle Bettbezüge wurden gewechselt.

Ich würde mich freuen, wenn du Sonntagabend zum Essen bleiben würdest, aber dafür möchte ich keinen Gefallen einlösen. Die Entscheidung liegt bei dir.

Ein schönes Wochenende.

R

»Ernsthaft?« Die Notiz fällt mir aus der Hand und landet, zusammen mit einer Liste aller Imbisse in der Umgebung, auf der Küchentheke.

WUFF!

»Meine Güte, Lucy, lass die Katze in Ruhe.« Als ich mich umdrehe, sehe ich, wie das Kätzchen den Kopf hervorstreckt. Lucy versucht, ihren dicken Kopf ebenfalls unter das Sofa zu stecken.

Bisher habe ich gar nicht darüber nachgedacht, dass es ziemlich überraschend ist, dass ein Mann wie Roarke so ein winziges, süßes, flauschiges Katzenbaby hat. Über einen Dobermann oder Pitbull hätte ich mich nicht gewundert. Aber dieses niedliche kleine Ding? Das hätte ich wirklich nicht erwartet.

Lucy versucht, Kitty abzulecken. Was ist das eigentlich für ein dummer Name? Als ich mich auf das Sofa setze, kommt das Kätzchen darunter hervor, springt auf den Couchtisch und auf meinen Schoß.

»Oh.« Ich streichle sein weiches graues Fell, und es fängt sofort an zu schnurren.

Lucy springt ebenfalls aufs Sofa und will das Katzenbaby begrüßen.

»Du bist aber süß. Kitty passt überhaupt nicht zu dir. Ich glaube, ich nenne dich … Nickel.« Der kleine Kater schnurrt noch lauter und drückt seinen Kopf in meine Hand.

Lucy bohrt ihren Kopf unter meinen Arm und drückt ihn hoch. Da ist wohl jemand eifersüchtig.

In meiner Handtasche klingelt das Smartphone, also setze ich Nickel ab und renne hinüber.

Ich hätte die Mailbox rangehen lassen sollen.

»Ja?«, melde ich mich.

»Gefällt es dir?« Roarkes tiefe Stimme jagt mir einen Schauer über den Rücken.

»Dein Apartment? Ist okay.« Ich sehe aus dem Fenster, hinunter auf den Michigansee und beobachte, wie die Schiffe am Navy Pier ablegen und ankommen.

Er lacht leise. »Tut mir leid, es war nicht so teuer wie deins.«

Wir wissen beide, dass unsere Wohnungen in etwa gleich viel gekostet haben – nur dass er die bessere Aussicht hat.

»Tja, was soll ich sagen? Seit meiner Scheidung kann ich mir kaum noch etwas leisten.«

»Der Punkt geht an dich.«

»Oh, und ich habe Kitty einen anderen Namen gegeben.«

»Ach, ja?« Er klingt amüsiert. »Und wie heißt er jetzt, wenn ich fragen darf?«

»Nickel. Weil er silbergraues Fell hat.«

»Platin klingt besser.«

»Vielleicht, wenn *er* eine *sie* wäre. Ich weiß, warum dir Platin besser gefällt als Nickel, aber hier geht es um einen Katzennamen, Mr. ... Roarke.«

»Gerade noch mal die Kurve gekriegt. Gut gemacht, Hannah.« Er sagt meinen Namen auf eine Art, die in meinem Bauch eine Million Funken gleichzeitig entfacht.

»Nun ja, hier ist jedenfalls alles in Ordnung. Gefälligkeit Nummer zwei scheint das reinste Kinderspiel zu werden.«

Er lacht erneut. »Freut mich, dass es dir bei mir gefällt. Bitte bedien dich aus dem Kühlschrank. Ich habe ihn extra auffüllen lassen.«

»Hast du früher mal im Hotelgewerbe gearbeitet?«

Er lacht schon wieder. »Ich habe dir bereits gesagt, dass du nichts über mich weißt. Ich bin einfach ein netter Kerl.«

»Nicht im Gerichtssaal«, necke ich.

O mein Gott. Flirten wir etwa?

»In diesem Punkt kann ich nicht widersprechen. Aber es ist mein Job. Meine Klienten bezahlen für den Besten. Und der bin ich. Du warst eben auf der falschen Seite.«

»Darüber müssen wir jetzt nicht reden. Danke für den Anruf. Nickel und Lucy vertragen sich gut.« Ich drehe mich zum Sofa und sehe, dass sich Nickel inzwischen an Lucys Hals geschmiegt hat. »Sehr gut sogar.«

»Gut. Ich wollte keinen Fremden engagieren, um auf meine Wohnung und Nickel aufzupassen. Ich bin froh, dass alles gut klappt.«

Im Hintergrund ruft eine weibliche Stimme nach ihm, und ich versteife mich.

»Ich habe auf der Rückseite des Zettels die Telefonnummer meiner Assistentin notiert, falls du irgendwas brauchen solltest. Ansonsten können dir auch die Portiers helfen.«

Die Frau ruft schon wieder nach ihm.

»Noch mal danke, Hannah.«

»Gern geschehen«, erwidere ich. Die Frauenstimme irritiert mich, aber ich versuche es zu ignorieren. Was geht es mich an, was er am Wochenende treibt?

Wir legen auf. Leicht klopfe ich mit dem Handy gegen mein Brustbein, während ich die Boote auf dem glitzernden See beobachte. Ich glaube, das war die erste Unterhaltung, bei der ich ihm nicht den Kopf abreißen wollte.

Ich weiß nicht, ob das ein gutes oder ein schlechtes Zeichen ist.

Kapitel 9

Das Wochenende verstreicht ohne Zwischenfälle. Auch Roarke meldet sich nicht mehr. Sonntagmorgen werde ich durch irgendetwas geweckt – Geräusche aus der Küche.

Ich setze mich kerzengerade auf. Lucy und Nickel liegen zusammen in Lucys Körbchen. Das darf nicht wahr sein. Der schlechteste Wachhund aller Zeiten.

Ich schlüpfe aus den Luxuslaken, die viel zu sehr nach Roarke riechen, schleiche zur Tür und spähe den Flur hinab. Neben dem Konsolentisch steht ein Koffer, darauf liegen ein Schlüsselbund und eine Sonnenbrille. Leise Musik und Kochgeräusche dringen aus der Küche.

»Er hat doch wohl keinen Koch für mich engagiert, oder?«

Ich drehe mich um und werfe einen Blick auf den Wecker.

Neun Uhr.

Keine Ahnung, warum ich so lange geschlafen habe, aber die ganze Nacht Netflix zu sehen war wohl nicht gerade hilfreich. Nachdem der Dogwalker Lucy gestern Abend abgeholt hat, bin ich in meinen Pyjama geschlüpft und habe mich seit Ewigkeiten mal wieder entspannt. Normalerweise muss ich zu irgendeiner Benefizveranstaltung oder mich mit meinen Eltern im Club zum Dinner treffen. Würde ich Roarke nur ein kleines bisschen mögen, wäre ich ihm dankbar dafür, dass er mir einen freien Samstagabend beschert hat.

»Lucy«, schimpfe ich leise, weil sie nicht Alarm geschlagen hat.

Wahrscheinlich macht derjenige nur Frühstück, aber trotzdem.

Lucy hebt den Kopf, sieht mich kurz an und senkt ihn wieder.

Um mir Klarheit zu verschaffen schleiche ich auf Zehenspitzen den Flur hinab.

Mein Blick fällt auf die Sonnenbrille, die ich schon einmal an Roarke gesehen habe. Und der Koffer sieht definitiv nach seinem aus – teuer und in männlichem Silber und Schwarz. Die Anspannung löst sich aus meinen Schultern.

Dann versteife ich mich wieder.

Seit wann fühle ich mich in Roarke Baldwins Gegenwart sicher?

Ich verstecke mich hinter einer Wand und beobachte, wie er sich mit dem Rücken zu mir in der Küche umherbewegt. Sein Haar ist nicht so gegelt wie sonst, und den Anzug hat er gegen ein kurzärmeliges Shirt und Jeans eingetauscht.

Er hat die Jalousien geöffnet, um die Sonnenstrahlen hereinzulassen, die den See zum Glitzern bringen. Dieser Ausblick. Was hat er bloß dafür bezahlt?

»Crash Into Me« von der Dave Matthews Band dringt aus einem kleinen Lautsprecher auf der Küchentheke.

Schweigend beobachte ich ihn und schlucke das Gefühl herunter, gerade Zeugin eines seltenen Moments zu werden, in dem ich endlich den *echten* Roarke zu Gesicht bekomme. Es ist ganz anders als alles, was ich jemals von diesem Mann gedacht habe.

Ging es bei Gefallen Nummer zwei etwa darum? Ist das ein Trick, damit ich mit ihm gemeinsam esse? Kommt extra früh nach Hause, nur um Frühstück zu machen und mich dazu zu zwingen, mit ihm Zeit zu verbringen?

Er dreht sich um, um etwas aus dem Kühlschrank zu nehmen, doch ich schaffe es nicht, rechtzeitig den Blick loszureißen, geschweige denn, mich wieder hinter der Wand zu verstecken.

Er erwischt mich, und ein Lächeln erhellt sein Gesicht. »Du bist wach«, sagt er, als würde ich hier wohnen und es wäre völlig normal, dass er mir Frühstück macht.

»Ja.« Es ist, als würden meine Füße in einem Zementblock feststecken. Ich traue mich nicht näherzukommen.

»Hunger?«, fragt er. Es klopft an der Tür. »Kleinen Moment.« Er hebt den Finger und öffnet die Tür.

Meine Augen kleben noch immer an ihm. Ich muss mich erst noch daran gewöhnen, ihn in Jeans und T-Shirt zu sehen.

Roarke dreht den Kopf zu mir. »Es ist der Gassigeher.«

Ich nicke, immer noch verwirrt von der Gesamtsituation.

Ned, der Dogwalker, kommt herein und winkt mir zu.

»Guten Morgen, Ms. Crowley.« Er lässt den Verschluss der Leine klicken, und das Geräusch von vier stampfenden Pfoten schallt über den Flur. Rutschend kommt Lucy vor ihrem neuen Liebling zum Stehen. Sie schenkt Roarke, der nun wieder in der Küche ist, keinerlei Beachtung.

»In ungefähr vierzig Minuten bin ich wieder da.« Ned verlässt das Apartment und schließt die Tür hinter sich.

Lucy wirft mir nicht mal einen letzten Blick zu. Verräterin.

»Wie wär's mit Frühstück?« Roarkes Stimme reißt mich aus meinen Gedanken.

»Ähm.«

Mist, warum habe ich Lucy mit Ned mitgehen lassen? Es wäre der perfekte Grund gewesen zu gehen.

»Komm und setz dich. Du musst sowieso noch mindestens vierzig Minuten warten, bis du gehen kannst.« Zwar lächelt er freundlich, aber er hat diesen hinterhältigen Angriff genau geplant.

»Du hast das gewusst.« Ich gehe in die Küche.

»Was?«, fragt er, aber die Wahrheit steht ihm ins Gesicht geschrieben.

»Du wusstest genau, dass du so früh zurück sein würdest.«

Er belädt einen Teller mit Pfannkuchen und stellt ihn beiseite. »Stimmt nicht.« Neben mir springt Nickel auf einen Stuhl und will kuscheln. »Er mag dich.« Mit der Gabel zeigt er auf das kleine Fellknäuel in meinem Schoß.

»Jetzt nicht das Thema wechseln.« Ich halte den Blick auf ihn gerichtet.

Er dreht sich um, nimmt eine Dose Nassfutter aus dem Kühlschrank und geht in die Waschküche. Nickel springt von meinem Schoß und eilt zu seinem Futternapf.

»Ist das Lucys Futter?«, fragt er.

»Das im Gefrierbeutel? Ja.«

Keine Sekunde später höre ich, wie ihr Futter in der Schüssel landet und Wasser in den Napf gegossen wird.

Roarke kommt zurück in die Küche. »Alle versorgt.« Er wäscht sich die Hände und holt eine Art Quiche aus dem Ofen.

»Nur damit du es weißt, ich esse morgens nicht besonders viel.«

Er nimmt zwei Teller aus dem Schrank und trägt sie hinüber zum Esstisch.

»Jeder mag Frühstück.«

Ich folge ihm. »Ich nicht. Ich werde mich jetzt anziehen, damit ich fertig bin, wenn Lucy zurückkommt.«

Er lehnt sich mit der Schulter gegen die Wand.

»Dann werde ich wohl noch einen Gefallen einlösen müssen.«

Seine leise Stimme hat einen flehenden Unterton und erweicht mein Herz, obwohl sie es nicht sollte. Mein Gehirn ist wahrscheinlich vernebelt, weil ich das ganze Wochenende in seinem Apartment verbracht habe. Klar, er war nicht da, sein Geruch aber schon. Er hat mir einen Einblick in sein Privatleben gewährt. Alles ist so ordentlich – bis auf eine Schublade in der Waschküche, die eine Million verschiedener Batterien, Schrauben und allerhand anderen Krimskrams enthält. Die Bettwäsche war zwar frisch gewaschen, doch entweder hat sie permanent seinen Geruch angenommen oder er benutzt ein spezielles Spray. Gestern unter der Dusche habe ich sogar heimlich an seinem Shampoo und seinem Duschgel gerochen.

Viele Fotos hat er zwar nicht herumstehen, jedoch genug, um sagen zu können, dass er eine Familie hat, die ihn liebt, und Freunde, mit denen er seine Urlaube verbringt.

»Nenn mir einen Grund, warum ich bleiben sollte.«

Du fragst einen Anwalt nach einem Grund? Bleib einfach. Du willst es doch, schreit mein Unterbewusstsein.

»Nun ja, ich könnte eine Menge Gründe nennen. Aber ich hatte gestern einen beschissenen Tag und brauche Ablenkung. Du musst nicht, aber es wäre schön, wenn du bleiben würdest.«

Mit dieser Antwort habe ich nicht gerechnet. Ich dachte, jetzt käme irgendeine sexuelle Anspielung. Das Versprechen, mich über die Küchentheke zu legen, mit seinem Kopf zwischen meinen Schenkeln. Nicht, dass ich bleiben soll, um ihn von seinen privaten Problemen abzulenken.

»Ich werde mich schnell ein wenig frisch machen«, sage ich.

Zum ersten Mal seit ich aufgewacht bin, blicke ich an mir herunter. Ich trage immer noch mein Schlaftop und Shorts. Mein Outfit ist zwar nicht mega knapp, aber für eine platonische Freundschaft ist es definitiv zu wenig Stoff.

»Du siehst perfekt aus, wenn du mich fragst.«

Ich fasse mir in den unordentlichen Pferdeschwanz und frage mich, wie mein Make-up aussieht, nachdem ich um zwei Uhr nachts keine Lust mehr hatte, mich abzuschminken und mich nur noch vom Sofa ins Bett geschleppt habe.

»Gerade als ich dachte, ich wäre sicher vor deinen Verführungskünsten …«

Mit ausgestreckter Hand umrundet er die Kücheninsel. Ich wehre mich nicht, als er meine Hand ergreift und mich leicht zu sich zieht.

»Vor meinen Verführungskünsten wirst du niemals sicher sein. Tut mir leid, wenn ich dich enttäuschen muss.«

Ich sollte enttäuscht sein. Aber ich bin es nicht.

»Komm.« Er öffnet seine Hand und verschränkt unsere Finger ineinander. Strom fließt durch meinen Arm, ausgelöst durch Lust, nicht Wut.

Bereitwillig lasse ich mich zum Esstisch führen. Er weist mir einen Platz mit Fensterblick zu.

»Wie viel hast du für das Apartment bezahlt?«, traue ich mich zu fragen.

Ich höre ihn lachen. Kurz darauf kommt er mit Tellern und Besteck zurück.

»Du findest es wohl fair, mir so eine Frage zu stellen.«

»Schließlich weißt du auch alles über *meine* finanzielle Situation.«

Er setzt sich und lädt mir Quiche, Pfannkuchen und Bacon auf einen Teller.

»Das ist viel zu viel Essen für uns zwei«, bemerke ich und starre auf meinen Teller.

»Die anderen sollten gleich hier sein.«

»Wie bitte?« Ich lege die Hände auf die Armlehnen, drauf und dran aufzustehen.

Er lacht leise. »Siehst du? Jetzt ist es plötzlich gar nicht mehr so schlimm, mit mir allein zu sein.« Er zwinkert.

Eigentlich sollte mich dieses Zwinkern aufregen, doch stattdessen fühle ich mich wie ein Teenager.

Kopfschüttelnd falle ich zurück auf den Stuhl, schlage die Beine übereinander und lehne mich zurück.

Er gießt zwei Tassen Kaffee ein und stellt mir eine davon hin. »Mit Zucker, richtig?« Er taucht den Teelöffel in den Zucker und hält ihn über meine Tasse.

Ich nicke. »Gibt es irgendwas, das du nicht über mich weißt?«

Er schüttet den Zucker in meine Tasse und rührt die dunkle Flüssigkeit um. Er antwortet, ohne mich anzusehen. »Ich weiß eine Menge über dich. Das gebe ich zu. Ich kenne deine Routine. Oder zumindest kannte ich sie mal. Vielleicht hast du sie inzwischen geändert. Ich weiß, wo du wohnst. Ich kenne die Adressen deiner Hütte in Wisconsin und deines Apartments in Vail. Jeden Morgen holst du dir auf dem Weg zur Arbeit einen Kaffee mit einem Würfel Zucker, und jeden Freitag gönnst du dir etwas Süßes. Ich weiß, dass dein Zeitplan vollgestopft ist mit Events, zu denen du ein Cocktailkleid tragen und aufgesetzt lächeln musst. Du machst Sport, aber nur zu Hause oder im Fitnessstudio deines Freundes Tad. Ich weiß, dass du Mitglied bei Torrios bist. Ich weiß, wie hoch dein Treuhandfond war, als du fünfundzwanzig geworden bist. Ich weiß, wie viel du geerbt hast und wie viel Geld deine Eltern haben. Wo dein Vater Golf spielt und deine Mutter einkauft. Ich weiß, dass du dir keine Handyspiele kaufst und nur zu wenigen Leuten Kontakt hältst, obwohl du fünfzigmal so viele Kontakte in deinem Smartphone abgespeichert hast.«

Er legt den Löffel auf eine Serviette, und ich starre ihn an, unsicher, ob mich seine kleine Rede beeindruckt oder eher anwidert.

»Aber es gibt auch vieles, das ich nicht weiß. Ich weiß nicht, was dich dazu gebracht hat, eine Wohltätigkeitsorganisation wie RISE zu gründen. Ich weiß nicht, was du spätabends gern isst oder welche Art von Sushi du am liebsten magst. Ich weiß nicht, was dich zum Lachen bringt oder in den Wahnsinn treibt. Ich weiß vielleicht einiges über deine Gewohnheiten, aber ich will mehr über *dich* erfahren. Hannah Crowley, die tolle und intelligente Frau, die mir gegenübersitzt. Das ist alles.«

Ich stecke mir ein Stück Bacon in den Mund und versuche, so zu tun, als hätte er die Mauer, die ich zwischen uns errichtet habe, nicht gerade zum Wackeln gebracht. Nein, kein bisschen.

»Das hast du doch vorher geübt.« Ich richte mich gerade auf und reiße den Blick von ihm los, denn ich bin zwei Sekunden davon entfernt, mich auf ihn zu schmeißen.

»Ich bin Anwalt, Hannah. Die Hälfte meiner Fälle gewinne ich nur, weil ich die Fähigkeit besitze, ein paar bedeutungsvolle Sätze aneinanderzureihen.«

Ich fuchtle in der Luft herum und nehme einen Schluck von meinem Kaffee. »Warum werde ich das Gefühl nicht los, dass du noch etwas hinzuzufügen hast?«

»Das war erst mein Eröffnungsstatement. Dem habe ich noch einiges hinzuzufügen.«

Spielerisch verdrehe ich die Augen. »Ich kann mir schon denken, was jetzt kommt.«

Er räuspert sich. »Ich mache es kurz.«

»Kurz scheint nicht dein Stil zu sein.«

Er zwinkert, und zwischen meinen Beinen beginnt ein Feuer zu schwelen.

»Wir sind heute hier, um über die Sache Roarke Baldwin und Hannah Crowley zu verhandeln. Ja, er war der Scheidungsanwalt ihres Ex-Manns. Ja, er hat im Interesse seines Klienten gehandelt. Ja, er hat Ms. Crowley von einem Privatdetektiv beschatten lassen, um zu sehen, ob er schmutzige Wäsche findet. Aber jetzt will Mr. Baldwin die Chance bekommen, Hannah Crowley privat kennenzulernen. Er hat ihr einen Deal angeboten, weil Ms. Crowley sonst nie einem Date zugestimmt hätte. Doch wenn die fünf Gefallen abgegolten sind, wird sie merken, dass Roarke Baldwin ihre Zeit wert ist. Egal, ob es nur ein Date wird oder eine Million Dates. Egal, ob er nur einen Kuss bekommt oder mehr. Am Ende werden die Geschworenen auch seine Sicht der Dinge verstehen.«

»Und zu welchem Entschluss sollen sie kommen?« Der Humor in meiner Stimme überrascht mich.

»Dass Roarke Baldwin tatsächlich ein guter Kerl ist.« Er lächelt so breit, dass sich in seinen Wangen Grübchen bilden.

Ich schmelze auf dem teuren Stuhl förmlich dahin. »Dann viel Glück mit dem Richter«, sage ich und schiebe mir ein Stück Quiche in den Mund, um mich davon abzuhalten, irgendwelche Dummheiten zu machen.

»Ich glaube, der Richter wird bereits ein wenig nachsichtiger.«

»Der Richter findet, du redest Blödsinn«, erwidere ich.

Sein leises Lachen verrät mir, dass ich mir mehr Mühe geben muss, wenn ich aus der Sache als Gewinnerin hervorgehen will.

Kapitel 10

»Du musstest wirklich in seinem Bett schlafen?«, fragt Chelsea mit zu Schlitzen verengten Augen.

Was ist mit der Frau passiert, die wie verrückt herumgehüpft ist und es gar nicht abwarten konnte, dass ich mit Roarke zusammenkomme?

»Ja, er will die Katze nicht in den Gästezimmern haben. Wegen Allergien und so.« Ich gehe die Nachrichten durch, die mir Victoria in die Hand gedrückt hat, als ich gekommen bin.

»Das ist merkwürdig. Und hinterlistig.«

»Aber auch rücksichtsvoll.« Victoria greift nach einem Ordner, der den Namen des Veranstaltungsortes trägt. »Und um drei schauen wir uns heute die Location an?«

»Ja«, erwidere ich und lege die Unterlagen beiseite.

Chelsea sitzt mit ihrem zweiten Frühstück in meinem Büro, heute ist es ein Muffin.

»Es wäre rücksichtsvoll gewesen, sie in einem der Gästezimmer schlafen zu lassen.«

»Es wäre rücksichtsvoll gewesen, ihr die Location ohne die fünf Gefälligkeiten zu vermitteln. Wir sollten also nicht zu überrascht sein.«

Da hat Victoria durchaus recht.

Chelsea nickt.

»Wie lief es zwischen Lucy und der Katze?«, fragt Victoria.

Ich lasse mich zurück auf meinen Stuhl fallen. »Oh, sie sind jetzt die besten Freunde. Nickel hat beide Nächte bei Lucy im Hundekörbchen geschlafen. Ich glaube, Lucy war gestern ein bisschen traurig, als wir gegangen sind. Sie war gar nicht sie selbst.«

»Hoffentlich ist er kein Perversling, der nicht die Bettlaken wäscht, nachdem du darin geschlafen hast. Was, wenn er so ein Dahmer-Typ ist, der in deinen Kissenbezug masturbiert?«

Victoria und ich starren sie an.

Sie taucht die Finger in den Zuckerguss und leckt sie ab. »Was denn?«

»Das ist eine verstörende Vorstellung«, erwidert Victoria.

»Vielleicht haben Dean und ich zu viele Krimis geschaut. Aber trotzdem.« Sie reißt die Augen auf, als würde sie gern eine Wette abgeben, wie verrückt Roarke tatsächlich ist.

»Das glaube ich nicht.« Ich schüttle den Kopf.

»Hm«, sagt Chelsea, zieht das Papier ihres Muffins ab und nimmt einen großen Bissen. Zuckerguss klebt an ihrer Nasenspitze.

Victoria lehnt sich nach vorn und reicht ihr ein Taschentuch.

»Du stehst auf ihn«, kommentiert Chelsea, nachdem sie geschluckt hat.

»Tu ich nicht, aber es gibt da eine Seite an ihm, die ich bisher nicht gekannt habe.«

Lachend stößt Chelsea Victoria den Ellbogen in die Rippen.

»Ich habe das ganze Wochenende ohne ihn verbracht. Er war nicht mal da.«

»Er ist wirklich brillant«, sagt Chelsea. »Er hat dir einen privaten Einblick gewährt, ohne anwesend zu sein oder auf dich einzureden. Du konntest in seinem Apartment zwei Tage lang machen, was du wolltest, ohne von ihm unter Druck gesetzt zu werden.«

»Ich habe nicht herumgeschnüffelt.« Ich hebe das Kinn und bin stolz darauf, nicht jede Schublade in seinem Apartment durchwühlt zu haben. Ja, vielleicht habe ich nicht unbedingt an den offensichtlichsten Stellen nach einem Stift gesucht, wie zum Beispiel in seinen Schubladen im Schlafzimmer, aber ich *habe* nach einem Stift gesucht.

Vitoria legt den Kopf schief und lehnt sich zurück. »Er hat wirklich einen verdammt guten Plan ausgeheckt. Das zeigt, wie schlau er ist.«

»Stellt euch jetzt nicht auf die Seite des Feinds«, sage ich.

»Tu ich nicht. Ich zolle ihm nur ein wenig Respekt, denn obwohl du nicht eine Minute mit ihm verbracht hast, springst du schon jetzt auf seine Avancen an.«

»Das stimmt überhaupt nicht«, schimpfe ich.

Wie zwei gescholtene Schulkinder setzen sich Victoria und Chelsea gerader auf.

»Als ich Sonntagmorgen aufgewacht bin, hat er Frühstück gemacht. Was auch immer er zu tun hatte, war wohl schnell erledigt.« Wieder ignoriere ich den Teil in mir, der unbedingt wissen will, wer die Frau war, die nach ihm gerufen hat.

Die Mädels werfen sich schiefe Blicke zu.

»Wie ich schon sagte – brillant«, sagt Chelsea.

»Nein, nein. Ich glaube wirklich nicht, dass es geplant war.« *Warum verteidige ich diesen Mann?*

Chelsea hebt die Augenbrauen und stopft das Muffinpapier in das Taschentuch, das sie als Serviette benutzt hat.

»Wenn du meinst.« Sie zuckt mit den Schultern.

Es ist mehr als offensichtlich, dass sie mir nicht glaubt. Nach ein paar Sekunden seufze ich laut und beschließe, meine starke Fassade fallen zu lassen. »Wollt ihr die Wahrheit wissen?«

»Ja«, sagen sie wie aus einem Mund.

»So, wie er mich am Wochenende behandelt hat, wurde ich noch nie behandelt.«

»So schlimm?«, fragt Victoria und zieht die Schultern leicht hoch.

»So gut«, antworte ich. »Ich komme an, und der Portier weiß bereits, dass ich komme. Sagt mir, dass der Dogwalker schon engagiert und bezahlt wurde und dass ich keinem der Portiers Trinkgeld geben soll, weil sich Mr. Baldwin schon um alles gekümmert hat. Er hat das gesamte Apartment putzen lassen, bevor ich gekommen bin. Er hat den Kühlschrank und die Schränke füllen lassen, damit ich nicht das Haus verlassen muss. Und ja, Sonntagmorgen wollte ich ganz früh gehen, doch dann hat er mir ein riesiges Frühstück zubereitet und ein Eröffnungsplädoyer gehalten, das sich auf uns beide bezogen hat.«

»Oh, das gefällt mir.« Chelsea lehnt sich nach vorn, stützt die Ellbogen auf die Knie und das Kinn in die Hand. »Ein Anwalt, der so etwas tut? Wie süß.«

»Er meinte, er wisse so viel über mich, ich aber nichts über ihn. Und dass ich schon noch merken werde, dass er ein guter Kerl ist.«

»Oh.« Chelsea lehnt sich zurück und wedelt vor ihrem Gesicht herum, als wollte sie schon jetzt die Tränen trocknen, die sie gleich vergießen wird. »Ich bin verklempt.«

Victoria sieht Chelsea an und verzieht das Gesicht. »Verklempt? Ernsthaft?«

»Was denn? Es ist ein Wort.«

»Ich weiß, dass es ein Wort ist. Ich wusste nur nicht, dass du Jiddisch bist.« Victoria schüttelt den Kopf und wendet sich wieder mir zu. »Das ist auf jeden Fall ein meisterhafter Zug.« Sie zieht ein weiteres Taschentuch hervor und reicht es Chelsea. »Was ist dann das Problem?«, fragt sie.

»Ich kann ihm keine Chance geben.« Automatisch ziehe ich die Mundwinkel nach unten.

»Nur wegen der Sache mit Todd?« Victoria ist diejenige, die die Frage stellt, denn Chelsea tippt gerade auf ihrem Handy herum.

»Ich weiß es nicht.« Ich stütze den Kopf in die Hände, bevor ich ihn auf den Schreibtisch fallen lasse. »Ich kann ihm einfach nicht trauen«, murmle ich in meine Armbeuge.

»Sorry, ich musste Dean kurz eine Nachricht schreiben und ihm sagen, dass ich ihn liebe. Solche Geschichten erinnern mich daran, dass ich einen wirklich guten Kerl erwischt habe.«

Ich hebe den Kopf und strafe sie mit dem Todesblick.

»Ich glaube, Chelsea wollte damit sagen, dass Roarke auch ein guter Kerl ist.«

Mein Blick wandert zu Victoria, die beschwichtigend die Hände hebt.

»Ich verstehe das mit dem Vertrauen. Wirklich. Aber darf ich dir eine Frage stellen?«, fragt Victoria, während Chelseas Handy erneut klingelt und ihr ein noch breiteres Lächeln ins Gesicht zaubert.

»Was?« Ich setze mich auf, schnappe mir einen Kugelschreiber und drücke wie wild darauf herum.

»Willst du wieder eine Beziehung? Würdest du dich auf ihn einlassen, wenn er nicht der Scheidungsanwalt deines Ex-Manns wäre?«

Darüber habe ich noch gar nicht richtig nachgedacht. Bisher bin ich so mit meinem Hass auf ihn beschäftigt gewesen, dass ich es nicht in Erwägung gezogen habe. Nach der Scheidung hatte ich mir zwar nicht vorgenommen, bis ans Ende meiner Tage keusch zu bleiben, aber an eine zweite Heirat war nicht zu denken.

»Ich weiß es nicht. RISE ist im Moment meine absolute Priorität. Versteh mich nicht falsch, ich vermisse es, Sex zu haben. Vor allem, wenn man bedenkt, dass es zwischen mir und Todd gegen Ende nicht mehr gerade heiß zugegangen ist. Aber eine Beziehung? Ich weiß es nicht. Ich glaube, im Moment würde ich eher Nein sagen.«

»Dann los«, sagt Victoria, als wäre es so einfach.

»Das ist so traurig. Ich weiß, dass ich auch gegen alles war, aber Han, du kannst dich nicht für immer und ewig abschotten. Ich hätte nie gedacht, dass es mit Dean so sein könnte, und ich wünsche mir für dich das Gleiche. Ganz zu schweigen davon, dass der Sex zwischen euch jenseits von Gut und Böse wäre. Diese Chemie ...«

Mein Blick wandert von Chelsea zu Victoria. Ich versuche, ihr zu verstehen zu geben, dass sie Chelsea zum Schweigen bringen soll. Victoria legt Chelsea die Hand auf den Unterarm.

»Unsere Gespräche sind einfach nicht mehr dieselben, seit ihr regelmäßig flachgelegt werdet«, knurre ich.

»Dir musste ich genau das Gleiche sagen, als Dean wieder aufgetaucht ist. Vergiss das nicht.« Victoria erinnert Chelsea daran, dass sie noch vor wenigen Monaten der Männerwelt abgeschworen hatte.

»Ich bin nicht komplett dagegen. Aber damit ich mich noch mal auf einen Mann einlasse, muss er verdammt überzeugend sein.«

»Er ist der beste Scheidungsanwalt im Mittleren Westen.« Victoria reißt die Augen auf. »Überzeugend zu sein ist quasi sein Job.«

»Dann ist es ja gut, dass ich es ihm nicht zu einfach machen werde.« Zuckersüß lächle ich sie an.

Chelsea kichert. »Ich bin schon auf Gefallen Nummer drei gespannt.«

Victoria und ich starren sie an, als hätte sie überhaupt nicht verstanden, um was es eigentlich geht. Aber so lange ich es weiß, ist es okay.

Meine Mission ist es, Roarke Baldwin dazu zu bringen, mir zu beweisen, dass er es wert ist, für ihn meinen Schutzwall herunterzulassen – wenn auch nur ein kleines bisschen.

Kapitel 11

Um fünfzehn Uhr steigen Chelsea, Victoria und ich auf Northerly Island aus dem Taxi.

»Das ist es?«, fragt Chelsea erstaunt. »Da habe ich auch angerufen, und sie sagten mir, man müsse drei Jahre auf einen Wochenendtermin warten.«

»Ich war hier schon mal auf einer Hochzeitsfeier«, gebe ich zu. »Sie haben ein wunderschönes weißes Zelt mit Kronleuchtern. Der Ausblick ist großartig. Ich befürchte, ich habe umsonst auf sein Apartment aufgepasst.«

Wir sind noch nicht durch die Tür, als eine Frau in einem blassrosa Hosenanzug und mit einem Tablet in der Hand auf uns zukommt. »Hannah Crowley von der RISE Foundation?« Sie sieht mich an, als würde sie die Antwort auf die Frage bereits kennen.

»Ja.«

Chelsea und Victoria stellen sich links und rechts neben mich. Die junge Frau, die vielleicht Anfang zwanzig und frisch vom College ist, streckt mir die Hand entgegen. »Mein Name ist Sonya Herrington. Ich werde Ihnen den verfügbaren Bereich zeigen, damit Sie entscheiden können, ob er für Ihre Zwecke geeignet ist.«

Ich schüttle ihre Hand und bemerke die säuberlich manikürten Fingernägel. »Das sind Chelsea Walsh und Victoria Clarke«, stelle ich meine Begleiterinnen vor. Sonya lächelt und schüttelt ihnen ebenfalls die Hände.

»Bitte folgen Sie mir.« Ihre Absätze klackern über den Marmorboden, während sie uns einen langen Korridor hinabführt. Ich halte mit ihr Schritt, Victoria und Chelsea fallen ein wenig zurück. »Mir wäre es lieber gewesen, Sie hätten sich die Location abends angeschaut, aber Roar... Mr. Baldwin wollte, dass Sie so früh wie möglich vorbeikommen, falls sie Ihnen nicht zusagt.«

Ich sehe über die Schulter. Die Mädels und ich werfen uns Blicke zu, die verraten, dass wir nicht in der Position sind, wählerisch zu sein.

»Es würde mich wundern, wenn Mr. Baldwin noch einen anderen Veranstaltungsort finden würde.«

Sonya lächelt mich an, als würde ich unverständlich vor mich hin brabbeln. Bevor ich eine Frage stellen kann, betreten wir einen Raum. »Gestern Abend hatten wir hier ein Event. Eine Benefizveranstaltung für den Zoo. Deshalb habe ich darum gebeten, alles so zu lassen, damit Sie sich den Raum besser vorstellen können.«

Die Konstruktion des Raums erinnert eher an ein Zelt als an ein Gebäude. Mit großen Augen bestaunen Chelsea und Victoria den mit weißem Stoff umhüllten Kronleuchter.

»Vor ein paar Jahren war ich hier auf einer Hochzeit, daher weiß ich, was für eine großartige Location es ist«, erkläre ich.

Sonya hält eine gut einstudierte Rede über die Aussicht, wie viele Leute in den Raum passen und dass er über eine Soundanlage mit integrierten Lautsprechern verfügt. Dann sprechen wir darüber, ob wir lieber ein Büfett oder Menü möchten, ob wir die Getränkekosten übernehmen und welche Vorspeisen wir uns vorstellen. Als sie durch die Tür in den Außenbereich mit Blick auf den See tritt, verspricht sie sich erneut. »Roar... Mr. Baldwin dachte, der Außenbereich wäre schön im September. Wir haben auch Heizpilze, falls es doch frisch werden sollte.«

»Woher kennen Sie Mr. Baldwin eigentlich?«, fragt Chelsea.

Ich werfe ihr einen warnenden Blick zu.

»Oh, nun ja«, stammelt Sonya.

»Bitte, es geht uns überhaupt nichts an.« Ich trete hinaus auf die Terrasse, wo in Schwarz und Gold eingedeckte Stehtische aufgestellt wurden.

»Schade, dass im September am Navy Pier kein Feuerwerk stattfindet. Aber das ist vielleicht genau der Grund, warum wir Ihnen einen Termin anbieten können.« Sonya lächelt mir zu, und wir lassen den Blick zur Amüsiermeile schweifen, die auf den See hinausragt.

»Wenn ich gewusst hätte, dass die Gala hier stattfindet, hätte ich sie früher angesetzt.«

»Dann solltest du vielleicht das Datum ändern«, unterbricht uns eine dunkle Stimme.

Ich erkenne sie sofort und frage mich, warum mich meine Freundinnen und Mitarbeiterinnen nicht gewarnt haben, dass er sich von hinten angeschlichen hat.

»Sonya«, sagt Roarke, schlingt den Arm um ihre Taille und küsst ihre Wange.

»Ich wusste nicht, dass du auch kommst.« Sonya wirkt überrascht und legt eine Nervosität an den Tag, die eben noch nicht da war.

»Bin heute früher aus dem Gericht rausgekommen.« Er sieht mich an. »Mein Glückstag, schätze ich.«

»Man könnte annehmen, du wärst erschöpft, nachdem du den ganzen Tag Leute übers Ohr gehauen hast.«

Er macht einen Schritt auf mich zu und lehnt sich nach vorn. »Ich bin nie erschöpft, Hannah.« Es ist, als würde er meinen Namen als Bestrafung dafür benutzen, dass ich einen frechen Kommentar abgegeben habe.

»Woher kennt ihr euch?«, fragt Sonya und bewegt den Zeigefinger zwischen uns hin und her.

»Ich habe ihren Ex-Mann vertreten.« Roarke steckt die Hände in die Hosentaschen und verlagert das Gewicht auf die Fersen.

»Interessant. Dass er für Sie seine Kontakte spielen lässt, ist also eine Art Entschuldigung?«, fragt Sonya humorvoll.

»Oh, Mr. Baldwin würde so etwas …«

»Roarke«, korrigiert er.

Ich werfe ihm einen schiefen Blick zu. »Roarke«, sage ich mit Verbitterung in der Stimme, »würde so etwas nicht umsonst machen. Als Gegenleistung verlangt er fünf Gefälligkeiten.«

Ihr fällt die Kinnlade herunter. »Nicht im Ernst?«

Die Art, wie sie mit ihm umgeht, legt nahe, dass sie eine enge Beziehung zueinander haben.

»Du weißt, dass ich ein schwarzes Herz habe.« Aus irgendeinem Grund schwingt in seinem Ton Humor mit.

Sonya lacht, als wäre der Gedanke vollkommen absurd.

»Mr. Baldwin, es ist so nett von Ihnen, dass Sie uns diese Location besorgt haben«, sagt Chelsea, als sie und Victoria sich zu uns auf die Terrasse gesellen.

»Chelsea, richtig?«, fragt er und reicht ihr die Hand.

»Ja. Chelsea Walsh.«

Er schüttelt ihr die Hand und wendet sich Victoria zu. »Victoria?«

»Sie können sich gut Namen merken.« Lächelnd gibt sie ihm die Hand.

»Ich glaube, ich habe Sie mal zusammen mit Ihrem Freund gesehen. Reed Warner, richtig?«

Ein riesiges Lächeln zeichnet sich auf Victorias Lippen ab. »Ja, woher kennen Sie ihn?«

»Wir laufen uns manchmal im Gericht über den Weg. Er scheint auch außerhalb des Büros noch ein Leben zu haben.« Roarke lacht, und Victoria stimmt mit ein.

»Ich versuche, so viel wie möglich von ihm abzubekommen.«

»Scheint zu funktionieren. Ich habe ihn seit einer ganzen Weile nicht mehr gesehen.«

Victoria lächelt ihn an, und ich weiß genau, dass er sie soeben für sich gewonnen hat. Viel zu einfach.

Chelsea kramt in ihrer Handtasche und zieht eine Tüte Chips hervor. Victoria rammt ihr den Ellbogen in die Rippen.

»Was denn? Ich muss schließlich für zwei essen.« Sie reißt die Tüte auf und stopft sich schamlos eine Handvoll Chips in den Mund.

»Sie sind schwanger?«, fragt Sonya. »Das hätte ich nicht gedacht. Sie sehen fantastisch aus.«

»Sie ist noch nicht sehr weit«, wirft Victoria ein. »Aber wahrscheinlich wird sie nur einen Bauch bekommen, sodass man von hinten nicht mal sieht, dass sie schwanger ist.«

»Oh, diese Frauen habe ich gehasst«, sagt Sonya, und ich drehe den Kopf in ihre Richtung.

»Sie sind Mutter?«, frage ich.

Dafür wirkt sie viel zu jung.

Sie nickt und blickt kurz zu Roarke.

Was entgeht mir hier?

»Ich hatte eine Schwäche für Süßigkeiten«, sagt sie. »Für Schokokuchen hätte ich getötet.«

Chelsea stellt sich neben sie und unterhält sich mit ihr über Schwangerschaftsgelüste und darüber, ob die Sache mit den Essiggurken wirklich wahr ist.

Als Victorias Handy klingelt, geht sie zurück ins Zelt, um ranzugehen.

»Dann sind wir jetzt allein«, bemerkt Roarke und tritt neben mich.

»Leider.«

Er ignoriert den Spruch. »Wie gefällt es dir hier?«

»Wie kann es einem nicht gefallen? Es ist umwerfend. Ich habe keine Ahnung, wie du das geschafft hast. Aber ich befürchte, die junge Dame ist in dich verliebt.«

Kopfschüttelnd tritt er an den Rand der Terrasse. »Sie tut mir nur einen Gefallen. Bevor du das Gerücht in die Welt setzt, ich hätte etwas mit ihr – habe ich nicht.«

»Wie zuvorkommend.«

Er dreht sich um. Ich versuche, den Blick auf den See gerichtet zu halten, doch seine Augen ziehen mich magisch an. »Ich bin vieles, Hannah, aber kein Lügner. Ich werde immer ehrlich zu dir sein.«

»Nun ja, tut mir leid, dass ich dir nicht glauben kann. Aber man sagt, Erfahrung sei der beste Lehrer.«

Lachend macht er einen Schritt nach vorn und streicht mir eine Haarsträhne hinters Ohr. Ich drehe mich weg, um seiner Berührung auszuweichen, und die Strähne fällt wieder nach vorn.

»Wann wird endlich Gras über die Sache wachsen?« Seine Stimme klingt leise und angespannt. »Wir haben schon so oft darüber gesprochen. Er war mein Klient. Ich habe getan, was ich tun musste. Daran wird sich nichts ändern.« Er senkt den Kopf, um mir in die Augen zu sehen. »Nach Sonntag dachte ich, wir würden uns vorwärtsbewegen.«

»Weil wir zusammen gefrühstückt haben?« Ich schnaube.

Ich hebe den Kopf und blicke ihm geradewegs in die Augen. Von diesem Mann lasse ich mich nicht einschüchtern.

»Weil du geblieben bist. Weil wir zusammen gelacht haben. Weil wir uns das Essen geteilt haben. Weil ich das beste Eröffnungsplädoyer meiner gesamten Karriere gehalten habe.«

»So arrogant.« Ungläubig schüttle ich den Kopf.

»Tu nicht so, als würdest du meine Arroganz nicht lieben. Ich bin arrogant, weil ich es mir erlauben kann. Und das findest du sexy.«

Er kommt noch näher, sein Mund ist gefährlich nahe an meinem Ohr. »Du hast die Schultern gestrafft und nach Luft geschnappt, als ich eben angekommen bin. Würde ich dich jetzt zwischen den Beinen berühren, wäre dein Slip garantiert feucht.«

Mir fällt die Kinnlade herunter. Ich wünschte, seine Worte würden mich nicht heißmachen.

»Falsch. Genau das Gegenteil ist der Fall.«

»Wären wir allein, würde ich dich herausfordern.«

»Nun ja, wir sind aber nicht allein.«

Komm schon, Hannah, das kannst du besser.

»Wenn es stimmt, was du sagst, sollte Gefallen Nummer drei kein Problem sein.«

Ich sehe ihm in die Augen. »Gefallen Nummer drei? Das geht aber rasant.«

»Hast du was dagegen?«

»Überhaupt nicht. Je schneller wir durch sind, desto eher bin ich deine Gegenwart los.« Zuckersüß lächle ich ihn an.

Wieder lehnt er sich nach vorn und lacht leise in mein Ohr. Obwohl er mich nicht einmal berührt, schreit mein Körper förmlich danach. Wie Lucy, die es kaum erwarten kann, wenn ich ihr aus der Zoohandlung einen extra großen Knochen mitbringe.

O mein Gott, habe ich mich gerade mit meinem sabbernden Hund verglichen? Was passiert nur mit mir?

»Darüber sprechen wir noch mal, sobald alle fünf Gefallen abgegolten sind.«

»Was ist der nächste Gefallen?«, frage ich, um die Unterhaltung voranzutreiben.

»Tut mir leid, wenn ich dich für ein weiteres Wochenende beanspruchen muss, aber du musst mich zu einer Hochzeit begleiten.«

»Diesen Samstag?«, frage ich. Eigentlich bin ich mit Victoria und Chelsea zum Mädelsabend verabredet, aber ich würde absagen, um die Sache endlich hinter mich zu bringen.

»Die Hochzeit findet außerhalb statt. Wir würden Donnerstag losfahren und kämen irgendwann sonntags zurück.«

»Was?« Meine Stimme wird lauter, und Roarke macht einen Schritt rückwärts. Wahrscheinlich wappnet er sich innerlich für einen Streit. »Das ist aber viel verlangt.« Ich stemme die Hand in die Hüfte. »Das ist mehr als nur ein Gefallen.«

Frech grinsend steckt er wieder die Hände in die Hosentaschen. »Nun ja, Gefallen Nummer eins war ziemlich leicht. Vielleicht wird der vierte ja genauso einfach. Über das Ausmaß der Gefälligkeiten haben wir nicht gesprochen.«

Ich verschränke die Arme vor der Brust. »Das heißt, du könntest theoretisch von mir verlangen, nach Afrika zu ziehen?«

»Das wäre ein wenig übertrieben. Es sind nur drei Nächte. Du bekommst dein eigenes Zimmer, und wir sind fast die ganze Zeit von Leuten umgeben.«

»Fast?« Ich hebe die Augenbrauen.

»Du kannst es mir nicht verübeln, dass ich dich ab und zu für mich haben will.«

»Doch, kann ich.« Fast hätte ich gelächelt, doch ich kann mich gerade noch zurückhalten.

»Ich hole dich am Donnerstag um neunzehn Uhr ab.« Er schlingt den Arm um meine Hüfte. Aus unerfindlichen Gründen lasse ich es zu. Dann drückt er mir einen Kuss auf die Wange, und wieder verrate ich mich selbst, indem ich ihn nicht abwehre.

Ich versuche mir einzureden, dass ich es nur tue, weil ich hier keine Szene machen will, aber wem mache ich etwas vor? Ich will wissen, wie es sich anfühlt, wenn er mich berührt.

Sein Parfum mit dem Moschusduft hat die Wirkung eines Vibrators, sodass ich die Schenkel zusammenpressen muss. Seine weichen Lippen lassen den Schmerz nur noch größer werden. »Denk darüber nach, die Gala zu verschieben. Nur zu gern würde ich mit dir in meinen Armen das Feuerwerk beobachten.«

Ich versteife mich. »Wir sind schon fast halb durch mit den Gefallen, und ich will dich immer noch nicht daten.«

Leise lachend entfernt er sich. »Keine Sorge. Das wird schon noch.«

Ich zwinge mich, den Blick auf die sich kräuselnden Wellen des Sees gerichtet zu halten. »Tschüss, Sonya. Noch mal danke, die Damen.« Er winkt ihnen zu, und weg ist er.

Ein ganzes Wochenende mit ihm. Ausgeliefert.

Als ich mich umdrehe, stehe ich meiner schwangeren Mitarbeiterin gegenüber. »Chelsea, ich muss mir dein Pfefferspray ausleihen.«

Kapitel 12

Mittwochabend steigen Lucy und ich vor Victorias und Reeds neuem Haus, das sich direkt neben dem ihrer Mutter befindet, aus dem Uber. Sie müssen bereits auf uns gewartet haben, denn wir sind noch nicht mal draußen, schon kommt Victorias Tochter Jade angerannt und hüpft freudig auf und ab.

»Hi, Hannah.« Sie klatscht in die Hände und fällt auf die Knie. »Hi, Lucy, du gutes Mädchen.« Sie streichelt Lucys dickes Fell.

»Hey.« Mit ausgestreckter Hand eilt Victoria die Treppe hinab. »Warte, ich helfe dir.«

»Dieser Hund besitzt wirklich verdammt viel Zeug.«

Jades Hand hält inne, und sie sieht mich an.

»Sorry.« Ich verziehe das Gesicht.

Sie zuckt mit den Schultern und streichelt Lucy weiter, die sich nun auf den Rücken dreht und am Bauch gekrault werden will.

»Sie hat schon Schlimmeres gehört. Pete …« Damit meint Victoria ihren Ex-Mann. »Komm rein. Wahrscheinlich willst du so schnell wie möglich wieder nach Hause und dich aufs Wochenende vorbereiten.«

»Oh ja, kann es kaum erwarten. Würde ich kein Kleid tragen, würde ich mir nicht mal die Beine rasieren.« Ich klemme mir Lucys Körbchen unter den Arm und schultere die Tasche mit dem Futter. »Bist du sicher, dass du das machen willst?«

Jade rennt den Bürgersteig entlang zur Haustür, gefolgt von Lucy. »REED!«, schreit sie.

Er kommt zur Tür und lächelt Lucy zaghaft an. »Hey, Lucy.« Vorsichtig tätschelt er ihren Kopf, als könnte sie ihn eventuell mit Tollwut infizieren.

»Bist du sicher, dass es für Reed in Ordnung ist?«, frage ich Victoria, während wir den Weg zum Haus entlanggehen.

»Ja, warum denn nicht? Jade redet seit Tagen von nichts anderem mehr. Da sie nächste Woche nach Kalifornien fliegt, ist es schön, wenn sie noch ein wenig Zeit miteinander verbringen können«, erwidert Victoria.

Ich habe ganz vergessen, dass Jade diesen Sommer einen Monat bei ihrem Vater in Los Angeles verbringen wird.

»Wie geht's dir damit?«, frage ich.

Sie zuckt mit den Schultern. »Ist schon in Ordnung. Wird schon in Ordnung sein. Ich habe das Kindermädchen über Skype kennengelernt. Und wenn wir dort ankommen, lerne ich sie persönlich kennen. Reed und ich werden das Wochenende über im Hotel übernachten. Nur für alle Fälle. Dann fliegen wir mit Henry zurück, und wenn wir sie abholen, bleiben wir ein bisschen länger.«

Henry ist Jades Schulfreund. »Da habt ihr eine Menge zu tun.«

»Willkommen in meinem Leben.« Wir gehen die Treppe zum Haus hinauf. Reed kommt mir entgegen, um mir den Hundekorb abzunehmen.

»Hannah«, sagt er und küsst mich auf die Wange. »Aufgeregt?«

Ich ziehe die Mundwinkel nach unten und sehe ihn an, als hätte mir gerade jemand gesagt, ich bräuchte eine Wurzelbehandlung.

Leise lachend nimmt er mir die Tasche ab. »So schlimm, was?«

»Kennst du Roarke Baldwin?«, frage ich.

Reed stellt das Futter und das Körbchen in der Zimmerecke ab.

»Nicht sehr gut. Ich kenne seinen Ruf, aber es ist nicht so, als hätten wir beruflich viel miteinander zu tun.«

»Er wusste, dass du mit Victoria zusammen bist«, sage ich.

Victoria nimmt die Futtertüte, trägt sie in die Küche und schüttet etwas in den Napf.

»Kann ich mit Lucy in den Garten gehen?«, fragt Jade Reed.

Er wirft ihr einen flüchtigen Blick zu. »Ja, aber wir werden trotzdem mit ihr Gassi gehen müssen. Unser Garten ist kaum größer als eine Briefmarke.« Er sieht mich an. »Stadtleben.«

»Nun ja, sie ist es gewohnt, auf Beton zu laufen. Innenstadtleben.« Ich zucke mit den Schultern.

Er lacht erneut und deutet mit einer Kopfbewegung in Richtung Küche. »Komm. Ich war gerade dabei, meine Linguine mit Garnelen vorzubereiten. Gesell dich zu uns.«

Entweder esse ich gemeinsam mit den Warner/Clarkes zu Abend, oder ich sitze allein zu Hause und mache mir einen Kopf um die vierstündige Autofahrt mit Roarke morgen, gefolgt von einem ganzen Wochenende. Ich entscheide mich lieber für Linguine mit Garnelen.

»Danke, das ist aber nett.« Ich folge ihm in die Küche.

»Du weißt, woher er weiß, dass wir zusammen sind?« Er klopft Victoria auf den Hintern, damit sie ein Stück beiseite geht und er an den Herd kommt.

»Ihr Anwälte kennt eben Mittel und Wege. Da bin ich sicher«, erwidere ich.

»Wir haben unsere Quellen. Und Privatdetektive.« Er hält Victoria eine Nudel hin.

Sie kaut und schluckt, bevor sie ihm einen kleinen Kuss gibt. »Vielleicht noch eine Minute.«

Er nickt, und sie geht weiter ihrer Beschäftigung nach.

Fasziniert beobachte ich die beiden. Wirklich, so etwas hatte ich nie. Todd und ich haben nie zusammen gekocht. Als wir verheiratet waren, sind wir fast jeden Abend ins Restaurant gegangen. Unsere Küche haben wir nur benutzt, um mal einen Snack zuzubereiten, und wenn Besuch kam, haben wir Caterer engagiert.

»Ich weiß, dass er mich hat ausspionieren lassen. Während der Scheidung, meine ich.«

Reed legt den Löffel neben den Herd und trocknet sich die Hände an einem Geschirrtuch ab.

»Dann kannst du davon ausgehen, dass er inzwischen alles über dich weiß.«

Victoria kommt zurück in die Küche. Diese Frau kann keinen Augenblick stillsitzen.

»Wo bleibt da die Spontaneität?«, frage ich.

»Bist du denn auf der Suche nach Spontaneität? Ich dachte, du verabscheust ihn?«, fragt Victoria mit ihrem typischen Grinsen, als würde sie die Antwort bereits kennen. Doch sie genießt es, mich ins Kreuzverhör zu nehmen.

»Das tue ich. Aber wenn er mich erobern will – seine Worte, nicht meine –, warum spioniert er dann auch meine Freunde aus? Wo bleibt da der Spaß, wenn man miteinander ausgeht und sowieso schon alles über den anderen weiß?«

Victoria nimmt eine Flasche Wein aus dem Kühlschrank und hält sie mir mit hochgezogenen Augenbrauen entgegen.

Ich nicke. Hallo? Ich bin gespannter als eine Angelschnur und brauche irgendwas zum Runterkommen.

»Roarke Baldwin scheint kein Typ zu sein, der auf Überraschungen steht«, sagt Victoria.

Ohne die Nudeln noch mal zu probieren nimmt Reed zwei Topflappen und trägt den Topf zur Spüle. Als er die Nudeln in das Sieb kippt, steigt eine Dampfwolke auf, die der eines Vulkans gleicht.

Ich beobachte, wie sich der Wein in die Gläser ergießt. »Aber warum sollte er *euch* ausspionieren?«

Reed dreht sich um und trägt das Nudelsieb zum Topf mit der Soße und den Garnelen. Ganz im Ernst, Victoria sollte jeden Abend dem lieben Gott für Reed danken.

»Ich glaube, er weiß nur von uns, weil ich stellvertretender Bezirksstaatsanwalt bin. Das ist nicht so schwer herauszufinden. Wenn ein Kerl aufhört, Nachtschichten zu schieben und freitags früher nach Hause geht, wirft das Fragen auf. Assistenten reden, und Gerüchte machen die Runde. Jeder weiß, dass ich meine Traumfrau gefunden habe.« Er zwinkert Victoria zu.

Ein liebeskrankes Lächeln umspielt ihre Lippen. »Hier.« Sie schiebt mir das Weinglas zu.

Plötzlich liegt etwas in der Luft, und ich frage mich, ob ich die beiden mit meiner Anwesenheit davon abhalte, auf der Küchentheke übereinander herzufallen. Als ich Lucy von draußen bellen höre, fühle ich mich nicht mehr ganz so schlecht, weil Jade schließlich auch noch da ist. Außerdem lebt Victorias Mutter direkt nebenan. Reed hat sich bestimmt schon daran gewöhnt, ständig gestört zu werden.

»Er weiß, dass Victoria bei RISE arbeitet«, sage ich.

Reed bleibt gelassen. »Ich kenne seinen Ruf im Scheidungsgericht, und Vic hat mir erzählt, dass er deinen Ex vertreten hat. Aber ganz ehrlich, als ich ihn auf deiner Party kennengelernt habe, fand ich ihn ziemlich cool.«

Meine Party. Ich schnippe mit den Fingern. »Daher weiß er es.« Endlich erinnere ich mich daran, wie ich vor ein paar Monaten eine Party geschmissen habe und eine der eingeladenen Damen Roarke als Begleitung mitgebracht hat.

Reed zieht die Augenbrauen zusammen. »Hannah, es scheint, als würdest du dich immer noch von ihm verfolgt fühlen.«

Victoria reicht Reed die Teller, er trägt das Essen auf und stellt sie auf die Theke. Weil ich mir mein Essen erst verdienen muss, rutsche ich vom Hocker und trage die Teller hinüber zum gedeckten Tisch.

»Kann man es mir verübeln?« Ich seufze.

Mit Reed zu diskutieren hat keinen Zweck. Aber die Tatsache, dass Roarke mehr über mich weiß, als er sollte, macht mich nervös. Ich bin eindeutig im Nachteil.

Victoria stellt Jades kleineren Teller auf den Tisch. »Ich würde sagen, du tust dieses Wochenende einfach, was du tun musst. Zieh dich auf dein Hotelzimmer zurück und behaupte, es ginge dir nicht gut. Lass dich in Gespräche verwickeln, damit er gar nicht erst die Chance bekommt, sich einzumischen. Was du auch machst – sorge dafür, dass du nicht mit ihm allein bist.«

Ich nicke, als wäre sie der Dalai Lama, der mir Ratschläge gibt.

Reeds tiefes Lachen unterbricht uns. »Ihr seid wirklich grausam. Der Kerl versucht, sie zu erobern. Und ihr tut, als wollte er sie umbringen.«

Wir drehen die Köpfe in seine Richtung.

»Er versucht nicht, mich zu erobern. Er versucht, unter meinen Rock zu kommen.«

Reed wird ein wenig rot. »Nun ja, ich kann nicht behaupten, dass ich nicht unter Vics Rock wollte, aber ich wollte mehr als nur das.«

Victoria blickt über die Schulter hinaus auf die Terrasse. Jade und Lucy rennen noch immer durch den Garten. Na ja, Jade krabbelt auf allen vieren herum, und Lucy kapiert das Spiel nicht so ganz.

»Roarke Baldwin scheint mir nicht der Typ zu sein, der gern teilt.«

Reed zuckt mit den Schultern und füllt Milch in eine Tasse. »Nichts für ungut, Hannah, aber du scheinst mir auch keine Frau zu sein, die gern teilt.«

Victoria schlägt ihm auf die Brust. »Reed!«

Ich winke ab. »Nein, er hat recht.«

»Wollt ihr meine Meinung hören?« Reed stellt die Tasse neben Jades Teller.

»Nicht unbedingt«, erwidert Victoria und tätschelt ihm die Wange.

»Einen Scheiß will ich hören. Heiraten ist für mich kein Thema. Wenn Roarke mehr erwartet, als unter meinen Rock zu kommen, wird er enttäuscht sein.«

Erst als die Worte bereits ausgesprochen sind, wird mir klar, was ich gerade gesagt habe.

Die beiden starren mich an, und ich reiße die Augen auf.

»Nicht, dass ich ihn unter meinen Rock lassen würde.« Ich werfe ihnen einen Blick zu, der keine Widerworte zulässt.

»Nun ja, dann solltest du dich an Victorias Plan halten, denn ich bin nicht sicher, ob Roarke Baldwin es gewohnt ist, nicht zu bekommen, was er will.« Reed schnappt sich ein Bier und geht zur Terrassentür. »Jade, Essen ist fertig.«

Sie sieht auf und kommt herein.

»Warum nennen wir ihn immer beim ganzen Namen? Als wäre er der Präsident oder so«, knurre ich.

Victoria setzt sich an den Tisch und vermeidet es, mich anzusehen.

»Was?«, frage ich.

Jade zeigt auf Lucy und befiehlt ihr, sich hinzusetzen, bevor sie ihr ein Leckerli gibt. Mit ein bisschen Glück wird sie alle Grundkommandos beherrschen, wenn ich sie abhole.

»Nichts«, erwidert Victoria und zuckt mit den Schultern.

»Vic?«

Sie und Reed wechseln einen Blick. »Ich finde, er benimmt sich wie ein Fünfjähriger mit einem Schokoriegel.«

»Heißt?«

Jade will sich setzen, doch Victoria hält sie auf. »Wasch dir zuerst die Hände, Schatz.«

Als im Bad auf dem Flur das Wasser zu laufen beginnt, sieht mich Victoria an.

»Er scheint nicht besonders viel Willensstärke zu haben, was dich angeht.«

»Ist das schlimm?«, fragt Reed, lehnt sich nach vorn und küsst ihren Nacken. »Bei dir konnte ich mich auch nicht beherrschen.«

Sie legt die Hände an seine Wangen, und er hält still. »Kommt drauf an, ob Hannah es will. *Ich* wollte es.«

Er flüstert ihr etwas zu, das ich nicht hören kann, und sein Mund hört nicht auf, ihren Nacken zu liebkosen.

»Igitt!«, schreit Jade. »Nicht vor dem Kind.«

Reed hört jedoch nicht auf, und Victoria wehrt sich auch nicht.

»Liebe ist etwas Wundervolles«, erklärt Victoria ihrer Tochter.

Jade sieht mich an und verdreht die Augen. »Finde ich nicht. Ich liebe Henry, aber so etwas würden wir niemals tun.« Sie tippt sich an die Schläfe.

Reed setzt sich zwischen mich und Victoria. »Das werden wir ja noch sehen.«

Wieder verdreht Jade die Augen. Das kann sie inzwischen richtig gut.

»Pass auf«, sagt Victoria warnend. Ich kann nicht fassen, dass Jade schon in dem Alter ist, wo sie frech wird.

»Findest du nicht auch, Hannah?« Jade nimmt ihre Gabel und wartet auf eine Antwort.

»Ich bin ganz deiner Meinung. Ich will so etwas auch nicht.« Über meine Gabel hinweg grinse ich sie an und vermeide absichtlich Victorias Blick. »Einmal reicht ist mein Motto.«

Ich hebe die Hand, und Jade schlägt ein. Schade, dass der einzige Mensch, der mich versteht, ein achtjähriges Mädchen ist.

Kapitel 13

Punkt sieben Uhr hält vor meinem Wohngebäude ein grauer SUV. Das leise Surren von Strom, das meinen Körper immer dann umgibt, wenn *er* in der Nähe ist, verrät mir, dass es Roarke ist.

»Bis Sonntag, Nate«, sage ich zu meinem Portier. »Sollte ich bis Sonntagabend nicht zurück sein, dann finden Sie diesen Mann.«

Ich zeige auf Roarke, der gerade aus seinem Wagen steigt und das Hupen und Schimpfen der Taxifahrer ignoriert, weil er in zweiter Reihe geparkt hat.

Nate durchquert das Foyer und öffnet ihm die Tür. »Guten Abend«, begrüßt er Roarke.

Roarke nickt und sieht mich an. Er fährt sich mit den Zähnen über die Unterlippe und lässt den Blick über meinen Körper schweifen, was mein Inneres in Flammen setzt. Nate will nach meinen Taschen greifen, doch Roarke kommt ihm zuvor.

»Ich dachte, du hättest mehr dabei«, sagt er grinsend.

»Willst du damit sagen, du hältst mich für etepetete?«

Er hebt eine Schulter. »Immerhin bist du Hannah Crowley.«

»Wer zieht jetzt voreilige Schlüsse?« Ich folge ihm und verlasse die Sicherheit meines Gebäudes. »Danke, Nate. Bitte notieren Sie sich das Kennzeichen, für den Fall, dass mir etwas passieren sollte.«

Roarke blickt über die Schulter und schüttelt leicht den Kopf.

»Das ist schon fast Entführung.«

Er verstaut meine Taschen auf dem Rücksitz des Range Rover, der mit Sicherheit in der oberen Preisklasse liegt. War ja klar, dass der Mann keinen Ford fährt.

»Wenn ich mich recht erinnere, bekommst du etwas dafür, dass du mich begleitest.« Er hebt die Hand und gibt Nate zu verstehen, dass er mir nicht die Tür öffnen soll. Nate geht zurück zum Gebäude. Offensichtlich ist er es gewohnt, von arroganten Männern wie Roarke gesagt zu bekommen, wie der Hase zu laufen hat.

»Gute Reise, Ms. Crowley«, ruft er, bevor er im Gebäude verschwindet.

»Danke, Nate.«

Roarke öffnet mir die Beifahrertür.

Ich steige ein und wende mich ihm zu. »Da magst du vielleicht recht haben, aber ich finde, drei Nächte gehen weit über einen Gefallen hinaus.« Ich stelle meine Handtasche in den Fußraum, lehne mich zurück und greife nach dem Sicherheitsgurt.

»Wie gewöhnlich können wir uns darauf einigen, dass wir uns nicht einig sind.« Er schließt die Tür und umrundet die Motorhaube. Er sieht gut aus in seinem dreiteiligen Anzug, während er die Beschimpfungen der vorbeifahrenden Taxifahrer weiter ignoriert. Er steigt ein und steckt den Schlüssel ins Zündschloss. »Bereit?«

Ich nicke, ohne von meinem Smartphone aufzublicken. Ich bin viel zu sehr damit beschäftigt, meine Apps neu anzuordnen.

»Muss ich etwa einen Gefallen einlösen, um dich vom Handy wegzulocken?« Aus dem Augenwinkel erkenne ich, dass er mich nicht ansieht. Stattdessen manövriert er das Auto hinaus in den Straßenverkehr Chicagos.

»Wann kommen wir an?«

Der SUV bleibt stehen.

»In ungefähr vier Stunden. Tut mir leid, ich hatte noch einen Termin, deshalb fahren wir so spät los. Aber das bedeutet wiederum, dass du weniger Zeit mit mir verbringen musst.«

Mir wird klar, dass ich mich aufführe wie eine Zicke. Ja, ich bin hier, weil ich ihm fünf Gefallen schulde, aber er hat mir die Location besorgt.

Und ich habe den Gefallen zugestimmt. Ich schalte das Handydisplay aus, schlage die Beine übereinander und blicke hinaus auf das Meer von roten Rücklichtern.

»Es wird wahrscheinlich schon eine Stunde dauern, bis wir es aus der Stadt herausschaffen«, sage ich.

Er wirft einen Blick in den Rückspiegel und wechselt behände die Spur. »Ja, ist nicht ideal. Aber wären wir schon um fünf losgefahren, wäre es noch schlimmer geworden.«

Die folgenden zehn Minuten fährt Roarke durch die Seitenstraßen wie ein erfahrener Taxifahrer. Seine Fahrkünste sind beeindruckend, aber das werde ich ihm nicht sagen. Um ehrlich zu sein sind sie ziemlich sexy, dabei hat der Wagen nicht mal Schaltgetriebe.

»Musik?«, frage ich und zeige auf das Radio.

»Klar. Nur zu.«

»Irgendwas Bestimmtes?«

Er geht auf die Bremse und hält den Arm vor meinen Oberkörper, damit ich nicht nach vorn falle.

Autos rasen an uns vorbei. »Sorry«, murmelt er.

»Beeindruckender Reflex.« Ich warte, bis sich der Sicherheitsgurt wieder lockert und drücke auf den Radioknöpfen herum.

»Woher willst du wissen, dass ich dich nicht nur begrapschen wollte?«

Er späht zu mir herüber, und mein Magen beginnt zu kribbeln. »Ich glaube, das würdest du zu diesem Zeitpunkt nicht wagen.« Ich arbeite mich weiter durch die Radiosender.

»Und wieder eine Mutmaßung. Vergiss nicht, Hannah, ich hoffe *wirklich*, dass ich es schaffe, dich zu verführen.«

Warum versetzt es mein Inneres jedes Mal in Aufruhr, wenn er meinen Namen sagt?

»Ich dachte, ich soll dich bloß zu einer Hochzeit begleiten?«

»Jeder weiß, dass man Frauen auf Hochzeiten leichter rumkriegt.«

Ich lege den Kopf schief und mustere ihn kurz. Für ein paar Sekunden bleibt er ernst, doch dann muss er lachen. Seine Mundwinkel biegen sich nach oben, und mir wird ganz warm ums Herz.

»Hast du gerade einen Witz gemacht?«, frage ich gespielt erstaunt.

Als wir den Innenstadtverkehr hinter uns gelassen haben und auf den Highway auffahren, gibt Roarke Gas.

»Es gibt Leute, die meinen Humor mögen«, sagt er, blickt in den Spiegel und wechselt die Spur.

»Davon habe ich bisher nichts mitbekommen.«

Roarke schüttelt den Kopf und drückt einen voreingestellten Radiosender. Klassische Musik erklingt aus den Lautsprechern. Dann legt er die Hände auf zehn und zwei Uhr ans Steuer und konzentriert sich auf die Straße. Er summt die Melodie mit und merkt nicht, dass ich ihn beobachte.

Die Hauptverkehrszeit ist vorbei, und wir fliegen geradezu über den Highway. Abgesehen von Reifen auf Asphalt ist das einzige Geräusch das Zusammenspiel von Oboen und Violinen. Roarke überholt einen langsamen Autofahrer von rechts und wechselt mühelos wieder auf die Überholspur.

So einer ist er also, was? Nicht, dass es mich wundern würde. Bremst nie ab, flitzt einfach hin und her. Er gehört zu den Typen, denen man wünscht, dass sie von der Polizei herausgezogen werden. Aber ich muss sagen, dass sein arroganter Fahrstil à la Mario Andretti zu ihm passt.

»Okay, das kann selbst ich nicht so lange durchziehen.« Seine langen Finger drücken einen Knopf am Lenkrad, und die Lautstärke verringert sich.

Verwirrt sehe ich ihn an. Er grinst breit.

»Was meinst du?«

»Ich habe die Musik nur angemacht, weil du die ganze Zeit voreilige Schlüsse ziehst. Freiwillig würde ich mir so einen Scheiß nie anhören. Willst du wissen, welche Art von Musik ich mag? Hier.« Er stellt von Radio auf Bluetooth, und sein Smartphone beginnt in der Mittelkonsole zu leuchten, um zu signalisieren, dass es streamt.

Der Song »Regulate« von Warren G. ertönt. Ich lege den Kopf schief, und er zieht die Augenbrauen hoch. »Überrascht?«

Ich deute mit dem Kinn auf sein Smartphone. »Darf ich?«

»Aber bitte.« Er nimmt das Telefon und gibt es mir.

Ich scrolle durch die Musik. Nur Hip-Hop aus den Neunzigern. Snoop Dog, House of Pain, Salt-N-Peppa, LL Cool J. »Vanilla Ice?«, frage ich.

Er zuckt mit den Schultern und wird leicht rot. »Gib's zu. Du hast den Song auch irgendwann mal geliebt.«

Ich verdrehe die Augen. Niemals würde ich zugeben, dass ich die Choreografie auswendig konnte und sie meinen besten Freundinnen regelmäßig vorgetanzt habe.

»Wirst du jetzt aufhören, mich in eine Schublade zu stecken?« Er dreht die Musik leiser und zieht drei Spuren nach rechts, um an der nächsten Ausfahrt abzufahren.

»Ich würde diese Fahrt gern überleben.« Ich kralle mich so fest an den Türgriff, dass meine Fingerknöchel weiß hervortreten.

»Sorry, aber du lenkst mich ab.«

Wir folgen den Schildern in Richtung Milwaukee. »Wisconsin?«

Er nickt.

»Hm, damit hätte ich nicht gerechnet.«

»Dachte ich mir.« Er lehnt sich zurück und hält das Lenkrad lässig unten fest, während er die Geschwindigkeit verringert.

Ich sinniere immer noch über seinen Musikgeschmack, als mir plötzlich ein Gedanke kommt. »Warum hast du heute Morgen die Dave Matthews Band gehört, wenn du eigentlich auf Hip-Hop stehst?«

Er antwortet nicht sofort, aber ich warte geduldig auf eine Erklärung. Schließlich zuckt er mit den Schultern und sagt: »Ich dachte, es wäre eher dein Ding.«

Das ist irgendwie süß.

Als ich nicht sofort etwas erwidere, fragt er: »Hörst du manchmal Hip-Hop?«

»Höchstens, wenn es im Radio läuft.«

»Dachte ich mir.«

»Wer zieht jetzt voreilige Schlüsse?«, necke ich.

Er nickt leise lachend. »Das stimmt. Ich dachte eher, du stehst auf die Backstreet Boys.«

Verdammt sei er, dass er den Nagel auf den Kopf getroffen hat.

»Oder eher *NSYNC? Oder 98 Degrees?«

Ich rutsche auf meinem Sitz hin und her. »Dein erster Tipp war schon richtig. Du musst einen guten Privatdetektiv haben.«

»Ich engagiere nur die Besten.« Wieder hat er dieses Grinsen auf den Lippen, bei dem ich mir nicht sicher bin, ob ich ihn schlagen oder küssen will. In letzter Zeit war es eher Letzteres, obwohl ich wirklich versuche, mich nicht zu ihm hingezogen zu fühlen.

»Da haben wir wohl etwas gemeinsam.«

»Hör zu, ich will mich dieses Wochenende nicht mit dir darüber unterhalten, was wir von früher voneinander wissen, aber ... hättest du mich vor Todd kontaktiert, hätte ich dich vertreten.«

»Ja, ich will nicht über Todd oder die Umstände sprechen, die mich hierhergeführt haben.« Ich lehne mich gegen die Fensterscheibe.

»Du hast keine Ahnung, wie schwer es für mich war, als ich die Unterlagen vom Privatdetektiv bekommen habe. Die Fotos spiegelten deine Schönheit, Intelligenz und Stärke wider. Ich weiß, dass du seinetwegen durch die Hölle gehen musstest. Und als ich dich beim ersten Treffen kennengelernt habe ...« Er holt tief Luft und hält kurz inne. »Du weißt nicht, wie schwer es mir gefallen ist, Haltung zu bewahren. Zum ersten Mal in meiner gesamten Karriere wollte ich einen Klienten feuern.«

Meine Schultern sacken zusammen. »Warum erzählst du mir das?«, frage ich beinahe flüsternd.

Er ergreift meine Hand. »Weil ich dich mit diesen fünf Gefallen nicht foltern will. Ich habe schon immer auf mein Bauchgefühl gehört, und es führt mich zu dir. Seit ich dich das erste Mal gesehen habe. Vor allem, nachdem du den Mund aufgemacht und mir die Meinung gegeigt hast. Zwischen uns ist etwas, das es wert ist, erforscht zu werden.«

Er lässt meine Hand los, und ich vermisse umgehend die Wärme seiner Haut.

Mein Gott, was ist nur los mit mir?

»Ich weiß nicht, was ich sagen soll«, gebe ich offen zu.

»Du musst nichts sagen. Ich will nur, dass du dich nicht vor der Möglichkeit verschließt, dass aus der Wut, die du für mich empfindest, etwas anderes werden könnte.«

Ich schnappe nach Luft. Eine Ziffer für die Zahlenkombination des Safes, in den ich mich seit der Scheidung eingesperrt habe, hat er bereits herausgefunden. Ich weiß nicht, ob ich es zulassen kann, dass er auch noch die restlichen Zahlen herausbekommt.

Plötzlich klingelt sein Handy, und ich bin froh um die Unterbrechung.

Er blickt auf das Display am Armaturenbrett, auf dem das Wort »Mom« aufleuchtet. Seufzend drückt er einen Knopf am Lenkrad.

»Hey, Mom, ist es wichtig? Ich bin beschäftigt.«

»Roarke, deine Schwester ist völlig panisch. Sie will die Hochzeit absagen.«

Er sieht mich an. »Ich fahre gerade. Lass mich rechts ranfahren, dann rufe ich sie an.«

»Sie hyperventiliert. Sie glaubt, Wyatt würde sie betrügen. Aber das kann ich mir nicht vorstellen. Ich glaube, sie sucht nur nach einer Ausrede.« Seine Mutter klingt aufgebracht, und ich fühle mich schlecht, weil ich gerade Zeugin eines Familiengesprächs werde. »Meine Männerprobleme haben euch zu Menschen gemacht, die nicht glauben können, dass ein anderer sie liebt.«

Wieder späht er kurz zu mir herüber. Ich halte den Rücken gerade und den Blick aus dem Fenster gerichtet und tue so, als hätte mir seine Mutter nicht gerade seine verletzliche Seite offenbart.

»Mom? Hannah sitzt bei mir im Auto.«

»Oh, Mist. Ich bin so dumm. Warum habe ich das nicht gemerkt?« Sie hält inne. »Hallo, Hannah. Ich bin Edie, Roarkes Mutter.«

Ich sehe Roarke an, um mir die Erlaubnis zu sprechen einzuholen, was mich schon in dem Moment aufregt, als ich es tue.

»Hallo, Mrs. Baldwin.«

»Nein, bitte. Nennen Sie mich doch Edie.«

Ich lache. »Okay, Edie. Unterhalten Sie sich ruhig weiter. Beachten Sie mich gar nicht.«

Roarke greift nach dem Handy, doch als in diesem Moment ein Polizeiwagen vorbeifährt, lässt er es sofort wieder fallen.

Er hält sich an das Gesetz. Interessant.

»Ich freue mich darauf, Sie kennenzulernen«, sagt Edie.

»Mom, wo ist Allie jetzt?«

»Ich freue mich auch, Edie.« Ich schlage ihm leicht auf die Schulter, weil er uns unterbrochen hat.

Er lächelt amüsiert.

»Sie ist bei Daysie. Du weißt, dass dieses Mädchen nur Ärger bedeutet. Sie wird Allie nicht klarmachen, dass Wyatt sie liebt. Wahrscheinlich führt sie sie stattdessen in irgendeine Spelunke, um sich zu betrinken. Bitte, Roarke.«

»Okay, wir brauchen noch gute drei Stunden. Ich werde versuchen, sie anzurufen. Falls ich sie nicht erreiche, bringe ich Hannah ins Hotel und fahre dann bei Daysie vorbei.«

»Oh, ich bin eine solche Idiotin. Ich habe ganz vergessen, es dir zu sagen.«

»Was denn?« In Roarkes Stimme liegt eine Anspannung, die ich von mir selbst kenne, wenn ich mit meiner Mutter spreche.

»Nun ja, Wyatts Onkel hat frei bekommen, und wir haben ihm eins deiner Hotelzimmer gegeben. Ich hoffe, das ist in Ordnung. Ich habe sowieso nicht verstanden, warum ihr separate Zimmer braucht.«

Ich reiße die Augen auf, und mir dreht sich der Magen um. *Ist das alles Teil seines Plans?*

»Dann habt ihr übers Wochenende einen Gast. Ich werde bei euch übernachten«, sagt er und klingt alles andere als begeistert.

Anscheinend nicht.

»Wirklich? Okay … nun ja … dann muss ich noch ein paar Sachen erledigen.« Ihre Stimme klingt zittrig und unsicher, und ich frage mich, ob sie mich tatsächlich für seine Freundin hält. »Ich muss noch Bettwäsche waschen. Und Milch kaufen. Was willst du essen?«

»Schon okay, Mom. Ich komme klar.« Roarke rutscht auf seinem Sitz herum, und mir fällt auf, dass er das immer tut, wenn ihm etwas unangenehm ist. »Ich bin bald da. Ich werde Allie sofort anrufen.«

»Okay. Tschüss, Hannah.«

»Tschüss, Mrs. … Edie.«

»Ich kann es kaum erwarten zu sehen, ob Sie tatsächlich so hübsch sind, wie mein Sohn sagt. Fahr vorsichtig, Roarke. Vor allem, sobald du die Bezirksgrenze passiert hast. Du weißt, dass Sheriff Wiltaker es auf Leute von außerhalb abgesehen hat.«

Roarke lacht schnaubend, und sein Gesicht verwandelt sich in ein aufrichtiges Lächeln. »Das mache ich, Mom. Bis später.«

Bevor sie sich verabschieden kann, legt er auf.

»Du musst das nicht machen«, sage ich.

Fragend sieht er mich an.

»Du musst nicht bei deiner Mom schlafen«, sage ich und kann es selbst kaum fassen, dass die Worte tatsächlich aus meinem Mund kommen.

»Ich habe dir versprochen, dass du ein Hotelzimmer für dich allein bekommst. Dieses Versprechen werde ich nicht brechen.«

Sein Daumen drückt auf den Lautstärkeregler am Lenkrad, und die Musik wird lauter. Damit ist die Diskussion wohl beendet. Ich sitze da und beobachte, wie die hohen Bäume und die grüne Landschaft an uns vorüberziehen und frage mich, warum es mir nicht egal ist, dass Roarke jetzt in eine unangenehme Situation geraten ist.

»Warum willst du nicht bei deiner Mutter übernachten?«, frage ich.

Er presst die Kiefer aufeinander. »Sie hat einen neuen Freund.«

Eine dunkle Maske fällt über sein Gesicht, und ich merke, dass ich lieber keine weiteren Fragen stellen sollte. Es geht mich sowieso nichts an. Sobald ich ihm auch noch die letzten Gefallen getan habe, werden wir wahrscheinlich ohnehin nie wieder miteinander sprechen.

Das Lustige an der Sache ist, dass ich die Lügen, die ich mir die ganze Zeit selbst erzähle, schon längst nicht mehr glaube.

Kapitel 14

Es dauert noch eine ganze Stunde, bevor Roarke den Highway verlässt. Außer, dass ich ihn frage, ob ich auch mal einen Song auswählen darf, um Abwechslung in den Rap und Hip-Hop zu bringen, reden wir nicht miteinander. Er scheint die Musik wirklich ständig zu hören, denn er singt jeden verdammten Text mit.

Wir halten an einer Tankstelle, und er öffnet seinen Sicherheitsgurt. »Ich beeile mich.« Das Smartphone hält er bereits umklammert. »Es wird nicht lange dauern. Falls du auf die Toilette musst oder einen Snack oder irgendwas kaufen willst …«

Ich nicke, greife nach meiner Handtasche und steige aus. »Willst du auch irgendwas?«

Geistesabwesend schüttelt er den Kopf. »Nein, danke.«

Ich überlasse Roarke sich selbst und folge der Beschilderung zu den Toiletten.

Zehn Minuten später kehre ich mit einer Tüte voller Getränke, Snacks und Desinfektionstüchern zurück – falls ich noch mal auf einer Raststätte auf die Toilette muss. Plötzlich dämmert es mir, dass Roarke vermutlich nicht will, dass in seinem Auto gegessen wird.

Als ich die Tür des kleinen Tankstellenshops aufdrücke, höre ich aus dem SUV eine laute Stimme, aber es ist nicht Roarkes. Das Gespräch läuft über die Freisprechanlage, und ich weiß nicht, ob Roarke bewusst ist, wie laut es ist. Ich kann jedes Wort seiner Schwester hören und bin mir nicht sicher, ob ich stören soll oder lieber nicht.

»Roarke, du verstehst das nicht. Ich weiß, dass es ihre waren«, sagt sie.

Ich beobachte, wie er die Stirn gegen das Lenkrad presst, als würde ihn die Unterhaltung jegliche Energie kosten.

»Seit wann glaubst du an ein Happy End?«

Wieder folgt eine Pause.

»Ja, ich liebe ihn.«

»Vertrauen? Wir wissen beide, dass es auf dieser Welt nur wenige Menschen gibt, denen man trauen kann.«

»Wer ist die Frau überhaupt, die du mitbringst?«

Blöd, dass ich nur hören kann, was *sie* sagt.

Ich würde zu gern wissen, wie er diese Frage beantwortet.

»Du schläfst bei Mom? Ist sie etwa prüde?«

Das Missfallen in ihrer Stimme ist nicht zu überhören.

»Du? Ein Gentleman? Ich würde gern wissen, was Olivia dazu sagen würde.«

Ich tue, als würde es mich nicht interessieren, wer Olivia ist, aber natürlich speichere ich den Namen im Hinterkopf ab für spätere Nachforschungen.

»Du bist nicht mein Vater.«

Roarke hebt den Kopf. Bevor ich etwas anderes tun kann, als nur herumzustehen, treffen sich unsere Blicke.

»Du musst auflegen? Was zum Teufel?«, schreit seine Schwester.

Die Verbindung bricht ab. Er öffnet die Wagentür und steigt aus.

»Hast du alles, was du brauchst?«, fragt er, während er an seinem Schlüssel herumspielt und das Handy in die Hosentasche steckt.

»Ja. Magst du Lakritze?« Verlegen hebe ich die Einkaufstüte hoch und tue, als hätte ich eben nicht alles gehört, was seine Schwester gesagt hat.

Ein Lächeln zupft an seinen Mundwinkeln, und auch ich muss nun lächeln. Wahrscheinlich, weil ich genau weiß, wie anstrengend Familienprobleme sein können.

»Du hast an mich gedacht?«, fragt er und kommt auf mich zu.

»Ich will nur nicht unhöflich sein.«

»Das gefällt mir.« Er ergreift meine freie Hand, öffnet meine Finger und gibt mir den Autoschlüssel. »Ich bin gleich wieder da.«

Er verschwindet im Shop, und ich mustere die wenigen Menschen, die ihre Autos betanken. Da es schon einundzwanzig Uhr ist, ist es stockdunkel – abgesehen von der Tankstelle, die leuchtet wie ein UFO, das mitten in der Wüste gelandet ist.

Ich lasse den Blick nach oben schweifen und bestaune die zig Millionen leuchtenden Sterne. Statt des Getöses der Großstadt hört man hier nur das Zirpen der Grillen.

Ich weiß nicht, wie lange ich dastehe, den Himmel bestaune und die Ruhe genieße, die auf dem Parkplatz der kleinen Tankstelle herrscht. Doch als mich eine Hand berührt, zucke ich zusammen.

»Entspann dich.« Roarkes Stimme beruhigt mich umgehend. »Das erste Mal, dass du aus der Stadt herauskommst?«, fragt er neckend.

Ich sehe ihn an. »Es ist wundervoll. Vermisst du es?«

Sein Adamsapfel hüpft auf und ab. »Nein.«

Er nimmt mir den Schlüssel ab und umrundet die Motorhaube des Range Rover.

Als ich wieder neben ihm auf dem bequemen Ledersitz sitze, öffnet er das Sonnendach, sodass der Himmel über uns sichtbar wird. Er steckt den Schlüssel ins Zündschloss. Bevor ich eine weitere Frage stellen kann, sind wir auch schon wieder auf dem Highway.

Ich frage mich, warum er mich mit hierhergebracht hat, wenn er selbst nicht hier sein will.

• • •

Zwei Stunden später fahren wir vom Highway ab und direkt auf den Parkplatz eines Hotels. Im hinteren Teil stehen zwanzig weiße Lieferwagen, die alle den Schriftzug derselben Landschaftsgärtnerei tragen.

»Hier übernachten wir?«, frage ich und beäuge die abblätternde

Farbe an den Türen und die Grasbüschel, die aus den Rissen im Asphalt herauswachsen.

Er parkt unter einem Vordach neben einer gläsernen Schiebetür. »Ich weiß, ist nicht gerade das Drake. Aber glaub mir, es ist das beste Hotel weit und breit.«

»Ist schon in Ordnung.« Schon als Kind wurde mir beigebracht, mich so zu verhalten, dass andere sich nicht schlecht fühlen, auch wenn die Umstände alles andere als ideal sind. »Sind die Zimmertüren außen?« Ich lasse den Blick über den Parkplatz zu einer Reihe Türen im Erdgeschoss und im ersten Stock schweifen.

»Ja, aber die Kriminalitätsrate ist sehr gering in Woods Parlor. Wenn man häusliche Gewalt und Trinken in der Öffentlichkeit nicht dazuzählt.«

Ich presse die Lippen aufeinander. Das sind zwei völlig unterschiedliche Paar Schuhe. »Dann bin ich hier also sicher?«

»Ich werde alles für dich regeln, und dann mache ich mich auf die Suche nach meiner Schwester. Ich bin nur zwanzig Minuten von hier entfernt, falls du mich brauchst.«

Zwanzig Minuten? Er wird mich nicht retten können, wenn er zwanzig Minuten entfernt ist. Bis dahin hat man mich schon längst vergewaltigt, ermordet oder was auch immer.

»Okay.« Ich richte mich gerade auf und versuche, mich daran zu erinnern, dass ich eine Crowley bin und keinen Retter brauche. Aber zum Glück habe ich Pfefferspray dabei.

»Ich liebe es, wenn du so tust, als könntest du es mit der ganzen Welt aufnehmen.« Er steigt aus, bevor ich etwas erwidern kann.

Normalerweise tue ich nicht nur so, aber gerade schon.

Ich folge Roarke in die kleine Lobby, wo er auf die Klingel drückt. Aus einem Hinterzimmer hören wir Gemurmel, gefolgt von einem lauten Knall, der in dem engen Gemäuer widerhallt.

»Alles in Ordnung, Ted?« Roarke lehnt sich über den Empfangstresen.

»Roarke Baldwin?« Im Türrahmen erscheint ein kleiner, dicker, glatzköpfiger Mann und reibt sich die Augen. »Ich habe deinen Namen auf der Liste gesehen und dachte, ich hätte dich womöglich verpasst. Meine Schicht hat erst vor einer Stunde angefangen.«

Roarke streckt ihm die Hand entgegen. Er wischt sich zuerst die Hände an seinem fleckigen Unterhemd ab, bevor er ihm ebenfalls die Hand reicht. »Chicago meint es gut mit dir, was?«

Ted achtet nicht auf Roarkes dreiteiligen Anzug oder auf den Range Rover, der draußen auf dem Parkplatz steht. Nope. Sein Blick ist auf mich gerichtet. Auf meine Brüste, um genauer zu sein. Er leckt sich die Lippen, und mein Magen zieht sich zusammen.

Roarke stellt sich vor mich und versperrt Ted die Sicht. »In der Tat. Das ist Hannah. Sie wird hier übernachten.«

»Sorry, dass wir dich aus dem anderen Zimmer geschmissen haben, aber du weißt schon ... Wyatts Großvater und so.« Die beiden Männer sprechen eine Sprache, die mir nicht geläufig ist.

»Ja, ich verstehe schon. Ich werde bei meiner Mutter übernachten.«

»Du fährst den ganzen Weg in die Stadt?«, fragt Ted. Zwanzig Minuten sind »der ganze Weg«? In Chicago kommt man in zwanzig Minuten zur Hauptverkehrszeit höchstens einen Block weit.

»Ja.« Roarke zuckt mit den Schultern.

»Dann gehört sie nicht dir?« Ted zeigt auf mich, als wäre ich ein Hund oder ein Gegenstand.

Ich balle die Hände zu Fäusten und beiße mir auf die Innenseite meiner Wange.

Grinsend sieht Roarke mich an. Er scheint zu wissen, dass ich innerlich koche. »Noch nicht, aber bald.«

»Können wir jetzt bitte den Schlüssel bekommen?«, frage ich. Ich habe genug von dieser Unterhaltung. »Und damit das klar ist: Ich gehöre niemandem.«

Auf dem Absatz mache ich kehrt, verlasse die Lobby und warte im Auto. Die Männer schließen ihre Transaktion ab, fünf Minuten später sitzt Roarke wieder auf dem Fahrersitz.

»Ich werde die Tatsache ignorieren, dass mich dieser Kerl angeschaut hat, als säße er im Todestrakt und ich wäre seine letzte Mahlzeit.«

Roarke lacht. »Ted ist harmlos. Menschen wie dich bekommt man hier eben nur selten zu Gesicht.«

»Tut mir leid, dass ich dir das sagen muss, aber du bist vom selben Schlag wie ich.«

Er startet den Motor, fährt hundertfünfzig Meter und hält vor Zimmer hundertdreiunddreißig. Innerlich weine ich, weil ich im Erdgeschoss untergebracht bin.

»Du wurdest schon reich geboren. Ich habe mir mein Geld selbst verdient«, erwidert Roarke.

Punkt für ihn.

Von meiner besten Freundin Gwen weiß ich, dass es ein himmelweiter Unterschied ist, ob man sich sein Geld selbst erarbeitet hat oder bereits in wohlhabenden Verhältnissen aufgewachsen ist. Trotzdem ...

»Du bist vielleicht hier aufgewachsen, aber du gehörst nicht mehr hierher. Genauso wenig wie ich.«

Leise lachend steigt er aus, öffnet den Kofferraum und hebt meine Tasche heraus. Je näher wir dem Zimmer kommen, desto unwohler fühle ich mich. Ich will nicht allein hierbleiben. Wirklich nicht.

Er steckt den Schlüssel ins Schloss und öffnet die Tür. Überraschenderweise ist das Zimmer völlig in Ordnung. Die Bettwäsche sieht sauber aus, und die Einrichtung könnte schlimmer sein. Ich hätte ein Bett aus dunklem Holz erwartet, orangefarbene und braune Bettwäsche und Bilder von Hirschen, die fröhlich durch den Wald traben. Stattdessen ist das Zimmer in Gelb, Grau und Weiß gehalten.

Roarke stellt meine Tasche ab und steckt die Hände in die Hosentaschen. »Du hast ja meine Nummer. Ich hole dich dann morgen ab. Schreib mir einfach, sobald du wach bist. Wir müssen erst um sechzehn Uhr zur Hochzeitsprobe da sein.«

Mir fällt die Kinnlade herunter, und ich verschränke die Arme vor der Brust. »Du hast mich hierhergeschleppt, damit ich bis vier Uhr nachmittags in einem abgelegenen Hotel sitze?«

Wieder umspielt ein Lächeln seine Lippen. Mir wird klar, dass ich gerade einen großen Fehler begangen habe. Jetzt denkt er, dass ich mit ihm Zeit verbringen will. Er macht einen Schritt auf mich zu. »Ich hatte nicht vor, dich bis sechzehn Uhr hier sitzen zu lassen. Ich wollte dich lediglich ausschlafen lassen.«

»Danke. Aber ich habe kein Auto und würde es vorziehen, mir mein Frühstück und Mittagessen nicht aus dem Snackautomaten ziehen zu müssen.«

Ich klinge wie eine Zicke, ich weiß. Aber ich bin absichtlich schwierig, weil ich Angst habe. Sobald ich nicht die Kontrolle habe, nach der ich mich immer so sehr sehne, werde ich eben unangenehm. Ich weiß nicht, ob es daran liegt, dass ich mich hier nicht sicher fühle, oder weil mich jemand verschleppen und im Wald verbuddeln könnte. Teds gaffender Blick hat mir nicht unbedingt ein behagliches Gefühl vermittelt.

»Dann hole ich dich um neun ab, und wir gehen zusammen frühstücken.« Er verlagert das Gewicht auf die Fersen. Abgesehen von der Krawatte, die er nach dem Telefonat mit seiner Schwester ein wenig gelockert hat, sieht er immer noch aus wie eine Ken-Puppe. Nur mit grau meliertem Haar.

»Perfekt.«

»Gut.« Er geht zur Tür und greift nach der Klinke.

Meine Eingeweide ziehen sich zusammen, und mein Herz beginnt zu rasen. Jetzt oder nie. »Es ist schon spät. Ich habe nichts dagegen, wenn du im anderen Bett schläfst.«

Er versteift sich, seine Hand liegt noch immer auf der Klinke. »Bietest du mir etwa an, heute Nacht hier zu schlafen?« Er dreht sich um, doch seinem Gesichtsausdruck ist nicht anzusehen, ob er enttäuscht ist oder sich freut.

»Aus Höflichkeit, ja. Es klang vorhin, als wäre es ziemlich weit bis zu deiner Mutter, und du bist bestimmt müde. Es wäre zu schade, wenn dir ein Reh vors Auto laufen und den hübschen SUV ruinieren würde.« Ich recke das Kinn.

Seine Augen leuchten frech. »Hast du etwa Angst, Hannah?«

»Nein.« Ich öffne meine Tasche, lege meine Sachen in den Schrank und hänge meine Kleider auf die Bügel. In diesem Moment würde ich alles tun, um ihm nicht in die Augen sehen zu müssen.

»Dann bist du einfach nur nett?«

»Ja«, erwidere ich ruhig, als würde ich sogar einen ganzen Monat allein hier schlafen, wenn ich müsste.

Teufel, nein.

»Bist du sicher, dass es dir nichts ausmacht?« Wieder greift er nach der Türklinke.

»Ja, kein Problem.« Schulterzuckend schließe ich den Schrank. »Zwei Einzelbetten.«

»Okay, dann hole ich meine Taschen.« Er verlässt das Hotelzimmer.

Als die Tür zu ist, hole ich endlich wieder Luft. Meine Mission ist zum Scheitern verurteilt. Aber mir ist es lieber, er schläft hier, als dass an allen Telefonmasten Chicagos Vermisstenanzeigen mit meinem Foto hängen.

Zum Zweifeln bleibt keine Zeit, den Roarke ist bereits zurück. Er schließt die Tür und verriegelt sie. Hat er nicht gesagt, dass in Woods Parlor sowieso nichts passiert?

»Darf ich vielleicht auch in deinem Bett schlafen, wenn ich dir gut zurede?«, fragt er und hängt eine Anzugshülle in den Schrank.

»Du weißt einfach nicht, wann es Zeit ist aufzuhören.«

Ich sehe ihm seinen Kommentar nach, denn ich bin ihm dankbar, dass er mir aus der Patsche hilft. Zum ersten Mal habe ich ihm meine Verletzlichkeit gezeigt, und er hat es nicht gegen mich verwendet.

»Was dich angeht, nein, weiß ich nicht.«

Langsam dämmert mir, dass die Chancen, heute Nacht in Roarkes Bett zu landen, viel höher stehen, als ermordet zu werden. Vor fünf Minuten wäre dieser Gedanke wesentlich nützlicher gewesen.

Kapitel 15

Perfektion setzt einen unter Druck, aber damit kann ich umgehen. Man wächst nicht unter dem Mikroskop auf, ohne zu lernen, in gewissen Situationen ruhig und gelassen zu bleiben.

Perfektion und Willensstärke gehen Hand in Hand.

Willensstärke, auf Kohlenhydrate zu verzichten.

Willensstärke, Sport zu machen.

Willensstärke, mir auf die Zunge zu beißen, wenn es nötig ist.

Während andere ihren Kuchen geradezu verschlingen, kann ich mein Stück stundenlang unberührt stehen lassen und mich einfach weiter unterhalten. Das soll aber nicht heißen, dass ich mir auf dem Heimweg keinen Milchshake gönne. Das ist genau der Punkt, wenn man eine Crowley ist. Man macht sich nur einen Kopf, solange andere dabei sind. Sobald man sich in einen dreifach verriegelten Raum eingesperrt hat, kann man einen ganzen Kuchen verschlingen. Solange man keine Kleidergröße zunimmt, versteht sich. Was würde sonst der Personal Shopper bei Neiman Marcus sagen, wenn man nicht mehr in die Klamotten passt?

Jedenfalls halte ich mich für eine starke Frau, die völlig unbeeindruckt wirken kann, selbst wenn ihre Körpertemperatur einen kritischen Wert übersteigt.

Als Roarke in Pyjamahose und mit nacktem Oberkörper aus dem Bad kommt, verliere ich beinahe die Fassung. Ich schätze ihn auf Anfang vierzig. Seine Brustmuskeln und sein Bizeps treten deutlich hervor, als er das Bett umrundet, um unter die Decke zu schlüpfen. Wortlos durchquert er den Raum. Auch wenn er nichts sagt, bin ich mir sicher, dass er gemerkt hat, wie ich ihn über meinen Kindle hinweg angegafft habe.

Nachdem er mir mit seiner tiefen Stimme, die auf meine untere Körperregion wie ein Aphrodisiakum wirkt, eine gute Nacht gewünscht hat, schläft er schnell ein. Auf ein bisschen Kuscheln hätte ich mich eingelassen. So tief wäre ich bereit gewesen zu sinken.

Ich lege den E-Book-Reader beiseite und drehe mich – wie immer – zum Einschlafen auf die rechte Seite. Das Problem ist nur, dass mein Blick jetzt auf Roarke fällt. Seine nackte, muskulöse Brust hebt und senkt sich. Eine Hand liegt unter seinem Kopf, ein Bein lugt unter der Decke hervor. Er ist wirklich ein Adonis.

Er hat sich freiwillig dazu bereit erklärt, das Bett an der Tür zu nehmen. Noch ein Beweis dafür, dass er genau weiß, dass ich mich nicht sicher fühle und ihm deshalb angeboten habe, hier zu übernachten. Ich weiß zwar nicht warum, aber irgendwie ärgert es mich, dass er die Sache so unkommentiert lässt.

Ich drehe mich zur Wand, schließe die Augen und hoffe, dass das Wochenende schnell vorübergeht. Meine Disziplin schwindet mit jeder Sekunde, die ich mit ihm verbringe.

• • •

Licht durchdringt meine Lider. Blinzelnd öffne ich die Augen. Arme und Beine habe ich über die gesamte Breite des Betts wie ein X von mir gestreckt. Ich weiß nicht, wann ich das letzte Mal so gut geschlafen habe. Normalerweise beansprucht Lucy das halbe Bett für sich und bohrt ihre Pfoten in mich hinein.

Eine große Gestalt blockiert das Sonnenlicht. Als ich den Kopf drehe, sehe ich Roarke, der etwas auf meinen Nachttisch stellt. »Du schnarchst.«

Ich setze mich auf und reibe mir den Schlaf aus den Augen.

Warum noch mal habe ich ihn hier schlafen lassen? Ich hätte mir den Wecker stellen sollen, um vor ihm wach zu sein. Dann hätte ich mir wenigstens die Haare richten und mich schminken können.

»Überhaupt nicht«, erwidere ich mit rauer Stimme.

Er setzt sich auf die Bettkante und öffnet die Schnürsenkel seiner Laufschuhe. Schweiß rinnt über sein Gesicht. »Doch, tust du. Liegt vielleicht an der frischen Luft. Möglicherweise hast du eine Allergie.«

Mein Gesicht wird heiß wie ein ausbrechender Vulkan. »Das ist ein Witz, oder?«, frage ich und habe Angst, dass es stimmt, was er sagt.

»Ja.« Er steht auf, zieht sich das Shirt über den Kopf und wirft es aufs Bett.

Jetzt muss ich schon wieder seine nackte Brust begaffen, nur dass diesmal auch noch Schweißperlen wie Regentropfen an einer Glasscheibe an ihr hinabrinnen und die Tropfen von einem Bauchmuskel zum nächsten wandern. Auf diese Art der Folter war ich nicht eingestellt, als ich zugestimmt habe, ihn zu begleiten.

Ich greife nach der Tasse auf meinem Nachttisch und nehme einen Schluck Kaffee, in der Hoffnung, dass mir nicht weiter das Wasser im Mund zusammenläuft.

»Ich habe dir doch gesagt, dass ich Sinn für Humor habe.« Er nimmt seine Laufschuhe und stellt sie neben seinen Koffer. »Ich würde dir gern einen Vorschlag machen.«

Er setzt sich wieder auf mein Bett. Obwohl ich mich vorhin für mein Durchhaltevermögen selbst gelobt habe, muss ich jetzt all meine Kraft zusammennehmen, um mich nicht auf ihn zu schmeißen.

»Warum ziehst du nicht wieder dein T-Shirt an? Dann können wir reden.« Ist mir egal, dass er mir gerade in die Karten schauen kann. Ich kann nicht länger hier sitzen und so tun, als würde mich dieser Körper völlig unbeeindruckt lassen.

Ich ziehe die Decke ein Stück höher. Zwar trage ich Shorts und ein Top, doch in diesem Moment fühle ich mich vollkommen entblößt.

»Warum?«, fragt er mit seinem typischen frechen Grinsen. »Gefällt dir, was du siehst?«

Ja, ja, tut es.

»Nope«, sage ich knapp und beinahe fies. »Das gebietet die Höflichkeit, wenn man sich ein Zimmer teilt.«

»Höflichkeit?« Er hebt eine Augenbraue, Belustigung schwingt in seinem Ton mit.

»Ja. Schließlich befindest du dich in Gegenwart einer Dame.« Ich nehme einen Schluck von meinem Kaffee und versuche, mir das Grinsen zu verkneifen.

»Meine Fresse, wie alt bist du denn?« Er lehnt sich nach hinten, stützt sich auf die Hände und macht keinerlei Anstalten, nach seinem Shirt zu greifen.

»Alt«, erwidere ich schmollend.

»Ich bin älter als du. Solche Vorstellungen sind total altmodisch.«

»Stimmt, du bist älter als ich. Dem Rest kann ich nicht zustimmen.«

Einen quälenden Moment lang sieht er mich an. Wäre ich nicht ich, sondern jemand anderes, würde ich jetzt über ihn herfallen und erst später über die Konsequenzen nachdenken.

Er steht auf. »Mach dich fertig. Wir fahren in die Stadt.« Er schlendert ins Bad und schließt die Tür. Sekunden später rauschen in der Wand die Wasserleitungen.

• • •

Eine Stunde später sitze ich wieder auf dem Beifahrersitz des Range Rover und versuche, nicht schon wieder zu Roarke hinüberzuspähen. Den Anzug hat er gegen hellblaue Leinenshorts und ein T-Shirt mit V-Ausschnitt getauscht, das seine breiten Schultern umspielt. Seine Frisur ist heute nicht in Zement gegossen, stattdessen fällt sein Haar in weichen Wellen. Diesem Mann steht sowohl der Freizeit- als auch der Businesslook. Wie soll ich da widerstehen?

»Du hast super Beine«, sagt er, ohne mich anzusehen, während wir ein grünes Schild mit der Aufschrift »Woods Parlor, 1034 Einwohner« passieren.

»Hat jemand ein Baby bekommen?« Ich ignoriere seinen Kommentar. Ich wusste nicht, ob ich kurze Hosen einpacken soll, also habe ich mich für Sommerkleider entschieden. Ist einfacher, sich schick zu machen, falls es sein muss.

»Wie bitte?«

»Das Schild. Die Vier sah noch so neu aus.«

Er wirft mir einen flüchtigen Blick zu und zuckt mit den Schultern. »Ich habe keine Ahnung, was hier passiert.«

Ich kaue auf der Innenseite meiner Wange herum, während die hohen Bäume an uns vorüberziehen. Es ist wunderschön hier, aber so wenige Menschen. Ich bin in einem Vorort Chicagos aufgewachsen, Wald beschränkt sich für mich auf die wenigen Grünflächen, die die Stadt angelegt hat, damit nicht auch noch der letzte Quadratzentimeter asphaltiert wird. Doch selbst in den Waldreservaten trifft man für gewöhnlich andere Menschen.

Da Roarke nicht über die neue Vier sprechen will, bin ich lieber still. Ich frage mich immer noch, warum er mich hierhergebracht hat. Soll es eine Art Strafe sein? Wollte er die reiche Großstadtlady aus ihrem Element entführen und sich darüber lustig machen?

»Willst du dich nicht für das Kompliment bedanken? Ist das nicht unhöflich?«

»Es ist unhöflich, meine körperlichen Attribute zu kommentieren.«

Er schnaubt. »Das ist das Lahmste, was ich je gehört habe.«

»Lahm?«

»Wer stellt jetzt die einsilbigen Fragen?« Wieder wirft er mir einen flüchtigen Blick zu.

Mein Magen kribbelt. Inzwischen habe ich an unseren kleinen Streitereien Gefallen gefunden. Wenn Roarke schmollt oder grübelt, vermisse ich die Neckereien irgendwie. Sagt ihm das bloß nicht, ich würde es ohnehin abstreiten, selbst wenn ihr mir einen mit Schokolade überzogenen Chris Hemsworth anbieten würdet.

Okay, das ist völliger Quatsch. Wer könnte da schon Nein sagen?

»Ich meine ja nur. Du bist Anwalt und benutzt das Wort ›lahm‹?« Ich schlage die Beine übereinander und erwische ihn dabei, wie er sie beäugt. Mein Puls beschleunigt sich ein wenig.

»Bitte entschuldige mein Vokabular. Liegt wohl daran, dass ich wieder in Woods Parlor bin.« Er sagt den Namen seines Heimatortes wie jemand, der sich über Kleinstadtbewohner lustig macht.

»Ich wollte damit nur sagen ...«

»Ich weiß genau, was du sagen wolltest«, blafft er. »Ich werde mir sofort ein Wörterbuch kaufen, sobald wir in der Stadt sind.«

Mit offenem Mund starre ich ihn an. Was soll das denn jetzt? Wird er jetzt etwa sensibel? Wir streiten uns doch ständig.

»Ich habe inzwischen kapiert, dass du eigentlich gar nicht hier sein willst. Deshalb wundert es mich noch mehr, dass du mich mit hierhergebracht hast. Falls du den Gefallen nicht eingelöst hast, um mich wie Kaugummi unter deiner Schuhsohle zu behandeln, hör auf, deine schlechte Laune an mir auszulassen.«

Er zieht den Wagen nach rechts und geht auf die Bremse.

Zum Glück gibt es Sicherheitsgurte.

Er dreht sich zu mir und sieht mich mit einem Blick an, der selbst einem Puma Angst einjagen würde.

»Hör zu. Ich habe keine Ahnung, warum ich dich gebeten habe mitzukommen.« Er fährt sich durchs Haar. »Es war falsch. Aber jetzt bist du hier. Du wirst erfahren, woher ich komme. Wie verkorkst meine Kindheit war. Hier die Fakten: Ich habe keinen Vater, frag also nicht nach ihm. Meine Mutter hat sich nur um mich gekümmert, wenn sie nicht gerade in der Bar gekellnert hat, wo sie die Hälfte der Kundschaft gevögelt hat. Meine Schwester, Allie, ist das Ergebnis eines solchen One-Night-Stands. Das Leben hier war nicht gerade rosig und schon gar nicht perfekt, aber irgendwie haben wir es geschafft.«

Wir sehen uns eine Weile an, bevor ich etwas erwidere. »Glaubst du, ich würde über dich urteilen?«

Er wendet den Blick ab und sieht aus der Windschutzscheibe. »Du gehörst quasi zum Chicagoer Königshaus.«

Zum ersten Mal ist Roarke nicht mehr der gefährliche Hai aus dem

Gerichtssaal, der veranlasst hat, dass mir die Hälfte meines Hab und Guts genommen wird. Der Mann, der durch Chicago stolziert, als würde die Stadt ihm gehören, sitzt nicht länger in diesem Auto.

»Erstens, ich urteile nicht über dich. Zweitens, ich urteile nicht über Menschen auf Basis ihrer Kindheit. Punkt. Ich weiß, dass ich Glück hatte, so aufwachsen zu dürfen. Würde ich jedoch auf andere herabblicken, hätte ich nicht von meinem eigenen Geld eine Wohltätigkeitsorganisation gegründet. Wenn du nicht willst, dass ich voreilige Schlüsse über dich ziehe, dann zieh du auch keine voreiligen Schlüsse über mich.« Ich verschränke die Arme vor der Brust und starre aus dem Fenster.

Nichts als Bäume.

Das Gewicht der Stille lastet schwer auf mir, doch dann legt er seine Hand auf meine. »Tut mir leid. Es ist nur ... es gibt keine Entschuldigung dafür, dass ich meinen Frust an dir ausgelassen habe. Ich dachte, es würde dir helfen, mich besser zu verstehen, wenn ich dich mitnähme. Aber diese Stadt hat eine Hässlichkeit, die ich mir vorher hätte ins Gedächtnis rufen sollen. Eine Vergangenheit, die mich immer noch verfolgt. Und dafür entschuldige ich mich. Schreib besser Datum und Uhrzeit auf, denn ich werde es vielleicht nie wieder sagen.«

Mit schief gelegtem Kopf sehe ich ihn an.

»Du hast recht. Ich kann von dir nicht erwarten, dass du mein wahres Ich erkennst, wenn ich dir unterstelle, dass du wie jede andere Frau aus reicher Gesellschaft bist, die ich bisher getroffen habe. Ich kenne deine Stiftung. Ich weiß, wie viel Arbeit du reinsteckst. Wenn ich wirklich denken würde, dass du wie die anderen bist, hätte ich dich nicht gefragt, ob du mitkommst. Lass uns den Tag noch mal von vorn beginnen. Einverstanden?«

Ich lächle. »Na schön.«

Er drückt meine Hand, richtet sich gerade auf und fährt zurück auf die Straße.

»Danke«, sage ich.

»Wofür?«

»Für das Kompliment vorhin.« Hitze schießt mir in die Wangen.

Langsam breitet sich ein Grinsen über sein ganzes Gesicht aus. »Gern geschehen. Wenn du wüsstest, was ich wirklich gedacht habe, würdest du dich nicht bedanken.«

Wieder erwärmt sich mein Gesicht, und ich muss mir auf die Innenseite meiner Wange beißen, um mir das Grinsen zu verkneifen.

»Eines Tages werde ich es dir sagen. Im Detail. Egal, ob es sich gehört oder nicht.«

Ich schlage die Beine übereinander, in der Hoffnung, das Prickeln zwischen meinen Schenkeln zum Schweigen zu bringen.

Wie soll ich bitte zwei weitere Nächte mit diesem Mann überleben?

Kapitel 16

»Ich muss noch was erledigen. Ich bin zurück, bevor du mit dem Frühstück fertig bist«, sagt Roarke.

»In Ordnung.« Ich setze mich in die Sitzecke und greife nach der Karte, die hinter einer kleinen Jukebox aus Plastik steckt. »Süßer Laden.«

Roarke steht neben dem Tisch und rückt meine Kaffeetasse zurecht.

»Wer hat gesagt, dass ich noch einen Kaffee will?«

Er grinst. »Ich bezweifle, dass sie Sojamilch haben. Aber du bist quasi im Urlaub. Da kann man auch mal alle Fünfe gerade sein lassen.«

Mit verschränkten Armen lehne ich mich zurück. »Urlaub?« Ich blicke aus dem Fenster auf die Stadt, die aussieht wie das fiktionale Mayberry.

Sein Grinsen wird noch breiter – wie immer, wenn wir miteinander diskutieren. Doch ihm bleibt keine Zeit zu antworten, denn in diesem Moment tritt eine Frau an unseren Tisch.

»Roarke?«, fragt sie. Ihre schwarze Schürze ist voller Fettflecken, anscheinend hatte sie heute Morgen schon viel zu tun. Das blonde Haar hat sie zu einem Pferdeschwanz zusammengebunden, ihr Make-up ist verschmiert, ihre Turnschuhe sind ausgelatscht, aber sie ist trotzdem hübsch.

»Liv?«, fragt er überrascht und tritt einen Schritt rückwärts.

Sie macht eine komische Bewegung nach vorn, als wüsste sie nicht, ob sie ihn umarmen soll oder nicht. Sie scheinen sich irgendwann einmal gut gekannt zu haben.

»Schön, dich zu sehen.«

»Ich wusste nicht, dass du hier arbeitest.« Roarke versteift sich und steckt die Hände in die Hosentaschen. »Seit wann?«

»Seit zwei Monaten.« Einen Moment lang blicken sie sich in die Augen. Plötzlich fühle ich mich wie das fünfte Rad am Wagen.

Roarke unterbricht den Blickkontakt und senkt die Augen auf den fleckigen Linoleumboden.

Livs strahlend blaue Augen wandern in meine Richtung, während ich die beiden anstarre. »Entschuldigung, wollten Sie Kaffee?«

»Gern.« Meine Stimme krächzt, als hätte ich eben erst sprechen gelernt.

»Bin sofort wieder da.« Sie lächelt mich an, lässt Roarke links liegen und verschwindet hinter dem Tresen.

»Jugendliebe?«, frage ich.

Roarke setzt seine Sonnenbrille auf, die er sich vorhin in den Ausschnitt seines Shirts gesteckt hat. »Bin gleich zurück.«

»Willst du mir keine Antwort geben?«

Er dreht sich um und stützt sich auf die Rückenlehne der Sitzbank. »Nicht meine Jugendliebe, aber eine Ex. Ja.«

Eifersucht macht sich in meinem Herzen breit. »Oh.«

»Gleich wieder da.« Ohne mich oder Liv noch einmal anzusehen verlässt er das Diner.

Wie in einem Cartoon schwirren lauter Fragezeichen in meinem Kopf herum. Doch meine Fragen bleiben unbeantwortet, während ich Roarke dabei beobachte, wie er in einem großen weißen Gebäude in der Mitte des Marktplatzes verschwindet.

»Mit Milch?« Livs Stimme reißt mich aus meinen Gedanken.

»Haben Sie zufällig Sojamilch?«, frage ich und komme mir ein wenig hochnäsig vor.

Liv lächelt, und ihre natürliche Schönheit lässt die kleine Pflanze der Eifersucht noch ein Stückchen weiter wachsen. »Ja, haben wir. Einer unserer Bauern produziert die beste Sojamilch. Kleinen Moment.«

Wie kann ich hier sitzen und mich über diese Frau ärgern, wenn sie so nett zu mir ist? Eigentlich sollte sie mich hassen. Es sei denn ... sie ist froh, dass sie nicht mehr mit Roarke zusammen ist. Vielleicht hat er sie betrogen oder ist einfach abgehauen und hat sie hier zurückgelassen.

Mit einer kleinen Karaffe kommt sie zurück an den Tisch. »Sie wird Ihnen bestimmt schmecken. Wissen Sie schon, was Sie frühstücken wollen?« Sie hält Stift und Notizblock bereit. In diesem Moment entdecke ich den Ring an ihrer linken Hand, den ein kleiner Diamant ziert. Das Gold ist ein wenig abgewetzt. Sie ist also nicht erst seit Kurzem verheiratet.

Aha, deswegen ist sie nicht eifersüchtig.

»Ähm ... Ich nehme einfach das amerikanische Frühstück. Die Eier pochiert, und kann ich statt der Kartoffelpuffer Obst haben?«

Sie notiert sich meine Bestellung. »Na klar. Wissen Sie auch, was Roarke essen möchte?« Sie beäugt den leeren Platz.

»Nein, weiß ich nicht.«

Er weiß, wie ich meinen Kaffee trinke, aber ich habe keine Ahnung, was er gern zum Frühstück isst. Klar, er hat mir ein riesiges Frühstück serviert, aber ich weiß nicht, ob er eher Haferbrei oder Rührei mag.

»Wahrscheinlich isst er nicht mehr das, was er mit achtzehn gegessen hat. Ich warte lieber, bis er zurückkommt. Rufen Sie einfach, wenn Sie etwas brauchen.«

»Danke.«

Ich trinke meinen Kaffee und sehe aus dem Fenster. Es ist eine süße Stadt. Ein wenig heruntergekommen, aber trotzdem idyllisch. Ich weiß nicht, was ich gedacht habe, wie Roarke aufgewachsen ist, aber so einen Ort hätte ich mir nicht vorgestellt.

An der Straßenecke unterhalten sich lachend ein paar Männer in Overalls und schmutzigen Shirts. Ein älteres Paar betritt das Diner und platziert sich ein paar Sitzecken weiter. Während ich damit beschäftigt bin, meine Umgebung zu beobachten, kommt ein Polizist herein.

Er wirkt ganz anders als die Polizisten in Chicago. Der dicke Bauch hängt ihm über die Hose, und sein Gürtel, in dem eine Pistole steckt, ist abgewetzt und zum Zerreißen gespannt. Er watschelt zum Tresen, wo ihm eine Kellnerin Kaffee und Zucker zuschiebt, ohne zu fragen, was er will.

Sie unterhalten sich über den Morgen und das Wetter. Als sein Funkgerät ertönt, schaltet er es einfach aus, ohne ihm weitere Beachtung zu schenken.

Eine Minute später kommt eine Brünette hereingeweht und lässt den Blick über die Sitzecken schweifen. Ich ahne bereits, wer sie ist, als mich ihre braunen Augen durchbohren, die Roarkes so sehr gleichen. Sie zeigt auf mich.

Sie durchquert das Diner, als würde ihr die ganze Stadt gehören, und setzt sich mir gegenüber. »Hannah?«

»Allie?«, frage ich.

Ein Lächeln umspielt ihre Lippen. »Ja.« Sie streckt mir die Hand entgegen. »Schön, die Frau hinter dem Mann kennenzulernen.«

»Wie bitte?« Ich ziehe die Stirn kraus.

»Ich habe Roarke eben getroffen, und er meinte, du würdest im Diner sitzen. Ich musste dich einfach kennenlernen.«

Sie ist das genaue Gegenteil von Roarke. Während er ein alter Mammutbaum ist, ist sie eher eine Weide.

»Oh, nun ja, ich bin nicht ...«

Sie winkt ab. »Er hat noch nie jemanden mitgebracht. Noch nie. Wer du auch bist – du bedeutest ihm etwas.«

Meine Hand fällt auf meinen Bauch, um das nervöse Grummeln zu unterdrücken, das ihre Worte ausgelöst haben. »Herzlichen Glückwunsch zur bevorstehenden Hochzeit«, sage ich.

Für einen Moment zieht sie die Mundwinkel nach unten. »Wir werden sehen, ob Wyatt eine Ratte ist. Ich liege mit meinen Vermutungen selten falsch.« Sie sieht hinüber zum Tresen, um eine Kellnerin herbeizuwinken, doch ihr Blick bleibt an dem dicken Polizisten hängen. »Na toll. Der Mistkerl lässt mir nachspionieren.«

»Wer ist er?«, frage ich.

»Wiltaker, Wyatts Großvater. Wahrscheinlich hat er seinem Enkel gesagt, dass er mich nicht heiraten soll, weil ich eine Baldwin bin. Vollidiot.«

Die Klingel über der Tür ertönt, und die Energie im Raum verändert sich. Bevor ich den Blick von Allie abwende, informiert mich mein Körper darüber, dass Roarke hier ist.

»Mein Bruder, richtig?«, fragt sie.

»Woher wusstest du …«

»Dein Gesichtsausdruck hat sich verändert. Du magst ihn.«

Bevor ich antworten kann, kommt Roarke zu uns herüber und gibt Allie mit einer Handbewegung zu verstehen, dass sie rutschen soll.

»Er ist da«, flüstert sie und deutet mit dem Kopf zum Tresen.

Roarke sieht hinüber und zuckt mit den Schultern. »Du bist paranoid.«

»Bin ich nicht. Er findet, ich bin nicht gut genug. Und er hat Wyatt davon überzeugt, Kylie zu vögeln. Scheiß auf sie. Ich brauche keinen von beiden.«

Roarkes Kopf fällt nach hinten. »Ich habe deine Heiratserlaubnis vorangetrieben, damit du morgen heiraten darfst. Hör also auf mit den Hirngespinsten. Wyatt hat überhaupt nichts getan.«

Liv kommt zurück, um Roarkes Kaffeetasse zu füllen. »Wollt ihr sonst noch irgendwas?«

Roarke holt tief Luft, als wäre er gerade an etwas erinnert worden, an das er sich nicht erinnern will. Ich weiß nur nicht, was es ist.

»Kaffee ist gut«, erwidert er.

»Kann ich eine Cola bekommen, Liv?«, fragt Allie und beäugt wieder den Tresen.

»Klar«, antwortet Liv. »Zucker ist auf dem Tisch. Ich hole dir ein wenig Milch«, sagt sie an Roarke gewandt.

»Ich trinke meinen Kaffee inzwischen schwarz.« Seine Worte klingen verbittert und hüllen uns in einen Mantel des Schweigens.

»Oh, okay.« Sie geht weg.

»Warum benimmst du dich wie ein Arsch?« Mit höchster Konzentration arrangiert Allie die Zuckerpäckchen.

Roarke zuckt nicht mal. »Himmelherrgott. Ich bin nicht mal einen Tag hier und schon jetzt so viel Scheiße.« Er führt die Tasse an den Mund. »Ist es für dich okay, wenn du mit meinem Auto allein zurückfährst?«

Ich zucke leicht zusammen. Er will, dass ich gehe? »Wie bitte?«, frage ich.

»Hör auf, so ein Arschloch zu sein.« Allie schiebt den Zuckerbehälter zurück an seinen Platz und widmet sich der Konfitüre. »Du kannst Menschen nicht einfach verschwinden lassen, nur weil du denkst, sie haben zu viel gesehen.« Allie sieht mich an. »Er will es nicht zugeben, aber es ist ihm peinlich. Du weißt schon. Dieses Männer-wollen-Frauen-keine-Schwäche-zeigen-Ding. Nun ja, darin ist Roarke der König.«

Ich beiße mir auf die Unterlippe, um mir das Grinsen zu verkneifen. Wieso gefällt es mir, dass er nicht will, dass ich seine verletzliche Seite sehe?

Anstatt etwas Freches zu sagen, nehme ich lächelnd einen Schluck Kaffee.

»Danke, Allie. Nächstes Mal kümmere ich mich nicht um deine Heiratserlaubnis, die du vor drei Wochen hättest beantragen sollen.«

»Ich brauche sie sowieso nicht.« Sie zuckt mit den Schultern.

Roarke verdreht die Augen. »Da Allie heute Morgen ja so offen ist, werde ich dir jetzt von *ihren* Komplexen erzählen. Sie vertraut niemandem. Denkt, jeder würde es schlecht mit ihr meinen. Sogar der Mann, den sie liebt. Der Mann, den sie morgen heiraten will. Der Mann, der gleich zur Tür hereinkommen wird.« Roarke zeigt auf jemanden. Ein junger Kerl Mitte zwanzig steuert geradewegs auf die Eingangstür zu. Definitiv ein Mann mit einer Mission.

Allie stößt Roarke mit der Hüfte an. »Lass mich raus.«

»Nope.«

Sie rutscht vom Sitz, doch Roarke versperrt ihr mit dem Bein den Weg. »Noch mal, nope.«

»Im Ernst. Ich werde diese Diskussion jetzt nicht mit ihm führen. Vor allem nicht, wenn sein Großvater direkt danebensitzt.« Allies Weidenstatur richtet sich auf. Mit zusammengepressten Lippen setzt sie sich wieder auf ihren Platz.

»Entspann dich«, sagt Roarke und nimmt noch einen Schluck von seinem Kaffee.

Wyatts große Gestalt kommt hereingestürmt, als wären wir an einem Filmset. Er bleibt stehen, lässt den Blick suchend durch das Diner schweifen, bis er schließlich an Allies Hinterkopf hängen bleibt.

»Allie Baldwin«, schreit er.

»Verschwinde, Wyatt.« Sie beendet die Reihe mit der Traubenkonfitüre und fährt mit Erdbeere fort.

Schweigend serviert Liv mein Frühstück und Allies Cola und macht sich unauffällig aus dem Staub. Offensichtlich will sie nicht ins Kreuzfeuer geraten.

»Darf ich?« Der junge Kerl beäugt meine Seite der Sitzecke.

Ich rutsche rüber. Wyatt schiebt mir meinen Teller zu und stellt die Kaffeetasse wieder so hin wie vorher. Netter Junge.

»Danke«, sagt er mit tiefer Stimme. Dann reicht er Roarke die Hand. »Hey, Roarke.«

Lächelnd schüttelt Roarke ihm die Hand. »Wyatt.«

Sie senken die Hände, und mein Frühstück bleibt unberührt, während ich Zeugin eines Streits zwischen jungen Liebenden werde.

»Sieh mich an, Allie«, sagt Wyatt bissig.

Sie dreht den Behälter mit der Konfitüre um und widmet sich der Marmelade.

»Allie, sieh den Burschen gefälligst an.« Roarke stößt sie mit dem Ellbogen an, doch sie konzentriert sich auf die Marmelade, als würde sie ein Puzzle zusammensetzen und nach dem passenden Teil suchen.

»Halt dich da raus«, brummt sie.

»Du weißt, dass ich dich liebe. Ich liebe dich seit der dritten Klasse, als du mir das Knie in die Eier gerammt hast.«

Ich versuche angestrengt, mir das Grinsen zu verkneifen. Roarke sieht mich an. Er hat den gleichen Gesichtsausdruck wie ich.

»Das Wort Nein hast du noch nie verstanden«, fährt Wyatt fort.

Allie zuckt mit den Schultern. »Ich wollte, dass du mit mir spielst.«

»Ich wollte aber nicht mit dir spielen. Alle haben mich ausgelacht, als ich Mist gebaut und das Spiel verloren habe.«

»Kommen wir nun zur Gegenwart«, greift Roarke ein wie der Anwalt, der er nun mal ist.

»Wyatt?« Der Polizist am Tresen dreht sich samt Stuhl zu uns um.

»Hey, Grandpa«, ruft er und winkt, ohne ihn anzusehen. »Bin gleich bei dir.«

»Was ist los?« Seine großen Füße landen auf dem Boden. Langsam kommt er auf uns zu.

Mit jedem Schritt richtet sich Roarke gerader auf.

»Nichts. Ich rede mit Allie.« Wyatt deutet auf seine Verlobte.

»Habe sie gar nicht gesehen«, erwidert Wiltaker.

Sollte der Mann wirklich Polizist sein, wenn er nicht mal seine unmittelbare Umgebung wahrnimmt? Gehört das nicht zum Protokoll oder so was?

»Du musst mir zuhören.« Mit durchdringendem Blick sieht Wyatt Allie an. »Glaubst du wirklich, dass ich Kylie will?«

»Kylie?«, fragt sein Großvater.

Jetzt mal im Ernst. Was hat es mit dieser Stadt und einsilbigen Fragen auf sich?

»Grandpa, bitte geh zurück auf deinen Platz und iss weiter dein Frühstück«, sagt Wyatt verärgert.

»Roarke.« Der Sheriff verlagert seine Aufmerksamkeit nun auf ihn, die Daumen hat er in den Gürtel unter dem runden Bauch eingehakt.

»Sheriff.« Roarke nickt ihm zu.

»Zurück für die Hochzeit. Nett von dir, dass du Allie zum Altar führst.«

»Nun ja, sie ist meine Schwester.«

»Und ich habe keinen Vater, wie jeder weiß«, sagt Allie bissig.

Erneut stößt Roarke sie mit dem Ellbogen an. »Selbst, wenn du einen hättest, würde ich dich zum Altar führen.«

Allie sieht auf. Sie und Roarke wechseln einen Blick. Ein Du-bist-mein-Held-Lächeln zeichnet sich auf ihrem Gesicht ab.

»Schleimer«, kommentiert Allie und sieht mich an. »Er tut, als wäre er ein Softie, weil du da bist.«

»Wer sind Sie?«, fragt mich der Sheriff. Jetzt macht er sich wohl doch Gedanken um die fremde Person am Tisch.

Ich strecke ihm die Hand entgegen, bereit mich vorzustellen.

»Hannah Crowley, Sheriff«, antwortet Roarke an meiner Stelle.

Meine Hand verschwindet in der schwieligen Pranke des Sheriffs. »Sheriff Wiltaker. Ich wusste, dass Sie nicht von hier sind. Hätte ich mir denken können, dass Sie zusammen mit Roarke gekommen sind.«

Roarke verdreht die Augen.

»Und ich bin Wyatt.« Der junge Kerl wirft mir einen flüchtigen Blick zu. »Allies Bald-Ehemann.«

»Glaubst du«, giftet Allie.

»Kinder, Kinder. Hört auf zu streiten. Ihr zwei werdet morgen heiraten. Und dann werde ich Urgroßvater.«

Allies kalter Blick bleibt auf Wyatt gerichtet.

»Grandpa, ich habe dir gesagt, dass wir noch nicht bereit sind, Kinder zu bekommen.« Wyatt hält Allies Blick stand, ohne seinen Großvater auch nur kurz anzusehen.

»Macht keine Dummheiten. Sobald ihr eure Kinder großgezogen habt, habt ihr noch genug Zeit für euch.«

»Allie, kann ich dich bitte unter vier Augen sprechen«, bittet Wyatt.

»Sprich mit ihm«, sagt Roarke.

»Nenn mir einen Grund, warum ich das tun sollte«, erwidert Allie und schiebt endlich den Marmeladenbehälter beiseite.

»Weil du mich liebst.« Wyatt steht auf und hält ihr seine Hand hin.

Ein kleines Lächeln zeichnet sich auf ihren Lippen ab. Roarke ist sicher, dass Allie nun nachgeben wird und steht auf.

Für ein paar Sekunden bleibt sie stur sitzen. »Du hast fünf Minuten, Wyatt Wiltaker.« Sie steht auf und verlässt das Diner, gefolgt von Wyatt.

»Junge Liebe. Ich kann mich noch gut daran erinnern, als …« Der

Sheriff blickt über die Schulter zu Liv, die gerade einen Tisch abwischt. »Schön, Sie kennenzulernen, Ms. Crowley. Roarke, willkommen zu Hause. Wir sehen uns später bei der Probe.«

»Einen schönen Tag noch, Sheriff«, sagt Roarke. Der Sheriff zieht von dannen, um sich in der Ecke des Diners mit ein paar Männern zu unterhalten.

»Dein Frühstück ist bestimmt schon kalt.« Er winkt Liv herbei.

»Schon okay. Ich habe sowieso keinen großen Hunger.«

»Gut.« Er steht auf, zieht seine Geldklammer hervor und legt weit mehr auf den Tisch, als mein Essen kostet. »Ich will dir etwas zeigen.«

Er streckt mir seine Hand entgegen, und ich ergreife sie. Ohne Liv auf Wiedersehen zu sagen verlassen wir das Diner.

Als wir wieder auf der Straße bei Roarkes Range Rover sind, entdecke ich Allie, die mit Wyatt auf dem Marktplatz auf einer Bank sitzt, die Arme um seine Taille geschlungen, die Münder aufeinandergepresst, die Hände forschend.

»Das ging aber schnell«, bemerke ich.

»Sie hat keinerlei Schamgefühl«, kommentiert Roarke, während er mir die Beifahrertür öffnet.

»Sie ist jung und verliebt«, erwidere ich und steige ein.

»Sie wird ihm das Leben zur Hölle machen.« Er schließt die Tür, und ich sage nichts weiter. Schließlich war ich den Großteil meines Erwachsenenlebens in einer öden Partnerschaft. Eine leidenschaftliche Beziehung voller Feuer und Eis klingt da gar nicht so schlecht.

Kapitel 17

Roarke hält vor einem langen Gebäude mit einem Schild, auf dem »Woods Parlor Highschool, Zuhause der Spartans« geschrieben steht. Am Fahnenmast weht die amerikanische Flagge, darunter steht eine Bank mit der Aufschrift »Gestiftet von der Abschlussklasse 2016«.

Auf dem Parkplatz stehen nur wenige Autos. Wahrscheinlich sind ein paar Mitarbeiter hier, die trotz der Sommerferien arbeiten.

»Ich muss hier kurz rein.« Roarke steigt aus. Bevor ich meine Tür komplett geöffnet habe, steht er schon bereit. »Nächstes Mal wartest du auf mich.«

»Ja, okay, wie auch immer.«

»Soll ich jetzt deine Wortwahl rügen? Du klingst wie Allie.«

Ich verdrehe die Augen. Schweigend gehen wir nebeneinander her zum Eingang. »Bist du hier zur Highschool gegangen?«

»In der Tat.« In seiner Stimme liegt ein Stolz, den ich noch nicht gehört habe, seit wir in Woods Parlor sind. »Tut mir leid, aber hier gibt es keine efeuberankten Mauern und keinen Parkservice.«

»Du weißt, was ich von Mutmaßungen halte, Herr Anwalt.«

»Liege ich etwa falsch?« Er zieht eine Augenbraue nach oben, während er mir die Tür öffnet.

»Nein.« Als ich kichere, lacht er ebenfalls.

»Das heißt also, ich bin kein Arsch.« Er folgt mir in das Schulgebäude, wo uns ein großes, in Rot, Weiß und Blau gehaltenes Wandgemälde begrüßt, in dessen Zentrum ein spartanischer Helm prangt.

Er ergreift meine Hand und führt mich nach links den Flur hinab.

»Wie viele Leute sind gerade hier?«, frage ich.

»Hast du Angst, mit mir allein zu sein?«

»Nein, ich bin nur neugierig.«

»Wahrscheinlich nur die Sportcoaches und ein paar vom Hausmeisterdienst. Die Sommerschule ist gerade erst vorbei.« Er redet, als wäre er auf dem neuesten Stand, was die Schule angeht, und ich frage mich, inwiefern er noch in die Geschehnisse der Stadt involviert ist.

»Ich dachte, du wärst nicht der Typ für Klatsch und Tratsch.«

»Sommerschule hat nichts mit Klatsch und Tratsch zu tun«, scherzt er.

Ich werde ganz rot, weil er damit vollkommen recht hat.

Er drückt meine Hand noch fester. »Das hätte ich so nicht sagen sollen. Lass uns einfach einen schönen Tag verbringen, okay?«

»Dann sei brav, Mr. Bald...« Sein Kopf schnellt zu mir herum. »Roarke.«

Er lockert den Kiefer und lächelt. »Besser.«

»Roarke!« Eine Männerstimme dröhnt über den Flur. Am Ende des Gangs steht ein Typ in grauer Sporthose und Poloshirt. Sein Haar ist zwar recht dünn, aber ansonsten scheint er in großartiger körperlicher Verfassung zu sein.

»Hey, Sean. Schön, dich zu sehen«, sagt Roarke aufrichtig.

Er geht auf ihn zu, und die beiden Männer schütteln sich die Hände. »Das ist Hannah Crowley.« Roarke legt die Hand auf mein Steißbein. Augenblicklich beginnen meine Knie zu zittern.

»Hannah, das ist Sean, der Chefcoach der Spartans, des Football-Teams.«

Der Mann beäugt mich kurz und sieht schnell wieder weg. Ich frage mich, ob er nicht will, dass Roarke es merkt. Bin ich wirklich eine solche Anomalie in dieser Stadt? »Freut mich.« Wir geben uns die Hände, während Roarkes Hand noch immer auf meinem Rücken liegt.

»Das Team trainiert gerade, falls ihr Zeit habt.« Sean dreht sich um, und mein Blick fällt auf eine Vitrine mit Pokalen.

»Du hast früher gespielt?«, frage ich, als ich das Foto von Roarke und seinem Team entdecke, das neben einem der Pokale steht.

»Ja.« Jetzt klingt er nicht mehr so stolz wie eben im Auto, sondern eher zerknirscht. »Wir kommen gleich nach, Sean.«

Der Mann nickt und verschwindet durch die Tür.

Ich besehe mir die anderen Fotos. Er hat 1994 seinen Abschluss gemacht. Ich rechne nach. Das heißt, er ist einundvierzig oder zweiundvierzig, je nachdem, wann er Geburtstag hat. Während ich unseren Altersunterschied berechne, entdecke ich ein Foto mit einer viel jüngeren Liv in einer Cheerleader-Uniform. Roarke hat seine Arme um sie geschlungen. Er ist verschwitzt, und sein dunkles Haar ist noch nicht von Silber durchzogen.

»Was ist zwischen dir und Liv passiert?«, frage ich, die Nase immer noch gegen die Glasscheibe gepresst, weil ich so viel wie möglich über den Mann erfahren will, von dem ich dachte, ich würde ihn hassen.

»Kennst du den Song *Jack and Diane* von John Mellencamp?«

»Wer kennt ihn nicht?«

»Nun ja, es hat sich herausgestellt, dass Diane lieber mit Jacks bestem Freund Evan zusammen sein wollte.«

Ich drehe den Kopf, um ihn anzusehen. Wieder hat er die Hände in die Taschen seiner Shorts gesteckt, die Augen von der Glasvitrine abgewandt.

»Das tut mir leid«, sage ich stirnrunzelnd.

»Muss es nicht. Ohne diese Erfahrung wäre ich nicht der, der ich heute bin. Wahrscheinlich würde ich wie Sean ein Team coachen. Nicht, dass das schlimm wäre, aber so gefällt es mir besser.« Ich stelle mir den starken, kompetenten, mächtigen Mann vor mir vor, wie ihm als junger Kerl das Herz gebrochen wurde. Es ist schwer, die zwei Bilder miteinander zu vereinen.

»Aber dann wärst du noch mit ihr zusammen«, bohre ich weiter nach, obwohl ich nicht weiß, ob ich sollte. Ob ich überhaupt will.

Er schüttelt den Kopf. »Sie war nicht die Richtige. Wäre sie es gewesen, hätte ich sie nicht verloren«, erwidert er bestimmt.

»Aber glaubst du nicht, dass ...«

»Falls du das mit Liv mit dir und Todd vergleichen willst, lass es. Es war ganz anders. Wir waren so jung. Ich hatte keine Ahnung, dass es da draußen noch eine ganz andere Welt gibt.«

Ich trete näher an ihn heran, ergreife seine Hand und verschränke unsere Finger ineinander. »Du hast so viele Schichten, Roarke. Bitte zeig mir, was unter der ersten Schicht steckt.«

Warum fordere ich Ärger heraus, indem ich ihn bitte, mich in sein Herz blicken zu lassen?

»Das tue ich. Indem ich dich mit nach Woods Parlor gebracht habe, zeige ich dir eine Seite an mir, die sonst keiner kennt. Ich zeige dir offen, warum ich mich auf keine Beziehung einlassen kann.«

Mein Herz schmerzt für ihn. Ich drücke seine Hand.

»Und du hast noch nicht mal meine Mutter kennengelernt.«

»Glaubst du an die wahre Liebe? An Schicksal?« Einer von uns muss sich bewegt haben, denn inzwischen berühren sich unsere Oberkörper.

Er blickt zu mir herab. »Ehrliche Antwort?«

Ich nicke und schlucke schwer. Vielleicht überrascht er mich.

»Nein.«

Als ich einen Schritt zurück mache, hält er meine Hand noch fester.

»Das heißt aber nicht, dass ich nicht vom Gegenteil überzeugt werden will. Ich bin Anwalt, Hannah.« Als er noch näherkommt, sind wir uns so nahe, dass sich meine Brustwarzen versteifen. »Ich achte auf Logik. Fakten. Ich verbringe meinen Tag mit in die Brüche gegangenen Beziehungen, die eigentlich für immer hätten halten sollen. Paare verwandeln sich in hinterhältige, manipulative Menschen, die dem anderen, dem sie mal ewige Treue geschworen haben, Schaden zufügen wollen. Aber ich will eine Frau, zu der ich abends nach Hause kommen kann. Eine Frau, die nachts mein Bett wärmt. Eine Frau, die mich nicht *braucht*, sondern will.«

Zu meinem Entsetzen bringen mich seine Worte fast zum Weinen. »Und du glaubst, dass ich diejenige bin?«

Er lässt meine Hand los und streicht mir eine Haarsträhne hinters

Ohr. »Ich würde es mir wünschen. Aber zuerst will ich, dass du mir vergibst, dass ich Todd vertreten habe. Ich will das alles hinter uns lassen und noch mal von vorn beginnen.«

Leicht lehne ich mich nach vorn. »Ich weiß noch nicht.«

Nickend schließt er die Augen. »Zum Glück habe ich noch zwei Gefallen übrig.«

Mein Herz schreit. Meine Vagina bekommt einen riesigen Wutanfall und wirft sich strampelnd zu Boden. Meine Lippen betteln um einen einzigen Kuss. Insgeheim wünsche ich mir, dass er den nächsten Gefallen dafür benutzt, mich zu küssen, doch stattdessen tritt er zurück, ergreift wieder meine Hand und führt mich ohne ein weiteres Wort durch die Tür.

Mein Gehirn ist völlig vernebelt, während ich am Rand des Spielfelds stehe und die Jungs dabei beobachte, wie sie sich gegenseitig verprügeln. In einer Ecke unterhält sich Roarke mit Sean und begutachtet ein paar Helme.

»Trinkpause!«, schreit der Assistenztrainer neben mir, und ich schlage nach einer Stechmücke, die an meinem Hals saugt.

»So nah am Waldrand zu sein ist scheiße«, sagt einer der Jungs, die zur Seitenlinie gerannt sind. »Deshalb heißt der Ort wahrscheinlich Woods Parlor.« Der junge Kerl spritzt sich zuerst Wasser in den Mund, dann ins Gesicht.

Große blaue Augen, sandfarbenes Haar. Er wird bestimmt mal ein Herzensbrecher.

»Ja, wahrscheinlich.«

Er verschlingt mich förmlich mit seinen Augen. Ich befürchte, dass er heute Nacht an mich denken wird, wenn er sich einen runterholt. »Sie sind Mr. Baldwins Mädchen?«

Zwei weitere Jungs gesellen sich zu ihm, doch sie sind mehr an den Cheerleadern als an mir interessiert.

»Ich bin nicht sein Mädchen«, erwidere ich.

Er lächelt verschmitzt. »Warum nicht? Er ist doch ein guter Fang, so reich wie er ist.«

Ich zucke mit den Schultern. »Geld ist nicht alles.«

»Wenn man nichts hat, schon.« Er spritzt sich noch mehr Wasser in den Mund und spült kurz, bevor er es vor mir auf den Boden spuckt. Seine beiden Teamkameraden begaffen beinahe sabbernd die Mädchen hinter mir.

Die Worte des Jungen hallen in meinem Kopf wider. Plötzlich habe ich noch so viele Fragen an Roarke. Warum hat er sich dazu entschieden, Scheidungsanwalt zu werden?

»Dank Mr. Baldwin haben wir jetzt neue Schutzhelme.« Er nickt, und ich sehe hinüber und beobachte, wie Roarke einem der Spieler einen Helm aufsetzt. »Und wir würden immer noch in fünfzig Jahre alter Ausrüstung spielen, wenn er nicht wäre.«

»Fünfzig Jahre sind ein bisschen übertrieben, oder?« Ich kichere. Ach, noch einmal jung sein.

Der Junge zieht die Augenbrauen zusammen.

»Hat er dich dafür bezahlt, dass du mir erzählst, was für ein toller Kerl er ist?«, frage ich halb im Ernst.

Wieder zieht er die Stirn kraus. »Ich mache nie, was man mir sagt.«

»Das stimmt allerdings«, sagt einer seiner Freunde, von denen ich dachte, sie würden mir keine Beachtung schenken.

»Fragen Sie mal Rektor Montgomery«, wirft der andere Kumpel ein.

»Mr. Baldwin ist der erfolgreichste Mann von ganz Woods Parlor. Und er hat uns nie im Stich gelassen.«

»Pause vorbei.« Der Assistent klopft den Jungs auf den Rücken. Sie trinken noch einen Schluck, bevor sie die Flaschen fallen lassen und zurück aufs Spielfeld rennen.

Mein Blick wandert wieder zu Roarke und Sean, die sich gerade die Hände schütteln.

Während ich Roarke über das Spielfeld hinweg beobachte, rumort es in meinem Magen. Wenn er mir beweisen wollte, dass er nicht der ist, für den ich ihn halte, funktioniert sein Plan. Er ist so viel mehr. So viel besser, als ich es je für möglich gehalten hätte.

Verdammt … Ich bin drauf und dran, mich in ihn zu verlieben.

Kapitel 18

Nachmittags gehen Roarke und ich in die Kirche zur Generalprobe für die Hochzeit. Nachdem ich Allie kennengelernt habe, hätte ich nicht gedacht, dass sie kirchlich heiratet.

Diesmal ist es nicht Allie, die auf mich zugestürmt kommt, sondern eine Frau, deren Gesicht von dunklem Haar umrahmt wird. Ihr Kleid ist ungefähr eine Nummer zu klein, und die Riemen ihrer Sandalen schneiden ihr in die Füße.

»Roarke, Baby«, flötet sie, als wäre er fünf Jahre alt.

Bitte sag mir, dass das nicht Edie ist.

»Hi, Mom«, sagt Roarke und umarmt sie verhalten.

Edie macht einen Schritt rückwärts, ergreift seine Hände und mustert ihn.

Sie sollte ihm eine glatte Eins geben. Als ich vorhin im Hotel aus dem Badezimmer gekommen bin, wäre ich fast über ihn hergefallen. Dunkle Hose, schlichtes weißes Hemd, die zwei oberen Knöpfe offen, die Silberuhr am Handgelenk. Er wirkt zwar lässiger als sonst, aber ich sage euch: Er ist einfach zum Anbeißen.

»Wie immer viel zu schick. Meine Güte, du bist in Woods Parlor.« Sie winkt ab. »Du hättest auch eine Jeans anziehen können.«

Kurz überprüfe ich mein eigenes Outfit. Ich trage ein weinrotes Kleid, das kurz über dem Knie endet und Sandalen mit einem Absatz, der so hoch ist, dass ich fast alle Männer überrage. Aber Roarke zum Glück nicht.

Nun begutachtet Edie mich. Plötzlich ist mein Mund staubtrocken.

»Hannah, richtig?«, fragt sie. Sie umarmt mich nicht. Sie lächelt nicht mal. Stattdessen reicht sie mir vornehm die Hand, als würde sie die Queen treffen. Wobei ich eher das Gefühl habe, dass ich *ihr* die Hand küssen soll. Jetzt verstehe ich, warum Roarke nicht wollte, dass ich sie kennenlerne.

»Hi, Mrs. … Edie.«

Ich will ihr die Hand schütteln, weil ich nicht weiß, was ich sonst tun soll, als ein lautes Lachen aus ihr herausbricht, das von der Decke und den Holzbalken der Kirche widerhallt.

»Ich mache nur Spaß. Komm her, du!« Sie schlingt die Arme um meine Taille. Da sie viel kleiner ist als ich, steckt ihr Gesicht förmlich zwischen meinen Brüsten. Sie wiegt mich hin und her.

»Mom«, raunt Roarke.

»Du bist das erste Mädchen, das ich seit Liv kennenlerne. Aber wen kümmert dieses Luder schon?«

»Mom«, sagt Roarke erneut.

»Du bist so viel hübscher als sie. So elegant. Sieh dich nur an.« Sie schiebt mich von sich, wie sie es bereits mit Roarke getan hat, und mustert mich. »Verdammt, Junge. Ich bin ganz erstaunt, dass sie dich hierher begleitet hat.« Ihr Lächeln verrät, dass sie es nicht so meint.

»Meine Güte. Danke, Mom.« Er befreit eine meiner Hände aus ihrem Griff. »Lass sie los. Sie ist doch kein Spielzeug.«

Edie begutachtet mich noch einmal. »Ich hätte einfach nicht erwartet, dass sie so atemberaubend ist.«

»Ist jetzt gut«, sagt Roarke. Mit jedem Kompliment, das sie mir macht, spannen sich seine Kiefermuskeln mehr an.

Edie verdreht die Augen. »Du musst jetzt üben, deine Schwester zum Altar zu führen. Hannah bleibt so lange bei mir.« Sie hakt sich bei mir unter und zieht mich weg.

»Ja, sie ist sofort da.« Roarke zieht mich in die andere Richtung, und ich falle in seine Arme.

»Ich glaube, du brauchst dringend einen Einlauf, um das, was auch immer in deinem Arsch steckt, herauszukriegen, Roarke.«

Ich schürze die Lippen, bevor ich in Lachen ausbreche.

Roarke schüttelt den Kopf. »Jetzt hast du die ganze Familie kennengelernt. Dann kann ich dich ja zurück nach Chicago schicken.«

Ich muss lachen. Es ist schön, wie er mich in seinen Armen hält. Wie bin ich hierhergekommen? Und warum will ich mich nicht von ihm losreißen?

»Schon in Ordnung. Warte nur, bis du meine Eltern kennenlernst.«

Plötzlich ist Roarke wie eingefroren, und seine Arme versteifen sich. Scheiße. Das hätte ich nicht sagen sollen.

»Du willst, dass ich deine Familie kennenlerne?« Sein Grinsen verrät mir, dass er mich ewig damit aufziehen wird. Aber ich erkenne, was unter der arroganten Fassade liegt. In Wirklichkeit freut er sich über das, was ich gesagt habe.

»Was soll ich ihnen sagen? Das ist der Kerl, mit dem ich Zeit verbringe, weil ich ihm fünf Gefallen schulde?«

Roarkes Lächeln erstirbt. »Also, ich würde dem Typen, der so etwas mit meiner Tochter macht, kräftig in den Hintern treten.«

»Roarke? Was zum Teufel?« Allie betritt in einem champagnerfarbenen Spitzenkleid die Kirche. Die Haare trägt sie – wie ihre Mutter – offen und gelockt. »Lass uns endlich anfangen. Du weißt genau, dass mich Kirchen nervös machen.«

Lachend legt Roarke eine Hand an meine Wange. »Diese Unterhaltung ist noch nicht zu Ende.« Er lockert seinen Griff, und ich löse mich aus seiner Umarmung. Langsam entfernen wir uns voneinander, bis ich schließlich keine andere Wahl mehr habe, als loszulassen. Kurz bevor unsere Finger den Halt verlieren, zieht er mich erneut in seine Arme.

Meine Hand landet auf seiner starken Brust, und er vergräbt das Gesicht an meinem Hals. »Außerdem ist es unfair, dass meine Mutter ihr Gesicht zwischen deinen Brüsten hatte und ich nicht. Das müssen wir nachholen. Und zwar bald.«

Zwischen meinen Beinen entbrennt ein Feuerwerk.

»ROARKE!«, dröhnt Allies Stimme durch die Kirche.

Er legt die Stirn an meine. »Ich bereue es wirklich, dich mit hierhergebracht zu haben.« Kurz kneift er die Augen zu.

»Musst du nicht. Ich mag diese Seite an dir.«

»Welche Seite?«

»Die fürsorgliche Seite. Du hattest recht. Du bist nicht der Mann, für den ich dich gehalten habe.«

Seine Mundwinkel biegen sich nach oben. »Das heißt also, mein Plan funktioniert?«

Seine großen Hände schmiegen sich an meine Hüften. In diesem Moment würde ich alles dafür tun, um seine Lippen auf meinen zu spüren. Sind sie weich oder fest? Würde er die Führung übernehmen? Oder dürfte ich die Geschwindigkeit bestimmen?

Idiotin, dieser Mann übernimmt immer die Führung. Mit Sicherheit auch beim Küssen.

Obwohl ich eine Feministin bin und unabhängig sein will, will ich genau das. Ich will ihn nicht führen, will ihm nicht sagen, wo es langgeht. Ich will jemanden, der sich um mich kümmert, ohne kontrollierend oder fordernd zu sein. Keinen eifersüchtigen Arsch, der den großen Macker markiert, sondern jemanden, der stolz auf mich ist und mich wertschätzt. Jemanden, der da ist, wenn ich nach Hause komme. Jemanden, der mir sofort ansieht, wenn ich einen schlechten Tag hatte oder müde bin. Könnte dieser Mann Roarke Baldwin sein? Ich wünschte, ich wüsste es.

»Setz dich. Ich bringe es schnell hinter mich.« Er zwinkert und geht. Er und seine heiße Berührung verlassen die Kirche und treten in die Empfangshalle, wo Allie bereits auf ihn wartet.

Meine Absätze klappern über die hölzernen Dielen der alten Kirche. Ich suche mir einen Platz, der nicht zu weit vorn ist. Zum Glück ist Edie gerade damit beschäftigt, sich mit Leuten in der zweiten Reihe zu unterhalten. Wahrscheinlich Verwandte. In meinem Kopf tobt ein Wirbelsturm. Meine Gedanken kreisen wie verrückt, und ich komme einfach auf keinen grünen Zweig. Es gibt nur zwei Menschen, die mit der Situation vertraut sind, also öffne ich unseren Gruppenchat.

Ich: *Mädels, Mädels, Mädels. Ich bin in Schwierigkeiten.*

Augenblicklich erscheinen die drei Punkte.

Chelsea: Hast du schon mit ihm geschlafen?
Victoria: Das heißt, ich habe gewonnen!?
Ich: Wovon redet ihr? Nein, ich habe nicht mit ihm geschlafen. Und was heißt gewonnen? Schließt ihr etwa Wetten ab?
Chelsea: Vic hat auf die erste Nacht getippt. Ich ausnahmsweise auf später.
Victoria: Danke, Chels. Ich meine nur ... allein in einem Hotelzimmer? Da kann man eins und eins zusammenzählen.
Ich: Ich habe meinen Slip anbehalten. Danke.
Chelsea: Und was ist mit deinem BH? Hatte er seinen Kopf schon zwischen deinen Brüsten?
Ich: Und ich dachte, ich könnte euch um Rat bitten.
Victoria: Gönn uns den Spaß. Was ist los?
Chelsea: Das kannst du mir nicht verübeln. Ich brauche ein bisschen Spaß im Leben. Dean hält mich unter strenger Beobachtung.
Ich: Sag Dean, dass du nicht die erste Frau bist, die ein Kind bekommt. Außerdem glaube ich, ich will mit Roarke schlafen.
Victoria: Uff.
Chelsea: Noch mal uff.
Ich: Mädels!?
Victoria: Han, du willst seit Monaten mit ihm schlafen.

Wirklich? Nein, ich habe ihn gehasst. Ganz sicher.

Chelsea: Wie sagt man noch gleich? Liebe und Hass liegen nah beieinander.
Victoria: Japp, das stimmt.
Ich: Ich liebe ihn aber nicht.
Chelsea: Nein, aber du willst mit ihm schlafen.

Es nervt, dass sie immer recht haben.

Victoria: Ich bin die Rationale von uns, richtig?
Chelsea: Das ignoriere ich jetzt mal.
Ich: Was willst du damit sagen?
Victoria: Wenn du ihn willst, dann tu es. Schlaf mit ihm und schau, was du danach empfindest. Du musst ihn ja nicht gleich heiraten oder so was.
Chelsea: Er hat sie übers Ohr gehauen. Schwer, über so etwas hinwegzukommen.
Victoria: Es war sein JOB. Er gibt sich große Mühe, es wiedergutzumachen. Und mal im Ernst, Hannah, leidest du etwa Not?

Ich kaue auf meiner Unterlippe herum. Natürlich nicht. Aber es geht ums Prinzip.

Chelsea: Trotzdem. Er hat ihr die Hälfte ihrer Habseligkeiten genommen.
Victoria: Es war eine Scheidung, Chels. Ich weiß, dass du und Dean nichts hattet, als ihr euch getrennt habt, aber ich habe auch die Hälfte von Petes Besitz bekommen.
Chelsea: Pete ist ja auch ein Idiot.
Victoria: Manchmal. Aber Roarke hat nur seinen Job gemacht. Wäre Hannah seine Klientin gewesen, würden wir jetzt Lobeshymnen singen.
Ich: Er hat in Chicago nicht unbedingt den besten Ruf.

Victoria: Stimmt, aber seit wann kümmert es dich, was andere Leute denken?

Punkt für dich, Vic.

Chelsea: Vic, verteidigst du ihn jetzt etwa?
Victoria: Ich habe gestern Abend mit Reed über die ganze Sache diskutiert. Der Mistkerl hatte gute Argumente, die für Roarke sprechen.
Ich: Du hast ihm von mir und Roarke erzählt?
Victoria: Es ist Reed. Er ist wie eine Frau.
Chelsea: Ähm ... genau. Nein, ist er nicht.
Ich: Da bin ich voll und ganz Chelseas Meinung.
Ich: Was hat er denn gesagt?
Victoria: Er sagt, dass Roarke dich zu mögen scheint. Und dass er sich große Mühe gibt, damit du ihn auch magst, was für gewöhnlich nicht seine Art ist. Dass Roarke herumstolziert, als würde es ihn überhaupt nicht jucken, dass es womöglich zehn Auftragskiller gleichzeitig auf ihn abgesehen haben. Aber wenn es um dich geht, ist er anders. Und das hat bei Männern in der Regel etwas zu bedeuten.

Ich muss daran denken, was mir Reed bereits über Roarke erzählt hat, und mir wird warm ums Herz.

Chelsea: Verdammt sei Reed.
Victoria: Hannah, es schadet nicht, ihn ein wenig in dein Herz zu lassen.
Chelsea: Wenn du schon Gefühle für ihn hast, ist es eh zu spät. Du musst ihm ja nicht gleich den Schlüssel zum Königreich geben. Nur für eine Nacht durchs Fenster spähen lassen. Vielleicht gewinnst du.

Ich: Oder ich verliere alles.
Chelsea: Eine Millionärin kann nicht verlieren. LOL

Ich starre auf mein Smartphone. Der Ratschlag meiner Freundinnen ähnelt so sehr dem, was ich ihnen damals geraten habe.

Ich: Danke, Ladys.
Victoria: *Spring einfach, Hannah. Wir fangen dich auf, wenn er es nicht tut.*

Obwohl sie mich nicht sehen können, lächle ich.

Ich: Was würde ich nur ohne euch machen?
Chelsea: Ohne uns wäre dein Leben ziemlich langweilig. Sollen wir jetzt über meine Darmbewegungen sprechen?
Victoria: Mist, Jade ruft nach mir.
Ich: Die Hochzeitsprobe geht gleich los.
Chelsea: *Ich wusste, dass ich die Unterhaltung damit beenden kann ;)*

Kichernd stelle ich mein Smartphone auf lautlos und lasse es in meiner Clutch verschwinden.

Während ich darauf warte, dass es losgeht, denke ich über die Freundinnen nach, die ich bisher hatte. Keine von ihnen war sonderlich loyal. Alle verfolgten ihre eigenen Absichten. Ich habe keinerlei Zweifel daran, dass Victoria die Wahrheit sagt. Sollte Roarke mir das Herz brechen, werden sie und Chelsea für mich da sein. Mit dieser Erkenntnis treffe ich die bewusste Entscheidung, Roarke eine echte Chance zu geben.

Kapitel 19

Nach meiner Unterhaltung mit Chelsea und Victoria kommt mir Roarke irgendwie anders vor. Als er mit Allie am Arm zum Altar schreitet, finde ich ihn noch attraktiver als ohnehin schon. Unsere Blicke treffen sich, und ich wende nicht die Augen ab. Nachdem er so getan hat, als würde er Allie übergeben, setzt er sich in die erste Reihe neben seine Mutter. Ich sehne mich danach, seinen starken Körper neben mir zu spüren.

Der Pastor beendet die Probezeremonie, und anstatt nur so zu tun, als würden sie sich küssen, fallen Allie und Wyatt übereinander her, als wären sie monatelang getrennt gewesen. Die Trauzeugen des Bräutigams pfeifen, und die Brautjungfern klatschen.

Ich frage mich, ob der Versöhnungssex der Grund für ihre ständigen Streitereien ist. Aber über so etwas sollte ich in einer Kirche wahrscheinlich nicht nachdenken.

Roarke steht auf, bleibt neben meiner Sitzreihe stehen und hält mir die Hand hin.

Als ich mich erhebe, fällt meine Hand automatisch in seine. Sofort verschränkt er unsere Finger ineinander und führt mich nach draußen.

»Jetzt noch das Dinner, und dann sind wir endlich frei«, flüstert er mir zu, während die anderen zu ihren Autos strömen.

»Wo findet das Dinner statt?«, frage ich.

»Wir fahren zu einem Restaurant am Stadtrand.« Wie gewöhnlich öffnet er mir die Beifahrertür, bevor er die Motorhaube des Range Rover umrundet.

Ich beobachte, wie seine Mutter in einen älteren BMW steigt, am Steuer sitzt ein Mann.

Der Autokorso fährt durch die Innenstadt von Woods Parlor. Roarke schaltet die Musik ein, um die Stille im Auto zu füllen.

Chelseas und Victorias Worte richten in meinem Kopf noch immer Chaos und Verwüstung an. Der Teufel und der Engel sitzen auf meinen Schultern und flüstern mir ihren Rat zu.

»Alles okay?« Roarke legt die Hand auf mein Knie. Ein Schauer wandert meine Schenkel hinauf und trifft genau in die Mitte.

Ich sehe ihn an, sehe den Mann, der er wirklich ist. »Ich habe dich überhaupt nicht gekannt.«

Er legt den Kopf schief und sieht mich kurz an, bevor er den Blick wieder auf die Straße richtet.

»Du kennst mich.«

»Nein, ich dachte nur, ich würde dich kennen.« Ich schüttle den Kopf. »Ich bin Frau genug, um zuzugeben, dass ich falschlag.«

Er hält auf dem verlassenen Parkplatz eines Ladens, in dem nicht einmal Werbeplakate im Schaufenster hängen, während sich die Autoschlange weiterbewegt. »Ich stehe auf dem Schlauch.« Er schaltet den Motor aus und dreht sich zu mir.

»Ist das alles inszeniert? Hast du die ganzen Leute engagiert, nette Dinge über dich zu sagen und so zu tun, als gehörten sie zu deiner Familie?«

Leise lacht er in sich hinein. »Sie sagen nette Dinge über mich?«

»Sie feiern dich wie einen Helden. Hast du mich deshalb hergebracht? Ist das eine Art Gehirnwäsche, damit ich denke, der Mann in Chicago sei nicht echt?« Meine Hand greift nach dem Türgriff. Ich muss dringend frische Luft schnappen und ein wenig Abstand zu Roarke gewinnen.

Keine Sekunde später steht er neben mir. »Ich bin nicht nur der herzlose, gefühlskalte Mann, den du aus der Großstadt kennst. Ich bin auch der Sohn, der immer noch versucht, seine Mutter stolz zu machen, auch wenn wir nicht das beste Verhältnis haben. Ich bin der Bruder, der seiner Schwester das Leben so einfach wie möglich machen will und ihr die bedingungslose Liebe wünscht, die wir als Kinder nie erfahren haben. Ich bin der Quarterback, der die Stadt verlassen, etwas aus seinem Leben gemacht hat und den Jungs hier auf die Sprünge helfen will. Ich bin der Junge, dem sehr früh das Herz gebrochen wurde, was dazu geführt hat, dass ich niemandem vertrauen kann.«

Ich lehne mich gegen den Kofferraum des SUV und klammere mich an der Stoßstange fest. Seine Worte sind so ehrlich und rein. »Hast du das vorher geübt?«, frage ich leise.

Er wirft die Hände hoch, marschiert über den Parkplatz und walzt das Unkraut platt, das zwischen den Ritzen emporwächst. »Nein«, erwidert er bissig.

»Bist du sauer?«

»Langsam werde ich tatsächlich sauer. Ja. Ich werde sauer, wenn ich mich besiegt fühle.« Er wirbelt herum. Vor dem Hintergrund des Versagens werden seine Schönheit und Stärke noch deutlicher sichtbar.

»Es tut mir leid. Es ist nur ...« Ich wende mich von ihm ab und entferne mich ein paar Schritte.

In meinem Kopf herrscht völliges Chaos. Warum um alles in der Welt will ich diesen Mann? Den Mann, den ich das ganze letzte Jahr so sehr gehasst habe. Den Mann, für den ich beinahe eine Voodoo-Puppe gebastelt hätte. Wie konnte ich zulassen, dass er mir so nahekommt?

»Es geht um Vertrauen. Ich verstehe schon. In deinen Augen habe ich dich hintergangen. Ich bin derjenige, den du mit dem Schlimmsten assoziierst, was dir je passiert ist.« Seine Stimme ist nah, aber er bleibt auf Abstand. »Ich war ein Narr zu glauben, es würde einfach werden. Dass ich mich in dein Leben mogeln und dich davon überzeugen könnte, mir zu verzeihen.«

Tränen steigen in mir auf, und ich balle die Hände zu Fäusten, um sie zurückzuhalten.

»Ich weiß nicht, was ich denken soll. Meine Scheidung war kein Picknick, aber dafür gebe ich dir nicht die Schuld. Du warst nicht derjenige, der mich betrogen hat. Du warst nicht derjenige, der alles von mir wollte. Das war Todd.«

Ich drehe mich um. Er sitzt auf der Stoßstange, hat die Sonnenbrille abgenommen und sieht mich an. »Aber ich habe ihm dabei geholfen zu bekommen, was er wollte.«

»Du hast getan, was man von dir erwartet hat.« Es fällt mir schwer, die Worte auszusprechen, auch wenn sie wahr sind.

»Tief in deinem Herzen bist du davon nicht überzeugt.« Er zieht die Mundwinkel nach unten.

»Ich verstehe, dass es dein Job war, aber dein Ruf eilt dir voraus. Es heißt, deine Strategie würde einem Rachefeldzug gleichen.«

Er sieht mir direkt in die Augen. »Ich werde mich niemals für meinen Job entschuldigen. Ich bin in diesem Feld einer der Besten, und darauf bin ich stolz. Ich nehme niemandem absichtlich etwas weg, aber ich stelle sicher, dass mein Klient nicht übers Ohr gehauen wird, weil der oder die Ex-Partner irgendwo Geld verstecken. Es gibt Gesetze, Hannah. Gesetze, die nur zu gern gebrochen werden. Es ist eine ernste Sache, jemandem das Ja-Wort zu geben und ewige Treue zu schwören. Darüber sollte man gut nachdenken. Und wenn dann noch Kinder im Spiel sind, kann man die Verantwortung nicht einfach abgeben, nur weil man sich dazu entschließt, mit jemand anderem eine Beziehung einzugehen. Es tut mir leid, dass ich Todd vertreten habe, aber er hat mich zuerst kontaktiert. Es tut mir leid, dass du in mir das Monster siehst, das dich bestohlen hat, aber er hat das bekommen, was das Gesetz vorsieht. Nicht mehr und nicht weniger.«

Ich halte seinem Blick stand. »Wie schaffst du es nur, deine Argumentation so nobel klingen zu lassen?« Ich muss lächeln.

Er grinst. »Du bist nicht die Erste, vor der ich mich rechtfertigen muss.«

Ich verdrehe die Augen. »Dann hast du also schon mal versucht, die Ex deines Klienten zu erobern?« Bei dieser Vorstellung werde ich beinahe wütend.

Er steht auf und kommt auf mich zu. »Wann wirst du es endlich verstehen?«, fragt er und packt mich an den Oberarmen.

»Was?«

»Du bist die Einzige, die ich will. Seit einem Jahr hoffe ich, dass du endlich über deine gescheiterte Ehe hinwegkommst. Ich habe mich noch nie zu einer Klientin oder der Partnerin eines Klienten hingezogen gefühlt. Ich bin ganz bestimmt kein Heiliger, aber noch nie habe ich mir so sehr gewünscht, morgens neben jemandem aufzuwachen wie bei dir.« Er sieht mich so intensiv an, dass ich beinahe glaube, er würde sich nach vorn lehnen und mich küssen. Doch dann zieht er die Stirn kraus. »Aber allmählich glaube ich, dass es zwischen uns nicht funktionieren wird. Du wirst mir niemals verzeihen.«

Er lässt mich los und geht zurück zum SUV. Sofort vermisse ich seinen sengenden Blick.

»Doch, das tue ich«, platzt es aus mir heraus.

Er blickt über die Schulter. Irgendwas muss er in meinem Gesicht erkennen, denn er dreht sich sofort um und kommt so nah, dass sich unsere Oberkörper beinahe berühren.

Unser Atem geht schneller. »Du tust was?«, fragt er leise.

»Ich ... ich vergebe dir.«

Er fasst mir an den Hinterkopf und zieht mich zu sich. Nun ist jegliche Distanz zwischen uns überwunden.

»Das kannst du nicht mehr zurücknehmen«, flüstert er.

Ohne mir die Chance zu geben etwas zu erwidern pressen sich seine Lippen auf meine. Während er mich mit einer Hand festhält, legt er die andere auf meinen Rücken. Er übernimmt die Kontrolle über den Kuss, und ich gebe mich seiner Umarmung hin. Während wir einander verschlingen, lösen sich alle Zweifel und Unsicherheiten in Luft auf. Seine Hand gleitet an meinem Körper hinab, greift mir an den Hintern und drückt mich gegen die Beule in seiner Hose.

Ich presse mich an ihn, will die Reibung zwischen uns noch intensiver spüren. Schon das ganze Wochenende stehe ich unter Strom. Ich habe es satt, gegen die zunehmende Hitze zwischen meinen Schenkeln anzukämpfen. Ich verzehre mich nach einem Orgasmus, der mich zum Schreien bringt. Es besteht kein Zweifel daran, dass Roarke mich mehrfach hintereinander zum Kommen bringen kann.

Wir sind nur noch Lippen, Zungen, aufgestaute Lust. Plötzlich dreht er uns um, und mein Rücken presst sich gegen den SUV. Seine Hand wandert meinen Schenkel hinab. Er drückt sich gegen mich, und die Reibung wird stärker.

»Müssten wir nicht weiter, würde ich dich gleich hier nehmen«, raunt er gegen meine Lippen und drückt seinen Mund auf meinen, als könnte er es nicht ertragen, mich auch nur eine Sekunde lang nicht zu küssen.

»Menschen.« Ich unterbreche den Kuss und sehe mich um.

Statt zurückzuweichen stößt er die Hüften nach vorn und trifft genau in meine feuchte Mitte. »Die sind mir egal. Wäre es nicht unser erstes Mal, würdest du schon längst mit zerrissenem Slip auf der Rückbank liegen, aber ...« Er lehnt sich nach vorn, küsst mich sanft und legt die Hand an meine Wange. »Unser erstes Mal soll keine schnelle Nummer werden.« Dann gibt er mir einen unschuldigen Kuss auf den Mund.

»Ich habe nichts gegen schnell.«

Leise lachend streicht er mir eine Haarsträhne hinters Ohr. »Das sagst du jetzt. Warte, bis du eine ganze Nacht mit mir verbracht hast.«

Am liebsten würde ich hier auf dem Asphalt dahinschmelzen. Ich kann es kaum erwarten, von der Richtigkeit seiner Aussage überzeugt zu werden.

Roarkes Hand streichelt über meinen Arm, verschwindet hinter mir und öffnet die Wagentür. Er tätschelt meine Hüfte, um mir zu sagen, dass ich einsteigen soll. »Lass es uns hinter uns bringen.«

Lusterfüllt warte ich auf dem Beifahrersitz, dass Roarke einsteigt. Er steckt den Schlüssel ins Zündschloss und ist plötzlich wie erstarrt.

»Was ist los?«, frage ich.

Er beugt sich zu mir herüber, küsst mich, sein Körper schwebt über meinem. Der Funke zwischen uns verwandelt sich in ein Feuer. Ich vergrabe die Finger in seinem Haar und ziehe ihn zu mir.

»Wir sollten nicht, oder?«, fragt er, als er sich kurz losreißt.

Ich kichere wie ein liebeskranker Teenager und streichle seine leicht stoppelige Wange. Wie sich die Stoppeln wohl zwischen meinen Beinen anfühlen? Bei diesem Gedanken muss ich die Schenkel zusammenpressen.

Bevor ich etwas erwidern kann, legt er die Stirn an meine. »Du musst unbedingt an deinem Timing arbeiten. Du gibst mir grünes Licht, obwohl ich dich nicht haben kann.«

»Wäre dir rotes Licht lieber?«, frage ich mit zu Schlitzen verengten Augen.

»Entspann dich, Rakete. Ich mache nur Spaß.«

»Gut, denn ...«

Mit einem weiteren Kuss bringt er mich zum Schweigen. Ich lasse mich in den weichen Ledersitz sinken und genieße seinen Geschmack.

Zu schnell beendet er den Kuss, schnallt mich an und startet den Motor.

»Es ist verdammt schwer, dir zu widerstehen. So viel Willenskraft habe nicht mal ich.« Er schüttelt den Kopf, wahrscheinlich eher über sich selbst.

Lächelnd sehe ich aus dem Fenster. Es sollte mir nicht gefallen, dass ich ihn schwach mache, aber das tut es. Und zwar sehr.

Kapitel 20

Das Restaurant befindet sich an einem Flussufer. Es gibt ein Grillbüfett, und man kann sowohl draußen als auch drinnen sitzen. Überall stehen gasbetriebene Feuerstellen, rundherum Gartensessel aus weißem Akazienholz. Während die Männer an den Tischen sitzen und sich über die neuesten Ereignisse in der Stadt unterhalten, rennen die Kinder über die grüne Wiese. Die Frauen sitzen in Grüppchen zusammen und tauschen Klatsch und Tratsch aus. Einen Moment lang habe ich das Gefühl, mitten im Film »Magnolien aus Stahl« gelandet zu sein.

Ich nippe an meiner Limonade mit Schuss und beobachte die Menge.

Allie und Wyatt sitzen mit ihren Freunden an einem Tisch, vor ihnen türmen sich Bierdosen und Plastikbecher.

Edie sitzt rauchend und lachend mit ihrem Freund und zwei weiteren Frauen zusammen.

»Und? Wie findest du es?« Roarke schlingt den Arm um meine Taille, zieht mich zu sich und vergräbt das Gesicht an meinem Hals. Als seine Lippen meine sensible Haut berühren, beginnt mein Körper zu vibrieren.

»Es ist schön hier.«

»Es ist nicht das Ritz«, murmelt er und knabbert an meinem Ohrläppchen.

Ich lege die Hände an seine Brust und schiebe ihn von mir. Er ist jedoch viel zu stark und stur, um die Hand von meiner Hüfte zu nehmen.

»Du willst mich jetzt schon von dir schieben?«, fragt er.

»Wenn du weiterhin so tust, als wäre ich eine hochnäsige Zicke, die immer nur das Beste vom Besten braucht, um Spaß zu haben, dann ja. Diese Neckereien kannst du dir sparen.«

»Ich liebe es, dass du manchmal hochgehst wie eine Rakete. Das macht mich nur noch mehr an.«

Ich kichere. »Da wirst du wohl noch warten müssen.«

Er nimmt einen Schluck von seinem Whisky und senkt das Glas.

»Wäre ich ein anständiger Kerl, würde ich warten, bis wir wieder in Chicago sind. Aber zum Glück bin ich das nicht.« Er zwinkert.

»Wenn du weiter an meinem Ohrläppchen knabberst, müssen wir gleich auf der Damentoilette verschwinden.«

Er lacht leise. »Du weißt gar nicht, wie schwer es mir fällt, dich nicht einfach über einen der Tische zu legen.« Seine Hand gleitet hinunter zu meinem Hintern, und seine Finger graben sich in mein Fleisch.

Ich stelle mich auf die Zehenspitzen, und er stellt sich vor mich, um uns vor Gaffern abzuschirmen. Seine Lippen sind nur Millimeter von meinen entfernt. Ungeduldig warte ich auf den nächsten Kuss.

»Willst du wissen, was ich geplant habe? Oder soll ich dich lieber überraschen?« Seine Stimme ist leise, und ihr dunkler Ton bringt meine Haut zum Kribbeln.

»Warum gibst du mir nicht einen kleinen Vorgeschmack?«

Dieses Lächeln mag ich am liebsten. Das spontane, das er sich eigentlich verkneifen will – aber ohne Erfolg.

Er macht einen Schritt auf mich zu, hebt die Hand und stützt sie gegen den roten Putz des Restaurants. Er lehnt sich nach vorn und zeichnet mit der Nase die Kontur meines Kiefers nach. »Lass es mich so sagen: Du wirst feststellen, dass ich drei atemberaubende, gottgegebene Attribute besitze. Meinen Mund, meine Zunge und meinen Schwanz. Und sie alle sind bereit, dir jeden Wunsch zu erfüllen.« Wieder knabbert er an meinem Ohrläppchen und zieht daran.

Mir wird heiß, und ich schließe die Augen. Am liebsten würde ich die Beine um seine Hüften schlingen und mich gegen ihn pressen, um die Energie loszuwerden, die sich in mir angestaut hat.

»Ach, was seid ihr nicht süß. Lass dich nicht von ihm verführen, Hannah. Er ist ein Herzensbrecher.«

Wie ein Eimer Eiswasser.

Roarke tritt zurück und funkelt seine Mutter böse an. »Du warst schon immer mein größter Fan«, murmelt er.

»Ich nehme sie jetzt mit. Die Leute wollen deine neue Liebe aus Chicago kennenlernen.« Edie hakt sich bei mir unter und zieht mich weg.

Hilfe suchend werfe ich einen Blick über die Schulter. An seinem Drink nippend beobachtet Roarke, wie wir uns entfernen. Da er seiner Mutter offenbar nicht sagen wird, dass sie mich nicht entführen soll, drehe ich mich wieder um. Plötzlich wird mir bewusst, was Edie gerade gesagt hat.

»Neue Liebe?«

Lachend tätschelt sie mir die Hand. »Ich weiß, dass Frauen manchmal blind sein können, aber Roarke hat seine Gefühle schon immer offen gezeigt. Außerdem bin ich seine Mama. Ich weiß genau, was in seinem Kopf vorgeht. Das wusste ich schon immer.«

Am liebsten würde ich widersprechen, ihr sagen, dass sie völlig danebenliegt. Dass ich hier zum allerersten Mal Roarkes verletzliche Seite gesehen habe. Dass der Junge, den sie großgezogen hat, und der Mann, den ich kenne, zwei völlig unterschiedliche Personen sind. Und dass ich noch vor ein paar Stunden nicht gewusst habe, dass diese beiden Personen im selben Körper leben. Stattdessen erwidere ich: »Langsam beginne ich, es zu erkennen.«

Sie bleibt neben einem Tisch am Flussufer stehen, an dem fünf Frauen sitzen. Alle haben die Blicke auf mich gerichtet.

Ich spüre einen dicken Kloß im Hals.

»Setzen Sie sich«, sagt die Frau, die wie eine nette Großmutter wirkt. Sie tätschelt den freien Platz neben sich.

Ich tue, wie geheißen. Edie setzt sich neben mich.

»Wahrscheinlich wirst du dir die Namen nicht alle merken können, aber ...« Edie stellt mir die Damen der Reihe nach vor.

Sie hat jedoch unrecht, denn schon als Kind habe ich gelernt, niemals einen Namen zu vergessen. Bereits in jungen Jahren hat mir meine Mutter beigebracht, Eselsbrücken zu bilden, um mir Namen besser merken zu können. Die Frau neben mir werde ich zum Beispiel als Pfirsich-Pam abspeichern, weil ihr Haar die Farbe eines Pfirsichs hat. Die Dame zwei Plätze weiter ist Moustache-Millie, weil sie einen leichten Damenbart hat. Eine einfache Technik, die ich noch heute anwende.

»Freut mich.« Ich nicke den Damen zu.

»Die Freude ist ganz unsererseits. Und jetzt … erzählen Sie uns Ihre Geschichte«, sagt Moustache-Millie, setzt sich gerade auf und führt das Weinglas an die Lippen.

»Geschichte?«

Pfirsich-Pam tätschelt meinen Arm. »Wie Sie Roarke kennengelernt haben. Hier gibt es Frauen, die jedes Mal, wenn er nach Hause kommt, versuchen, ihn für sich zu gewinnen. Liv wusste nicht, was sie verloren hat, bis er als erfolgreicher Anwalt mit seinem schicken Auto und dicken Portemonnaie zurückgekommen ist.«

»Nun ja …« Ich versuche die Vorstellung von einem verliebten Roarke und einer ebenso verliebten Liv aus meinem Kopf zu vertreiben, damit sich die Eifersucht erst gar nicht in mir breitmachen kann.

Ich hatte auch Männer vor ihm. Außerdem ist es nicht so, als wären wir in einer festen Beziehung. Meine Güte, ich habe noch nicht mal mit ihm geschlafen. Aber der Gedanke, dass Liv die Liebe seines Lebens war, treibt mich fast in den Wahnsinn.

»Wir haben uns im Gerichtssaal kennengelernt.«

»Du warst schon mal verheiratet?«, fragt Edie mit großen Augen.

Ich nicke. »Ja.«

»Und Roarke war Ihr Scheidungsanwalt?«, fragt Millie, leert den Rest ihres Weins und starrt ihre Freundinnen an, als hätte ich die heißesten Infos über ihren Lieblingspromi parat.

»Nein. Er war der Anwalt meines Ex-Manns.«

Mir wird bewusst, dass ich diese Geschichte immer und immer wieder erzählen muss, sollten wir tatsächlich ein Paar werden. Dass er bei meiner Scheidung meinen Ex vertreten hat.

»Oh.« Millie grinst ihre Freundinnen an. Auf der Highschool war sie bestimmt das fiese Mädchen.

»Das ist interessant«, bemerkt Pam, ohne die anderen anzusehen.

Ich blicke über die Schulter und entdecke Roarke, der sich mit ein paar Männern unterhält. Unsere Blicke treffen sich, und er lächelt.

»Ja, eher unkonventionell, schätze ich«, sage ich und wende mich wieder den Damen zu.

»Wir haben Gerüchte über ihn gehört. Hat er nicht sogar einen Spitznamen in Chicago?«, fragt die Blaue Betty mit riesigen Fragezeichen in den Augen.

»Seinen Spitznamen kenne ich nicht, aber als Scheidungsanwalt hat sich Roarke definitiv einen Ruf erarbeitet.« *Seht nur, wie höflich ich sein kann.*

»Und was ist genau passiert?«, fragt Edie, als sie in diesem Moment noch eine Bierdose gereicht bekommt.

»Ich habe sie aufgespürt«, sagt Roarke hinter mir. Seine Hände liegen auf meinen Schultern, seine Daumen streichen über meinen Nacken. »In dem Moment, als ich die Fotos des Privatdetektivs gesehen habe, wusste ich, dass ich sie will.«

Pam fasst sich ans Herz und lässt sich nach hinten fallen. »Wie süß.«

»Dass sie schön ist, seht ihr ja. Aber wusstet ihr, dass sie eine Wohltätigkeitsorganisation leitet, die sich für junge Mädchen einsetzt?«

Seine netten Worte lassen mich erröten. Als er sich nach vorn beugt, um sein Glas abzustellen und meine Hand zu ergreifen, bekomme ich Gänsehaut.

»Ich hätte meinem Klienten sagen sollen, dass ich ihn nicht repräsentieren kann. Dass ich mich in einem Interessenkonflikt befinde, nachdem ich Hannah gesehen habe.«

Ich schüttle den Kopf, während die Damen ihn bewundernd anhimmeln.

Na ja, alle außer Millie, die ihm einen bösen Blick zuwirft. »Das wäre eine gute Entscheidung gewesen«, sagt sie schnippisch.

Roarke lacht leise. »Das Beste an dieser Frau ist, dass sie mich ganz schön auf Trab hält. Sie sorgt dafür, dass ich ehrlich bin.« Er beugt sich über mich und küsst meine Wange. »Ich werde sie jetzt entführen, wenn die Damen nichts dagegen haben. Wir sehen uns bestimmt morgen.«

Die Frauen nicken zustimmend. Er legt die Hand auf meinen Rücken und führt mich von ihnen weg.

»Einfach weitergehen«, raunt er, und ich bahne mir meinen Weg durch die Gäste.

»Wir sollten uns wenigstens verabschieden.«

Er bleibt stehen und sieht hinüber zu Allie, die schon wieder mit Wyatt knutscht.

»Ist schon in Ordnung, glaube ich.« Er verschränkt unsere Finger ineinander und führt mich um das Restaurant herum zum Auto. »Ich will dich schon seit einem Jahr.«

Kapitel 21

Roarke drückt die Tür zum Hotelzimmer auf, küssend taumeln wir hinein. Krachend fällt sie ins Schloss, und ich weiß nicht, ob er sie zugeknallt hat oder ob sie von selbst zugefallen ist, aber es ist mir egal. Er reißt sich von mir los. Als ich ihn erneut küssen will, macht er einen Schritt zurück.

»Was ist los?«, frage ich.

»Wenn wir nicht einen Gang herunterschalten, kann ich mich später nicht mehr daran erinnern. Und ich muss mich an unser erstes Mal erinnern.«

Seine Worte räumen auch noch die allerletzten Zweifel aus, ob das, was wir hier tun, wirklich eine gute Idee ist.

Er bleibt auf Abstand, verschlingt mich mit seinen Augen, die mich in Flammen setzen.

»Du bist wunderschön.« Er schlüpft aus den Schuhen und macht einen qualvoll langsamen Schritt auf mich zu.

Ich versuche zu realisieren, was gerade passiert, denn eines ist sicher – ich will mich auch an *ihn* erinnern.

Mit dem Handrücken fährt er über meine Wange und meinen Kiefer, fasst mir in den Nacken und vergräbt die Finger in meinem Haar.

»Ich habe das Gefühl, im feuchten Traum eines Teenagers gelandet zu sein.«

Die Schwere des Moments ist aufgehoben. Lachend lasse ich den Kopf auf seine Schulter sinken. Seine Brust vibriert amüsiert, und der Duft seines Parfums steigert mein Verlangen noch mehr.

Ohne zu zögern hebt er meinen Kopf, um mich zu küssen. Langsam und ohne Eile treffen sich unsere Zungen. Ich schlüpfe ebenfalls aus meinen Schuhen und gebe mich seiner Stärke hin.

Meine High Heels fallen zu Boden, und Roarke muss sich plötzlich weiter herunterbeugen. Ich bin vollkommen verloren in unserem Kuss, als er mir an den Hintern greift und mich emporhebt. Ohne Worte verstehe ich, was er vorhat. Ich schlinge die Beine um seine Taille, und er setzt sich auf die Bettkante.

Seine Erektion drückt sich gegen meine Mitte. Ich presse mich noch fester an ihn. Die aufgestaute Lust, die ich für diesen Mann empfinde, verlangt endlich nach Erlösung. Meine Hände klammern sich an seine Schultern, während ich mich vor und zurück wiege und den Kopf nach hinten fallen lasse.

Ich brauche ihn. Ich muss ihn spüren.

Das Geräusch meines Reißverschlusses durchbricht die Stille. Roarkes Zähne gleiten über mein Schlüsselbein, während er das Kleid über meine Schultern zieht. Ich schlüpfe aus den Ärmeln, es rutscht herunter und entblößt meinen schwarzen Spitzen-BH.

Roarke ergötzt sich am Anblick meiner Brüste. Ich liebe es, dass er den Blick offenbar nicht losreißen kann. Mit keinem anderen Mann habe ich mich jemals so schön und gewollt gefühlt. Sein sengender Blick setzt meinen Körper in Flammen, ein Feuer, das nur Roarke löschen kann. Je stärker dieses Gefühl wird, desto mehr sehne ich mich nach ihm.

»Fuck«, raunt er, umfasst mit einer Hand meine Brust und streicht mit dem Daumen über meinen bereits harten Nippel.

Ich recke mich ihm entgegen, will seine Berührungen – und hoffentlich auch seinen Mund – intensiver spüren.

Roarke ist ein Mann, der körperliche Signale gut zu deuten vermag. Er senkt den Kopf, nimmt meine Brustwarze in den Mund und befeuchtet die Spitze meines BHs, der mich nur notdürftig bedeckt. Ich presse mich noch fester gegen seinen Schritt. Das Bedürfnis nach Erlösung hat inzwischen ungeahnte Höhen erreicht. Er öffnet meinen BH, und der

Spitzenstoff enthüllt meine Brüste. Mir stockt der Atem, als seine Lippen dem Weg seiner Finger folgen, meinen Arm hinunter, bis das Stück Stoff zu Boden fällt.

»Halt dich an mir fest«, befiehlt er. Ich ergreife wieder seine Schultern, und meine Finger bohren sich in seine Muskeln.

Er umfasst meine Brüste und reibt meine Nippel. Ich schließe die Augen und gebe mich seiner Berührung hin. Fest, aber sanft. Anders, als ich vermutet hätte. Ich habe mir vorgestellt, dass er mir einfach das Kleid hochziehen und mich nehmen würde.

»Zeit, das Kleid endlich loszuwerden, Rakete.« Als ich den Spitznamen höre, den er neuerdings benutzt, ist es, als würde mich Amors Pfeil treffen. Noch nie habe ich von einem Mann einen Kosenamen bekommen. Ich kann es nicht erklären, aber es fühlt sich einfach richtig an, wenn er mich so nennt. Als wäre es etwas, das nur wir miteinander teilen.

Seine Hände und Lippen lassen von mir ab, und er bringt mich in eine stehende Position. Wie immer kontrolliert er die Situation. Seine Daumen schieben sich zwischen mein Kleid und meine Haut. Mit ein wenig Druck fällt der Stoff zu Boden.

Roarke verliert keine Zeit, zieht mich zu sich und drückt seinen Mund auf meinen nackten Bauch. »Du bist viel zu perfekt für mich.« Seine Finger gleiten unter meinen Slip, greifen meinen Hintern und lassen keinen Raum mehr zwischen uns.

Ich vergrabe die Finger in seinem silberbraunen Haar. Mir gefällt, wie es sich ohne Haargel sanft wellt.

Er stützt das Kinn auf meinen Bauch und sieht zu mir hoch. Ich lehne mich zurück, um ihm direkt ins Gesicht zu blicken. Irgendetwas geht gerade vor hinter den wunderschönen haselnussbraunen Augen. Ich weiß nicht, was es ist, denn ich glaube, diesen Ausdruck noch nie zuvor gesehen zu haben. Jedoch hoffe ich, ihn irgendwann noch einmal zu sehen. Dass Roarke niemals aufhört, mich anzusehen, als wäre er der glücklichste Mann auf Erden, sollte es mit uns tatsächlich funktionieren. Die Erinnerungen an Todds dumpfen Blick lassen Zweifel aufkommen, aber ich verdränge jeden weiteren Gedanken an meinen Ex.

Das hier ist mein Moment mit dem Mann, der mir nachgejagt ist, ohne Reue zu zeigen. Der schamlos seine Kontakte hat spielen lassen, um uns hier zusammenzubringen, damit er mich erobern kann.

Ich streichle über sein stoppeliges Kinn. »Du hast zu viel an.«

Während unsere Hände gegenseitig unsere Körper erforschen, sehen wir uns die ganze Zeit in die Augen. Keine Bewegung ist gehetzt. Ich will mir diesen Moment ganz genau einprägen. Vielleicht weil wir in dieser kleinen Stadt feststecken, weit weg vom Alltag Chicagos.

Ein Schauer läuft über meine erhitzte Haut, als er über meinen nackten Körper streicht. Er zieht den Slip über meine Beine, ich trete heraus und gehe vor ihm auf Knie. Er legt die Hände an meine Wangen. Kurz schließe ich die Augen, bevor ich ihn seines Hemds entledige. Während ich ihm das Shirt über die Schultern streife, fährt er mit dem Daumen über meinen Mund, und ich beginne, daran zu saugen. Scharf zieht er die Luft ein.

Zufrieden ziehe ich ihm die Socken aus, bevor ich den Knopf und den Reißverschluss seiner Hose öffne. Er erhebt sich, und seine Hose gesellt sich zu meinem Kleid auf dem Boden, sodass er nur noch in schwarzen Boxershorts dasteht.

Ich muss mir das Grinsen verkneifen. Hätte ich eine Wette abgeschlossen, hätte ich haushoch gewonnen. Selbst die Unterwäsche dieses Manns ist konservativ.

»Warte kurz, ich hole ein Kondom.« Zum ersten Mal seit zwanzig Minuten verlässt er mich, und mir wird augenblicklich kalt.

Ich lege mich aufs Bett und beobachte, wie er in seiner Tasche nach dem zugeschweißten Tütchen kramt. Beim Gedanken daran, dass er mir gehört, wird mir ganz schwindelig, auch wenn es vielleicht nur für eine Nacht ist.

»Ich wünschte, ich hätte ein fotografisches Gedächtnis.« Seine Stimme klingt rau und angespannt, während er neben der Bettkante steht und meinen Körper mit feurigen Blicken bedeckt.

Er packt mich an den Fußknöcheln und zieht mich zu sich. »Dachtest du etwa, wir würden es wie ein altes Ehepaar in Missionarsstellung treiben?«

Lachend lege ich den Kopf schief. »Hast du etwa andere Pläne?«

»Was dich betrifft, habe ich immer Pläne.« Er geht auf die Knie und legt meine Beine über seine Schultern. »Ich muss wissen, wie du schmeckst.«

Seine Daumen gleiten über meine Schamlippen, und ich recke mich ihm entgegen. Mit einem Daumen dringt er in mich ein und beobachtet meine Reaktion. »Ich liebe es, dass du so feucht bist für mich.«

Ohne ein weiteres Wort lehnt er sich nach vorn, und ich spüre seine Stoppeln an der Innenseite meines Schenkels. Er leckt und saugt, bis ich mich unter ihm um Erlösung bettelnd winde. Meine Finger krallen sich in das Laken, meine Schenkel pressen sich fester gegen seinen Kopf. Er hört nicht eher auf, bis ich seinen Namen schreie und mein Körper erschlafft.

Das Geräusch der aufreißenden Folie bringt mich zurück aus meinem postorgastischen Nebel. Ich bin bereit für mehr. Als die Spitze seines Schwanzes in mich eindringt, seufze ich laut. Roarke verlangsamt seine Bewegung, legt die Hände an meinen Kopf und küsst mich, während er mich komplett ausfüllt.

Er ist groß – und er hat die Kontrolle. Er zieht mich weiter an die Bettkante, und ich lasse es bereitwillig geschehen.

Er lässt die Hüften kreisen. Während er mich festhält, damit ich nicht wegrutsche, verliere ich fast den Verstand. Meine Finger krallen sich so fest in die Bettdecke, dass meine Knöchel weiß hervortreten. Ich hebe die Hüften, während er mich immer wieder stößt und einen so sensiblen Punkt erwischt, dass alles zu viel ist und doch nicht genug.

Dieser Mann hat einen magischen Schwanz. Ich will mehr. Als seine Bewegungen immer schneller werden, muss ich mir größte Mühe geben, nicht laut zu schreien. Er nimmt meine Beine, die ich ihm um die Hüften geschlungen habe, und hebt sie an, sodass sie links und rechts neben seinem Kopf sind.

»Fuck«, raunt er. Oh ja, wie recht er hat.

Ich bin voll und ganz seiner Meinung. Fuck, es fühlt sich so gut an. Fuck, ich will nicht, dass es gleich vorbei ist. Fuck, ich explodiere. Fuck. Fuck. Fuck!

Mein gesamter Körper verspannt sich und hält still, bis das Band schließlich reißt und ich seinen Namen schreie, während Wellen der Ekstase mich überfluten.

Roarke stößt mich noch ein paar Mal, bevor er ebenfalls innehält.

»Fuck«, stöhnt er und lässt meine Beine zur Seite fallen. Er vergräbt den Kopf an meinem Hals und bedeckt meine Schulter mit sanften Küssen. »Das hat meine Vorstellungen bei Weitem übertroffen. Und ich habe mir einiges vorgestellt. Und zwar oft.«

Kichernd versuche ich, nach Luft zu schnappen, während das Gewicht des Manns auf mir lastet, den ich vor achtundvierzig Stunden noch so sehr gehasst habe.

Ich habe mich gefragt, ob ich ihn endlich aus meinem Kopf verdrängen könnte, nachdem ich mit ihm geschlafen habe. Ob ich dann mit ihm fertig wäre. Als er jedoch seinen Schwanz herauszieht, spüre ich eine Leere, die mir sagt, dass ich nicht mal annähernd fertig bin mit Roarke Baldwin.

Im Gegenteil. Ich glaube, wir fangen gerade erst an.

Kapitel 22

Als ich etwas Kaltes am Rücken spüre, erwache ich. An Roarkes warmen nackten Körper geschmiegt liege ich unter dem Laken des Hotelbetts. Die Mixtur aus Heiß und Kalt, die sich über meinen Körper ergießt, lässt mich seufzen.

Das Bett bewegt sich, und seine starken Hände und muskulösen Unterarme landen neben meinem Kopf.

»Eigentlich wollte ich dich schlafen lassen. Wirklich«, murmelt er.

Mit seiner Zunge stößt er den Eiswürfel an, der über meinen Rücken gleitet. Ich bekomme am ganzen Körper Gänsehaut, doch als sich Roarke seinen Weg wieder nach oben bahnt, spüre ich nur noch seine feuchte heiße Zunge.

»Du wirst morgen Früh fix und fertig sein«, raune ich in das Kissen.

»Du meinst wohl heute Morgen. Und nein, ich bin immer noch high von letzter Nacht.« Er streicht mein Haar beiseite und bedeckt meine Schulter mit kleinen Küssen.

Ich drehe den Kopf, sehne mich nach den Lippen, die mir gestern Nacht so viel Lust beschert haben.

»Mmm«, stöhne ich in seinen Mund, während sich seine Zunge in einem perfekten Rhythmus bewegt. Seine Lippen schließen sich, und er beendet den Kuss, während er mir weiter den Rücken streichelt.

»Ich muss dich etwas fragen.« Sein Tonfall verrät mir, dass wir nicht mehr herumwitzeln.

Ich drehe mich zur Seite und sehe ihn an. »Was denn?«, frage ich.

»Das mit uns ... Gibst du uns tatsächlich eine Chance?«

Ich rutsche näher an ihn heran und schlinge den Arm um seine Taille, denn ich will seine Wärme spüren. Zweifel spiegeln sich in seinem Gesicht wider. Als wäre er die ganze Nacht wach geblieben, nur um darauf zu warten, dass ich die Augen öffne und sage, dass alles ein Fehler war. Es wird schwer werden, ihn mit Worten zu überzeugen. Er lebt in einer Welt, in der jeden Tag Versprechen gebrochen und Entscheidungen bereut werden.

Ich küsse seinen Kiefer. Den wie aus Stein gemeißelten Kiefer, der ihn wie einen Filmstar wirken lässt.

»Ich vergebe dir, Roarke.« Ich rutsche weiter nach oben, um ihm direkt in die Augen zu blicken. »Nicht, dass du meine Vergebung bräuchtest, denn du bist mir nichts schuldig, nur weil du Todd vertreten hast. Was ich damit sagen will, ist, dass ich die Vergangenheit hinter mir lassen und uns eine Chance geben will. Die einzige Bedingung ist, dass du immer ehrlich zu mir bist. Ich weiß, du denkst, ich wäre stark, aber das ist ein großer Schritt für mich.«

Lächelnd dreht er mich auf den Rücken und blickt mir tief in die Augen. »Du kannst mir vertrauen.« Er besiegelt das Versprechen mit einem Kuss, und die folgende Stunde verliere ich mich wieder voll und ganz in Roarke und seinem magischen Schwanz.

• • •

Die Trauung ging friedlich vonstatten, ohne dass sich Allie und Wyatt wieder in die Haare gekriegt haben. Roarke hat seine Schwester einem Mann übergeben, der wirklich toll zu sein scheint. Keiner hat Einspruch erhoben, als sie sich das Eheversprechen gegeben haben. Keiner kam zu spät. Alles verlief bisher ohne Zwischenfälle. Mittlerweile sind wir bei der Begrüßung der Gäste angelangt.

Ich lasse den Blick über die Rasenfläche schweifen, die von Kerzen in Einmachgläsern und Lichterketten beleuchtet wird. Jede vorhandene Oberfläche wurde mit riesigen Magnoliensträußen geschmückt. Ich entdecke Roarke in seinem schicken Anzug, in den Händen hält er zwei

Gläser Champagner, während er sich mit Sean von der Highschool unterhält.

Bewundernd beobachte ich den Mann, der so schnell meinen Kopf eingenommen hat, dass ich an nichts anderes mehr denken kann.

Es dauert nicht lange, bis er über den Rasen auf mich zukommt und mir eines der Gläser reicht.

»Danke«, sage ich und nehme es entgegen.

»Heartbeat« von Carrie Underwood erklingt. Bevor ich auch nur einen Schluck trinken kann, nimmt er mir das Glas weg und stellt es zusammen mit seinem auf den nächstgelegenen Tisch.

»Hey, du hast mir das Glas eben erst gebracht«, jammere ich, lasse mich aber dennoch zur Tanzfläche führen.

Die improvisierte Tanzfläche unter dem Sternenzelt und den Lichtern in den Bäumen wirkt, als wären wir an einem Filmset.

Er zieht mich zu sich, steckt unsere ineinander verschränkten Hände zwischen unsere Körper und legt den anderen Arm um meine Taille. Es sind nur wenige Paare auf der Tanzfläche, und ich bin sicher, dass wir von allen Seiten beobachtet werden. Aber Roarke kümmert es nicht. Er drückt mich fest an sich und singt mir leise ins Ohr. Da er sich in Chicago nie in die Karten blicken lässt, überrascht es mich, dass er seine Gefühle jetzt so offen zeigt.

Hat er denn Gefühle für mich? Ich glaube schon. Ich gebe mir große Mühe, die Basis unserer frischen Beziehung nicht zum Wackeln zu bringen, indem ich denke, ich wäre nicht gut genug für ihn.

In den letzten vierundzwanzig Stunden sind mir Gedanken wie »Überstürzen wir es?« oder »Warum nehme ich ihn, wenn ich locker einen anderen finden könnte?« durch den Kopf gegangen. Auch wenn ich lange geleugnet habe, dass ich mich zu Roarke hingezogen fühle – die Anziehung ist jedes Mal da, wenn er den Raum betritt. Er hat mich schneller erobert, als ich gedacht hätte, aber ich will uns wirklich eine Chance geben. Mal ehrlich, welche Frau will nicht um ihrer selbst willen geliebt werden? Selbst wenn sie behauptet, sie wolle keine Beziehung.

Ich schiebe die Gedanken beiseite, lasse den Blick schweifen und entdecke Allie, die Wyatt den Finger in die Brust pikst.

»Ich hoffe, es gibt noch keinen Ärger im Paradies«, bemerke ich und deute mit dem Kopf in Richtung der Frischvermählten.

Roarke folgt meiner Blickrichtung und schüttelt den Kopf. »So sind sie eben. Sie sind entweder heiß oder kalt.«

Schweigend tanzen wir noch eine Weile, bevor ich ihm eine Frage stelle, die mich plagt, seit ich begonnen habe, Gefühle für ihn zu entwickeln. »Warum hast du dich dazu entschlossen, Scheidungsanwalt zu werden?«

Er wirft einen Blick über die Schulter. Ich habe keine Ahnung, wer oder was dort ist, aber ich bin sicher, dass es etwas mit seiner Antwort zu tun hat.

»Das hatte viele Gründe. Zum einen das Geld. Ich weiß, es klingt übel, aber ich war ein armer Junge aus einer armen Stadt. Ich habe gerade so meinen Abschluss geschafft, weil ich drei Jobs parallel hatte. Ich wollte keine Kriminellen verteidigen, und da die Scheidungsrate jährlich steigt, dachte ich, es wäre ein sicheres Feld für eine erfolgreiche Karriere.«

Er wartet auf meine Antwort, aber ich weiß nicht, was ich darauf erwidern soll. Was soll ich sagen? Um Geld musste ich mir nie Sorgen machen. Jobs? Nun ja, ich habe für meinen Vater gearbeitet. Er hat mich zu der Geschäftsfrau gemacht, die ich heute bin, aber ich musste nie einen Knochenjob machen. Mir wurde die Miete gezahlt, das Essen wurde mir bis vor die Haustür geliefert. Als mein Treuhandfond aufgelöst wurde, wurde das Geld für mich auf einem Konto angelegt, für den Fall, dass der Aktienkurs rapide fallen sollte.

»Nicht sehr nobel, was?« Sein Grinsen verrät, dass er mich nur necken will. »Ich glaube, ich nehme es meinem Vater immer noch krumm, dass er uns mittellos zurückgelassen hat. Das wäre dann wohl Grund Nummer zwei.« Er lehnt sich zurück und mustert mein Gesicht. Ich kann es ihm nicht verübeln, schließlich ist er ohne all das aufgewachsen, was ich immer für selbstverständlich gehalten habe.

»Okay.« Ich lege den Kopf auf seine Schulter und vergrabe das Gesicht an seinem Hals. Sein Parfum stellt mit meiner Libido verrückte Sachen an.

»Das ist alles?« Er drückt meine Hand noch fester und schmiegt die Wange an meinen Kopf.

»Ich war nur neugierig.« Ich zucke mit den Schultern.

»Und hast du zu dem, was ich gesagt habe, eine Meinung?«

»Nope.«

»Das heißt, ich beschere dir ein paar Orgasmen und du diskutierst nicht mehr mit mir?« Seine Brust vibriert vor Lachen. »Was ist mit meiner kleinen Rakete passiert?«

Ich schüttle den Kopf und schließe die Augen. »Gewöhn dich lieber nicht daran.«

Er versteift sich für einen Moment, entspannt sich aber wieder, als Carrie Underwood einen besonders hohen Ton singt. »Warum hast du RISE gegründet?«

Ich atme laut aus. »Das ist eine lange Geschichte.«

»Wir haben Zeit.«

Weitere Paare gesellen sich zu uns auf die Tanzfläche. Es folgt ein ebenfalls langsamer Song. Ich hebe den Kopf und blicke ihm geradewegs in die Augen. Kann ich ihm vertrauen?

Der Engel auf meiner rechten Schulter sagt: *»Er hat dir auch vertraut und dir gezeigt, woher er kommt.«*

»Wahrscheinlich wirst du mich für eine verwöhnte Göre halten.«

Er lässt meine Hüfte los und legt die Hand an meine Wange. »Niemals. Komm.« Mit einer Kopfbewegung gibt er mir zu verstehen, dass es an der Zeit ist, die Tanzfläche zu verlassen.

Wenige Minuten später spazieren wir Hand in Hand zwischen Bäumen und Sträuchern hindurch. In seiner freien Hand trägt Roarke eine Champagnerflasche. Wir gehen immer weiter, bis wir schließlich an einem Bootsanleger stehen. Der Mond spiegelt sich in den sanften Wellen des Sees. Ein paar Fischerboote reihen sich am Dock aneinander, nichts im Vergleich zu den Jachten in den Häfen, wo ich aufgewachsen bin.

Die Holzplanken ächzen, als wir den Steg überqueren. Wir setzen uns und lassen die Beine baumeln, die Schuhe haben wir ausgezogen.

Als Roarke mühelos die Champagnerfalsche öffnet, schießt eine Fontäne heraus und ergießt sich in den See. »Mist, normalerweise kann ich so etwas besser.«

Lachend lasse ich den Kopf auf seine Schulter sinken. »Mir gefällt es irgendwie, dass du doch nicht so perfekt bist, wie es immer scheint.«

Mit zusammengezogenen Augenbrauen sieht er mich an. »Ich bin alles andere als perfekt.«

Wäre ich ehrlich, würde ich ihm sagen, dass er für mich perfekt ist. Außer der Tatsache, dass er meinen Ex vertreten hat, aber darüber will ich hinwegsehen.

»Du hast bestimmt schon eine Menge Frauen verführt. Nach außen hin immer ein Gentleman, aber wie du mit dem Körper einer Frau umzugehen weißt …« Selbst im Mondlicht kann ich sehen, dass er rot wird.

»Das ist schön zu hören, aber vor dir gab es keine ewig lange Liste an Frauen, falls du das meinst.«

Tue ich das? Ich weiß es nicht. Wahrscheinlich. Ich habe schon immer dazu geneigt, mich selbst zu geißeln.

»Nein, das wollte ich damit nicht sagen.«

Wieder überkommt mich ein Anflug von Eifersucht, als ich an die Frauen vor mir denke. Hat er irgendeiner davon sein Herz geschenkt?

»Hör auf, ständig das Thema zu wechseln. Wir haben uns davongeschlichen, damit du mir von RISE erzählst.« Er reicht mir die Champagnerflasche.

Ich nehme einen Schluck und gebe sie zurück.

»Willst du, dass ich mir Mut antrinke?«, frage ich kichernd.

»Ich will nur, dass du dich wohlfühlst.«

Ich stoße ihn mit der Schulter an und verdrehe die Augen. »Hm … solche Sätze habe ich immer für dumme Anmachsprüche gehalten.«

Erneut reicht er mir die Flasche und hebt die Hände. »So war es nicht gemeint. Wirklich nicht.«

»Mhm, schon klar.«

»Also, Rakete, warum hast du RISE gegründet?«

Egal, wie sehr ich auch versuche, vom Thema abzulenken, er führt uns immer wieder zurück auf den Weg. Ich erröte vor Scham und hole tief Luft. »Ich bin unter einem hohen Erwartungsdruck aufgewachsen. Meine Mutter hat mich zum Kniggekurs geschickt und wollte mir weismachen, dass ich im Schatten meines zukünftigen Ehemanns zu stehen habe. Als ich älter wurde, haben meine Mitdebütantinnen Männer geheiratet, die ähnlich reich waren wie ihre Eltern. Sie standen hinter ihren Männern, lernten, die besten Cocktailpartys zu schmeißen und ihren Ehemann gut dastehen zu lassen, indem sie in Gegenwart anderer stets in höchsten Tönen von ihm schwärmten.«

»Das passt nicht zu dir.« Roarke verschränkt unsere Finger ineinander, und ich bekomme wieder Schmetterlinge im Bauch.

»Weil du mich erst kennengelernt hast, nachdem das Märchen Risse bekommen hat. Ich war nicht die Erste, die betrogen wurde, aber ich war die Erste, die ihren Mann verlassen hat. Man könnte sagen, es war das Werk meines Vaters. Ich war von meinen Freundinnen die Einzige, die eine kaufmännische Ausbildung hatte. Die meisten meiner Freundinnen klammerten sich an den Rat ihrer Mütter. Wie man den besten Personal Shopper findet, wo man am besten brunchen kann. Meine Mutter wollte mich immer in diese Rolle zwängen, aber mit wenig Erfolg. Mit meinem Dad war ich viel enger. Er ist immer ein liebevoller Vater gewesen. Als ich erwachsen wurde, wurde mir klar, dass meine Mutter nur wenig Interesse an mir hat.«

»Ich kann mich noch gut daran erinnern, wie es war, als ich herausgefunden habe, dass meine Mutter ein Alkoholproblem hat«, sagt Roarke. »Die Sichtweise eines Kindes ist sehr wohlwollend.«

Ich nicke, denn er hat vollkommen recht. »Ja, es ist ein ganz schöner Schlag in die Magengrube, wenn man endlich die Wahrheit erkennt. Aber wir müssen jetzt nicht in meiner Kindheit herumwühlen.« Ich nehme einen Schluck aus der Champagnerflasche und stelle sie neben mich auf die Holzplanken. »Das hat der Psychologe, den meine Mutter engagiert hat, als ich mit sechzehn ausgetickt bin, schon zur Genüge getan. Nachdem ich herausgefunden hatte, dass Todd mich betrogen hat, ist irgendwas in mir zerbrochen. Meine Mutter meinte nur, Männer seien nun mal so. Ich hingegen habe einen Privatdetektiv angeheuert, um herauszufinden, ob mein Vater auch fremdgeht. Zu erfahren, dass mein Vater nicht der Mann ist, für den ich ihn immer gehalten habe, hätte mich mehr zerstört, als Todd mit seiner Geliebten zu sehen.«

»Und?«

Ich schüttle den Kopf. »Nope. Er war sauber. Er geht nur auf den Golfplatz, in den Club, zur Arbeit und wieder nach Hause. Mein Vater hatte schon immer nur Augen für meine Mutter. Als könnte er nicht fassen, dass sie ihm gehört. Wäre es anders gewesen, hätte ich wahrscheinlich nie wieder an die Liebe glauben können. Doch meine Mutter wollte mir einreden, es sei meine Schuld, dass Todd mich betrogen hat. Dass ich zu launisch wäre. Oder dass es vielleicht daran liegen könnte, dass ich zu seinem dreißigsten Geburtstag keine Party organisiert habe. Sie hat mir sogar vorgeschlagen, Sexratgeber zu lesen.«

»Glaub mir, auf diesem Gebiet hast du keinerlei Probleme.« Er küsst meinen Nacken. »Ich werde sofort steif, wenn ich daran denke, wie du unter mir liegst. Todd ist ein Mistkerl, der sich die perfekte Frau hat entgehen lassen.«

Bei seinen netten Worten muss ich lächeln. Doch die Frage, ob ich irgendetwas hätte tun können, um meine Ehe zu retten, hatte sich in dem Moment erledigt, als ich die Scheidung eingereicht habe.

»Das ist lieb von dir.« Ich nehme noch einen Schluck Champagner, die Kohlensäure kitzelt in meinem Hals. »Mein Dad meinte, ich solle Todd die Eier abschneiden. Dass er im Falle einer Scheidung den Anwalt bezahlen würde, die Entscheidung aber letztendlich bei mir läge. Wenn ich mich dazu entschließen würde, bei Todd zu bleiben, würde er meine Entscheidung zwar respektieren, aber mit Todd wolle er nichts mehr zu tun haben. Das Gute an der Sache ist, dass ich die Ehe beenden konnte, ohne als verzogene Göre dazustehen, die nicht zu schätzen weiß, was sie hat. Ich habe unsere Abendessen abends um neun gehasst, wenn er gerade nach Hause gekommen war und ständig von seinen Arbeitskollegen oder seinem Pieper gestört wurde. Ich habe es gehasst, nie eine Meinung zu wichtigen Dingen haben zu dürfen. Gegen Ende haben wir dann in getrennten Zimmern geschlafen. Als Ausrede hat er seinen vollen Zeitplan benutzt. Ich wollte nicht mehr mit Todd verheiratet sein, aber ich fühlte mich gefangen.«

»Ich hasse mich dafür, dieses Arschloch vertreten zu haben«, knurrt Roarke, nimmt mir die Champagnerflasche ab und führt sie an die Lippen.

»Deshalb habe ich eine Wohltätigkeitsorganisation gegründet, die Mädchen zeigen soll, dass sie eine Stimme haben. Dass sie offen ihre Meinung sagen, ihre eigenen Gedanken und Glaubenssätze haben dürfen. Dass keiner versuchen darf, sie zum Schweigen zu bringen.« Ich zucke mit den Schultern. »Ich sehe es bei vielen meiner Freundinnen, dass ihre Lebensfreude von der Laune ihres Mannes abhängig ist. Vielleicht werde ich niemals eine eigene Tochter haben, aber kein Mädchen soll so ein Leben führen müssen. Man sollte meinen, die Benachteiligung von Frauen sei kein Thema mehr, aber das stimmt nicht.«

»Gerade als ich dachte, ich könnte mich nicht noch mehr zu dir hingezogen fühlen ...« Er legt die Hand an meine Wange und dreht meinen Kopf zu sich. »Ich weiß, dass es dir schwerfällt, mir zu vertrauen. Deshalb will ich dir etwas versprechen. Ich habe dir schon einmal gesagt, dass ich Versprechen nicht breche. *Niemals*. Ich verspreche dir, niemals an deiner Stelle zu sprechen. Niemals im Restaurant für dich zu bestellen. Ich will immer deine Meinung hören, auch wenn sie nicht meiner entspricht, was mit Sicherheit vorkommen wird. Ich verspreche dir, dich wie eine Ebenbürtige zu behandeln. Immer. Wenn wir tatsächlich eine Beziehung eingehen, dann Seite an Seite. Und nicht, dass ich vorangehe und du mir folgst.«

Tränen steigen mir in die Augen. Er ist der erste Mann, dem ich mich seit der Scheidung öffne, und seine Reaktion hätte nicht perfekter sein können.

Ich schenke ihm ein kleines Lächeln. »Ich wusste gar nicht, dass sich unter dem Grizzlypelz ein weicher Teddybär versteckt.«

Er lehnt sich weiter zu mir. »Bisher wolltest du es nicht herausfinden. Aber ich bin froh, dass du es jetzt herausgefunden hast.« Er drückt seine Lippen auf meine, und seine Zunge fährt über meinen Mund. Ich gewähre ihm nicht nur Zugang zu meinem Mund. Nein. Ich öffne die gesamte Schatzkammer und lasse ihn in mein Leben. Scheiß auf die Konsequenzen.

Kapitel 23

»Du strahlst schon wieder«, raunt mir Victoria auf dem Flur zu, während sie ans Telefon rennt, um einen frühmorgendlichen Anruf entgegenzunehmen.

»Tu ich gar nicht.«

»Und ob.« Wir zanken uns wie zwei Schwestern, die ihrer Mutter weismachen wollen, dass die jeweils andere die Cola über den Teppich gekippt hat.

»Guten Morgen. RISE«, meldet sie sich. »Oh, hi.«

»Was gibt's Neues?« Ich stecke den Kopf durch Chelseas Bürotür.

Sie ist blass, und ein Schweißfilm bedeckt ihre Stirn. »Kein guter Morgen. Frag mich später noch mal.«

Ich lache und lasse sie lieber in Ruhe. Schwanger zu sein erscheint mir furchtbar. Nicht mal annähernd kann ich mir vorstellen, wie viel Angst sie und Dean haben müssen, denn sie hat eine seltene Krankheit, die die Chancen einer erfolgreichen Schwangerschaft erheblich senkt.

»Dein Dad«, flüstert Victoria mir zu, die Hand über der Sprechmuschel. »Aha. Ein Handicap von dreizehn? Das ist großartig. Da sind Sie ja richtig in Form.«

Ich lächle über ihren gescheiterten Versuch, sich mit meinem Vater über Golf zu unterhalten.

»Oh ja, natürlich. Entschuldigung. Ich gebe Sie weiter an Hannah … Jederzeit, das wird er sicher gern machen. Kleinen Moment«, sagt sie.

Mein Telefon klingelt, und ich gehe ran. »Bist du denn schon so verzweifelt, dass du dich mit meiner Assistentin übers Golfspielen unterhalten und versuchen musst, ihren Freund zu ködern?«

Er lacht leise, das tiefe Kichern, das mir so vertraut ist. Das Kichern, das mir verrät, dass er gestern Abend zu viele Zigarren geraucht hat. War wohl Männerabend.

»Du solltest mit mir spielen. Oder du findest endlich einen richtigen Mann, der Golf spielen kann. Ich hätte sofort wissen müssen, dass Todd ein Versager ist, als ich das erste Mal mit ihm gespielt habe. Wusste nicht mal, wie man den Ball richtig trifft.«

Ich greife nach einem Stift und beginne, damit herumzuspielen. »Zum Glück musst du dir darüber keine Gedanken mehr machen.«

»Ja, Gott sei Dank. Ich brauche dich, um die Geburtstagsparty für deine Mutter zu organisieren. Ich würde es ja machen, aber dann bekommt sie Wind von der Sache. Ich werde einfach behaupten, dass ich dir Geld leihen musste. Ist schon auf deinem Konto.«

Meine Eltern hatten schon immer Zugriff auf mein Konto.

»Ich habe gerade mit der Gala viel um die Ohren, Dad. Und Moms Geburtstag ist direkt danach. Können wir die Feier dieses Jahr nicht mal kleiner halten?«

»Nein.« Er benutzt seine strenge Stimme, die ich bisher nur ein paar Mal gehört habe, zum Beispiel, als er mich mit sechzehn mit Beau Thornton im Keller beim Kiffen erwischt hat. Ich bin immer noch über mich selbst erstaunt, dass ich keinem verraten habe, dass sich Beau vor Angst in die Hose gemacht hat, als mein Vater ihn am Kragen gepackt und hochgehoben hat.

»Kann ich jemanden dafür engagieren?«, frage ich.

»Aber deine Marketing-Managerin kümmert sich doch um die Gala. Ihr plant seit Monaten. Wenn du das tust, was ich dir beigebracht habe, seid ihr in den letzten Zügen, was heißt, dass du jetzt ohnehin nicht mehr viel tun kannst. Ich bitte dich lediglich, eine kleine Party für deine Mutter zu organisieren. Wir können einen der Privaträume im Club benutzen. Sie muss wissen, dass wir sie lieben und wertschätzen.« Jedem anderen würde ich ein klares Nein geben, aber das hier ist mein Vater.

Auch wenn meine Mutter und ich im Laufe der letzten Jahre einige Probleme hatten, liebe ich sie trotzdem.

»Ich kümmere mich darum. Schick mir die Gästeliste.«

»Das ist die Tochter, die ich großgezogen habe.« Ich kann das Lächeln in seiner Stimme förmlich hören. »Deine Mutter liebt dich. Sie hat eine Menge für dich getan. Vergiss das nicht.«

Ich erinnere ihn nicht daran, dass ich mein Kleid für den Abschlussball zusammen mit einer Freundin und deren Mutter kaufen musste. Und auch nicht daran, dass sie mir eine Schneiderin vorbeigeschickt hat, um mich für den Debütantinnenball zu vermessen, zu dem sie mich verdonnert hat. Oder daran, dass sie sich das letzte Mal, als wir zusammen essen waren, einzig und allein darüber Sorgen gemacht hat, was die Leute über meine Scheidung denken werden.

»Ich muss jetzt weiterarbeiten.« Noch immer klopfe ich mit dem Stift auf dem Schreibtisch herum.

»Ich habe dich schon lange auf keiner Veranstaltung mehr gesehen. Gibt es etwa einen neuen Mann in deinem Leben?«

Ich spiele nervös mit dem Stift in meiner Hand. Soll ich es ihm sagen? Oder soll ich ihn lieber überraschen? Mist. Ich habe keine Ahnung, wie mein Vater reagieren wird. Ich werde Roarke auf keinen Fall verstecken, aber er kommt nicht aus unserer Welt. Selbst wenn er mehr Geld auf dem Konto hat als manch anderer, der zu unserer Schicht gehört, wurde er nicht in dieselbe Gesellschaft hineingeboren wie ich.

»Ich bringe vielleicht jemanden zu Moms Party mit. Es ist noch zu früh, um viel zu verraten.« Es ist eine ehrliche Antwort. Am liebsten würde ich mir dafür auf die Schulter klopfen, dass sie mir spontan eingefallen ist.

»Wie heißt er? Kenne ich ihn?«, fragt mein Vater.

»Wie ich schon sagte. Du wirst es auf Moms Party erfahren, falls wir bis dahin noch zusammen sind.« Mit meiner freien Hand greife ich nach der Kaffeetasse und nehme einen Schluck.

Ich zögere das Unausweichliche hinaus. Meine Mutter wird mit Sicherheit in den Untiefen des Internets recherchieren, um so viel wie möglich über Roarke herauszufinden. Sie stellt immer sicher, dass sie mehr Infos hat als alle anderen, damit keiner mit Überraschungen um die Ecke kommt, von denen sie bisher nicht wusste.

»Okay, okay.« Er lacht leise vor sich hin, was die Stimmung wieder aufhellt. »Sag Bescheid, falls du etwas brauchst. Klein und privat soll es werden. Du weißt ja, dass es deine Mutter nicht mag, anderen Arbeit zu machen.«

Fast hätte ich mich an meinem Kaffee verschluckt. Sprechen wir von derselben Frau?

»Klar. Schick mir einfach so schnell wie möglich die Liste, damit ich die Einladungen rausschicken kann.«

»Natürlich. Ich mache sie gleich fertig. Ich kann es kaum erwarten, den Jungen kennenzulernen.«

Er ist ganz bestimmt kein Junge mehr.

»Okay, Dad. Muss Schluss machen.«

»Ich komme diese Woche noch in die Stadt. Ich muss mit Cliff über unseren Hedgefond sprechen. Lass uns gemeinsam zu Mittag essen.«

Ich atme laut aus. »Klar, ruf einfach an.«

»Tschüss, Han. Und lass dir von dem neuen Kerl nichts gefallen.«

»Werde ich nicht, Dad. Tschüss.« Ich lege auf und lasse den Kopf auf den Schreibtisch sinken.

»Ich wollte nicht lauschen, aber du musst eine Geburtstagsparty organisieren?« Victoria stellt sich in den Türrahmen. »Das hat dir das Strahlen genommen.« Sie setzt sich auf den Stuhl vor meinem Schreibtisch. Sie sieht süß aus in ihrem türkisfarbenen Kleid.

»Ja, aber ich werde die Eventkoordinatorin bitten, sich darum zu kümmern. Ich werde für meine Mutter keine Party organisieren, nur um dafür gerügt zu werden, die falschen Tischdecken und Blumen ausgewählt zu haben.« Ich greife nach meinem Handy und suche die Nummer der Frau, die sich im Club um die Events kümmert. Sie wird dafür sorgen, dass alles dem Standard meiner Mutter entspricht.

»Du magst deine Mutter wirklich nicht, was?«

Ich klicke die Nummer an, und mein Daumen verweilt über dem

Hörerzeichen, während ich mich weiter mit Victoria unterhalte. »Keine interessiert sich sonderlich für die andere. Für sie bin ich eine einzige Enttäuschung. Sie ist der Meinung, ich hätte die perfekte Ehefrau sein können, wenn ich nur meine Zunge im Zaum gehalten hätte.«

»Das hat sie gesagt?« Victoria starrt mich mit offenem Mund an.

»Nein, aber sie hat ganz klar angedeutet, dass ich an meinem Mundwerk arbeiten muss, wenn ich will, dass ein Mann dauerhaft bei mir bleibt.«

»Sie ist so anders als meine Mutter.« Sie schüttelt den Kopf.

»Deine Mutter ist kein bisschen wie meine Mutter. Das kannst du mir glauben.«

»Ich habe mir schon gedacht, dass da was im Busch ist, weil sie dich noch nie im Büro besucht oder angerufen hat.« Sie merkt, dass ich telefonieren will und steht auf. Sie ist einfach die perfekte Assistentin. Ich werde ihre Unterstützung vermissen, wenn ich sie befördert habe.

»Ja, wir gehen nie zusammen essen, und ich würde ihr niemals meine Tochter anvertrauen, sollte ich jemals eine haben.«

Victoria sieht mich erschrocken an. Für sie ist das bestimmt unvorstellbar, denn sie, Jade und ihre Mutter sind das perfekte Dreamteam. »Ich lasse dich jetzt telefonieren. Kann ich irgendwie behilflich sein? Ballons? Entertainment? Sag einfach Bescheid.«

»Danke, du bist die Beste.«

Jetzt lächelt sie wieder. Beim Hinausgehen schließt sie die Tür hinter sich.

Ich rufe Tracy an. Zum Glück erklärt sie sich gern dazu bereit, eine Party für die Crowleys zu organisieren. Sie betont, wie sehr sie meine Mutter liebt. Ich bin sicher, dass die Feier ein voller Erfolg wird. Doch ich versuche, meine Freude im Zaum zu halten, schließlich wollen wir nicht, dass irgendjemand auf die Idee kommt, ich wolle für meine Mutter keine Party organisieren. Sollen sie ruhig glauben, dass ich mit meiner Wohltätigkeitsorganisation zu viel um die Ohren habe. Meine Mutter dreht sowieso alles so hin, wie sie es braucht. Ach, Mommy. Ansehen ist eben alles.

Gerade als ich den Anruf beendet habe, betritt Chelsea mein Büro. »Störe ich?« Sie setzt sich auf den Stuhl vor meinem Schreibtisch. Keine Unterlagen in der Hand, kein Telefon. Plötzlich bekomme ich Angst, dass sie kündigen will.

»Überhaupt nicht. Was ist los?«, frage ich.

»Es gibt da ein Problem. Die Eventlocation engagiert normalerweise immer denselben Caterer. Der muss nun aber für eine andere Veranstaltung eines Familienmitglieds oder so was arbeiten. Das heißt, wir müssen für die Gala kurzfristig einen guten Caterer finden.« Sie krümmt sich, und ihr Gesichtsausdruck spiegelt das wider, was ich gerade empfinde.

»Okay«, sage ich und öffne am Computer eine Liste mit Caterern.

»Die großen habe ich alle schon angerufen. Ich stehe auf den Wartelisten. Alle anderen haben schlechte Yelp-Bewertungen, und ich denke, das ist nicht das optimale Event, um einen neuen Caterer auszuprobieren.« Sie schlägt die Beine übereinander und verschränkt in ihrem Schoß die Finger ineinander. Ihr Teint wirkt irgendwie grünlich.

»Geht es dir gut?« Ich blicke sie schief von der Seite an.

»Lass es mich so sagen ... Die ganzen Süßigkeiten, die ich in mich reingestopft habe? Um Gewichtszunahme muss ich mir keine Gedanken mehr machen.«

»Morgendliche Übelkeit?«

»Ja, aber ich bin trotzdem froh. Es bedeutet, dass die kleine Bohne noch da ist.« Sie versucht zu lächeln, aber ihre Augen lächeln nicht mit. Ich kann mir nicht mal ansatzweise vorstellen, was sie und Dean durchmachen. Jeden Tag könnte etwas passieren.

»Was sagen die Ärzte?« Ich klicke auf »drucken«, und der Drucker beginnt zu summen.

Sie hebt die Hand und kreuzt die Finger. »Alles gut soweit.«

»Spezziallieferung!« Victoria kommt mit einem Paket herein.

Im ersten Moment denke ich, es sei für mich, aber da Chelsea von Dean immer Spezziallieferungen bekommt, bin ich nicht sonderlich überrascht, als Victoria ihr das Paket überreicht.

»Wir werden kein Geld mehr haben, ein Kind großzuziehen.« Jetzt strahlen selbst ihre Augen.

Sehe ich auch so glücklich aus, wenn ich mit Roarke zusammen bin?

»Ähm ... jetzt übertreibst du aber«, sagt Victoria.

Ungeduldig warten wir darauf, dass Chelsea die Kiste öffnet. Deans Geschenke sind immer außergewöhnlich.

Aus dem Karton zieht sie eine weitere Box hervor, verpackt in Cubs-Geschenkpapier. Sie liest die Notiz, legt sie auf meinen Tisch und beginnt kichernd, das Geschenk auszupacken.

Victoria beäugt den Zettel. »Darf ich?«

»Klar«, erwidert sie, voll und ganz auf das Geschenk konzentriert.

»Dachte, es würde vielleicht deinen Stresspegel senken, ein wenig Geschenkpapier zu zerreißen. In Liebe, Dean«, liest Victoria vor und legt die Notiz zurück auf den Tisch.

»Er hat recht. Hat sich gut angefühlt, das blaurote Papier zu zerreißen«, sagt Chelsea grinsend.

Sie öffnet die Verpackung. Eigentlich hätte ich sexy Unterwäsche erwartet, doch stattdessen zieht sie einen kleinen Babystrampler hervor. Ein Zettel, der zwischen dem Stoff gesteckt hat, fällt zurück in die Kiste. Sie legt den Strampler beiseite, um die Notiz zu lesen. Diesmal liest sie laut vor. »Wir können die Ersten sein, die ein Kind großziehen, das Fan beider Teams ist. So muss es sich für keine Seite entscheiden. In Liebe, Dean.«

Als Chelsea den Strampler noch mal hochhebt, entfährt Victoria ein »Ohh!«. Auf der einen Seite ist das Logo der Cubs aufgestickt, auf der anderen das der Sox. Auf dem Rücken steht eine Eins und der Name Bennett. Chelsea beginnt zu weinen. Zuerst rollt nur eine Träne über ihre Wange, schließlich ein ganzer Wasserfall.

»Nicht, dass wir es noch ruinieren.« Victoria schnappt sich die Kiste, und ich reiche Chelsea ein Taschentuch.

Chelsea nimmt es entgegen und tupft sich die Augen. »Ich verliere total die Kontrolle. Er ist so süß. Ich kann nicht fassen, dass er mir gehört.« Sie schluchzt so heftig, dass man sie kaum versteht. Ich glaube, sie hat irgendwas über ihre Vergangenheit gesagt und dass man manchmal kämpfen muss.

Victoria und ich lassen sie einfach. Soll sie sich ruhig ausweinen. »Chelsea, wie wäre es, wenn du Dean anrufst und dich bei ihm bedankst. Vielleicht könnt ihr euch zum Mittagessen treffen«, schlage ich vor, denn in diesem Zustand findet sie sowieso keinen Caterer für mich.

»Nein.« Sie wischt die Tränen weg, doch es kommen immer wieder neue nach. »Ich kriege mich schon unter Kontrolle. Ich bin schließlich Profi.« Sie sagt es, als wäre sie Superwoman. Das ist sie auch, nur nicht heute. Heute ist sie die Schwangere, die von ihren Hormonen überwältigt wird.

»Geh ruhig. Ist schon in Ordnung. Dean wird sich bestimmt freuen.«

Sie steht auf. Victoria reicht ihr die Kiste mit dem Strampler und den Notizen und sieht mich an, als wollte sie sagen, dass das bestimmt nicht Chelseas letzter Heulkrampf gewesen ist. Ich frage mich, welche Phase wohl als nächstes kommt.

»Ich gehe nur kurz etwas essen«, sagt Chelsea.

»Ich bitte dich. Wir wissen doch, dass das in einem nachmittäglichen Vergnügen enden wird.« Victorias Lachen bringt Chelsea dazu, ihr Schluchzen ebenfalls in ein Kichern zu verwandeln.

»Wer weiß ...« Beim Hinausgehen wackelt sie mit dem Hintern.

Zwei Minuten später winkt sie uns zum Abschied und verlässt das Büro.

»Dir ist klar, dass sie heute nicht mehr zurückkommen wird, oder?«, fragt Victoria und stellt sich in den Türrahmen.

»Das hat sie verdient.«

»Ich sollte Reed davon überzeugen, dass es Zeit ist für ein Baby«, scherzt sie.

»Irgendwas sagt mir, dass er in dieser Hinsicht eher der traditionelle Typ ist.« Auf meinem Schreibtisch vibriert das Smartphone.

»Da sagst du was. Ich warte schon darauf, dass er mir bald einen Antrag macht, um die ganze Sache voranzutreiben. Es sieht ihm nicht unbedingt ähnlich, auf den richtigen Zeitpunkt zu warten.« Sie tätschelt den Türrahmen und geht zurück in ihr Büro.

Mein Telefon hüpft immer noch auf dem Schreibtisch umher.

»Hallo?«, melde ich mich, ohne nachzusehen, wer anruft. Hoffentlich ist es nicht Tracy, die mir sagt, dass der Club ausgebucht ist. Ich habe wirklich keine Lust, nach einem Restaurant zu suchen.

»Ich vermisse dich.« Roarkes tiefe Stimme versetzt meinen Körper in Alarmbereitschaft.

»Wir haben uns heute Morgen erst gesehen.«

»Genau. Das ist schon viel zu lange her. Um sechs zu Torrios?«

»Du willst mich aber nicht füttern, oder?«

Er lacht leise. »Willst du, dass der Gentleman diese Frage beantwortet?«

»Nein.«

»Ich werde dich füttern. Aber danach wirst du mehr wollen.«

Ich presse die Schenkel zusammen. »Du rufst mich mittags an, um mich zu quälen?«

Sein tiefes Lachen dringt durch die Leitung. »Ich quäle dich?«

»Was glaubst du denn?«

»Oh, Rakete, ich hoffe es.« Im Hintergrund klingelt ein Telefon, und ich höre, wie eine süße Frauenstimme seinen Namen sagt. Sie klingt viel jünger als ich.

»Musst du los?«, frage ich.

»Ja. Zum ersten Mal in meinem Leben würde ich gern blaumachen.«

»Nun ja, ich habe gerade meine Marketing-Managerin nach Hause geschickt.«

»Klingt verlockend, aber ich habe am laufenden Band Termine mit Klienten. Können sich Menschen nicht einfach zivilisiert verhalten?«

Wieder piept es, doch bevor sie etwas sagen kann, muss er auf irgendeinen Knopf gedrückt haben. »Bitte sagen Sie Mr. Quinton, dass ich ihn zurückrufe.«

»Nein, Roarke, ist schon in Ordnung. Ich muss sowieso noch einen Caterer für die Gala finden.«

»Was ist mit dem, den sie normalerweise engagieren?«

»Der hat wohl keine Zeit. Hoffentlich muss ich nicht auf einen Imbisswagen zurückgreifen, der Tacos verkauft. Auch wenn ich persönlich nichts dagegen hätte.«

»Magst du Tacos?«, fragt er, und ich stelle erneut fest, dass er keine Gelegenheit auslässt, mehr über mich zu erfahren.

»Ja.«

»Dann füttere ich dich heute Abend nach Torrios mit Tacos. Bis später, Han.«

»Bis dann.«

Dann klickt es in der Leitung. Dass er mich eben Han genannt hat, fühlt sich so vertraut an. Plötzlich bin ich ganz aufgeregt.

Bis der Name seines Klienten, den er eben genannt hat, zu meinem lustumnebelten Gehirn durchdringt.

Mr. Quinton?

Das ist er nicht, oder? Auf keinen Fall.

Kapitel 24

Ich scrolle durch meine Kontakte und drücke sofort den grünen Hörer, als ich ihren Namen entdecke. Es klingelt und klingelt, doch es geht nur die Mailbox ran. »Hier ist die Mailbox von Scarlett. Wahrscheinlich shoppe ich gerade mit der Kreditkarte meines Göttergattens bei Saks. Hinterlasst eine Nachricht, und ich rufe zurück, sobald ich mir bei Starbucks einen Kaffee geholt habe.« Ein langes Piepen.

»Scar, ich bin's, Han. Wollte nur mal hören, wie es dir geht. Ruf mich an, dann treffen wir uns mal zum Mittagessen.«

Ich lege auf und drehe mich auf meinem Stuhl zum Fenster. Ich lasse das Smartphone zwischen den Fingern rotieren, jedes Mal, wenn ich es wende, schlägt es gegen meinen Oberschenkel. Vielleicht ist es nur Zufall. Aber der Arsch ist mit Todd befreundet, von daher kann ich mir genau vorstellen, wie er ihm Roarke bei einem Glas Scotch empfohlen hat. Ich kann Todds nervtötende Stimme förmlich hören. »Roarke Baldwin hat mir all das verschafft, was mir nicht zustand. Hannah hat es sowieso nicht nötig, sie sitzt immer noch auf Millionen.«

Da Scarlett nicht zurückruft, beschließe ich, auf Social Media nachzuforschen. Wenn sie sich tatsächlich scheiden lassen, wird man das auf Facebook oder Instagram irgendwie sehen. Als ich mich auf meinem Instagram-Account einlogge, merke ich mal wieder, dass soziale Netzwerke nichts für mich sind. Das letzte Foto habe ich an dem Tag gepostet, als ich Lucy bekommen habe, darunter ein paar öde Kommentare von Freunden, dass sie mich vermissen. Wenn sie mich so sehr vermissen, warum greifen sie nicht zum Telefon und rufen mich an?

Ich klicke auf Scarletts Profil. Sofort werde ich von einer Million Bildern von ihr, David und den Kindern überschwemmt. Sie sind irgendwo am Strand, und sie strahlt über das ganze Gesicht. Ein weiteres Foto zeigt sie mit David, der den Arm um ihre Schulter gelegt hat. Es ist versehen mit dem Titel »Date-Night«. Alle Fotos wurden letzten Monat gepostet.

Bestimmt ziehe ich die falschen Schlüsse. Wir leben in einer Millionenstadt. Hier gibt es sicher noch einen anderen Quinton, der sich Roarkes Dienste leisten kann.

Ich bekomme eine Textnachricht und hoffe, dass sie von Scarlett ist, aber es ist Roarke.

Roarke: *Hier ist ein Caterer. Ich habe ihn schon mal engagiert, er ist gut. Probier ihn doch mal aus.*

Es folgen ein Name und eine Telefonnummer. Sonst nichts. Kein Firmenname, keine Adresse.

Da ich sowieso am Computer sitze, tippe ich den Namen bei Google ein, doch nichts. Was entgeht mir hier?

Roarke: Ich zähle schon die Stunden, bis endlich sechs Uhr ist. Du und Lucy werdet das Wochenende übrigens bei mir verbringen.
Ich: Du hast mir nicht zu sagen, was ich zu tun habe.
Roarke: Mein Fehler ... Würden du und dein aufgedrehter Hund das Wochenende mit mir und Nickel verbringen?
Ich: Du hast das Zauberwort vergessen.
Roarke: *Orgasmus?*

Ich kichere, und Victoria wirft mir durch die offene Tür ein Lächeln zu, als sie an meinem Büro vorbeigeht.

Ich: Falsch.

Roarke: Cunnilingus?

Ich: Schon wieder falsch. Ich begutachte jetzt meine Fingernägel.

Roarke: Würdest du, liebe Rakete, das Wochenende bitte bei mir verbringen, damit ich dich so lange vögeln kann, bis du heiser bist vor Schreien? Besser?

Ich: Nun ja, danke für das Bitte. Der Rest hätte nicht sein müssen.

Roarke: Das glaube ich dir nicht. Soll ich weitermachen? Mach lieber deine Bürotür zu ...

Ich: Ich muss diesen mysteriösen Caterer anrufen, der keine Bewertungen hat.

Roarke: Wäre ich jetzt bei dir, würde ich dich über den Schreibtisch legen, und meine Hand würde auf deinen Hintern klatschen, während ich dich nehme.

Ich: Nun ja, du bist aber nicht hier.

Roarke: Ich habe noch zwei Minuten bis zum nächsten Meeting. Du musst nur den Rock heben, dann besorge ich es dir.

Ich: *Woher weißt du, dass ich einen Rock trage?*

Ich habe sein Apartment heute Morgen schon früh verlassen und mich zu Hause umgezogen.

Roarke: In meiner Vorstellung trägst du immer ein Kleid oder einen Rock. Das gewährt mir in meiner Fantasie besseren Zugriff ;)

Ich: Du bist mir einer ...

Roarke: Ich bin voll und ganz dein. Also? Kein Quickie? Mein Klient wirft mir schon böse Blicke zu.

Ich: Dein Klient sitzt gerade neben dir!?

Roarke: Ich habe doch gesagt, dass wir darauf warten, dass das Meeting anfängt.
Ich: Und da wolltest du mir schmutzige Sachen schreiben?
Roarke: Du weißt doch, dass ich multitaskingfähig bin.
Ich: Tschüss, Roarke. Bis heute Abend.
Roarke: *Ich werde daran denken, wie feucht du bist. Wir sehen uns um sechs. Ruf den Typen an, er ist wirklich gut. Versprochen.*

Ich glaube, dieser Mann wird immer für eine Überraschung gut sein.

In den wenigen Wochen, die wir nun zusammen sind, ist es mir leichtgefallen, ihm zu vertrauen. Ich weiß, dass er mir niemals jemanden empfehlen würde, von dem er nicht zu einhundert Prozent überzeugt ist. Also greife ich zum Handy und wähle die Nummer, die er mir geschickt hat.

• • •

Punkt sechs betrete ich das Torrios. Es wundert mich nicht, dass Roarke bereits hier ist und auf mich wartet. Während ich zu meinem Stammtisch gehe, bleibt sein Blick die ganze Zeit auf mich gerichtet. Und ja, ich gebe es zu – ich schwinge absichtlich ein wenig mehr die Hüften.

»Das ist mein Tisch. Nur, damit Sie es wissen«, sage ich.

Bei Torrios gibt es keine reservierten Plätze, aber die Mädels und ich sitzen immer am selben Tisch.

»Und du bist nicht bereit, den Platz mit deinem Freund zu teilen?«, fragt er und blickt drein wie ein verlorener Welpe.

Ich setze mich auf die gegenüberliegende Seite der runden Sitzecke, doch er rutscht weiter in die Mitte und tätschelt den Platz neben sich.

»Muss ich um einen Begrüßungskuss betteln?«, fragt er, als hätte ich eine Wahl. Ich werde ihm doch keinen Kuss verweigern, der meine Lippen zum Kribbeln bringt.

»Freund?«, frage ich, als wir den Kuss beenden und der Kellner mir einen Vesper serviert. »Danke, Lincoln.«

»Ich weiß nicht, was ich davon halten soll, dass Linc genau weiß, was du willst.« Er hebt die Augenbrauen, und ich muss kichern.

»Etwa eifersüchtig?«, necke ich ihn.

»Was dich angeht, schon.« Er führt seinen Drink an die Lippen.

Vielleicht müssten bei mir jetzt die Alarmglocken schrillen, aber irgendwie gefällt es mir, dass er auf einen anderen Mann eifersüchtig ist. Todd war nie eifersüchtig. Trotzdem. Die starke Frau in mir will keinen Höhlenmenschen, der sich auf die Brust trommelt, sobald sich jemand im Radius von einer Meile nähert. Aber das liebeskranke Mädchen in mir, das immer noch da ist, sagt mir, dass ein wenig Eifersucht als Kompliment zu verstehen ist.

»Kein Grund zur Eifersucht. Das würde ich niemandem antun.« Ich dränge das Gefühl lähmenden Selbstzweifels zurück, das mich überfallen hat, als ich herausgefunden habe, dass Todd mich betrügt.

»Um dich mache ich mir keine Sorgen. Aber ich weiß, was im Kopf eines Kerls vorgeht. Als wir unseren ersten Termin hatten und du mir gegenübergesessen hast, habe ich mir vorgestellt, wie du wohl nackt aussiehst.« Er lehnt sich weiter nach vorn. »Aber meine Vorstellung hat nicht mal annähernd der Realität entsprochen.«

Seine Finger wandern über meinen Oberschenkel, und ich drücke mich seiner Berührung entgegen. Ich will mehr.

»Ich dachte, du wolltest mich füttern?«, frage ich, um das Ganze voranzutreiben, damit wir so schnell wie möglich zu mir oder zu ihm gehen.

»Erst nach unseren Drinks. Erzähl mir von deinem Tag. Hast du Jett angerufen?« Er trinkt weiter seinen Whisky, und ich nippe an meinem Vesper, die Zitrusnote ist eine wahre Geschmacksexplosion.

Ich nicke, lenke das Gespräch aber auf ein anderes Thema, das mich brennend interessiert. »Wir hätten sonst wo hingehen können. Warum zu Torrios?« Ich glaube, es steckt mehr von einem Höhlenmenschen in ihm, als ich vermutet hätte. Mir ist aufgefallen, wie uns ein paar Männer Blicke zugeworfen und dann geflüstert haben.

Er lacht leise und nippt wieder an seinem Drink. »Dir kann man nichts vormachen, was?«

»Ist es das, was ich glaube?«, frage ich. Und ich will eine ehrliche Antwort. Ich weiß nicht, was ich davon halten soll, dass er sich hier mit mir verabredet hat, um mich wie eine Trophäe herumzuzeigen.

»Du verbringst viel Zeit hier, oder?«, fragt er und leert den Rest seines Whiskys.

»Ja.«

»Du kommst mit deinen Freundinnen her?«

Ich nicke und nippe an meinem Drink.

»Sieh es mal so. So musst du einem interessierten Kerl wenigstens nicht mehr klarmachen, dass du jetzt vergeben bist.« Er schiebt das leere Glas von sich.

Wieder fechten die löwenstarke Frau und das liebeskranke Mädchen in meinem Kopf einen Kampf aus.

»Ich finde es eher besitzergreifend«, erwidere ich.

Sein Mund verzieht sich zu seinem typischen arroganten Grinsen. »Ist das denn schlimm?«

»Es bedeutet, dass du mich wie ein Statussymbol oder einen Gegenstand behandelst. Aber ich bin mein eigener Herr.« Ich schiebe den Vesper von mir und stehe auf.

»Hannah?«, fragt er verwirrt.

Ich bewahre die Fassung, da ich nicht noch mehr Aufmerksamkeit auf uns ziehen will und sehe ihn durchdringend an. »Ich bin kein Schmuckstück, mit dem du protzen kannst. Ich gehöre dir nicht, Roarke. Ich bin ... deine Freundin. Ich habe meinen eigenen Kopf. Ich treffe meine eigenen Entscheidungen. Ich bin kein Hydrant an der Straßenecke, den man anpinkelt, um andere aus seinem Revier fernzuhalten.«

Auf dem Absatz mache ich kehrt, gehe in Richtung Ausgang und lächle den anderen Gästen zu, die uns die ganze Zeit beobachtet haben.

»Guten Abend, Sam.« Ich nicke, und er öffnet mir die Tür.

Ich gehe die Gasse hinab, bis mich plötzlich jemand am Handgelenk packt, mich herumwirbelt und mit dem Rücken gegen eine Backsteinmauer drückt.

Roarke tritt näher an mich heran und sieht mich intensiv an, während sich seine Brust hebt und senkt. »Du hast keine Ahnung, oder?«, fragt er knapp und zerknirscht.

»Für so etwas habe ich keine Zeit.« Ich mache einen Schritt zur Seite, doch seine Hand landet auf meiner Hüfte und hält mich fest.

»Ms. Crowley.« Sams dröhnende Stimme hallt durch die Gasse.

Roarke wendet den Blick nicht von mir ab.

»Alles in Ordnung, Sam. Danke.«

»Sicher?«, fragt er.

»Verdammt noch mal«, murmelt Roarke.

»Ja, sicher.« Ich erhebe die Stimme, damit Sam merkt, dass es sich nur um einen Beziehungsstreit handelt. Ich weiß, dass Roarke mir niemals etwas antun würde. Das sagt mir mein Gefühl. Aber ich weiß auch, dass Sam die Überwachungskameras im Blick behalten wird, für den Fall, dass ich doch falschliege.

»Okay«, erwidert er zögerlich. Die Tür schließt sich, und ich widme meine Aufmerksamkeit wieder Roarke.

»Hast du auch nur die leiseste Ahnung, wie viele von den Typen da drin dich wollen?«, fragt er. »Wie sie dich angaffen? Wie sie Bemerkungen machen über deinen knackigen Hintern und deine prallen Brüste? Der Hälfte von ihnen habe ich schon Prügel angedroht. Es tut mir leid, Hannah. Ich weiß, dass du eine Frau bist, die ihren eigenen Kopf hat. Und das liebe ich an dir. Aber diese Männer da drin werden ab dem heutigen Tag wissen, dass du zu mir gehörst. Ob ich Anspruch auf dich erhebe? Ja, verdammt, das tue ich.«

Meine Brust hebt sich, und ich weiß, dass ich ihn von mir schieben sollte. Ihn beiseiteschieben und weglaufen.

»Dafür werde ich mich nicht entschuldigen.«

Ich habe das Gefühl, er stellt mich auf die Probe. »Ich gehöre niemandem«, bricht es aus mir hervor.

Er senkt den Kopf, seine Lippen sind nur noch Millimeter von meinen entfernt. »Ich bin für Gleichberechtigung. Würde es helfen, wenn du auch Anspruch auf mich erheben könntest?«

Als ich die Augen schließe, drückt er mir einen flüchtigen Kuss auf den Mund.

»Ich gehöre dir schon seit einem ganzen Jahr«, flüstert er.

Ich lege die Hände in seinen Nacken, ziehe ihn zu mir und murmle zwischen unseren Küssen: »Ich hätte nie gedacht, dass du so weich bist.« Ich grinse.

Seine Hände gleiten an meinem Körper hinab zu meinem Hintern und drücken mich gegen seinen Schritt. »Fühlt sich das etwa weich an?«

»Lass uns nach Hause gehen«, flüstere ich.

Hart und fest treffen seine Lippen erneut auf meine. Mein Magen rumort, und sein Lachen vibriert in seiner Brust. »Ich muss dich erst noch füttern.«

Sein Handy klingelt. Er weicht einen Schritt zurück, und mir wird umgehend kalt, obwohl es so heiß ist, dass ich eigentlich schwitzen sollte.

»Da muss ich leider rangehen. Kleinen Moment.« Er entfernt sich ein paar Meter und senkt die Stimme. Eine Hupe ertönt, gefolgt vom Geräusch einer Sirene. Noch ehe die Sirene verstummt, schiebt er das Smartphone zurück in die Jackentasche.

»Alles in Ordnung?«, frage ich, während er auf mich zukommt.

Sein Kiefer ist angespannt, doch er setzt ein Lächeln auf, das mich nicht einmal annähernd überzeugt.

»Alles gut. Nur etwas, das ich vorhin vergessen habe zu erledigen.«

Er ergreift meine Hand und führt mich die Gasse hinab. Er wird immer eine Menge zu tun haben. Und durch diese ganze Anwalt-Klienten-Sache sollte ich mich besser schon jetzt daran gewöhnen, dass ich niemals alles über ihn wissen werde.

»Dann haben wir das also geklärt, richtig?« Ich frage lieber nach, denn ich befürchte, ich habe meinen Standpunkt irgendwo zwischen unseren Küssen und seiner Erektion verloren.

»Ja, wir erheben Anspruch aufeinander.« Er hebt die Hand, um ein Taxi herbeizuwinken.

»Irgendwas sagt mir, dass wir uns über dieses Thema noch öfter streiten werden.«

Ein Taxi fährt rechts ran, und er öffnet mir die Tür, damit ich einsteigen kann. Sofort drückt sich sein großer Körper gegen meinen. Er murmelt dem Fahrer eine Adresse zu.

»Lass uns einfach den Abend genießen.«

Seine Hand landet auf meinem Oberschenkel. Als seine Finger zwischen meinen Beinen verschwinden, sind meine Sorgen wie weggeblasen. Lust ist das Einzige, was ich jetzt noch empfinde.

Kapitel 25

Roarke: *Treffpunkt: 5 491 S. Shore Drive. Bring Lucy mit.*

Ich lese den Text ein weiteres Mal, als Lucy und ich aus dem Auto steigen. Sie zerrt an der Leine, und ich habe kaum die Wagentür zugeschlagen, als wir schon mitten in einem Tunnel stehen.

»Mach langsam, Mädchen.« Ich versuche, so autoritär zu sein, wie es mir der Hundetrainer beigebracht hat, aber ich glaube, ich bin die schlechteste Hundebesitzerin aller Zeiten. Vielleicht ist sie aber auch der sturste Hund aller Zeiten.

Als wir aus dem Tunnel heraustreten, liegen der Michigansee und eine riesige Rasenfläche vor uns. Familien, Paare, Hunde und Kinder genießen den schönen Samstag. Ich sehe mich um und versuche herauszufinden, warum sich Roarke ausgerechnet hier mit mir treffen will.

Als ich meinen Weg auf dem saftigen grünen Teppich fortsetze, entdecke ich ihn.

Normalerweise schlägt mein Herz Purzelbäume, wenn ich ihn sehe. Mein ganzer Körper vibriert vor Aufregung, sodass ich das Gefühl habe, beinahe zu platzen. Es ist das schönste Gefühl, das ich je hatte. Inständig hoffe ich, dass es nie verschwinden wird, auch wenn wir lange zusammenbleiben.

Heute passiert jedoch nichts dergleichen, denn er steht zusammen mit einer anderen Frau am Seeufer. Eine Blondine, die ihn anlächelt, als wäre er ihr Retter. Und nicht auf die geschwisterliche Art. Sie besteht quasi nur aus Zähnen, Titten und Beinen. Sie trägt einen knappen Minirock und ein enges Tanktop, aus dem die Bänder eines Bikinis herausschauen, die sie im Nacken zusammengebunden hat. Außerdem ist sie wesentlich jünger als ich.

Ich beobachte sie eine Weile. Ich weiß genau, warum. Wäre ich kein gebranntes Kind, würde ich jetzt auf sie zustürmen, mich bei ihm unterhaken und klarstellen, dass er mir gehört – so wie er es gestern mit mir im Torrios gemacht hat.

Aber es ist nun mal passiert. Also bleibe ich auf Distanz, beobachte und bewerte jedes Lächeln, jede Gewichtsverlagerung, jeden Blick.

Roarkes Hände bleiben in den Hosentaschen. Nie beugt er sich zu ihr, doch sie kommt mit jedem Wort einen Schritt näher. Ich kann sein Gesicht nicht sehen, aber ich wünschte, ich könnte es, als sie den Saum ihres Shirts hebt und große Brüste und einen flachen Bauch entblößt. Sie steckt sich das Shirt hinten in den Bund ihres Rocks und benutzt das als Grund, ihre Möpse in seine Richtung zu recken.

In meinem Kopf herrscht Krieg. Will ich, dass er sich den Köder schnappt, nur damit ich endlich den Beweis dafür habe, dass alle Männer Betrüger sind?

Lucy zieht, und die Leine rutscht mir aus der Hand.

»Scheiße!«

Lucy stürmt zwischen den Picknickenden hindurch, ich hinterher.

»Mommy, die Frau hat geflucht«, tadelt mich ein kleines Mädchen, als ich an ihm vorbeirenne.

Ich werfe der Mutter einen entschuldigenden Blick zu. »Tut mir leid!«

»Tut mir leid« scheint mein Motto des Tages zu werden, während ich meinem Hund hinterherjage, der durch Familien hindurchstürmt, die eigentlich nur einen schönen Sommertag verbringen wollten, ohne niedergetrampelt zu werden.

»Lucy!«, schreie ich, doch sie ignoriert mich komplett. Irgendwas hat ihre Aufmerksamkeit erregt, ihre Pfoten galoppieren über den Rasen wie die Hufe eines verdammten Pferds.

Schwanzwedelnd springt sie über einen armen Jungen und kommt am Rand der Wiese neben dem Spazierweg zum Stehen.

»Lucy!« Ich trete auf die Leine und wickle sie mir schnell zweimal ums Handgelenk. »Tut mir schrecklich leid«, entschuldige ich mich. Erst als ich aufsehe, merke ich, wer vor mir steht.

Roarke.

Er wird ganz blass um die Nase. Doch ohne zu zögern beugt er sich zu Lucy hinunter, um sie zu streicheln.

»Lucy, Mädchen. Warum machst du es deinem Frauchen so schwer?« Lächelnd blickt er zu mir hoch.

Wahrscheinlich ist mein Gesicht vom Rennen und vor lauter Scham knallrot.

»Warum hast du gesagt, dass ich sie mitbringen soll?« Mein Ton klingt wie der einer undankbaren Dreizehnjährigen, die gebeten wurde, auf ihren kleinen Bruder aufzupassen.

»Heute ist ein herrlicher Tag. Sie muss auch mal aus der Wohnung raus.« Roarke lehnt sich über meinen völlig wahnsinnig gewordenen Hund und gibt mir einen kleinen Kuss auf den Mund. »Das ist Aspen.« Er deutet auf die hübsche junge Frau, die eben mit ihm geflirtet hat.

Wie immer setze ich mein freundlichstes Schön-Sie-kennenzulernen-Lächeln auf und strecke ihr die Hand entgegen. Für den Bruchteil einer Sekunde reicht sie mir ihre kleine zierliche Hand, bevor ihr Blick wieder auf Roarke fällt. »Schön, Sie kennenzulernen«, sage ich.

»Aspen, das ist Hannah, meine Freundin.«

Wahrscheinlich merkt er nicht, wie ihr Lächeln ein wenig abflaut, aber er ist eben keine Frau. Keine Frau, die versucht, die gesamte Situation zu analysieren.

»Oh«, sagt sie. »Das wusste ich nicht.«

»Und ihr kennt euch woher?« Ich bewege den Zeigefinger zwischen den beiden hin und her.

Roarke fährt sich durch das Haar. Ein eindeutiges Zeichen dafür, dass er nicht weiß, wie er diese Frage beantworten soll. Kurz bereue ich es, überhaupt gefragt zu haben. Bis die unabhängige Frau in mir aufsteht und eine Antwort verlangt, denn es geht mich in der Tat etwas an.

»Nun ja …« Aspen sieht Roarke fragend an.

»Wir sind Freunde. Ich habe ihr mal geholfen.«

Geholfen? Einen Orgasmus zu kriegen wahrscheinlich.

Dann kommt mir ein Gedanke. Vielleicht ist sie eine Klientin. Und weil Roarke die Sache vertraulich behandeln muss, kann er mir nichts darüber erzählen.

»Wie schön. Er ist immer so hilfsbereit.«

Selbst mir fällt auf, wie dumm mein Kommentar klingt, aber es ist eine wirklich unangenehme Situation. Hinzu kommt noch, dass Lucy jedes Mal wie verrückt an der Leine zieht, wenn ein Vogel vorbeifliegt, was am See ununterbrochen der Fall ist.

»Ja, er ist die männliche Mutter Teresa«, sagt Aspen. Humor spiegelt sich in ihren kristallblauen Augen wider.

Roarke lächelt angespannt.

»Na dann, hab noch einen schönen Tag, Aspen. Perfekter Tag zum Joggen.« Er blickt hoch zum Himmel, bevor er nach seinem Rucksack greift, der gegen einen Stein gelehnt ist, ihn schultert und mir Lucy abnimmt.

»Schön, dass wir uns getroffen haben«, erwidert sie. »Du weißt ja, wo du mich findest, falls …« Ihr Blick fällt auf mich, und sie lässt den Satz unvollendet. »Schön, Sie kennengelernt zu haben, Hannah.«

Langsam joggt sie los. Roarke geht in die entgegengesetzte Richtung. Als ich einen letzten Blick über die Schulter werfe, erwische ich sie dabei, wie sie sich ebenfalls zu uns umdreht. Als sie mich bemerkt, dreht sie sich schnell wieder um und verschwindet zwischen den anderen Joggern und Radfahrern.

»Sie ist süß.« Mein Ton deutet an, dass ich zwischen den beiden mehr vermute, als Roarke zugeben will.

Sein Arm liegt schwer auf meinen Schultern, und er zieht mich zu sich. »Du hast mich schon für dich beansprucht, erinnerst du dich?« Als ich ihn lediglich böse anblicke, wackelt er mit den Augenbrauen. »Ich mag es, wenn du eifersüchtig bist. Aber heute Abend werde ich dir zeigen, dass das überhaupt nicht nötig ist.«

Der inzwischen altbekannte Elektroschock verfehlt auch diesmal nicht sein Ziel zwischen meinen Beinen. Ich beschließe, mir von der ominösen Dame nicht den Tag ruinieren zu lassen.

»Also, was hast du vor?«, frage ich.

Sein Arm gleitet von meinen Schultern, und er ergreift meine Hand. »Willst du wissen, was ich für heute Abend geplant habe oder für jetzt?«

Ich stoße ihn mit der Hüfte an. »Jetzt, du Casanova.«

Er lacht leise und bleibt mitten auf dem Weg stehen, sodass uns einige Leute grummelnd ausweichen müssen. Sein Mund erobert meinen, und ich vergesse die ganzen Menschen, die sich über uns ärgern. Stattdessen verliere ich mich in seiner geschulten Zunge, die verrückte Sachen mit meinem Verstand anstellt.

Er beendet den Kuss und legt seine Stirn an meine, die Hand noch immer auf meiner Hüfte. »Du bist die einzige Frau, mit der ich mich treffe.«

»Danach habe ich überhaupt nicht gefragt.«

»Aber du hast die Frage angedeutet. Ich will, dass du das weißt. So einer bin ich nicht.«

Er wartet, bis ich mit einem Nicken bestätige, dass ich ihn verstanden habe. Mein Herz, das schon viel zu sehr in die ganze Sache involviert ist, fleht mich inständig an, ihm zu glauben. Leider muss Roarke ausbaden, was der Mann vor ihm falsch gemacht hat. Ich erinnere mich daran, dass Todd etwas Ähnliches gesagt hat, nachdem ich ihn beim Lügen ertappt hatte. Immer wieder betonte er, wie sehr er mich lieben würde und dass er ein Vollidiot wäre, wenn er mich betrügen würde. Heute bereue ich, dass ich ihm damals geglaubt habe, aber Roarke hat mir bisher keinen Anlass zur Sorge gegeben. Ein seltsamer Anruf und eine merkwürdige Begegnung im Park sind keine Gründe, um anzunehmen, dass ich nicht die einzige Frau in seinem Leben bin.

»Komm. Sonst wird der Wein zu warm«, sagt er.

Er ergreift meine Hand, und wir folgen einer aufgedrehten Lucy zu einer Rasenfläche.

Den restlichen Nachmittag füttert mich Roarke mit Wassermelone, Käse und Crackern, während ich teuren Pinot Grigio schlürfe. Wir liegen auf einer karierten Decke, die überraschenderweise keine quadratischen Knickfalten hat, was bedeuten würde, dass er sie erst heute Morgen aus der Verpackung genommen hat. Wir haben die Schuhe ausgezogen und lassen die Blicke über den See schweifen.

»Was für ein herrlicher Tag«, sage ich und werfe Lucy einen Blick zu, die ein paar Meter weiter mit ein paar Kindern spielt. Sie liegt auf dem Boden und lässt sich den Bauch streicheln.

»Er ist nur herrlich, weil du da bist.« Roarkes Hüfte drückt sich gegen meine, seine Hand liegt auf meinem Rücken und seine Lippen pressen sich gegen meine nackte Schulter.

»Du und deine Schmeicheleien. Du weißt, was man über Männer sagt, die einem viel schmeicheln. Es heißt, dass sie nicht treu sind.«

Ich beobachte die Boote auf dem See und wie die von ihnen erzeugten Wellen über den Betonrand schwappen.

»Wer sagt denn so etwas?« Er küsst weiter meine Schulter, während seine Hand hinauf zu meiner Wange wandert. Er dreht meinen Kopf zu sich und küsst mich flüchtig auf den Mund. »Ich sage dir nur, was ich fühle. Ich verfolge keine bestimmte Agenda.« Er küsst mich noch einmal, aber da so viele Familien anwesend sind, hält er sich zurück.

Ich besehe mir die Melonenstücke und suche nach einem ohne weiße Kerne.

»Außerdem«, fährt er fort. »Ich habe dich schon ins Bett gekriegt. Welchen Sinn hätte es also, dir Honig um den Mund zu schmieren?«

Ich senke die Hände und sehe ihn mit einer Miene an, die »Das hast du eben nicht gesagt« ausdrücken soll. Er lacht leise, und ich bewerfe ihn mit einem Cracker.

»Vielleicht sollte ich heute bei mir schlafen«, sage ich mit hochgezogenen Augenbrauen.

»Dann schadest du dir nur selbst.« Er hält mir ein Stück Wassermelone vor den Mund, eins ohne weiße Kerne. Ein perfekt gereiftes Stück. Rot und saftig. So wie ich es mag.

»Meinst du?«, frage ich.

Er lässt die süße Frucht über meine Lippen gleiten.

»Du schmeckst süßer als diese Melone.«

Seine Worte bringen mein Inneres zum Brodeln. Er lässt mich an dem kühlen Melonenstück knabbern und führt das Weinglas an meinen Mund.

»Folgendes werde ich später mit dir anstellen. Ich setze dich auf meine Küchentheke, ziehe dir den Slip über die Beine und vergrabe den Kopf unter deinem Rock, bis meine Kopfhaut schmerzt, weil du so fest an meinem Haar ziehst.« Das Weinglas verschwindet, nun hält er mir wieder die Wassermelone hin. »Willst du immer noch bei dir schlafen?«

Ich beiße in das Melonenstück und entreiße es ihm. Die saftige Süße explodiert in meinem Mund. Während ich kaue und schlucke, halte ich Roarkes Blick stand.

»Klingt ganz gut. Aber was hast du noch vor?«

Es dauert eine Weile, bis er kapiert, dass ich nur Spaß mache, doch dann kitzelt er mich zwischen den Rippen, sodass ich lachend nach hinten auf die Decke falle. Ich genieße den Moment. Erst als ich seine Erektion an meinem Schenkel spüre, wird mir bewusst, dass wir uns in der Öffentlichkeit befinden.

»Roarke!« Ich schlage ihm auf die Schultern, doch er seufzt nur, nimmt die Lippen von meinem Schlüsselbein und wandert nach unten zwischen meine Brüste.

Blinzelnd öffne ich die Augen. Niemand steht verächtlich grinsend über mir, doch als ich nach Lucy sehe, starren mich alle fünf Kinder unverhohlen an.

»Roarke!« Als ich ihn erneut haue, sieht er endlich auf.

»Ich fange gerade erst an.«

Doch als er meinem Blick folgt, setzt er sich schnell auf und zupft meinen Rock zurecht, um meinen nun feuchten Slip zu bedecken.

»Vielleicht sind wir noch nicht bereit für die Öffentlichkeit?«, frage ich peinlich berührt.

Zum Glück sind die Eltern zu sehr in ihre Unterhaltung vertieft. Ich kann nur hoffen, dass wir den Kindern jetzt nicht ihre kindliche Unschuld ruiniert haben.

Roarke beginnt, die restlichen Sachen in den Korb zu packen. Lucy kommt herübergeschlendert und lässt sich auf die Decke plumpsen. Drei der fünf Kinder folgen ihr.

»Darf ich als Nächstes?«, fragt ein kleiner Junge mit blonder Igelfrisur und leuchtend grünen Augen. Er setzt sich neben Lucy auf die Decke und streichelt sie.

»Wie bitte?«, frage ich.

»Er hat gewonnen, also bin ich jetzt dran.« Er springt auf mich drauf und versucht, mich mit seinen kleinen Händen zu Boden zu drücken.

»Hey!« Aus irgendeinem Grund bin ich wie festgefroren, als der Junge anfängt, auf mich einzuschlagen und mit aller Kraft versucht, mich niederzudrücken.

Plötzlich kapiere ich, was er will und lege mich flach auf die Decke. Er hält meine Handgelenke fest, und sein Freund haut auf das Gras.

»Eins ... zwei ... drei. Erledigt.« Der Junge, der den Schiedsrichter spielt, springt auf und deutet auf mich.

Der blonde Junge springt ebenfalls auf und tritt mir dabei aufs Bein. Er und sein Kumpel schlagen ein und freuen sich wie verrückt.

»Hey, Jungs!« Als Roarke realisiert, was gerade passiert, eilt er schnell herbei, packt mich am Arm und hilft mir auf. »Was macht ihr denn da? Entschuldigt euch gefälligst.«

Wie angewurzelt bleiben sie stehen. Das kleine Mädchen, das die Jungs begleitet hat, sitzt noch immer neben Lucy und streichelt sie, während sie die Szene beobachtet, die sich vor ihren Augen abspielt. Es scheint sie nicht zu berühren, dass die Jungs Ärger am Hals haben. Kommt wohl öfter vor.

»Wir spielen WWE«, erklärt einer der Jungs.

Ich reibe mir den schmerzenden Arm. Mal ehrlich, er ist höchstens fünf.

Roarke krümmt sich vor Lachen. Ich bin vollkommen verwirrt.

Er kann sich gerade genug zusammenreißen, um mich aufzuklären. »Sie dachten, wir würden wrestlen. Dass ich dich niedergerungen hätte.«

Mein Gesicht beginnt zu glühen – und zwar nicht von der Sonne, die auf uns niederbrennt.

Roarke schnappt sich die Decke, und ich helfe ihm, sie zusammenzufalten, damit sie wieder in den Rucksack passt.

»Ihr Jungs seid so blöd. Sie waren kurz davor, Sex zu haben«, erklärt das kleine Mädchen.

Ich lasse die Decke fallen. »Nein, waren wir nicht.«

»Doch, wart ihr.« Sie streichelt Lucy weiter, als wäre es keine große Sache.

»Nein, waren wir nicht«, wiederhole ich mit Nachdruck.

»Okay«, geht Roarke dazwischen, diplomatisch wie immer. »Wir gehen jetzt. Geht zurück zu euren Eltern, Kinder.« Er deutet auf eine Gruppe Erwachsener, die alle in Klappstühlen sitzen und Bier aus Plastikbechern trinken, das sie schon die ganze Zeit heimlich aus einer Kühlbox nehmen.

Die Jungs ziehen von dannen. Der eine beschwert sich darüber, dass es nicht fair ist, dass er nicht gegen mich wrestlen durfte. Langsam erhebt sich das Mädchen von der Decke, den Blick auf mich gerichtet. »Süßer Hund.«

Roarke löst Lucys Leine vom Baum. »Zeit, Nickel wiederzusehen, Mädchen.« Er tätschelt Lucy den Kopf und schultert den Rucksack.

Er lehnt sich nach vorn und flüstert mir ins Ohr: »Ich bin froh, dass wir unterbrochen wurden, denn ich kann es kaum noch erwarten, dich endlich zu nehmen.«

Wer weiß, was auf dieser Decke passiert wäre, wenn nicht so viele Menschen um uns herum gewesen wären.

Wenn ich mit Roarke zusammen bin, vergesse ich, wer ich bin und wo ich bin. Alles dreht sich nur noch um ihn. Ich weiß nicht, ob das gut oder schlecht ist.

Kapitel 26

Kaum hat Roarke Lucy von der Leine genommen, jagt sie auch schon Nickel durch das Apartment.

»Du wirst es noch bereuen, dass wir hier sind«, sage ich und lege meine Handtasche auf den Tisch neben der Eingangstür.

Roarke stellt meine Reisetasche, die wir auf dem Weg hierher noch geholt haben, weil er darauf bestanden hat, neben der Tür ab und legt die Hundeleine darauf.

»Was dich betrifft, bereue ich nichts.« Seine Brust drückt sich gegen meinen Rücken, seine Hände gleiten über meine Rippen. »Kannst du dich noch daran erinnern, was ich im Park gesagt habe?«

Ich nicke.

»Du weißt, dass ich meinen Worten immer Taten folgen lasse.«

Wieder nicke ich. Die Wärme zwischen meinen Beinen intensiviert sich, je länger er mich berührt.

»Du darfst aussuchen. Küchentheke, Esstisch oder Bett?«

»Schwierige Entscheidung«, sage ich und tippe mir scherzhaft ans Kinn. »Ich entscheide mich für das Schlafzimmer.«

Er wirbelt mich herum, beugt sich nach vorn und wirft mich über seine Schulter. »Roarke!« Besitzergreifend fasst er mir an den Hintern, lässt die Finger unter den Saum meines Slips gleiten und befühlt die Nässe zwischen meinen Beinen.

Ich kenne die Reise ins Schlafzimmer bereits. Er hat mich schon ein paar Mal ins Bett getragen, wenn ich auf dem Sofa eingeschlafen bin. Und wir waren schon mehr als einmal in exakt dieser Position.

Ich gebe es zu – ich hasse nicht *alles* an dem Höhlenmenschgehabe.

Er lässt mich aufs Bett plumpsen, und die Matratze wirft mich federnd in die Luft. »Danke, dass du so sanft bist.«

Er zieht sich das T-Shirt über den Kopf und greift nach seinem Gürtel. »Mir ist heute nicht nach sanft zumute.«

Ich blicke ihm in die Augen, gehe auf die Knie und krabble auf ihn zu.

Seine kurze Hose fällt zu Boden. Er kickt sie weg und steht nur noch in schwarzen Boxershorts da.

Mit einem Fingernagel fahre ich über die beachtliche Beule in seinen Shorts, und ich bedecke seine Brust mit kleinen Küssen. »Ich finde, wir sollten dir rote Boxershorts kaufen. Oder blaue.«

Grinsend blickt er auf mich herab. »Magst du meine Unterwäsche etwa nicht?«

Meine Güte, wie attraktiv er ist. Wie kann es sein, dass ausgerechnet *ich* diejenige bin, die sich gerade in seinem Schlafzimmer befindet?

»Ich finde Schwarz nur irgendwie langweilig.«

Er legt die Hand an meine Wange und dreht meinen Kopf zu sich. Ich greife seinen Schwanz und lasse den Daumen um die Spitze kreisen.

»Findest du *mich* auch langweilig?«

Ich lecke über seinen Oberkörper, stehe auf, stelle mich auf die Zehenspitzen und nehme sein Gesicht zwischen die Hände. »Du? Langweilig? Kein bisschen.«

Diesmal kontrolliere ich den Kuss. Es ist meine Zunge, die in seinen Mund gleitet. Meine Lippen, die seine verschlingen. Er greift mir unter das Shirt und öffnet den Verschluss meines BHs. Der trägerlose Satinstoff fällt zu Boden. Mein Top reibt an meinen bereits steifen Nippeln, die dadurch nur noch härter werden.

»Hmm …«, seufzt er.

Langsam bewegen sich seine Fingerspitzen über meinen Oberkörper und bereiten mir Gänsehaut. Meine Brüste sehnen sich danach, von seinen starken Händen massiert zu werden.

Ich unterbreche den Kuss, bevor ich die Kontrolle an ihn übergebe. »Mir ist auch nicht nach sanft zumute.«

Ich sinke auf die Knie und ziehe seine Boxershorts herunter, bis sie schließlich seine Knöchel umschließen. Er tritt heraus, und ich schiebe sie beiseite. Seine geschwollene Länge ist direkt vor meinem Gesicht.

Roarke hat viele Attribute, mit denen er angeben kann, und sein magischer Schwanz ist definitiv eines davon. Er zeigt nach oben in Richtung seines Bauchnabels, und seine Eier sind bereits ganz prall. Er ist schon fast so weit. Wenn ich ihn jetzt in den Mund nehme, kommt er bestimmt innerhalb weniger Minuten.

»Ich will dich in meinem Mund«, sage ich, umfasse seine Länge und lege die Lippen um seine Eichel. Meine Zunge gleitet durch die Rille seines Schafts und wieder über seine Spitze.

»Verdammt, Rakete. Du bist der Wahnsinn.« Sein Kopf fällt zurück, und er vergräbt die Hände in meinem Haar.

Ich lasse ihn in meinen Mund eindringen, bevor ich ihn langsam loslasse. Immer und immer wieder stößt er die Hüften nach vorn, mit jedem Mal stöhnt er ein wenig lauter. Ich treibe ihn an den Rand der Ekstase. Gänsehaut jagt über meinen Rücken, während er meinen Mund nimmt.

Ich hatte nie etwas gegen Blowjobs, aber es war auch nicht so, dass ich mit meinen Pompons gewedelt habe, wenn es so weit war. Mit Roarke ist es jedoch anders. Ihn dabei zu beobachten, wie er fast den Verstand verliert. Wie er darauf wartet, was ich als Nächstes tun werde. Seine Seufzer, die sich in Knurren verwandeln, das sich in Stöhnen verwandelt, das sich in Kraftausdrücke verwandelt. Er krallt sich noch fester in mein Haar, versucht, so lange wie möglich durchzuhalten, aber ich mache es ihm unmöglich. Es ist eine Erfahrung, die mich unglaublich heiß macht. Ich will es immer und immer wieder tun.

Ich lege den Kopf schief und nehme seine Eier in den Mund, während ich weiter seinen Schaft massiere und mit dem Daumen den Lusttropfen auf seiner Eichel verreibe. Dann nehme ich ihn wieder in den Mund, so tief wie möglich. Rein und raus. Immer wieder. Ich übernehme komplett die Kontrolle, umgreife mit der einen Hand seinen Schaft, während ich mit der anderen seine Eier knete.

»Ich komme.« Seine Hüften stoßen noch heftiger, und ich versuche, ihn so tief wie möglich in den Mund zu nehmen, bis mir sein warmes Sperma den Hals hinunterläuft. Nachdem auch das letzte Zucken verebbt ist, lasse ich ihn langsam aus meinem Mund gleiten und wische mit dem Handrücken über meine Lippen.

»Gerade als ich dachte, ich würde dich kennen, bläst du mir einen wie ein Profi.« Er hält mir seine Hand hin, und ich stehe auf.

»Was willst du damit sagen?«, frage ich mit großen Augen.

Er lacht leise. »Nur, dass ich dir jetzt etwas schuldig bin.« Roarke schubst mich sanft, und ich falle auf die Matratze. Jetzt ist er derjenige, der auf die Knie geht. Wie er es vorhin beschrieben hat, streichelt er über meine Schenkel, zieht mir den Slip aus, vergräbt den Kopf unter meinem Rock und revanchiert sich bei mir – und wie.

• • •

Später liegen wir eng aneinander gekuschelt auf Roarkes Sofa. Lucy spielt mit Nickels Spielzeug, während Nickel nur grimmig dreinblickt.

»Warum hast du eigentlich eine Katze?«, frage ich.

Sein Blick wandert hinüber zu Nickel, der auf der Rückenlehne der Ottomane liegt. »Das sollte ich dir besser nicht sagen. Du hältst mich sowieso schon für einen Softie.«

Ich pikse ihm in die Rippen. Er legt sich die Hand auf die Stelle und packt meine, als ich es erneut versuche.

»Ich habe ihn auf der Straße gefunden. Er saß in einer Kiste vor einem Kiosk, wo ich manchmal vorbeigehe, wenn ich von der Arbeit komme. Das kleine Fellknäuel hat mir leidgetan, also habe ich ihn erst mal mit nach Hause genommen, und dann …« Er blickt erneut zu Nickel, der aussieht, als wollte er Lucy anspringen.

Ich lächle, und er schüttelt den Kopf und nimmt mir die Fernbedienung aus der Hand.

»Mir ist nach *Stirb langsam* oder *Terminator* zumute. Irgendwas Männliches.« Der Bildschirm flackert, während er durch die Programme zappt.

»Ich hätte auch nichts gegen *Dirty Dancing*.« Ich versuche, die Fernbedienung zurückzubekommen.

Er bleibt bei einer Sendung über das Überleben in der Wüste hängen und senkt die Fernbedienung. Ich schnappe sie mir und schalte zurück zu *Dirty Dancing*.

»Ich finde das übrigens sehr süß. Nur, damit du es weißt.« Ich lege meinen Kopf an seine nackte Brust.

»Ich kann mich noch gut an die Zeiten erinnern, als du mich noch nicht süß fandst.«

Ich hebe den Kopf und streichle seine Brust. Wie aufs Stichwort fängt Lucy an zu bellen. Manchmal macht sie das, wenn wir zu kuschelig sind, die kleine Kröte.

Seine Hände landen auf meinem Hintern. Wie immer lässt er die Finger in meinen Slip gleiten. Es ist eine seiner Angewohnheiten, die ich zu lieben gelernt habe. Als wollte er, dass nicht mal die dünnste Schicht Seide zwischen uns ist.

»Ich bin Frau genug, um zuzugeben, dass ich falschlag.«

»Dann hast du deine Meinung inzwischen geändert?« Er senkt den Blick auf meine Brust. Obwohl ich eins seiner T-Shirts von der DePaul-Universität trage, könnte man anhand seines Gesichtsausdrucks meinen, ich wäre nackt. Mit seinen starken Armen drückt er mich an sich. Er ist bereits steif.

»Ich hatte unrecht. Aber nur dieses eine Mal.« Ich hebe den Zeigefinger, um meinen Standpunkt klarzumachen.

Er lacht leise und schiebt seine Hüften nach vorn.

Ich muss unweigerlich seufzen, kralle mich in seine Schultern und reibe mich an ihm. Was diesen Mann betrifft, wird mein Durst niemals gestillt sein.

Auf dem Sofatisch vibriert sein Handy, doch er bedeckt weiter meinen Hals mit Küssen.

Jetzt bellt Lucy das Smartphone an. Zwar sehe ich sie nicht, aber ich höre, wie sie aufsteht.

»Solltest du nicht lieber rangehen?«, frage ich und schließe lustvoll die Augen.

»Nein.« Das Wort ist nur ein raues Flüstern.

Werden wir jemals genug voneinander kriegen? Wird er irgendwann in einem anderen Zimmer schlafen wollen? Wird er mir irgendwann nicht mehr auf den Hintern klopfen, wenn ich an ihm vorbeigehe? Wird er irgendwann aufhören, mir hier und da kleine Küsse abzuluchsen oder mich zu fragen, ob ich mich zu ihm setze, während er das Essen vorbereitet? Werden all die kleinen, intimen Momente verschwinden, wie es auch in meiner Ehe passiert ist? Mein Herz sagt Nein, aber ein kleiner Teil meines Gehirns sagt mir, dass ich gerade in einer Traumwelt lebe.

Das Handy beginnt sofort, erneut zu vibrieren, nachdem es aufgehört hat.

Roarkes Lippen halten inne auf meiner Haut, bis es wieder verstummt. Dann drückt er seinen Mund auf meinen, und ich bekomme den tiefsten, hungrigsten Kuss seit unserer ersten gemeinsamen Nacht. Ich gebe mich ihm hin. Mein Körper freut sich schon auf die nächste Achterbahnfahrt mit Roarke.

Ein kurzes Piepen signalisiert, dass er eine Textnachricht bekommen hat, dann beginnt das Handy, erneut zu vibrieren.

Ich will von seinem Schoß rutschen, doch er legt den Arm über meine Beine, damit ich nicht wegkomme. Er lehnt sich nach vorn und greift nach dem Handy, um zu sehen, wer anruft. Er hört auf, mein Bein zu streicheln und scrollt durch die Nachricht.

»Ich bin gleich wieder da.« Vorsichtig hebt er meine Beine an, steht auf und legt sie wieder aufs Sofa.

Lucy nimmt sofort seinen Platz ein, gefolgt von Nickel, der sich auf eines der Kissen legt.

Es ist das zweite Mal diese Woche, dass er zum Telefonieren in ein anderes Zimmer geht. Ich höre nichts, nicht mal das leiseste Murmeln. Zehn Minuten später kommt er zurück, genau in dem Moment, als Babys Dad herausfindet, dass sie mit dem Tanzlehrer schläft. Als Babys Welt zerbricht, zerbricht auch meine.

Roarke trägt inzwischen Jeans, Poloshirt und Schuhe. Er hat sich sogar die Haare gegelt. Schnurstracks kommt er auf mich zu und beugt sich zu mir herunter. »Ich muss kurz etwas erledigen. Sollte nicht allzu lange dauern.« Dann drückt er mir einen flüchtigen Kuss auf den Mund.

Ich bin wie vor den Kopf geschlagen. Er muss jetzt *sofort* los? »Wohin gehst du?« Ich mogle mich unter Lucy hervor und folge ihm zur Tür.

»Ich muss mich für einen Klienten um etwas kümmern.« Er wartet kurz, nimmt mich dann in den Arm und zieht mich zu sich. Der raue Stoff seiner Jeans fühlt sich auf meiner Haut nicht annähernd so gut an wie seine Pyjamahose. »Es fällt mir unheimlich schwer zu gehen. Vor allem jetzt, da du fast nichts anhast.« Er küsst meine Stirn.

»Dann bleib hier.« Ich schlinge die Arme fester um seine Taille, und er küsst mich auf die Nasenspitze.

»Wenn ich die Wahl hätte …« Er lässt den Satz unvollendet. Ich presse die Wange gegen sein Shirt und rieche das Parfum, das er frisch aufgelegt hat. »Bestell Sushi, dann esse ich es später von deinem Körper.« Für einen viel zu kurzen Moment verweilen seine Lippen vor meinen.

Ich lasse ihn los und erinnere mich selbst daran, dass ich nicht kontrollieren kann, mit wem er sich trifft, sollte es nicht arbeitsbedingt sein. Das habe ich aus der Beziehung zu Todd gelernt. Wenn Roarke mich betrügen will, gibt es nichts, was ich dagegen tun könnte.

Er legt die Hand an meine Wange und drückt seine Lippen auf meine. Seine Zunge gleitet in meinen Mund. Plötzlich sind alle Zweifel verschwunden. Ich stelle mich auf die Zehenspitzen, denn ich will nicht, dass dieser Kuss aufhört. Er schlingt den Arm um meine Taille und drückt mich an sich, während wir uns minutenlang küssen. Als er den Kuss schließlich beendet, sind meine Lippen schon ganz wund, und ich muss nach Luft schnappen.

»Damit du mich nicht vergisst.« Sein Lächeln verrät, dass er Spaß macht. Nur eine Neckerei, aber seine Worte treffen meinen wunden Punkt direkt.

Ohne ein weiteres Wort nimmt er sein Portemonnaie vom Konsolentisch, schiebt es in seine Hosentasche und schließt die Tür hinter sich.

Mir bleibt nicht viel Zeit zum Grübeln, denn in diesem Moment klingelt mein Handy. Als ich den Namen auf dem Display sehe, wird das ohnehin schon flaue Gefühl in meinem Magen nur noch schlimmer.

Kapitel 27

Das Smartphone vibriert in meiner Hand, während Lucy auf dem Sofa aufspringt und neugierig den Kopf hin und her wiegt. Nachdem ich den Ton ausgestellt habe, vibriert es weiter auf dem gläsernen Couchtisch. Scarletts Name prangt auf dem Display.

Nachdem es aufgehört hat zu klingeln, setze ich mich auf die Sofakante und frage mich, ob sie eine Nachricht auf der Mailbox hinterlassen wird. Ist Roarke deshalb so schnell aufgebrochen? Um sich mit David zu treffen und mit ihm einen Plan auszuhecken, wie sie Scarlett alles nehmen können?

Ein Piepen tönt durch das ruhige Apartment. Auf dem Fernsehbildschirm bewegen Baby und Johnny lautlos die Münder.

Ich greife zum Handy und hoffe inständig, dass Scarlett mir nur erzählen will, wie viel sie mit David und den Kindern zu tun hat.

Doch als ich ihre Stimme höre, weiß ich sofort, dass dies nicht der Fall ist. Sie klingt flach und hat den leichten, fröhlichen Ton verloren, der ihr sonst eigen ist.

»Hey, Han, schon lange her. Ich vermisse dich. Wir müssen uns auf jeden Fall bald zum Essen treffen. Ich habe nächste Woche einen Termin in der Stadt mit einem Anwalt. David hat die Scheidung eingereicht, aber das weißt du bestimmt schon. Ich will verdammt sein, wenn er für Brody und Nell das Sorgerecht bekommt. Ruf mich zurück. Ich könnte deinen Rat wirklich gut gebrauchen.«

Die Nachricht ist zu Ende, und meine Hand umklammert das Smartphone noch fester.

Wird Roarke David vertreten? Mein Gott, ich hoffe nicht, aber ich habe deutlich gehört, wie seine Assistentin Mr. Quinton gesagt hat. Der Zufall wäre einfach zu groß, vor allem wenn man bedenkt, dass sich Todd und David gut kennen. Bitte sag mir, dass ich falschliege.

Während Johnny und Baby sich weiterhin ohne Ton über den Bildschirm bewegen, wähle ich Scarletts Nummer. Ich muss wissen, wer die beiden im Scheidungsprozess repräsentieren wird. Vielleicht kann ich sie dazu bringen, sich mit Roarke zu treffen.

»HAN!«, kreischt sie.

Ich kann mich nicht daran erinnern, so glücklich geklungen zu haben, als ich mich habe scheiden lassen.

Ich sinke nach hinten in die Sofakissen. Sofort rollt sich Lucy neben mir zusammen, und Nickel drückt seinen Kopf gegen meinen.

»Ich habe eben deine Nachricht abgehört. Es tut mir leid, Scar. Das wusste ich nicht.«

Im Hintergrund höre ich ihre Kinder.

»Nun ja, anscheinend ist er nicht mehr glücklich mit mir. Will zurück in sein Junggesellenleben.« Sie hält es vage. Eigentlich will ich sie fragen, ob er sie betrogen hat, aber es geht mich nichts an. »Warte, Nell«, sagt sie zu ihrer Tochter.

»So etwas ist nicht leicht. Und wenn man Kinder hat, macht es die Sache bestimmt noch schwieriger.«

»Ich habe Nein gesagt. Lass das. Tut mir leid, Hannah. Das Kindermädchen hat Grippe, also muss ich mich allein um die Kinder kümmern. Es ist gerade Badezeit. Als ich eben probiert habe dich anzurufen, waren sie natürlich still. Jetzt geht alles drunter und drüber.« Sie lacht, und ich frage mich, ob sie getrunken hat.

»Ich frage dich nur ungern, aber wer wird Davids Anwalt sein?«

Sie lacht gackernd. »Ich weiß genau, weshalb du fragst.«

Jetzt ist es offiziell – sie hat definitiv das eine oder andere Glas Wein zu viel getrunken. Oder sie nimmt irgendwelche aufmunternden Tabletten. Meine Therapeutin wollte mir auch welche verschreiben, aber ich habe mich geweigert, sie zu nehmen. Die Probleme werden davon nicht weniger.

»Und? Wer ist es?«, frage ich.

»BRODY!«, schreit sie. »Raus aus dem Badezimmer. Du kannst deiner Schwester kein Wasser ins Auge spritzen.«

Ich sollte sie besser gehen lassen, aber ich bleibe am Telefon, weil mir die Stimme von Roarkes Assistentin nicht mehr aus dem Kopf geht.

»Tut mir leid, Hannah. Scheint, als würde ich das Kindermädchen doch nicht überbezahlen.« Sie lacht erneut. »Das mit David und mir ist kompliziert. Nachdem wir Brody bekommen hatten, sind wir abends immer noch ausgegangen. Ins Restaurant, ins Theater, in den Club. Dann kam Nell. Mit zwei Kindern ist es schwieriger. David wollte immer noch jeden Abend ausgehen. Da konnte ich nicht mithalten. Wahrscheinlich hat er irgendein Flittchen an der Backe, aber ich weiß es nicht. Er ist eben ein echter Kerl, weißt du? Er hat immer noch sein Apartment in der Stadt. Du wirst ihm bestimmt mal über den Weg laufen.« Eines der Kinder sagt etwas, doch sie legt die Hand über die Sprechmuschel. »Daddy kommt morgen.« Die Worte klingen gedämpft, aber ich verstehe sie trotzdem.

»Falls du reden willst ...«

»Danke. Ich wollte mit dir über die Verteidigung sprechen. Du kennst David ja. Er will immer nur das Beste. Seit er die Scheidung eingereicht hat, habe ich ständig das Nachsehen.« Es versetzt mir einen Stich ins Herz. Dann ist Roarke bestimmt tatsächlich Davids Anwalt. »Aber ich habe jetzt auch einen ziemlich guten Anwalt. Ich werde ihm nicht kampflos alles überlassen.«

»Ich bin froh, dass du jemanden gefunden hast. Darf ich fragen ...«

»NELL!«, schreit sie.

Im Hintergrund hört man lautes Planschen und Schreien, gefolgt von zerberstendem Glas. »NEIN!« Scarletts Stimme klingt nun weiter entfernt. Bevor ich die Frage zu Ende stellen kann, ist die Leitung plötzlich tot.

Ich sehe auf das Display. Der Anruf wurde beendet. Ich lasse den

Kopf zurücksinken. Ich wollte doch nur die Antwort auf eine einzige Frage. Ich weiß nicht mal, warum mir das so wichtig ist. Was, wenn Roarke David tatsächlich repräsentiert? Kann mir doch egal sein. Aber es ist mir nicht egal. Kann ich weiterhin mit einem Mann zusammen sein, der Arschlöcher vertritt, die ihre Ehefrauen mittellos zurücklassen?

Diese Frage quält mich die nächsten Stunden, während ich mir den Film ansehe, der nach *Dirty Dancing* läuft. Ich bestelle Sushi, packe die Reste in Folie und stelle sie in den Kühlschrank.

Vier Stunden nachdem Roarke gegangen ist, bekomme ich eine SMS.

Roarke: Sorry, dauert doch länger, als ich dachte. Ruh dich ein wenig aus. Wenn du aufwachst, bin ich da.
Ich: *Okay.*

Ich lege das Handy auf die Küchentheke und stelle mich vor das deckenhohe Fenster mit Ausblick über Chicago. Ich lehne mich gegen das Glas, lasse den Blick über die Stadt schweifen und frage mich, wo er ist. Und noch viel wichtiger – mit wem er zusammen ist.

Ich könnte Todd erwürgen. Hätte er mich nicht verlassen können, bevor er mich betrogen hat? Dann hätte ich jetzt wenigstens kein Déjàvu. Todd hat immer vorgegeben, er hätte einen Notfall im Krankenhaus. Das hat auch funktioniert – bis er mich im Restaurant hat sitzen lassen und ich ihn fünf Blocks weiter mit einer Frau gesehen habe. Er dachte, ich würde mir ein Taxi nehmen, aber ich hatte beschlossen, zu Fuß nach Hause zu gehen. Ich habe mich hinter einer Hausecke versteckt, bis er die junge Rothaarige auf dem Rücksitz eines Taxis verstaut hatte. Als ich ihn zur Rede gestellt habe, hat er behauptet, er hätte sich nur das Taxi mit ihr geteilt. Dass er angeblich keins bekommen hat, weil Samstagabend war. Naiv, wie ich war, habe ich die Antwort akzeptiert, doch ab dem Moment stand meine Antenne auf Empfang.

Er ist schuld daran, dass ich Roarke nicht richtig vertrauen kann.

»Du bist für mich die einzige Frau.« Roarkes Stimme hallt in meinem Kopf wider. Seine braunen Augen haben nichts als Ehrlichkeit widergespiegelt, trotzdem dreht sich mir der Magen um, weil er schon so lange weg ist.

• • •

Als ich aufwache, spüre ich sofort Roarkes Körper, der sich gegen meinen presst. Den Arm hat er um meine Taille geschlungen, und seine Brust drückt sich gegen meinen Rücken. Vorsichtig löse ich mich aus seiner Umarmung, stehe auf und entdecke Lucy und Nickel, die friedlich zusammen im Hundekörbchen liegen. Sie verstehen sich wirklich gut.

Ich schließe die Badtür und steige unter die Dusche. Ich muss mich fertig machen für den Brunch mit meinen Eltern im Club.

Unter dem warmen Wasserstrahl beginne ich, endlich wieder klar zu denken. Unmöglich kann ich Roarke in dieselbe Kategorie stecken wie Todd. Das ist nicht fair. Außerdem hat er mir bisher keinen triftigen Grund gegeben, ihm nicht zu vertrauen.

Die Duschtür öffnet sich. Da weder Lucy noch Nickel Daumen haben, mit der sie die Tür öffnen könnten, bin ich nicht sonderlich überrascht, als Roarke die Arme um meine Taille schlingt und den Kopf an meinem Hals vergräbt.

»Tut mir leid, dass ich gestern so spät nach Hause gekommen bin«, flüstert er und stellt sich unter den Wasserstrahl.

»Du solltest besser schlafen. Wann bist du zurückgekommen?«

Er seufzt. »Um zwei.«

Eine Flut an Fragen geht mir durch den Kopf. Ich will ganz genau wissen, wo er so lange war. Welcher Klient wollte sich bitte so spät mit ihm treffen? Mein Anwalt hat mir damals das Dreifache berechnet, als ich ihn freitags nach achtzehn Uhr kontaktiert habe.

»Und? Alles in Ordnung?«, frage ich stattdessen.

An meinem Hals spüre ich, wie er nickt.

»Du kannst mir nicht davon erzählen?«, frage ich und bohre ein wenig nach, aber nicht zu viel.

»Ich wünschte, ich könnte.« Seine Lippen wandern hinunter zu meiner Schulter. Er streicht mein nasses Haar beiseite und küsst meinen Nacken.

Wirklich? fragt der Teufel auf meiner linken Schulter.

»Ich mach's wieder gut. Versprochen.« Er dreht mich zu sich um. In seinen Augen liegt nichts außer Reue, mich gestern Nacht so lange allein gelassen zu haben.

Ich trete näher und küsse seine Brust. Ich will, dass er mir zeigt, dass ich tatsächlich die einzige Frau bin in seinem Leben.

Seine Hände gleiten hinunter zu meinem Hintern, und seine Erektion drückt sich gegen meinen Bauch. Als sein Mund auf meinem landet, ist mein Verstand plötzlich wie vernebelt. In diesem Moment gibt es nur uns. Er drückt mich gegen das Glas, hebt mein Bein und stellt es auf die Sitzbank. Nachdem er den Duschkopf so positioniert hat, dass das Wasser nicht direkt auf ihm landet, geht er auf die Knie und zeigt mir, dass er nicht nur einen magischen Schwanz hat, sondern auch eine magische Zunge.

Meine Schreie erfüllen die gläserne Kabine. Als ich schließlich aus der Dusche trete, bin ich ganz rot im Gesicht – und es liegt nicht am heißen Wasser.

Roarke bleibt noch unter der Dusche, nachdem ich mich gewaschen habe.

»Dank dir habe ich jetzt nur noch eine halbe Stunde, um mich zurechtzumachen«, scherze ich, während ich mich in ein flauschiges Handtuch hülle und ins Schlafzimmer gehe.

»Du bist auch so schön genug«, ruft er mir hinterher.

»Du kennst meine Mutter nicht.«

Ich schnappe mir meine Klamotten von gestern, stopfe sie in meine Reisetasche und ziehe frische Unterwäsche hervor.

»Ich kann es gar nicht erwarten, deine Eltern kennenzulernen.«

»Danach wirst du anders darüber denken. Das verspreche ich dir.«

Mein Blick fällt auf seine Klamotten, die er über den Stuhl neben seiner Seite des Betts gehängt hat. Sehr untypisch. »Wirst du jetzt unordentlich?«

»Wie bitte?« Das Geräusch des Wassers verstummt, und ich höre, wie er das Handtuch vom Halter nimmt.

»Deine Klamotten von gestern Abend.« Ich nehme sie, um sie zusammen mit meinem Handtuch in den Wäschekorb zu werfen.

»Ich hatte es eilig, zu dir ins Bett zu kommen«, sagt er. Seine Stimme kommt immer noch aus dem Badezimmer.

Ich werfe das Handtuch in den Wäschekorb, doch seine Klamotten habe ich immer noch in der Hand.

Mach es nicht.

Mach es.

Du suchst nur nach einer Ausrede.

Du musst uns schützen.

In meinem Kopf herrscht Krieg. Schließlich rieche ich an seinem Shirt. Nur der vertraute Geruch seines Parfums.

Das ist doch lächerlich.

Jetzt geht es dir bestimmt besser, oder?

Ich werfe seine Jeans in den Wäschekorb und rieche erneut an seinem Shirt. Doch diesmal ist da noch etwas anderes. Ein anderer Duft. Und da er das Shirt gestern Abend frisch angezogen hat, weiß ich genau, dass es nicht mein Geruch ist. Bilde ich mir nur etwas ein? Ich rieche erneut, schnüffle wie eine Irre das ganze Shirt ab. Eine Seite des Kragens riecht intensiver als die andere.

»Wie wäre es, wenn wir dir einen Schrank besorgen?« Seine Stimme ist plötzlich ganz nah, also lasse ich das Shirt in den Wäschekorb fallen.

Roarke geht zu seinem Schrank und beäugt die Klamotten im Wäschekorb. An seinem Blick ist nichts Verdächtiges, er ist nur erstaunt, dass ich seine Klamotten für ihn weggeräumt habe. »Danke, Baby.« Er küsst meine Wange und widmet sich seiner akribisch eingeordneten Kleidung.

Doch mein Inneres zerbricht, als würde man mit einem Vorschlaghammer auf Glas eindreschen.

Roarke belügt mich sicher.

Kapitel 28

Ich habe beschlossen, Roarke nicht sofort damit zu konfrontieren. Dumm?

Vielleicht.

Ich weiß, mit wem ich es zu tun habe. Ich will zuerst Beweise haben, bevor ich ihn an die Wand nagle, was bedeutet, dass ich einen Privatdetektiv engagieren werde. Ich will es mit eigenen Augen sehen. Ich will den Beweis in den Händen halten, damit er sich nicht herausreden und behaupten kann, es sei gar nichts.

»Darfst du mir erzählen, wer deine Klienten sind?«, frage ich.

Er wirft mir einen Blick zu, während wir nördlich von Chicago von der I-90 abfahren. Mein Ton klingt kurz angebunden, wahrscheinlich fragt er sich, was passiert ist, seit wir vorhin zusammen unter der Dusche waren. Die Tatsache, dass er ein Mistkerl ist, der mich betrügt. Das ist passiert. Aber das muss er jetzt noch nicht wissen.

»Kommt drauf an. Aber warum interessiert dich das?«

»Kommt dir der Name Quinton bekannt vor?« Ich will immer noch herausfinden, ob er meine Freundin übers Ohr hauen wird oder nicht.

»Quinton?«

Ich atme genervt aus. Erneut wirft er mir einen Blick zu, der wohl »Was zum Teufel ist nur los mit dir?« ausdrücken soll.

»Ja, Quinton«, wiederhole ich schnippisch.

»Ja, ich repräsentiere jemanden mit dem Namen Quinton.«

Ha, ich wusste es.

»David Quinton?«

Wieder wirft er mir einen seitlichen Blick zu, während wir an der Ampel stehen, wo es links zum Club geht. »Ist mir irgendwas entgangen?«

»Wovon redest du?« Ich schlage die Beine übereinander und verschränke die Arme vor der Brust. So habe ich auch im Auto gesessen, als wir vor Wochen nach Wisconsin gefahren sind. Bevor ich mich in diesen Mann verliebt habe. Und lange bevor er mich enttäuscht hat.

»Ich dachte, deine schlechte Laune läge daran, dass du nervös bist, weil ich deine Eltern kennenlerne. Oder weil du dich mit deiner Mutter nicht sonderlich gut verstehst. Aber du fragst mich aus, als würde ich im Zeugenstand stehen. Deshalb glaube ich, mir ist irgendwas entgangen.«

»Ich betreibe lediglich Konversation. Ich habe die Vermutung, dass du drauf und dran bist, eine meiner Freundinnen auszunehmen. Und ich weiß nicht, ob ich damit einverstanden bin.«

Mit zu Schlitzen verengten Augen sieht er mich an. »Dieses Thema hatten wir bereits. Ich nehme niemanden aus. Meine Klienten bekommen nur das, was ihnen gesetzlich zusteht.«

»Das meinst du. Für dich ist es natürlich praktisch, es so zu sehen.«

Da ich aufgehört habe, ihm die Richtung zu weisen, seit wir vom Highway abgefahren sind, folgt er nun dem Navigationsgerät und hält schließlich vor dem Tor des Clubs.

Ein Wachmann beugt sich nach vorn, um einen Blick ins Auto zu werfen. »Hi, Len.« Ich winke ihm zu.

Ein Lächeln umspielt die Lippen des Fünfzigjährigen.

»Hannah? Wir haben dich schon vermisst.« Er drückt einen Knopf. »Guten Appetit.«

»Danke, Len. Sag Ruth liebe Grüße von mir.«

»Mach ich.« Er winkt, und Roarke fährt durch das offene Tor.

»Seltsam, dass du Len nicht auch die kalte Schulter zeigst«, murmelt er vor sich hin, aber laut genug, dass ich es verstehe.

Roarke fährt in eine Parklücke, und ich reiße die Tür auf, sobald der SUV zum Stehen kommt.

Doch bevor ich aussteigen kann, landet seine Hand auf meiner. »Nur damit du es weißt. David Quinton ist nicht mein Klient.«

Ich löse mich aus seinem Griff, unsicher, wie ich reagieren soll, nachdem sich meine Vermutung als falsch herausgestellt hat. Ich steige aus, doch bevor ich meinen Rock glatt gestrichen und meine Handtasche geschultert habe, hat er bereits die Motorhaube umrundet.

»Es ist Scarlett. Sie ist meine Klientin. Ich erkläre es dir, falls du es unbedingt wissen musst, damit wir gleich als das glückliche Paar hineingehen können, das wir eigentlich sind. Aber bitte denk daran, dass du es für dich behalten musst.« Ich nicke. »David wollte mich engagieren. Hat mir sogar das Doppelte geboten. Aber ich habe abgelehnt, weil Scarlett mich zuerst kontaktiert hat.«

Mir fällt ein Stein vom Herzen.

Ich hatte also unrecht.

»Oh.«

Er legt die Hand auf meinen Rücken. Mir bleibt keine Zeit, darüber nachzudenken, was ich ihm noch vorwerfen könnte, denn seine Lippen berühren sofort meinen Hals. Den sensiblen Punkt, wo ich sofort wieder Schmetterlinge im Bauch bekomme.

»Ich vergebe dir«, flüstert er und tätschelt meinen Rücken, um mir zu sagen, dass wir jetzt rein müssen.

»Ach, tatsächlich?« Ich hebe die Augenbrauen. Diesmal ist meinem Gesicht nicht die übliche Neckerei abzulesen.

Roarke mustert mich. Er hat noch immer keine Ahnung, warum ich mich schon die ganze Zeit so zickig aufführe.

»Hannah!«, ruft eine männliche Stimme über den Parkplatz hinweg.

»Mein Vater«, murmle ich. Roarkes skeptischer Gesichtsausdruck verschwindet augenblicklich, als wäre er ein Chamäleon, das im Handumdrehen die Farbe ändern kann.

Ich sehe mich um und entdecke meinen Vater neben dem Portier. Ich winke ihm zu und setze mich in Bewegung.

Ein anderer Portier öffnet meiner Mutter die Tür und bedeutet ihr mit einer Handbewegung einzutreten.

»Schön, dass du heute kommen konntest.« Lächelnd nimmt mich mein Vater in die Arme und gibt mir einen Kuss auf die Wange. »Hübsch siehst du aus.« Als er mich loslässt, fällt seine Aufmerksamkeit auf Roarke. »Ah, ich glaube, unsere Tochter hat vergessen, uns etwas zu sagen, Olive.« Er streckt Roarke die Hand entgegen, der den Händedruck sofort erwidert.

»Roarke Baldwin. Freut mich, Sie kennenzulernen, Mr. Crowley.« Den Arm hat er noch immer um meine Taille geschlungen.

»Bitte nennen Sie mich Gregory. Und das ist meine Frau, Olive.«

Meine Mutter kommt auf uns zu und mustert Roarke von oben bis unten. Ich kann ihr ansehen, dass er ihr bekannt vorkommt, aber sie weiß nicht, woher. Sie hat eben keine Ahnung, was in meinem Leben vorgeht.

»Schön, Sie kennenzulernen«, sagt Roarke. »Hannah ist Ihnen wie aus dem Gesicht geschnitten.«

Olive lächelt, weil sie keine Ahnung hat, wer er ist und nicht das Risiko eingehen will, einer wichtigen Person auf die Füße zu treten.

Mein Vater haut Roarke auf den Rücken. »Erst vor ein paar Tagen habe ich zu Hannah gesagt, dass ich mir wirklich wünschen würde, wir hätten Sie vor Todd kontaktiert.«

Ich verdrehe die Augen. Kurz sieht Roarke mich an, bevor er sich grinsend wieder meinem Vater zuwendet.

»Sie sind der Anwalt!« Meine Mutter sagt es, als wären wir in einer Quizsendung und sie wisse die richtige Antwort. »Todds Anwalt.«

»Ja, Ma'am.« Roarke nickt.

Sie lächelt ein wenig, was bedeutet, dass sie gedanklich gerade ausrechnet, wie viel er wert ist. Er wurde zwar nicht reich geboren, aber in ihrer Welt zählt es, überhaupt Geld zu haben.

»Bitte nennen Sie mich nicht Ma'am. Einfach Olive.« Jetzt lächelt sie richtig. Wahrscheinlich denkt sie sich, dass Todd nur den Besten anheuern würde. Vielleicht kann sie sich sogar daran erinnern, dass einer ihrer elitären Freunde mal seinen Namen erwähnt hat.

Sie hakt sich bei mir unter. »Er ist äußerst attraktiv«, flüstert sie mir zu und führt mich durch die Doppeltür.

Roarke und mein Vater folgen uns. Inzwischen unterhalten sie sich über Golf. Roarke erzählt, dass er zwar erst spät damit angefangen hat, den Sport aber liebt. Seltsam. Seit wir zusammen sind, war er kein einziges Mal Golf spielen, dabei haben wir gerade Sommer. Noch eine Lüge?

Die nächsten zwei Stunden zeigt sich Roarke von seiner allerbesten Seite. Wir brunchen gemeinsam, und meine Mutter kann es natürlich nicht lassen, meine Essensauswahl – bestehend aus Obst und Pfannkuchen – zu kritisieren. »Zucker ist nicht gut für dich. Und dann haust du noch mehr Kohlenhydrate obendrauf. Komm schon, Hannah, du wirst auch nicht jünger. Wäre zu schade um deine Figur.«

Mein Retter – oder besser gesagt derjenige, der vorgibt, mein Retter zu sein – lädt seine Trauben auf meinen Teller. Überraschenderweise sagt meine Mutter nichts mehr dazu und konzentriert sich stattdessen auf ihre Freundin, die von dem Haus erzählt, das in Hillside zum Verkauf steht.

Als sich Roarke entschuldigt, um auf die Toilette zu gehen, läuft mein Gehirn plötzlich auf Hochtouren. Ist es nur eine Ausrede, damit er seine Geliebte anrufen kann? Mein Vater nutzt die Gelegenheit, um seine Meinung kundzutun.

»Du Geheimniskrämerin.« Er legt den Arm auf meine Rückenlehne und lehnt sich zu mir, damit das Gespräch unter uns bleibt. Nicht, dass es die anderen interessieren würde. Sie sind ohnehin zu sehr damit beschäftigt, sich über Aktien zu unterhalten.

»Ich dachte, es würde keine Rolle spielen. Eigentlich wollte ich bis zur nächsten Familienfeier warten.« Ich deute mit dem Kopf auf meine Mutter. »Aber so ist es wahrscheinlich besser.«

»Viel besser. Er scheint nett zu sein. Ein guter Kerl. Ist das so?«

Ich weiß genau, warum mein Dad nachfragt. Seit Todd besteht mein Vater darauf, dass ich jeden Kerl zuerst genau überprüfe. Bei Roarke habe ich das nicht getan. Vielleicht weil alles so schnell ging, dass ich nicht mal Zeit zum Atmen hatte, geschweige denn, ihn auszuspionieren.

»Ich werde es schon noch herausfinden«, versichere ich ihm.

Er hebt die Augenbrauen. »Das hättest du prüfen sollen, bevor du ihm dein Herz geschenkt hast.« In seinen braunen Augen, die meinen so sehr ähneln, spiegelt sich Enttäuschung.

»Wer sagt denn, dass ich ihm mein Herz geschenkt habe?«

Leise lacht er vor sich hin und nimmt seine Kaffeetasse. »Du vergisst, dass ich dich besser kenne als du selbst. Du hast dich schon längst in ihn verliebt.«

»Nein, habe ich nicht.«

Mein Vater sieht mich an, als wollte er sagen: *Dann beweis mir das Gegenteil.*

»Wir werden sehen, was passiert.«

»Ich wünschte, du hättest ihn vorher überprüfen lassen.« Mein Vater sieht mich ernst an. »Er scheint ein netter Kerl zu sein, aber man kann nie wissen.«

Er glaubt eben, es wäre sinnvoll, einen Privatdetektiv anzuheuern, nachdem ich knietief in Taschentüchern saß und mein Selbstwertgefühl gegen Null ging. Ich hatte es wirklich vor, doch Roarke hat es irgendwie geschafft, unsere Dates als Gefallen zu tarnen. Plötzlich habe ich festgestellt, dass ich diesen Weg nicht einschlagen will. Ich habe es genossen, Dinge über ihn zu erfahren, ohne sie von einem Blatt Papier ablesen zu müssen. Aber irgendwas hat sich verändert. Allein wenn ich daran denke, was ich über ihn herausfinden könnte, wird mir ganz schlecht.

»Wird bestimmt alles in Ordnung sein.« Ich setze ein Lächeln auf und weiß genau, dass es keine gute Idee war, ihn zum Brunch mitzubringen. Denn sollte ich tatsächlich herausfinden, dass Roarke nicht der Mann ist, für den ich ihn vor ein paar Tagen noch gehalten habe, muss ich meinem Vater beibringen, dass ich mich schon wieder in einem Mann getäuscht habe. Und jeder weiß, dass man als erfolgreiche Geschäftsfrau eine gute Intuition braucht.

»Er macht auf jeden Fall einen verdammt guten ersten Eindruck«, sagt mein Vater.

Als Roarke zurück an den Tisch kommt, rückt er beiseite. Sein Lächeln verrät, dass er von dem Mann neben mir genauso verzaubert ist wie ich. Dann werde ich uns beiden das Herz brechen. Na, super.

»Warum zeigst du Roarke nicht den Springbrunnen?« Mein Vater deutet auf die französischen Türen, die hinaus in den Garten führen.

Roarke verliert keine Zeit. Vielleicht will er mich vor den prüfenden Blicken meiner Eltern retten.

Fünf Fontänen vereinigen sich in der Brunnenmitte zu einer. Es ist nicht der Buckingham-Brunnen, aber er ist trotzdem schön.

»Endlich bin ich mit dir allein.« Roarke setzt sich auf eine Bank und zieht mich auf seinen Schoß.

»Öffentliche Liebesbekundungen sind in dieser Gesellschaft nicht gern gesehen.« Ich suche die Umgebung ab, aber es ist kaum jemand hier.

»Es ist mir egal, was dieser Gesellschaft gefällt und was nicht. Ich muss jetzt deinen Mund auf meinem spüren.«

Während er spricht, legt er die Hände in meinen Nacken und zieht mich zu sich. Sofort gleitet seine Zunge in meinen Mund. Unter meinem Bein spüre ich, wie er steif wird, während unser Kuss immer inniger wird. Es ist fast nicht mehr jugendfrei, wie er seine Hände unter meinen Rock schiebt, gefährlich nahe an meinem Schritt. Alle Gedanken an den Privatdetektiv, das Parfum und die Telefonate sind wie weggeblasen, denn wie immer schafft es Roarke auch diesmal, meinen Verstand zu vernebeln.

»Ha! Scheint, als wären wir beide als Gewinner aus meiner Scheidung hervorgegangen«, erklingt Todds Stimme hinter uns, und ich bin wie erstarrt.

Sofort beende ich den Kuss und springe auf. Mein Gesicht ist rot, meine Lippen sind bestimmt geschwollen. Selbstzufrieden dreinblickend steht Todd da, neben ihm seine Verlobte. Mein Blick fällt auf ihre ineinander verschränkten Hände.

Sie ist mindestens zehn Jahre jünger als ich. Sie ist süß, und ich frage mich, ob ich ihr jemals begegnet bin. Zumindest kann ich mich nicht an sie erinnern.

»Todd.« Roarke sagt den Namen, als würde er zu einem Kind sprechen. Er schlingt die Arme um mich und zieht mich zu sich. »Dann ist unser Geheimnis wohl gelüftet. Aber deins schließlich auch.«

Todd blickt hinunter auf ihre Hände und lässt ihre Finger los. Armes Mädchen.

Er sieht immer noch gleich aus. Groß, schmal, mit Khakihose und Hemd, das Haar voll, aber struppig.

»Du bist mit ihm zusammen?«, fragt mich Todd und zeigt auf Roarke.

»Ja, bin ich.« Ich recke das Kinn nach vorn und verdränge den Gedanken daran, dass es schon bald die Runde machen könnte, dass Hannah Crowley mal wieder verarscht wurde, sollte Roarke tatsächlich ein falsches Spiel mit mir spielen.

»Dann viel Glück. Ist gar nicht dein Typ.« Todd kommt näher auf uns zu. Seine Verlobte folgt ihm in ihrem viel zu kurzen Sommerkleid und den Sandalen mit den Korksohlen.

»Woher willst du das wissen?« Ich lege die Hand auf Roarkes Bauch, das Gesicht nur wenige Zentimeter von seinem Hals entfernt. Wie sehr ich mich gerade hasse.

»Ich war vier Jahre lang mit dir verheiratet. Ich dachte, deine Mutter hätte inzwischen einen passenden Mann für dich ausgesucht.« Sein einseitiges Grinsen verrät, dass er es sarkastisch meint.

»Dann ist ja gut, dass das nicht nötig ist.« Roarke lacht. Ein Lachen, das ich noch nie gehört habe. Er küsst meine Schläfe. »Ich habe sie mir genommen, bevor ihre Mutter die Gelegenheit hatte, sie zu verkuppeln.«

Ich wünschte, an dieser Aussage wäre nichts Wahres dran, aber das ist es. Innerhalb eines Wimpernschlags habe ich mich in den Mann verliebt, den ich zuvor gehasst habe.

»Hast du schon gehört, dass wir heiraten?«, fragt Todd als Retourkutsche und tastet nach der Hand seiner Verlobten.

Er hebt ihre Hand, um mit dem Klunker an ihrem Ring zu prahlen, der sicherlich zumindest teilweise von meinem Geld finanziert wurde.

»Dann viel Glück.« Ich löse mich aus Roarkes Griff, ergreife seine Hand und ziehe ihn weg.

»Euch auch«, ruft Todd uns nach. Ich erwidere nichts, denn ich habe es zu eilig, von hier wegzukommen.

Für solche Spielchen habe ich jetzt keinen Nerv.

Kapitel 29

»Erde an Hannah!« Chelsea wedelt vor meinem Gesicht herum und reißt mich aus meinen Gedanken. Was die Privatdetektivin wohl inzwischen über Roarke herausgefunden hat?

Nach dem Brunch gestern hatte ich Roarke gesagt, ich hätte fürchterliche Kopfschmerzen und wolle einfach nur nach Hause und mich hinlegen. Er bestand darauf, sich um mich zu kümmern. Aber irgendwie habe ich den Kampf gewonnen und bin seinem berauschenden Parfum und seinen süßen Gesten entkommen, um endlich die Privatdetektivin anzurufen. Ich muss es einfach wissen, bevor ich noch mehr Gefühle in diese Beziehung investiere.

Jetzt sitze ich gerade in einem Meeting mit dem Caterer – angeblich ein Freund von Roarke. Dabei ist er mindestens fünfzehn Jahre jünger als er und passt überhaupt nicht zu ihm. Bei Jetts Anblick würde fast jedes Mädchen weiche Knie bekommen, mit seinem beinahe schwarzen Haar und den stechend blauen Augen. Und dann kann er auch noch kochen. Wenn man dafür nicht das Höschen auszieht ...

»Scheiße, du weißt genau, dass ich auf Bad Boys stehe«, flüstert Chelsea, während wir in Jetts Restaurant sitzen, das eigentlich erst abends öffnet.

Mit seiner düsteren Erscheinung und den tätowierten Armen ist er bestimmt der reinste Herzensbrecher, was mich wieder daran erinnert, dass die Privatdetektivin vielleicht gerade ein Foto macht, das mir das Herz brechen könnte.

»Nun ja, du bist ja mit einem von ihnen liiert.« Victoria nimmt einen Schluck von ihrem Wasser.

Ein liebevolles Lächeln umspielt Chelseas Lippen. »Ich weiß. Er ist so süß im Moment. Legt immer den Kopf an meinen Bauch und schwört darauf, dass er hören kann, wie sich die kleine Bohne bewegt.«

»Und?«, frage ich.

Sie winkt ab. »Viel zu früh. Er redet einfach gern mit ihm oder ihr. Meint, die kleine Bohne müsse schließlich auch seine Stimme kennenlernen.«

»Süß«, sage ich. Auch Victoria lächelt sie liebevoll an, bevor sie eines der Gerichte probiert, die wir gerade für die Gala testen.

»Ich habe eine Privatdetektivin engagiert«, bricht es aus mir hervor. Die beiden lassen ihre Gabeln fallen, die klirrend auf den Tellern landen.

»Warum?« Victorias Augen sind so groß wie Untertassen.

»Weil ich glaube, dass er mich betrügt.«

»Seid ihr denn monogam?« Chelsea stellt eine unschuldige, aber wichtige Frage.

»Er sagt, ich sei die einzige Frau in seinem Leben, aber in letzter Zeit geht er öfter zum Telefonieren aus dem Zimmer.«

»Er ist Anwalt«, wirft Victoria ein.

»Letztes Wochenende ist er abends noch weggegangen, nachdem er einen Anruf bekommen hat.«

Jetzt wirkt Victoria ein wenig verunsichert.

»Mit welcher Begründung?«, fragt Chelsea, bevor sie einen Schluck von ihrem Wasser nimmt.

»Arbeit.«

»Es gibt so etwas wie ein Anwaltsgeheimnis«, bemerkt Victoria.

»Er ist um zwei Uhr nachts nach Hause gekommen.«

Sie presst die Lippen zu einer schmalen Linie zusammen.

»Als ich am nächsten Morgen an seinem Shirt gerochen habe, konnte ich einen Hauch Parfum riechen. Nicht meins.«

Beide verschränken im Schoß die Hände ineinander. Sprachlos –

wie ich vermutet habe. Alles eindeutige Zeichen. Das steht sogar in der Cosmopolitan. Jetzt brauche ich nur noch Beweise.

»Warum fragst du ihn nicht einfach?«, fragt Victoria.

»Weil ich eindeutige Beweise will, damit er mir keine Ausreden auftischen kann. Ich will ihn auf frischer Tat ertappen. Ich habe der Detektivin gesagt, dass sie mich umgehend anrufen soll, wenn sie ihn in flagranti erwischt. Dann komme ich sofort.«

»Sind wir etwa am Set von *Cheaters*?«, fragt Chelsea. »Darf ich mitkommen? Ich wäre gern die mit dem Mikrofon, die die ganzen Fragen stellt.« Sie hält sich die Faust vor den Mund. »Sagen Sie, Roarke, warum würden Sie die Beziehung zu der liebenswürdigen und wundervollen Hannah Crowley aufs Spiel setzen? Sind Sie etwa verrückt?« Sie kichert, und Victoria wirft ihr einen tadelnden Blick zu. Chelsea lässt sowohl die Hand als auch den Kopf sinken. »Sorry«, murmelt sie.

»Schon okay.« Ich kichere. »Du hast mich zum ersten Mal diese Woche zum Lachen gebracht.«

»Hat sie sich schon gemeldet?«, fragt Victoria.

»Sie meinte, sie würde sich nur melden, wenn ich mich mit ihr treffen kann. Ansonsten wird sie ihn eine Woche lang verfolgen und dann Bericht erstatten.« Ich schiebe den Teller mit vier verschiedenen Kartoffelsorten von mir.

Victoria legt ihre Hand auf meine. Chelsea tut es ihr gleich. Von außen wirken wir bestimmt wie ein Gebetskreis. »Wir werden dich auffangen, wenn du fällst, Han.«

Ich lächle sie an, denn ich weiß, dass sie genau das tun werden. Gwen auch, aber ich habe ihr nichts von der ganzen Sache erzählt, als wir gestern telefoniert haben. Sie hat gerade viel um die Ohren, da will ich sie nicht noch zusätzlich belasten.

»Ich bin schon darauf vorbereitet.«

In diesem Moment klingelt das Handy in meiner Tasche. Die Mädels ziehen die Hände zurück und sehen mich gespannt an.

Ich nicke, als ich die Nummer der Privatdetektivin sehe. Mir wird ganz schlecht.

»Hallo?«

»Kommen Sie zu 900 Michigan. Ich stehe vor Bloomingdale's«, sagt die liebliche Stimme der Frau, die man niemals für die einer Privatdetektivin halten würde. Dann legt sie auf.

»Jetzt oder nie.«

»Können wir mitkommen?«, fragt Chelsea.

»Klar«, erwidere ich. Ein bisschen Unterstützung kann nicht schaden.

Die beiden stehen auf. Victoria eilt in die Küche, um Jett Bescheid zu geben, dass wir gehen müssen. »Ich habe ihm gesagt, dass er ein toller Koch ist und das machen soll, was er für richtig hält«, erklärt sie, als sie zurückkommt.

Chelsea lacht, und Victoria zuckt mit den Schultern. »Wir haben keine Zeit für ein weiteres Testessen. Er ist großartig. Ich glaube, wir müssen uns keine Sorgen machen.«

»Das stimmt«, antworte ich.

Das dunkle Ambiente des Restaurants steht im Kontrast zum Sommertag. Es dauert eine Weile, bis sich meine Augen an die Helligkeit gewöhnt haben, doch Chelsea winkt schon ein Taxi herbei.

Es fährt rechts ran, Chelsea steigt vorn ein, Victoria und ich hinten.

»Es macht Ihnen doch nichts aus, oder?«, fragt Chelsea den Fahrer. »Aber der Gedanke, schwanger auf dem Rücksitz herumzurutschen ...«

Der Taxifahrer zuckt mit den Schultern und folgt ihren Anweisungen in Richtung 900 Michigan, der Haupteinkaufsmeile Chicagos.

Nach einer gefühlten Ewigkeit, etlichen roten Ampeln und Stau halten wir endlich vor der Nummer 900.

Ich starre an dem Gebäude empor und hole tief Luft.

»Darf ich ihm in die Eier treten?«, fragt Chelsea, während wir den Aufzug zu Bloomingdale's nehmen.

Die Rothaarige, die ich engagiert habe, sitzt in einem der Massagesessel. »Hey, Hannah«, begrüßt sie mich. »Meine Partnerin folgt ihnen noch. Im Moment sind sie in der Damenabteilung für Businesskleidung. Sie haben ein Kind dabei. Ein kleines Mädchen.«

Mein Herz setzt einige Schläge lang aus. Hat er ein Kind, von dem ich bisher nicht wusste?

Sie zieht ihr Smartphone hervor, um mir ein Foto zu zeigen, doch Chelseas blonder Schopf versperrt mir die Sicht.

»Sie sind schon den ganzen Nachmittag zusammen unterwegs. Ich muss jedoch dazu sagen, dass es bisher zu keinerlei Austausch von Zärtlichkeiten gekommen ist. Er hat das Mädchen umarmt und ihm ein High Five gegeben, das ist alles. Es ist nur seltsam, dass ein Mann mit einer Frau shoppen geht, die nicht seine Freundin ist. Deshalb dachte ich, ich sage Ihnen lieber Bescheid. Ich meine …«

»Ich verstehe schon«, sagt Victoria. »Neulich hat Reed so getan, als würde ich ihm die Fingernägel ausreißen, als ich nach einer Jeans gesucht habe.«

Die Detektivin nickt. »Ich dachte, ich sollte besser anrufen. Aber ansonsten ist die ganze Woche nichts passiert. Gericht, Büro, Apartment. Einmal hat er sich zum Mittagessen mit einer Klientin getroffen.« Sie scrollt durch die Bilder und zeigt mir ein weiteres Foto. Da ist sie – meine Freundin Scarlett Quinton, die mit Roarke in einem kleinen Sandwichladen sitzt. »Es ist Ihre Entscheidung, ob Sie ihn damit konfrontieren wollen.«

Ich mache einen Schritt rückwärts, und sie drückt die Finger gegen ihr Headset. »Sie ist hier.« Es folgt eine Pause. »Okay.« Sie steht vom Massagesessel auf und lässt die Hand sinken. »Meine Partnerin sagt, die Frau sei gerade in die Unterwäscheabteilung gegangen, nachdem sie ein paar Hosenanzüge anprobiert und er eine Schneiderin geholt hat, um zwei davon anzupassen. Er hat die ganze Zeit mit dem Mädchen Mau-Mau gespielt, während sie gewartet haben.«

»Wir gehen rein.« Chelseas ohnehin schon riesige Augen werden noch größer, und sie deutet mit dem Kopf zum Eingang.

Mach den Schritt, Hannah. Konfrontiere ihn damit, dann ist es vorbei.

Doch ich zögere noch. Ich weiß nicht, warum. Dann erinnere ich mich daran, wie erniedrigend es war, dass andere von Todds Affäre gewusst hatten, bevor ich davon erfahren habe. Sie müssen mich für dumm gehalten haben. Die arme Ehefrau, die keine Ahnung hat.

»Lasst uns reingehen.« Ich steuere auf den Eingang zu, die drei Frauen folgen mir. Mit jedem Schritt fühle ich mich schwächer. Mein Herz sticht, als würde es langsam ausbluten. Als wüsste es, dass es gleich in Stücke gerissen wird. Es wird so wehtun. Viel schlimmer als bei Todd.

Wie ist das überhaupt möglich? Ein Mann, der erst vor wenigen Monaten in mein Leben getreten ist, wird mich mehr zerstören, als es meine gescheiterte Ehe getan hat.

Wir betreten die Unterwäscheabteilung. Ich entdecke eine Blondine, die mit lauter BHs, Strumpfhaltern und Seidenslips die Abteilung verlässt. Sie trägt Jeans und T-Shirt. Als sie uns sieht, lächelt sie uns an. Sie trägt ungefähr zwei Kleidergrößen kleiner als ich, aber darüber kann ich mir jetzt keine Gedanken machen.

»Wie sie wohl heißt?« Chelsea bleibt stehen, während ich weitergehe, um zu Roarke zu gelangen.

Mit der Frau habe ich kein Problem. Ich habe ein Problem mit dem Mann, der mir ein Versprechen gegeben hat.

»Nein, Chels«, sage ich.

»Hannah.« Die Detektivin, die Roarke verfolgt hat, deutet mit dem Kopf auf die Blondine, um mir zu signalisieren, dass das die Frau ist, mit der er den ganzen Nachmittag unterwegs gewesen ist.

Ich schlucke schwer. Roarkes Kopf taucht hinter den Ständern mit den Designerklamotten auf. Hat er meinen Namen gehört?

Er wird bleich, und sein Blick wandert hinüber zu meiner Begleitung. Er sieht, wie die Frau, die eben noch eingekauft hat, sich zu der Dame gesellt, die neben mir steht. Er versteht sofort, was los ist. Er ist viel zu schlau, um nicht zu kapieren, wenn man ihn erwischt hat. Meine Güte, wahrscheinlich hat er solche Szenen schon öfter live erlebt als der Moderator von *Cheaters*.

»Was machst du hier?« Er bahnt sich seinen Weg durch die Kleiderständer.

Als er die Ständer passiert hat und auf dem Teppich des Mittelgangs steht, folgt ihm ein kleines Mädchen, das den Kopf zwischen den Klamotten hervorstreckt, als wären es Vorhänge.

»Reese«, ruft die blonde Frau. Das Mädchen rennt zu seiner Mutter, die einen Berg an Unterwäsche in der Hand hält.

»Sir, hier die Quittung für die Anzüge. Sie können sie nächsten Montag abholen. Die BHs und Slips kann ich als Nächstes bonieren.« Die Verkäuferin spricht, während sie auf uns zukommt, doch alle Augen sind auf mich und Roarke gerichtet.

»Ich würde dich um eine Erklärung bitten, aber ich brauche keine«, sage ich mit tödlicher Gelassenheit.

»Du hast mir nachspionieren lassen?«, fragt er und besitzt die Frechheit, es so klingen zu lassen, als hätte *ich* etwas falsch gemacht.

»Ich habe dir gesagt, dass ich die Besten kenne.«

Ihm entweicht ein freudloses Lachen. »Warum hast du mich nicht einfach gefragt, wenn du das Gefühl hattest, dass irgendwas nicht stimmt?«

»Ich muss dich nicht fragen. Ich habe jetzt den Beweis.« Ich verschränke die Arme vor der Brust und bleibe auf Distanz. Ich wusste, dass das passieren würde, auch wenn ich noch so sehr gehofft habe, dass ich falschliege.

»Den Beweis?«

»Ja«, erwidere ich bissig und zeige auf die blonde Frau hinter mir.

»Ich glaube nicht.«

Chelsea reißt der Privatdetektivin das Smartphone aus der Hand, stürmt auf Roarke zu und hält es ihm vors Gesicht. »Hier. Ein eindeutiger Beweis. Welcher Mann kauft bitte einer Frau Unterwäsche, die nicht seine Freundin ist?« Sie zeigt auf die blonde Frau, die Roarke mitfühlend ansieht.

Er sieht mich an. »Wenn Hannah unter vier Augen mit mir sprechen würde, könnte ich die ganze Sache erklären. Dann wüsstet ihr, dass dieses Foto gar nichts beweist.« Er ist sauer. Ich kann es an seiner Stimme erkennen. An der Art, wie sich seine Kiefermuskeln anspannen und er die Hände zu Fäusten ballt.

Scheiß auf ihn.

»Ich brauche kein Gespräch, in dem du versuchst, mir Honig ums Maul zu schmieren und mich davon zu überzeugen, dass ich mir nur etwas einbilde. Dass meine Zweifel und Unsicherheiten nur daran liegen, dass ich schon einmal betrogen worden bin. Wäre es für dich in Ordnung, wenn mir ein anderer Mann Unterwäsche kaufen würde?«

»Nein, wäre es nicht.« Er verlagert das Gewicht von einem Fuß auf den anderen. Noch nie habe ich ihn so wütend erlebt, außer damals im Gerichtssaal.

»Dann war's das. Danke, Roarke, dass du mir gezeigt hast, dass du genau der Kerl bist, für den ich dich von Anfang an gehalten habe.«

Ich stürme davon. Mir ist es total egal, dass wir inzwischen von neugierigen Kunden beobachtet werden.

»Das ist doch lächerlich!«, ruft er mir nach. »Gib mir nur fünf Minuten, dann wirst du alles verstehen.«

»Ich würde dir in die Eier treten, wenn ich keine Angst hätte, meinem Baby zu schaden«, giftet Chelsea und folgt mir.

»Ich bin wirklich enttäuscht von dir, Roarke. Ich dachte, du wärst einer von den Guten«, sagt Victoria. Dann höre ich nichts mehr. Ich bleibe nicht eher stehen, bis ich wieder auf der Straße bin und ein Taxi herbeiwinke.

Genau wie versprochen sind Victoria und Chelsea an meiner Seite, um meine zerbrochenen Teile aufzusammeln.

Aber ich weiß nicht, ob sich die Stücke diesmal so gut zusammensetzen lassen wie beim letzten Mal.

Kapitel 30

Nachdem ich die ganze Nacht durchgeheult habe, sitze ich am nächsten Morgen mit Augen im Büro, die so geschwollen sind, dass ich mich fühle wie ein Kugelfisch. Die Mädels haben angeboten, bei mir zu übernachten, aber ich habe ihnen gesagt, sie sollen nach Hause gehen zu ihren Männern. Dass ich eine Schlaftablette nehmen und mich ins Bett legen würde.

Seit ich Roarke zwischen Designerklamotten und Unterwäsche habe stehen lassen, hat er nicht versucht, mich zu kontaktieren. Ab jetzt werde ich Nachthemden in einem anderen Licht sehen.

Mein Smartphone klingelt. Eigentlich will ich ihm keine Beachtung schenken, aber die Gala ist in gerade mal einer Woche und es sind noch so viele Dinge ungeklärt, dass ich keine andere Wahl habe, als nachzusehen.

Gwen: Ich fliege dieses Wochenende nach Chicago.
Kann ich bei dir pennen?
Ich: *JA! Wann kommst du an?*

Es ist wie ein Geschenk des Himmels. Gwen ist eine Partymaus. Sie wird mich sicherlich dazu überreden, tanzen zu gehen, um meine Sorgen zu vergessen. Sie hat schon nach Todd einen guten Job gemacht, und ich bin mir sicher, dass sie sich auch diesmal der Herausforderung stellen wird.

Gwen: Samstag um sechs. Ich nehme mir ein Taxi.

Ich: Ich kann es kaum erwarten, dich wiederzusehen.

Gwen: Ich auch nicht. Ich rufe dich später mal an.

Ich: :)

Meine Laune ist nun ein wenig besser, als ich das Handy beiseitelege. Aber dass Roarke mir gestern nicht erklärt hat, was los ist, als ich direkt vor ihm stand, geht mir trotzdem nicht aus dem Kopf. Wenn die Situation tatsächlich so unverfänglich war, warum hat er es nicht einfach in Anwesenheit meiner Nebenbuhlerin gesagt?

Weil er ihre Gefühle nicht verletzen wollte.

Vollidiot.

Mein Smartphone klingelt erneut. Lächelnd greife ich danach und bin schon gespannt, was Gwen jetzt geschrieben hat.

Roarke: Du schuldest mir noch zwei Gefallen.

Innerlich vor Wut kochend starre ich auf seine Nachricht. Ich dachte, das mit den Gefallen hätte sich erledigt, nachdem er mich ins Bett gekriegt hat. Allein wenn ich an seine Lippen und Hände denke, beginnt mein Körper zu kribbeln – sehr zu meinem Missfallen.

Ich: Ernsthaft?

Roarke: *Soll ich dir noch mal den Vertrag zeigen?*

Ich atme tief durch.

Ich: Du würdest die Location stornieren?

Roarke: Glaubst du denn, dass ich es tun würde? Angeblich kennst du mich doch so gut ...

Ich: *Was willst du?*

Er will einen Gefallen? Na, schön. Ich tue es.

Roarke: Um zwölf bei mir.

Ich: Nein.

Roarke: Nein, du willst dich nicht mit mir treffen?

Ich: Wenn ich mich mit dir treffen muss, dann in der Öffentlichkeit.

Roarke: *Ich muss dir etwas sagen und kann es nicht gebrauchen, von anderen belauscht zu werden.*

Ich antworte nicht. Darüber will ich nicht diskutieren. Ich kann nicht das Risiko eingehen, wieder in seinem Bett zu landen.

Roarke: Wie du willst. Dann werde ich bei Torrios einen Tisch reservieren. Letztes Angebot.

Ich: Na schön.

Roarke: Aber bitte sei offen für das, was ich dir sagen will.

Ich: *Bringst du deine Freundin mit?*

Er antwortet nicht sofort, aber die drei Punkte erscheinen.

Roarke: *Mittag.*

Ich werfe das Handy auf den Schreibtisch und starre auf die Uhrzeit auf dem Computermonitor. Noch drei Stunden, bevor ich da sein muss. Danach schulde ich ihm nur noch einen Gefallen. Ich sollte ihm sagen, dass er sich zum Teufel scheren soll. Aber ich habe viele Seiten an Roarke kennengelernt und weiß genau, dass er immer das bekommt, was er will. Ich will nicht das Risiko eingehen, dass er die Location für die Gala storniert. In unserem Vertrag steht, dass er das Recht dazu hätte. Mistkerl.

• • •

Als ich drei Stunden später ins Torrios komme, sitzt Roarke bereits an meinem Tisch.

Der hat vielleicht Nerven.

Ich gehe die Treppe hinunter und wundere mich, dass so wenig los ist. Aber ich war auch noch nie mittags hier.

Als ich auf ihn zugehe, steht er auf.

»Ich dachte, wir hätten einen Tisch im abgetrennten Bereich?«

»Da sie erst in vier Stunden öffnen, bleiben wir hier sitzen.« Er deutet mit einer Kopfbewegung auf die Sitzecke.

Ein mir unbekannter Kellner serviert mir einen Vesper. »Dieser Herr weiß nicht, was ich will. Können Sie mir stattdessen einen Gin Tonic bringen?«

Er nickt und nimmt den Vesper wieder mit.

»Du bist auf *mich* sauer, nicht auf ihn«, sagt Roarke.

»Ich finde, ich war ziemlich höflich.«

»Nein, warst du nicht.«

»Danke, Mr. Etikette. Ich werde beim nächsten Mal darauf achten«, stichle ich.

Ich lehne mich zurück und lege die Hände in den Schoß.

»Nachdem er dir deinen neuen Drink gebracht hat, werde ich dir alles erklären. Es ist nicht so, wie du denkst.«

Wir warten schweigend.

»Lustig, dass du so tust, als wäre *ich* diejenige, die etwas falsch gemacht hat.«

Er durchbohrt mich mit seinem Blick. »Weißt du was? Bevor wir anfangen, will ich, dass du die letzten Wochen Revue passieren lässt. Ich will, dass du daran zurückdenkst, wie ich dich behandelt habe. Ich habe dich nie belogen. Ich war immer ehrlich zu dir. Ich habe dir gezeigt, woher ich komme. Keiner in dieser Stadt weiß Bescheid über meine Vergangenheit. Außer dir, weil du mit nach Woods Parlor gekommen bist und es mit eigenen Augen gesehen hast.«

Ich verschränke die Arme vor der Brust. »Wahrscheinlich hast du sie alle bezahlt.«

Schnaubend verdreht er die Augen. »Genau, Hannah. Ich habe eine ganze Stadt damit beauftragt, so zu tun, als wären sie meine Familie. Ich habe die Fotos in die Vitrine gestellt, damit du sie findest. Ich habe sogar sichergestellt, dass Liv uns bedient. Ich weiß, dass es dir schwerfällt, anderen zu vertrauen. Mir geht es genauso, aber ich würde dir wenigstens zuhören.«

Der Kellner tritt an unseren Tisch und serviert mir auf einem Unterteller einen Gin Tonic mit einer Limettenscheibe.

»Vielen Dank. Das ist sehr nett von Ihnen«, sage ich überfreundlich.

Jetzt wirkt Roarke noch wütender. Ich muss zugeben, dass mir dieser Gesichtsausdruck irgendwie gefällt. Er wird dadurch nur noch attraktiver. Seltsam, wie sich das Blatt gewendet hat.

Als der Kellner weg ist, zieht Roarke aus der Innentasche seines Jacketts eine Visitenkarte hervor und schiebt sie mir zu.

One Million Degrees. Ich nehme die Karte und besehe sie mir genauer. Eine gemeinnützige Organisation.

»Ich bin im Gremium.«

»Schön für dich.« Ich lege die Karte beiseite. »Soll ich dir jetzt auf die Schulter klopfen?«

Erschöpft atmet er aus. »Ich versuche wirklich, mir Mühe zu geben, Rakete, aber du nicht.« Der Schmerz in seiner Stimme und dass er meinen Kosenamen benutzt, versetzt mir einen Stich, der mindestens genauso groß ist wie der, als ich die Frau mit der Unterwäsche gesehen habe, die sie ihm wahrscheinlich abends präsentiert hat.

»Na gut.« Ich nippe an meinem Gin Tonic. »Erzähl weiter.«

»Die Frau wird von One Million Degrees finanziell unterstützt. Sie hat eine gewalttätige Beziehung hinter sich, muss tagsüber arbeiten und geht abends zur Schule. Das Programm hilft Menschen wie ihr, neu anzufangen, damit sie etwas Gutes aus ihrem Leben machen können. Ich bin mit ihr zu Bloomingdale's gegangen, um ihr für ein Vorstellungsgespräch etwas zum Anziehen zu kaufen. So weit sollte ich eigentlich nicht gehen, aber ich weiß genau, wie es ist, zu einem Vorstellungsgespräch zu gehen und sich nicht adäquat gekleidet zu fühlen. Das Gefühl zu haben zu scheitern, bevor man es überhaupt probiert hat.«

»Und das beinhaltet auch BHs und Slips?«

Er hebt die Hände. »Ich weiß, wie das ausgesehen haben muss. Ich habe mich mit Reese beschäftigt, damit sie sich in Ruhe umschauen kann.«

»Und die Unterwäsche hast du ihr auch bezahlt?«

»Ja.« Keine Entschuldigung in seiner Stimme.

»Schön.« Ich verenge die Augen zu Schlitzen.

»Wie fühlst du dich, wenn du neue Unterwäsche trägst? Für ein Date zum Beispiel. Fühlst du dich dann schöner? Mutiger?«

Er lehnt sich nach vorn. Ich gebe es nur ungern zu, aber ich verstehe, was er damit sagen will. Trotzdem. Er hat einer anderen Frau Unterwäsche gekauft.

»Ich lehne mich jetzt mal aus dem Fenster und sage Ja. Vielleicht weißt du nicht, wie es ist, alte Baumwollunterhosen zu tragen und BHs, denen ein Metallbügel fehlt. Das verleiht einer Frau nicht unbedingt Selbstbewusstsein. Ich werde mich nicht verteidigen, Hannah. Sie hat mir die Unterwäsche nicht vorgeführt. Diese Grenze würde ich mit keinem von der Stiftung jemals überschreiten. Egal, ob ich mit dir zusammen wäre oder nicht. Ich hatte der Verkäuferin bereits meine Kreditkarte gegeben. Wärst du nicht mit deiner Frauentruppe hereingestürmt, hätte ich die Unterwäsche niemals gesehen.«

»Dann gibst du also *mir* die Schuld?« Ich tippe auf meine Brust.

»Ich gebe dir nicht die Schuld«, raunt er durch zusammengepresste Zähne. »Das Einzige, wofür ich mich entschuldigen werde, ist, dass ich dir nicht gesagt habe, was ich mache. An jenem Abend bin ich gegangen, weil ihr Ex-Mann betrunken vor ihrer Tür stand. Sie hat die Polizei gerufen. Reese hatte so große Angst, dass ich geblieben bin, bis sie eingeschlafen ist. Ich hätte es dir sagen sollen, aber du wolltest mich am nächsten Tag deinen Eltern vorstellen, und ich wollte nicht, dass du daran zweifelst, dass ich der Richtige für dich bin.« Er nimmt einen großen Schluck von seinem Drink.

»Warum hat dein Shirt nach Parfum gerochen?«

Ich dachte, die Frage würde ihn überraschen oder aufregen, weil ich ihn schon wieder auf die Probe stelle. Aber nichts dergleichen, nur ein gelassener Gesichtsausdruck.

»Reese hat mit den Sachen ihrer Mutter gespielt und Parfum herumgesprüht. Ich sage es dir, obwohl ich es nicht sollte, weil ich will, dass wir die Sache hinter uns lassen können. Sonya habe ich ebenfalls geholfen. Jett auch. Und vielen anderen in dieser Stadt. Und wenn ich dich jedes Mal davon überzeugen muss, dass ich die Wahrheit sage, dann werde ich es tun.«

Tränen steigen mir in die Augen, und ich inspiziere die Visitenkarte erneut. Ich habe bereits von solchen Programmen gehört. Wie kann ich ihm dafür böse sein, denjenigen zu helfen, die es nicht so gut getroffen haben? »Ich muss jetzt gehen.« Ich stehe auf. Alle Gefühle, die sich die letzten Wochen angestaut haben, drohen, mich zu übermannen. Ich bin völlig verwirrt.

»Was? Nein.« Er steht auf und folgt mir. Doch ich wirble herum und lege die Hand auf seine Brust.

Ich schaue ihn mir noch einmal ganz genau an. Im Moment ist er der Roarke, der auf Erfolg aus ist. Der, den ich am wenigsten mag. Vielleicht, weil es mich an meine gescheiterte Ehe erinnert oder daran, wie sehr ich ihn gehasst habe, obwohl ich ihn gar nicht gekannt habe.

Ich spüre den weichen Stoff seiner Anzugsweste. Am liebsten würde ich mich an ihn schmiegen und mich davon überzeugen lassen, dass ich nicht verrückt bin. Dass ich nicht mein ganzes Leben lang immer nur vom Schlimmsten ausgehen werde. Dass ich eines Tages jemandem vertrauen kann, wenn er mir sagt, dass er nur mich will. Dass ein Jahr nicht ausreicht, alle Ängste zu beseitigen, die meine Scheidung mit sich gebracht hat.

»Es tut mir leid, dass ich die falschen Schlüsse gezogen habe. Ich hätte dich einfach fragen sollen, als ich den ersten Verdacht geschöpft habe. Aber ich war so sicher. Am liebsten hätte ich dich auf dem Scheiterhaufen verbrannt. Ich wollte die Oberhand haben, wenn ich dich damit konfrontiere. Ich weiß jetzt, wie blöd das klingt. Ich dachte, ich wäre bereit für eine neue Beziehung, aber jetzt merke ich, dass das nicht stimmt.«

»Nein.« Er zieht die Stirn kraus. »Hannah«, bittet er mit brüchiger Stimme.

Ich schüttle den Kopf und trete näher, nur um seine Lippen ein letztes Mal auf meinen zu spüren. »Ich hatte nicht vor, mich in dich zu verlieben, aber es ist passiert.« Ich stelle mich auf die Zehenspitzen und drücke meinen Mund auf seinen.

Er blickt bestürzt drein.

»Denk immer daran, dass meine Gefühle für dich echt waren. Aber du hast jemanden verdient, der dir nicht immer das Schlimmste unterstellt. Jemanden, dem gegenüber du dich nicht ständig verteidigen musst. Ich hoffe, du findest sie eines Tages.«

Ich mache einen Schritt rückwärts, und meine Hand rutscht von seiner Weste.

Diesmal folgt er mir nicht. Und ich bin froh darüber, denn ich glaube nicht, dass ich die Stärke hätte zu gehen, wenn er versuchen würde, mich aufzuhalten. Aber für ihn ist es so am besten.

Als ich die Tür öffne, ruft er mir hinterher: »Du schuldest mir noch einen Gefallen, Rakete. Und ich *werde* ihn einlösen.«

Kapitel 31

Es ist jetzt schon eine ganze Woche her – und kein Wort von Roarke. Was gut ist. Zumindest versuche ich, es mir einzureden. Ich konzentriere mich voll und ganz auf die bevorstehende Gala, um nicht über mein gebrochenes Herz nachdenken zu müssen oder daran, wie ich mit einem Wimpernschlag alles zerstört habe.

»Alles läuft nach Plan.« Chelsea betritt mein Büro, heute ist sie wieder ganz die Alte. Keiner würde vermuten, dass sie schwanger ist. Noch hat sie keinen Babybauch, und wenn sie einen hat, kaschiert sie ihn gut. Die Süßigkeitensucht und die ständigen Heulkrämpfe gehören der Vergangenheit an, was ebenfalls ein Zeichen dafür ist, dass die beiden anderen die Zügel in die Hand nehmen, wenn es einer von uns schlecht geht. Ich habe gehofft, ich könnte in den letzten Zügen der Planung mehr beisteuern, aber ohne Chelsea und Victoria würde die Gala komplett ins Wasser fallen.

Sie legt einen Aktenordner auf meinen Schreibtisch.

»Was ist das?«, frage ich.

»Das sind alle Unterlagen, die wir morgen brauchen. Nur für alle Fälle. Du hast Kopien, und ich habe Kopien. Ich habe alle Telefonnummern eingetragen. Jett, die Bäckerei, die Floristin. Außerdem habe ich eine Liste mit den Zeiten angefertigt, wann wer seine Rede hält.« Sie setzt sich vor meinen Schreibtisch. »Alles geregelt. Außer einer Sache. Ein gewisser Silberfuchs hat seine Zusage nicht zurückgezogen.« Sie hebt die Augenbrauen, und mir dreht sich der Magen um.

»Glaubst du, er kommt und macht eine Szene?« Eine dumme Frage, schließlich handelt es sich um Roarke Baldwin. Natürlich kommt er.

»Ja, das glaube ich. Deshalb habe ich zwei Türsteher engagiert und ihnen ein Foto von Roarke gegeben, damit sie ihn nicht reinlassen.«

Mir fällt die Kinnlade herunter. »Das hast du nicht getan, oder?«

»Nein, aber wenn du willst, mache ich es. Ich habe Kontakte.« Sie wackelt mit den Brauen, und ich habe keinerlei Zweifel an ihrer Aussage. »Aber so, wie du dreinblickst, vermute ich, dass du nichts dagegen hättest, wenn er morgen aufkreuzt.«

Wir sind noch nicht lange befreundet, aber sie kennt mich schon so gut. »Ich vermisse ihn. Und Lucy vermisst Nickel. Meinst du, das hört irgendwann auf? Dass ich eines Morgens aufwache und vergessen habe, dass er jemals Teil meines Lebens war? Wie kann es sein, dass ich ihn nach nur wenigen Monaten so sehr mag?«

Chelsea lacht. »Da fragst du die Falsche. Bist du sicher, dass es richtig war, die Sache zu beenden?«

»Ja, es war die richtige Entscheidung. Eines Tages wird er erkennen, dass ich recht hatte.«

Es bedeutet mir viel, dass sich Chelsea Sorgen um mich macht. Seit ich den beiden erzählt habe, dass ich Roarke verlassen habe, halten sie mich für verrückt. Sie haben es nie laut ausgesprochen, aber ich kann es an ihren Augen und ihrer Körpersprache erkennen.

Aber es war richtig, ihn gehen zu lassen, damit er eine Frau findet, die ihn verdient hat. Er hatte recht – ich hätte ihn einfach fragen können. Er hätte mich nicht angelogen. Er hat sich dafür entschuldigt, mir nichts davon erzählt zu haben, aber er hatte gute Gründe. Nie hätte ich gedacht, dass an dem Sprichwort *Was du liebst, lass frei* wirklich etwas dran ist. Aber es ist wahr. Ich liebe Roarke zu sehr, als dass er es verdient hätte, jedes Mal durch die Hölle zu gehen, wenn er spät von der Arbeit nach Hause kommt.

Ich muss mich wieder auf die Reihe bekommen. Anscheinend geht es mir doch nicht so gut, wie ich nach der Scheidung dachte.

Chelsea steht auf. Jetzt blickt sie wieder drein wie vor einer Woche, als ich ihr und Victoria erzählt habe, was ich bei Torrios getan habe. »Wie du willst. Wir sehen uns dann morgen Abend.«

»Danke für alles, Chelsea.«

Lächelnd bleibt sie in der Tür stehen. »Immer, Han. Dafür sind Freunde doch da.«

• • •

Am nächsten Abend mache ich mich gerade für die Gala fertig, als Gwen ins Badezimmer kommt.

»Du siehst umwerfend aus, Montana«, sagt sie.

Während ich eine lange elegante Robe trage, trägt sie ein kurzes Paillettenkleid mit einem ausladenden Tüllrock und Netzstrümpfen. Als würde das Kleid nicht schon ausreichen, um meiner Mutter einen Herzinfarkt zu bescheren, trägt sie dazu noch ein weißes T-Shirt, auf dem in großen schwarzen Buchstaben Girl Power steht.

»Außergewöhnlich wie immer.« Ich lächele sie über den Spiegel an.

»Ich weigere mich, der Norm zu entsprechen. Olive wird es bestimmt lieben. Glaubst du nicht auch?«

»Die Mädchen werden es auf jeden Fall lieben. Und dich sowieso.«

Sie setzt sich auf den Rand der Badewanne und beobachtet, wie ich mein Make-up auftrage. Ihr dicker Eyeliner und die Wimperntusche passen perfekt zu ihrem pinkfarbenen Lippenstift.

»Ich habe nachgedacht, nachdem du gestern Abend ins Bett gegangen bist.«

»Du? Nachgedacht? Ich bin schockiert.« Ich kichere.

Über den Spiegel streckt sie mir die Zunge heraus. »Ich bestehe nicht nur aus Titten und Arsch.«

Ich lache.

»Ich finde, du bist zu hart zu dir selbst.«

»Nein, Gwen.« Kopfschüttelnd wende ich mich wieder dem Spiegel zu und öffne den Mund, um den Lippenstift aufzutragen. In diesem Moment würde ich alles dafür tun, um diesem Gespräch aus dem Weg zu gehen.

»Seit wann schlägst du mir gegenüber so einen Ton an?« Sie hebt die perfekt geschwungenen Augenbrauen und legt die Beine übereinander.

Gwen hat recht. Sie hat mich schon immer herausgefordert – und es war immer zu meinem Besten.

»Ich glaube, es ist tatsächlich vorbei. Was ist denn so schlimm daran, Single zu sein? Du bist doch auch Single.« Ich zucke mit den Schultern.

Sie lacht. »Freiwillig. Aber du tust dir nur selbst weh, und ich werde mich nicht zurücklehnen und dir dabei zusehen. Todd war ein Arschloch. Das habe ich dir ab dem ersten Tag gesagt. Er hatte kein Rückgrat. Ich habe dir immer gesagt, dass du einen Mann brauchst, der dich herausfordert. Und was ich so gehört habe, scheint Roarke dieser Mann zu sein.«

Ich lege den Lippenstift auf die Ablage und drehe mich zu ihr. »Du kennst ihn doch gar nicht.«

»Du hast wohl vergessen, dass ich damals im Gerichtssaal saß, als die Scheidung vollzogen wurde. Ich war diejenige, die danach mit dir feiern war, weil du fünfundachtzig Kilogramm Arschloch losgeworden bist.«

Ich kichere. *Mein Gott, wie ich sie vermisst habe.*

»Das stimmt.«

»Ich hätte ihm meine Telefonnummer zugesteckt, wenn du ihn nicht schon für dich beansprucht hättest.« Sie kommt herüber und setzt sich auf die Ablage neben mir.

»Ich habe ihn gehasst.«

Sie zuckt mit den Schultern. »Sicher?«

»Ja, sicher.«

»Du hast an dem Abend nur von ihm geredet.«

»Weil ich wütend war. Er hat Todd dabei geholfen, mir mein Geld wegzunehmen.« Ich nehme den Lippenstift und lasse ihn über meine Lippen gleiten.

»Du hast aber was anderes gesagt, als du betrunken warst.« Sie setzt ihren Ich-habe-ein-Geheimnis-Gesichtsausdruck auf. Es ist derselbe Ausdruck wie damals, als sie mir erzählt hat, dass sie ihre Jungfräulichkeit verloren hat.

Ich halte inne und lehne mich gegen das Waschbecken. »Muss ich dich wirklich erst fragen?«

Ihr Lachen hallt durch das kleine Bad. »Du hast gesagt, du wolltest auf die Knie fallen, seine Hose öffnen und nachsehen, ob er wirklich der Mann ist, für den du ihn hältst. Du wolltest ihm einen bl…«

Ich hebe die Hand. »Hab's verstanden, Gwen. Aber ich habe an dem Abend eine halbe Flasche Tequila allein getrunken.«

»Ich sage ja immer, dass die Wahrheit ans Licht kommt, wenn man high oder betrunken ist.« Sie hüpft von der Ablage und bleibt im Türrahmen stehen. »Ich sage dir noch eine Sache, dann lasse ich dich in Frieden. Du bist eine tolle Frau. Und du bist stärker, als du denkst. Ich bin wahrscheinlich die Einzige, die weiß, wie schwer es für dich war, als du herausgefunden hast, dass Todd dich betrogen hat. Ich weiß, dass du denkst, du wärst zerbrochen, aber das bist du nicht. Du bist eine wunderschöne, unabhängige Frau, die sich aus der Asche erhoben hat, um etwas Gutes aus ihrem Leben zu machen. Und wenn Roarke wirklich so ist, wie ich glaube, dann ist er lieber mit dir zusammen und hilft dir, deine Probleme zu überwinden, als ohne dich zu sein.«

Ich öffne den Mund, um etwas zu erwidern, aber sie ist bereits verschwunden. Sagt immer ihre Meinung und geht einfach.

Als ich mich ein letztes Mal im Spiegel betrachte, kann ich fast spüren, wie Roarke hinter mir steht, meinen Nacken küsst und mir sagt, wie schön ich bin. Mir versichert, dass ich die Einzige bin für ihn.

Mir wird klar, dass es allein an mir liegt. Zum ersten Mal frage ich mich, ob ich wirklich die richtige Entscheidung getroffen habe.

Kapitel 32

Als ich den Saal betrete, habe ich zum ersten Mal wieder ein echtes Lächeln auf den Lippen, seit die Beziehung zu Roarke in die Brüche gegangen ist.

Die schlichten Vasen mit den weißen Rosen und den Gestecken auf den Tischen unter dem plissierten weißen Zeltdach strahlen eine lässige Eleganz aus. Die improvisierte Tanzfläche wird von acht Tischen mit weißen Tischdecken umrahmt. Zu den Seiten ist das Zelt offen, sodass man die Skyline der Stadt sehen kann.

»Gefällt es Ihnen?« Sonya kommt auf mich zu. Sie trägt ein schönes pinkfarbenes Kleid und High Heels. Auch das Namensschild hat sie sich ordentlich angesteckt.

»Ich liebe es. Es ist wunderschön.«

»Darf ich Sie herumführen?«

Die Servicekräfte sind in klassischem Schwarz und Weiß gekleidet. Während manche damit beschäftigt sind, Wassergläser zu füllen, zupfen andere die Blumengestecke zurecht und rücken die Platzkarten gerade.

»Selbstverständlich.«

»Der Champagner steht schon bereit. Den gibt es nach der letzten Rede.« Sie zeigt nach hinten zur Küche. »Hier drüben haben wir einen Raum mit Schwarzlicht eingerichtet, in dem die Mädchen inspirierende Sprüche in Neonfarben schreiben können.«

Der Raum ist ausgestattet mit schwarzen Tafeln und pinkfarbenen, gelben, blauen und grünen Neonstiften, die nur darauf warten, benutzt zu werden.

»Ich liebe es.«

»Ich war mir nicht ganz sicher, weil ich wusste, dass Sie alles elegant halten wollen. Aber da auch ein paar der Mädchen mit ihren Familien anwesend sein werden, dachte ich, es könnte funktionieren. Ich habe Chelsea von der Idee erzählt. Sie schien ihr zu gefallen, also haben wir es durchgezogen.« Sie führt mich an einen Tisch, der über und über mit Geschenkkörben bedeckt ist. »Das ist für die stille Auktion. Wer auch immer die Geschenkpakete zusammengestellt hat, hat einen großartigen Job gemacht. Es gibt Cubs-Pakete, Blackhawks, ein Wochenende im The Drake. Jemand hat sogar eine fünftägige Reise nach Napa mit dem Privatjet spendiert. Verrückt, wie viel Geld in dieser Stadt liegt. Die Auktion wird direkt nach dem Dinner stattfinden, wenn das Dessert serviert wird.«

Ihr Enthusiasmus ist ansteckend. Schön, dass sie genauso begeistert ist wie ich. »Es ist rundum perfekt.«

Lächelnd schlängelt sie sich zwischen den Tischen hindurch. »Ich war nicht sicher, was Sie von dem halten würden, was als Nächstes kommt. Chelsea und ich haben darüber gesprochen, aber sie meinte, Sie wären diese Woche kaum im Büro gewesen. Ich bin froh, dass es Ihnen wieder besser geht.«

Ich nicke schweigend.

»Wir haben uns dazu entschlossen, die Redner zwischen den Gästen zu platzieren, statt sie alle zusammen an einen Tisch zu setzen. Die sechs Winter-Classics-Athleten wurden in Zweiergruppen aufgeteilt und Familien zugeordnet, die am Programm teilnehmen. Ich hoffe, das ist in Ordnung. Aber ich dachte, wenn sie sehen, was Ihre Stiftung bewirkt, sind sie vielleicht eher gewillt, Zeit oder Geld zu spenden. Dann fühlt sich keiner ausgeschlossen, und alle sind gleich. Ich weiß nicht, ob Roarke Ihnen davon erzählt hat, aber ich habe auch schon mal bei einer gemeinnützigen Organisation Hilfe gesucht, als ich Probleme hatte, auf dem College über die Runden zu kommen. Das Bewerbungstraining hat mir dabei geholfen, diesen Job zu bekommen. Ich wollte nicht, dass sich die Menschen, die von RISE profitieren, anders fühlen als diejenigen, die die Stiftung finanziell unterstützen.« Sie errötet ein wenig. Die Farbe ihrer Wangen passt zu ihrem Kleid. »Klingt das schlimm? Ich wollte nicht, dass es so rüberkommt.«

Ihre Unschuld und ihr Einfühlungsvermögen beeindrucken mich. »Es klingt wundervoll und sehr überlegt. Vielen Dank, dass Sie daran gedacht haben.«

Sie zuckt mit den Schultern und berührt meinen Arm. »Ich bin so dankbar, dass es das *One Million Degrees*-Programm gibt. Deshalb hatte ich auch kein Problem damit, für RISE ein Event abzusagen, das nur auf Gewinn aus ist.« Sie zwinkert. »Das muss aber unter uns bleiben.«

Ihre Offenheit überwältigt mich. »Natürlich. Ich freue mich, dass Sie damals Unterstützung bekommen haben und jetzt erfolgreich sind.«

Lächelnd steuert sie auf das Podium zu. »Der Ton- und Videotechniker hat die Werbeanzeigen schon parat. Sie werden direkt nach den Reden und vor dem Dinner abgespielt.«

»Sonya, ich bin wirklich begeistert, wie toll alles organisiert wurde.«

»Oh!«, ruft sie und sieht sich sofort um, ob es irgendjemand gehört hat. »Fragen Sie nicht, wie wir es geschafft haben, aber wir haben sogar ein Feuerwerk organisiert. Die Raketen werden um halb elf gezündet, bevor sich der Abend dann dem Ende neigt.«

Obwohl ich ihre Mühen wirklich zu schätzen weiß, muss ich an Roarke denken, als ich das Wort Rakete höre. Ich verdränge die Erinnerungen und lächle sie an. »Wirklich? Oh, wie schön.«

Sie nickt. Wieder landet ihre Hand auf meinem Arm. »Ich muss mich jetzt um die letzten Vorbereitungen kümmern. Genießen Sie den Abend. Sagen Sie dem Servicepersonal Bescheid, falls Sie etwas brauchen. Sie werden dann nach mir suchen.«

Ich nehme sie in den Arm. »Danke, Sonya.«

Sie lässt mich los. »Gern geschehen. Roarkes Freunde sind auch meine Freunde.« Sie lächelt sanft, und ich frage mich, ob sie es weiß. Welche Beziehung haben die beiden noch zueinander? »Er wird entzückt sein, wenn er Sie nachher sieht.« Sie drückt leicht meinen Arm. Wahrscheinlich weiß sie noch nicht, dass wir uns getrennt haben.

»Ich bin sprachlos«, sagt Victoria, als sie kurz darauf gemeinsam mit Reed auftaucht. Sie sieht umwerfend aus in ihrem schwarzen Kleid und mit den schlanken Beinen. Jade trägt ein rosafarbenes Kleid mit einem perlenbesetzten Gürtel, während Reed einen klassischen schwarzen Anzug trägt. Sie wirken wie die perfekte amerikanische Familie.

Ich deute auf den Raum. »Großartig, oder?«

Victoria lässt Reed los und legt sich die Hand auf die Brust, während sie auf mich zukommt. »Es ist wunderschön. Viel schöner, als ich es mir vorgestellt habe. Was für ein toller Anfang für RISE.« Sie umarmt mich. Ihre Wärme lässt in mir die Hoffnung aufkeimen, dass das nicht die einzige RISE-Gala bleiben wird. Dass RISE ein voller Erfolg wird und noch viele Festlichkeiten folgen werden.

»Sieht super aus«, bemerkt Reed hinter ihr.

Victoria lässt mich los und sieht mich an, als wollte sie sagen: Vergib ihm seine fehlende Begeisterung. Er ist eben ein Kerl.

»Darf ich etwas auf die Tafel schreiben?«, fragt Jade.

»Selbstverständlich. Nur zu«, erwidere ich.

Sie rennt los und verschwindet im Schwarzlichtraum. »Unterhaltet euch ruhig weiter, ich behalte sie im Auge.« Reed lehnt sich nach vorn und gibt mir einen Kuss auf die Wange. »Glückwunsch, Hannah.«

»Danke, Reed.«

Reed wirft Victoria einen letzten Blick zu und verschwindet ebenfalls in dem Raum.

»Kann ich irgendwas helfen?« Victoria lässt den Blick durch den Raum schweifen.

»Nope. Genieß den Abend. Ich werde dich und Chelsea zu Beginn der Gala vorstellen, aber ansonsten habt einfach Spaß.« Ich trete noch ein Stückchen näher an sie heran. »Zum Schluss gibt es noch ein Feuerwerk. Vielleicht kann Jade heute ja ein bisschen länger aufbleiben?«

»Diese Runde hat Reed bereits gewonnen. Er meinte, es würde sie schon nicht umbringen, wenn sie mal später ins Bett kommt.« Sie verdreht die Augen, und ich frage mich, wie viel Reed eigentlich zu melden hat. Da ihr Ex-Mann nicht hier lebt, ist es Victoria gewohnt, immer die Kontrolle zu haben. Es ist bestimmt nicht leicht für sie, sich daran zu gewöhnen, dass Reed seine Meinung kundtut.

»Heilige Scheiße, ist das toll!« Chelseas Stimme hallt durch den annähernd leeren Raum. Mit offenem Mund sieht sie sich um. »Sonya ist pure Magie. Ich finde, wir sollten sie für all unsere Events engagieren.«

»Fehlt da nicht jemand?«, fragt Victoria, als sie merkt, dass Dean nicht da ist.

»Hey, wenn er meint, ich bräuchte eine Jacke, falls es kalt wird, dann muss er eben an der Garderobe warten.« Sie deutet mit dem Daumen hinter sich.

Dean kommt in seinem schwarzen Anzug hereingeschlendert, attraktiv wie immer, aber er wirkt ein wenig erschöpft.

»Ich will nur sichergehen, dass du keine Erkältung bekommst.« Seine Schritte sind so groß, dass er im Nullkommanichts bei uns ist.

Wenn mich nicht alles täuscht, erkenne ich einen kleinen Bauchansatz. Jeder, der nicht weiß, wie flach Chelseas Bauch vorher war, würde nicht ahnen, dass sie schwanger ist. Aber in ihrem hautengen goldfarbenen Kleid kann ich eindeutig den Beginn eines Babybauchs erkennen.

»Ladys. Umwerfend wie immer.« Dean küsst Victoria und mir die Wangen.

»Hey!« Chelsea schlägt ihm auf den Bauch.

»Du weißt, wo du bei mir stehst.« Er küsst ihre Wange und flüstert ihr etwas ins Ohr. »Wo ist Reed?«, fragt er, als Chelsea endlich aufhört zu kichern.

Bestimmt hat er es eilig, unserer Mädelstruppe zu entkommen.

»Mit Jade im Schwarzlichtraum.« Ich deute auf den Raum hinter ihm.

Er reibt sich die Hände. »Ein Darkroom ... Das ist ja wie auf dem College.« Es schlendert davon, und Chelsea verdreht die Augen.

»Mir juckt es in den Fingern, wenn ich nichts zu tun habe«, sagt Victoria.

Chelsea und ich lachen. »Dann lasst uns Drinks holen«, schlägt Chelsea vor, obwohl sie sowieso den ganzen Abend nur Wasser trinken wird.

»Perfekt«, sage ich. Einen Cocktail kann ich jetzt gut gebrauchen.

Wir machen uns auf den Weg zur Bar. Noch zehn Minuten, bevor die ersten Gäste eintrudeln werden. Ich kann nur hoffen, dass Roarke keiner von ihnen sein wird.

Kapitel 33

Alle Gäste haben ihre Plätze eingenommen, und ich stehe auf dem Podium, nachdem ich Chelsea und Victoria vorgestellt habe. Gleich soll das Imagevideo für RISE starten, doch die Stimme bleibt mir im Hals stecken, als ich den großen Mann entdecke, der sich seinen Weg zwischen den Tischen hindurch bahnt.

Roarke setzt sich auf den Stuhl neben meinem. Den Stuhl, der ursprünglich für ihn reserviert war, doch eigentlich sollte er jetzt an einem anderen Tisch sitzen.

»Viel Spaß mit dem ... Video.« Ich trete vom Podium und stehe nun nicht mehr im Scheinwerferlicht. »Chels«, sage ich schnippisch.

»Ich hab's gesehen.« Sie knetet nervös ihre Hände.

»Warum sitzt er an meinem Tisch?«

Sie schüttelt den Kopf. »Ich habe keine Ahnung. Ich weiß genau, dass ich ihn umplatziert habe.« Sie beißt sich auf die Unterlippe. »Ich weiß, dass ich in letzter Zeit ein wenig verwirrt war, aber da bin ich ganz sicher.« Ich glaube ihr und frage mich, ob es Sonya war. Schließlich hält sie ihn für einen Heiligen.

Das Video läuft, und wir müssen nun unsere Plätze einnehmen. Da wir alle an verschiedenen Tischen sitzen, bleibt mir nichts anderes übrig, als mich neben ihn zu setzen.

»Setz du dich neben Dean. Ich nehme deinen Platz«, murmelt Chelsea und steuert auf meinen Tisch zu.

Im letzten Moment kriege ich sie am Arm zu fassen. »Das kannst du nicht machen. Die Hälfte der Schulbezirksleiter sitzt an meinem Tisch.«

Ihre Augen werden groß. »Das habe ich völlig vergessen. Nun ja, ich könnte so tun, als wäre ich du.«

Victoria lacht.

Chelsea wirbelt herum. »Was denn? Das würde ich hinkriegen.«

»Schon in Ordnung. Ein gemeinsames Essen halte ich aus.« Ohne meinen Worten selbst Glauben zu schenken gehe ich zu meinem Platz.

Der ganze Tisch lacht bereits über irgendeine Geschichte, die er gerade erzählt hat. Immer so charmant.

»Da ist sie ja.« Roarke steht auf und zieht meinen Stuhl zurück.

»Ich dachte, du würdest es nicht schaffen«, flüstere ich lächelnd, für den Fall, dass die anderen uns beobachten.

»Oh, du hast vergessen, dass du mir noch einen letzten Gefallen schuldest.« Lächelnd rückt er mir den Stuhl zurecht.

Er setzt sich neben mich und legt die Serviette auf seinen Schoß.

Er sieht gut aus. Verdammt, im Anzug sieht er immer gut aus. Es wird schwer werden, mich selbst davon zu überzeugen, dass ich nicht mehr auf ihn stehe.

Während der Rest des Tischs damit beschäftigt ist, Salatdressing und Brotkörbe herumzureichen, lehne ich mich zu ihm. »Ruinier mir nicht den Abend, Roarke.«

Seinen Schultern entweicht die Stärke, die sie sonst immer haben. »Das würde ich niemals tun. Gib mir nur fünf Minuten, dann können wir all das hinter uns lassen.«

»Und dann?« Ich lächle einer Frau zu, die uns gegenübersitzt.

»Machen wir da weiter, wo wir aufgehört haben.«

Ich drehe mich zu ihm, um ihm direkt ins Gesicht zu sehen. »Du verstehst es nicht …«

»Hannah, Liebling, Sie sehen umwerfend aus.« Die Frau des Leiters des Chicagoer Schulbezirks Nummer 299, eine ältere Dame, lenkt meine Aufmerksamkeit weg von Roarke.

Ich lächle, damit sie nicht den Eindruck bekommt, irgendwas wäre zwischen mir und dem Herrn neben mir nicht in Ordnung. »Danke. Schönes Kleid.«

Sie nickt stolz. »Danke. Es ist aus Viskose. Sehr zum Leidwesen meiner Tochter. Sie will immer, dass ich mich anders kleide, aber meine Philosophie ist, dass das Äußere keine Rolle spielt. Es geht um die inneren Werte. Was hier drin ist.« Sie legt sich die Hand auf das Herz. »Ich muss keine Unmengen an Geld ausgeben, nur um ausgefallen und kultiviert auszusehen. Die Leute können herausfinden, wer ich bin, indem sie sich die Zeit nehmen, sich mit mir zu unterhalten.«

Ich bewundere sie. Sie fühlt sich wohl in ihrer Haut.

»Das ist wundervoll. Heutzutage ist es nicht einfach, nicht in die Falle zu tappen, so auszusehen wie alle anderen.«

Gwen kommt mir in den Sinn, als ich sie drei Tische weiter lachen höre. Noch eine Frau, die sich kein bisschen darum schert, was andere von ihr halten.

»Können Sie sich vorstellen, wie es war, als ich noch jung war? Damals wollten sie noch, dass wir Frauen in der Küche an einem Hitzschlag sterben. Ich habe Earl gleich gesagt, dass er das vergessen kann. Wenn du mich in die Küche stellen willst, brauchst du gar nicht erst in der Kirche zu erscheinen, um mich zu heiraten. Ich habe eine Stimme. Und ich werde dir sagen, wenn du dich wie ein Vollidiot aufführst.«

Ich presse die Lippen zusammen, um nicht in Lachen auszubrechen.

»Oh, lachen Sie ruhig. Meine Enkelin hält mich für verrückt. Aber wissen Sie was?«

Ich lehne mich nach vorn, gespannt, was als Nächstes kommt.

»Sie ist stark. Hat letztes Jahr ihren Mann verlassen, obwohl sie drei Kinder hat, die alle unter vier sind. Er hat versucht, sein Gehalt zu verschleiern, damit er nicht so viel Unterhalt zahlen muss, aber sie hatte alle Unterlagen. Sie wusste genau, wie sie an die Riesterrente herankommt und welche Aktien sie haben. Hätte ich ihre Mutter nicht dazu erzogen, ihren eigenen Kopf zu haben, wüsste sie vielleicht gar nicht, dass sie sich in die gemeinsamen Finanzen einmischen muss. Liebe ist etwas Wundervolles.« Mit schief gelegtem Kopf beäugt sie Roarke. »Aber sie macht auch blind. Manchmal bekommt man mit dem Vorschlaghammer eins übergezogen, doch man muss trotzdem wieder aufstehen. Und zwar so schnell wie möglich. Das ist wichtig. Finden Sie nicht?«

Ich lächle sie an. »Ja, da haben Sie recht.«

»Und denken Sie daran. Sie haben Perfektion verdient. Niemand ist perfekt, aber wer das hier gewinnen will«, sie deutet auf ihr Herz, »sollte nach Perfektion streben.«

Warum habe ich das Gefühl, dass sie von mir spricht und nicht nur allgemein?

»Man muss sich gegenseitig mit Respekt behandeln. Darauf vertrauen, dass man alles gemeinsam regeln kann. Es gibt keine Liebe wie im Märchen, aber warum sollten der Prinz und die Prinzessin den Drachen nicht gemeinsam erlegen?«

»Ach, Eloise, hör jetzt auf, die ganze Zeit über Liebe zu schnattern«, sagt ihr Ehemann neben ihr.

Sie beäugt Roarke erneut, doch dieser ist gerade in ein Gespräch vertieft.

Sie spricht mir aus der Seele. Man könnte meinen, sie hätte eine Akte über mich gelesen. Am liebsten würde ich unter dem Tisch Roarkes Hand ergreifen, aber ich halte mich zurück.

Alles, was diese Frau gesagt hat, lüftet den Nebel, der schon die ganze Woche mein Gehirn umhüllt. Ich brauche keinen Prinzen, der mich rettet. Aber ich muss darauf vertrauen, dass ich die Stärke habe, mich wieder aufzurappeln, sollte es mit uns nicht klappen.

Ich schiebe meine Gedanken an Roarke beiseite, während ich mich mit Earl und den anderen Schulbezirksleitern über RISE unterhalte und darüber, was in den nächsten anderthalb Stunden passieren wird.

Roarke sitzt still daneben, versucht nicht, mich zu unterbrechen oder seine Meinung kundzutun. Er versucht auch nicht, den anderen RISE schmackhaft zu machen. Würde ich nicht die elektrische Spannung zwischen uns spüren, die mir die Nackenhaare zu Berge stehen lässt, würde ich mich fragen, ob er überhaupt noch da ist.

Die Teller werden abgeräumt, gleich wird das Dessert serviert.

»Bitte entschuldigen Sie mich. Ich glaube, die Auktion beginnt gleich.« Schnell steht Roarke auf und zieht den Stuhl zurück, damit ich ebenfalls aufstehen kann. »Danke.«

»Gern geschehen.«

Unsere Blicke treffen sich kurz, bevor ich wegsehe.

Obwohl Eloises wohlgemeinter Rat ein weiteres Zeichen dafür ist, dass ich mich blöd verhalte, ist jetzt nicht der richtige Zeitpunkt, um dieses Gespräch zu führen.

Er setzt sich wieder auf seinen Platz, während ich erneut das Podium betrete, um den Auktionator vorzustellen.

• • •

RISE nimmt an diesem Abend mehr Spenden ein, als ich für möglich gehalten hätte. Roarke bleibt die ganze Zeit im Hintergrund und bietet mir seine stille Unterstützung. Weder infiltriert er meinen Bereich, noch macht er eine Szene. Ich nehme mir die Zeit, kurz meinen Eltern Hallo zu sagen und mich mit allen Rednern zu unterhalten, damit sie wissen, wie sehr ich ihr Engagement zu schätzen weiß. Ich schmeichle denjenigen, die besonders viel Geld haben, und alles verläuft ohne Probleme.

Ich habe mich gerade von Jasper und Lennon Banks verabschiedet, die leider nicht beim Feuerwerk dabei sein können, als ich höre, wie jemand gegen das Mikro tippt.

»Bitte entschuldigen Sie.« Roarkes dunkle Stimme hallt durch das Zelt.

Ich fühle mich wie erstarrt. Angst und Aufregung jagen durch meine Adern. Ich bin gespannt, was er vorhat.

Alle hören auf zu reden und widmen ihm ihre volle Aufmerksamkeit, doch sein Blick ist ausschließlich auf mich gerichtet.

»Nein, nein, nein«, flüstere ich, während meine Wangen anfangen zu glühen.

»Wer ist das?«, fragt Lennon, die noch immer neben mir steht.

»Komm jetzt«, drängt Jasper, denn sie müssen zurück ins Hotel zu ihren Kindern.

Doch Lennon winkt ab. »Einen Teufel werde ich tun«, erwidert sie.

Er tritt neben sie, sodass wir nun alle nebeneinanderstehen.

»Ich dachte, es würde einfach werden«, beginnt Roarke. »Schließlich bin ich gewohnt, jeden Tag vor dem Richter zu sprechen. Aber das hier ist viel wichtiger als die Frage, wer die Kinder in den Ferien bekommt, zusammengelegte Bankkonten oder Altersvorsorge. Hier geht es um *meine* Zukunft. Und dieser Moment wird darüber entscheiden, ob meine Zukunft so aussehen wird, wie ich es mir wünsche.« Er macht eine Pause und schluckt. »Ich liebe dich, Hannah Crowley.«

Der ganze Raum schnappt nach Luft, und alle Augen richten sich auf mich. Ich versuche, all die Menschen um mich herum zu vergessen, denn er hat mir gerade zum ersten Mal gesagt, dass er mich liebt – und es fühlt sich richtig an.

»Als ich zum ersten Mal dein Foto gesehen habe, wusste ich sofort, du bist die Frau, auf die ich ein ganzes Leben lang warten würde.«

Von ein paar Frauen kommt ein gerührtes Ahh.

»Es klingt vielleicht klischeehaft, aber es ist wahr. Schon immer habe ich auf mein Bauchgefühl gehört, es hat mich noch nie in die falsche Richtung gelenkt. Aus Fehlern lernt man. Selbst wenn ich an etwas gescheitert bin, war es für mich okay. Wenn es mich jetzt falsch lenkt, da ich vor Hunderten von Menschen stehe, einer Frau meine Liebe gestehe und sie mich vielleicht abweisen wird … dann lerne ich daraus, so etwas nie wieder zu tun. Nicht, dass ich das müsste, denn für mich wird es immer nur dich geben.«

Die Menge lacht.

»Aber ich hoffe, dass sich meine kleine Rakete nach dieser Rede an der Hand nehmen und auf die Terrasse führen lässt, damit wir gemeinsam beobachten können, wie das Feuerwerk den Himmel erhellt. Denn meine Arme sind leer ohne dich und mein Herz hohl ohne deine Liebe. Ich vermisse dich, Hannah. Ich weiß, dass es zwischen uns kompliziert und alles andere als einfach ist. Vertrauen ist in jeder Beziehung schwierig. Aber du hast die Chance ergriffen, mein wahres Ich kennenzulernen. Es hat Mut erfordert, aber du hast den Schritt gewagt. Und ich hoffe, du hast das Gefühl, etwas dafür bekommen zu haben.«

Er zwinkert und lächelt sein charmantes Lächeln. Das mit den blitzweißen Zähnen und den strahlenden Augen, das alle für ihn gewinnt. Der Raum lacht erneut, während mir Hitze in die Wangen schießt.

»Unser gemeinsamer Weg mag am Anfang in die falsche Richtung geführt haben. Aber zusammen haben wir ihn in eine andere Richtung gelenkt. Und sollte er uns mal wieder falsch führen, bin ich sicher, wir schaffen es erneut, ihn geradezubiegen. Zusammen. Ich habe dir versprochen, dass wir immer alles gemeinsam entscheiden werden. Ich weiß, dass du aufgrund deiner Vergangenheit daran zweifelst, mir jemals vertrauen zu können. Nun ja, ich bin hier und reiche dir die Hand. Wir werden den Weg gemeinsam gehen. Schritt für Schritt. Einen Tag nach dem anderen. Über jeden Ast, der uns im Weg liegt, steigen wir gemeinsam. Na, fällt dir der rote Faden auf?«

Wieder lacht der ganze Raum.

Breit lächelnd kommt Chelsea auf uns zu.

»Ist er nicht süß?«, sagt Lennon zu ihr.

»Wer zum Teufel ist dieser Kerl?« Jagger Kale, ein alter Freund, tritt neben mich. »Gehört er zu dir?« Es klingt so abwertend, dass ich ihm am liebsten in den Bauch boxen würde.

»Lass sie gefälligst in Ruhe«, befiehlt ihm Victoria in ihrem strengen Mutterton.

»Genau, Jagger, ruinier nicht den romantischen Moment«, sagt seine Frau Quinn. »Du warst auch mal ein Arschloch. Vergiss das nicht.«

»Da hatte ich noch keine Ahnung und stand noch nicht unter deinem Zauberbann.«

Quinn und Victoria ziehen ihn weg, und das Gespräch zwischen ihnen wird leiser, während ich Roarke beobachte.

Er steckt die Hände in die Hosentaschen, bevor er fortfährt. »Ich verspreche dir noch etwas, Hannah. Und du *weißt*, dass ich meine Versprechen immer halte.«

Während die Blicke aller zwischen uns hin und her wandern, beginnt mein Herz, wie verrückt zu hämmern.

»Ich verspreche dir, einhundert Prozent zu geben. Ich verspreche dir, dich bedingungslos zu lieben. Ich verspreche dir, geduldig zu sein, wenn dich deine Vergangenheit einholt und deinem Kopf Streiche spielt.« Dieser Satz bringt mich zum Lächeln. »Ich verspreche dir, immer an deiner Seite zu sein, ohne dich in den Schatten zu stellen. Ich verspreche dir, dass wir zusammenhalten werden. Immer.«

Der ganze Raum ist still – bis auf das Rauschen meines Blutes in meinem Kopf und das Hämmern meines Herzens. Roarke steigt vom Podium und kommt auf mich zu.

Mein Hals ist staubtrocken. Alle Augen folgen ihm, bis er schließlich vor mir steht.

»Was sagst du, Hannah? Können wir uns eine echte Chance geben und den ganzen Mist hinter uns lassen?«

»Küss ihn!«, ruft jemand aus dem Publikum, und Roarke wirft ihm ein Lächeln zu, bevor er wieder mich ansieht.

»Ich würde dir gern versprechen, dich niemals zu enttäuschen, aber ich breche meine Versprechen nicht. Ich kann nur sagen, dass ich es niemals absichtlich tun werde. Ich meine, wenn ich die falsche Milch mit nach Hause bringe oder …«

Ich mache einen Schritt vorwärts und lege ihm den Finger an den Mund.

»Du liebst mich?«, flüstere ich.

Er nickt.

»Muss ich wieder einen Vertrag unterschreiben?« Meine Mundwinkel ziehen sich nach oben und seine ebenfalls.

»Ich würde es gern Schwarz auf Weiß sehen, dass du für immer bei mir bleibst, aber ich will nur mit dir zusammen sein, wenn du es auch willst. Also, willst du?«

Mein Herz setzt für einen Moment aus. »Ja, ich will.«

Er legt die Hand an meine Wange und kommt ganz dicht an mich heran. »Schieb mich nie wieder von dir.« Er senkt den Kopf, um mich zu küssen, doch ich weiche zurück.

»Sag mir nicht, was ich zu tun habe.«

Er lacht leise. Ohne etwas zu erwidern treffen seine Lippen auf meine.

»Feuerwerk!«, ruft jemand.

»Ich habe hier mein eigenes Feuerwerk«, flüstert Roarke, bevor seine Zunge meinen Mund erobert.

Alle eilen nach draußen, doch ich höre nur Schritte, bis wir schließlich ganz allein sind.

Als wir unseren Kuss beenden, ergreift Roarke meine Hand, um mich nach draußen zu führen.

»Du schuldest mir noch einen Gefallen«, sagt er mit gehobener Augenbraue.

»Was willst du?«, frage ich beinahe ängstlich.

»Würdest du bei mir einziehen?« Bevor ich etwas erwidern kann, legt er den Daumen auf meinen Mund. »Ich werde deinen Namen auf der Eigentumsurkunde eintragen lassen. Das Apartment wird uns beiden gehören. Es wird nicht länger mir gehören, sondern uns. Und wenn du willst, dass ich bei dir einziehe, ist das auch in Ordnung. Die Entscheidung liegt ganz bei dir. Aber ich kann den Gedanken nicht ertragen, nicht Tag und Nacht mit dir zusammen zu sein.«

Draußen beginnt das Feuerwerk mit einem lauten Knall.

»Ich bin eine Frau, die aus ihren Fehlern lernt. Ja, ich werde bei dir einziehen.«

Als Antwort gibt er mir den Kuss, auf den ich schon den ganzen Abend gewartet habe. Den Kuss, der alles andere in den Hintergrund treten lässt. Es gibt nur noch ihn.

Für immer.

Epilog

»Ein neues Bett?«, fragt Roarke, während er den Flur in Richtung Küche hinabgeht.

»Neuer Start, neues Bett.« Ich stecke mir vor dem Spiegel die Ohrringe an und beobachte, wie er sich einen Drink holt. Es ist eine seiner Angewohnheiten, die mir erst aufgefallen ist, nachdem wir zusammengezogen waren. Bevor wir zu einer Veranstaltung aufbrechen, genehmigt er sich immer einen Drink.

»Ich habe schöne Erinnerungen an dich in diesem Bett. Wie ich dich dazu gekriegt habe, darin zu schlafen, als du mich noch gehasst hast.« Zwinkernd dreht er sich zu mir um.

Ich bin immer noch mit meinem Ohrring beschäftigt, weshalb ich ihn nur böse anfunkle, statt ihm den Stinkefinger zu zeigen.

Leise lachend setzt er seinen Weg in die Küche fort. »Du könntest nur sauer sein, wenn du dich nicht in mich verliebt hättest«, ruft er aus dem Flur.

Im Spiegel begutachte ich unser Schlafzimmer. Auf dem Nachttisch liegt das Buch, das ich gerade lese, und mein Ladekabel. Auf seinem Nachttisch liegt sein Buch, obendrauf seine Lesebrille. Nicht, dass wir wirklich zum Lesen kommen würden. Seit die Möbelpacker meine Sachen in Kisten gesteckt und einmal quer durch die Stadt transportiert haben, benehmen wir uns wie zwei notgeile Teenager. Da mein Apartment in Familienbesitz ist, wohnt jetzt meine Cousine darin.

Tränen steigen in mir auf. Mein Gott, wie ich ihn liebe. So sehr, dass es mich immer noch überrascht.

Als ich fertig bin, hebe ich meine High Heels vom Boden auf und gehe in Richtung Küche. Ich höre das Klirren von Eiswürfeln.

»Du hast mir versprochen, mir alles zu geben, was ich will. Und ich will ein neues Bett.«

Da er gerade mit der Zubereitung meines Drinks beschäftigt ist, nehme ich die Whiskyflasche und gieße ihm ebenfalls einen Drink ein.

»Ich kann mich nicht daran erinnern, dass das Teil meiner Rede war.« Er hebt die Augenbrauen. Hätten wir Zeit, würde ich ihm die Klamotten vom Leib reißen und ihn an Ort und Stelle vernaschen. Scheiß auf die Benefizveranstaltung.

»Ich wusste, ich hätte sie aufnehmen sollen.« Ich kichere. Er küsst mich und reicht mir meinen Drink.

Im Austausch reiche ich ihm seinen.

»Dann muss ich heute Abend also dabei zusehen, wie eine Horde von Junggesellen versteigert wird?«, fragt er.

Ich nicke und nippe an meinem Drink. »Versuchst du etwa, das Thema zu wechseln?«

Er lehnt sich gegen die Küchentheke. »Du weißt doch sowieso, dass du dein neues Bett kriegst, oder? Als würde ich mich mit dir über so etwas streiten.«

Ich lächle. Nicht, weil ich uns ein neues Bett aussuchen darf, sondern weil ich wusste, dass er so reagieren würde, was bedeutet, dass ich ihn wirklich gut kenne. »Ich schätze schon.«

Er hebt sein Glas. »Worauf sollen wir anstoßen?«

»Auf alle Frauen, die sich heute Abend einen Junggesellen angeln?«, scherze ich.

»Solange du keine von ihnen bist.«

Ich trete näher an ihn heran, bis sich unsere Oberkörper berühren. Ohne meine High Heels reiche ich ihm nur bis zur Brust, aber ich liebe es, dass er mich wie ein Bär in seine Arme schließen kann. »Ich habe meinen Junggesellen schon gefunden.« Ich küsse sein Kinn und stelle mich auf die Zehenspitzen, um seinen Mund zu erreichen.

Seine Hände gleiten meinen Rücken hinab und landen auf meinem Hintern, während unser Kuss immer inniger wird.

»Ich hätte da einen Vorschlag«, murmelt er.

Ich sinke zurück auf die Fersen und nehme einen Schluck von meinem Drink. »Dein Ton macht mir Angst.«

Er lacht leise und nimmt einen großen Schluck Whisky.

Ich zermartere mir das Gehirn darüber, wie sein Vorschlag wohl aussehen könnte.

»Mein Ton? Es ist derselbe Ton, den ich immer habe. Du bekommst ein neues Bett, und dafür bekomme ich ...« Er greift in seine Hosentasche, und mir stockt der Atem.

»NEIN!«, schreie ich.

Lächelnd zieht er eine kleine Schatulle hervor. Angst ergreift mein Herz. Es wird alles verändern, und was wir haben, ist gut.

Lieber Gott, bitte sag mir, dass da Ohrringe drin sind. Oder von mir aus auch eine Brosche. Bloß nicht ...

»Roarke«, krächze ich, als er den Deckel öffnet und ein Ring zum Vorschein kommt. Und zwar ein Ring, der mit mehr Diamanten besetzt ist als mein letzter Ehering.

»Halt.« Er hebt die Hand. »Ich hätte dich besser darauf vorbereiten sollen. Es ist *kein* Verlobungsring.«

Endlich bekomme ich wieder Luft.

Gott sei Dank.

»Okay, aber was ist es dann?«, frage ich.

»Bist du jetzt enttäuscht? Es kann auch ein Verlobungsring sein, wenn du willst, aber ich dachte, wir ... du ...«

Wie am Abend der Gala lege ich ihm auch jetzt den Finger an die Lippen. »Ich bin nicht enttäuscht.«

Die Anspannung weicht aus seinem Körper. »Und es ist auch kein Symbol, um der Welt zu zeigen, dass du mir gehörst.«

»Ist es nicht?«

Grinsend nimmt er den Ring aus der Schatulle. »Nun ja, selbst wenn es eins wäre, könntest du es mir nicht verübeln, Rakete. Ich will nicht, dass jeder Kerl versucht, dich anzubaggern.«

»Dann ist es also eine Art Pfefferspray, um herumschnüffelnde Widerlinge abzuwehren?«

Leise lachend ergreift er meine Hand. »Überhaupt nicht. Ich weiß, dass eine Heirat nicht zur Debatte steht. Dass wir kein Stück Papier brauchen, um uns gegenseitig unsere Liebe zu beweisen. Trotzdem möchte ich, dass du an mich denkst, wenn du auf deine Hand blickst. Dass du daran denkst, dass du am Ende eines langen Tages in ein schönes Zuhause kommst und dass der Mann, der dich über alles liebt, dort auf dich wartet.«

Meine Hand zittert, als ich sie vor den Mund schlage und nach Luft schnappe.

»Ich würde auf die Knie gehen, aber ich weiß, dass du das nicht willst. Ich will mit diesem Ring lediglich das Versprechen besiegeln, das ich dir gegeben habe. Dass du mein bist und ich dein. Nimmst du ihn an?«

»Heißt das, ich darf dir auch einen Ring kaufen?« Ich hebe eine Augenbraue.

Er lacht leise. »Wir können sofort beim Juwelier vorbeifahren, wenn du willst. Ich würde gern einen Ring tragen, der symbolisch dafür steht, dass wir zusammengehören.«

Wieder blicke ich auf den Ring. Über alles, was Roarke gesagt hat, haben wir schon gesprochen, aber meist in postorgastischer Glückseligkeit. Er hat recht. Ich habe nicht das Bedürfnis, noch einmal zu heiraten. Was ich brauche, ist ein Mann, der sich immer wieder für mich entscheidet – und ein Blatt Papier ist keine Garantie dafür.

»Ich frage dich noch einmal. Wirst du meinen Ring tragen?«

»Das klingt so nach Highschool.« Ich kichere, und er wirkt inzwischen leicht genervt. »Ja! Ich fühle mich geehrt, deinen Ring zu tragen.«

Er steckt mir den silbernen Ring an. Ich betrachte ihn voller Begeisterung und Freude, nicht mit Angst und Verbitterung, wie ich es am Schluss mit Todds Ring getan habe.

»Platin?«, frage ich.

Er grinst frech. »Nur das Beste.«

Wieder schmiege ich mich an ihn, und er schlingt die Arme um meine Taille und drückt mich fest an sich. »Ich liebe dich.«

Er küsst mich, bis ich keine Luft mehr bekomme. Dann lässt er von mir ab. »Ich liebe dich noch viel mehr.«

• • •

»Habe ich eigentlich schon erwähnt, dass ich nicht sonderlich auf Junggesellenversteigerungen stehe?«, erinnert mich Roarke erneut, als wir aus dem Uber steigen und den Festsaal des Hotels betreten.

»Es wird bestimmt lustig. Es ist eine Spendenaktion zu Ehren gefallener Ersthelfer. Außerdem, was hätte ich sagen sollen, nachdem uns meine Eltern ihren Tisch überlassen haben, weil ich meiner Mutter zum Geburtstag eine Reise geschenkt habe? Geh rüber zur stillen Auktion und biete auf einen Wochenendtrip. Ich verspreche dir, dass ich dir jeden Tag einen blasen werde.«

»Abgemacht.« Er küsst meine Wange und steuert auf den Tisch mit den Geschenkkörben zu.

»Wo will Roarke denn hin?« Victoria und Reed kommen auf mich zu.

»Ich habe keine Ahnung, aber ich werde ihm folgen. Schön, dich zu sehen, Hannah.« Reed gibt mir einen Kuss auf die Wange. »Wenn meine Freundin noch einmal ohh sagt, verliere ich die Kontrolle.« Er folgt Roarke zum Tisch, und wir beobachten, wie sich unsere Männer die Hände schütteln und gemeinsam die Geschenkkörbe begutachten.

»Was geht ab, Ladys?« Chelsea kommt auf uns zu. Unter ihrem Kleid zeichnet sich inzwischen deutlich ein Bäuchlein ab.

»Die Schwangerschaft steht dir gut«, bemerke ich.

Dean umarmt sie von hinten und streichelt ihren Bauch. »Da stimme ich voll und ganz zu.« Er küsst ihren Hals. »Aber nicht, dass ich dich nachher mit einer Bieternummer erwische.« Er hebt eine Augenbraue.

»Ich dachte, ihr steht auf Außergewöhnliches?«, scherzt Victoria.

»Aber ich teile nicht gern.« Sein Blick bleibt auf Chelsea gerichtet, während er sich Reed und Roarke nähert.

»Du weißt, dass du der einzige Mann bist, der mich befriedigen kann!«, ruft Chelsea ihm nach.

Hinter uns hustet jemand. Es ist eine Dame mittleren Alters in einem Tweed-Kostüm.

»Für diese Unterhaltung sind wir zu weit voneinander entfernt«, fügt Chelsea kichernd hinzu.

»Vergiss nicht. Keine Bieternummer!« Lächelnd zeigt er auf sie.

»Wir passen auf sie auf«, verspreche ich ihm.

»Oh, Hannah, wir wissen beide nur zu gut, dass man Chelsea nicht im Zaum halten kann.« Er grinst.

Chelsea wirft ihm eine Kusshand zu. Dann verschwindet auch er in der Menge.

»Ein Glück, dass unsere Männer sich so gut verstehen, nicht wahr?« Victoria hält weiter den Blick auf den Auktionstisch gerichtet.

»Wir haben uns alle einen Anwalt geangelt. Wer hätte das gedacht?«, bemerkt Chelsea und reibt sich den Bauch.

»Sollen wir sie dafür rügen, uns keinen Drink geholt zu haben?«, frage ich.

»Ach, wir sind doch unabhängige, starke Frauen, oder etwa nicht?«, erwidert Chelsea.

»Selbstverständlich.« Victoria geht voran in Richtung Bar, die sich auf der gegenüberliegenden Seite des Raums befindet.

Nachdem Victoria und ich uns jeweils ein Glas Wein geholt haben und Chelsea ein Wasser mit einer Zitronenscheibe, das sie als richtigen Drink ausgibt, setzen wir uns an einen Tisch in der Nähe der Bühne, die über und über mit Herzen und Pfeilen dekoriert ist. Es ist zwar kitschig und total klischeehaft, aber trotzdem süß und festlich.

»Seht euch all die Männer in Uniformen an.« Chelsea dreht den Kopf in alle Richtungen. »Es ist zwar nicht das Gleiche, aber damals, als Dean noch seine Baseball-Uniform getragen hat ... sein Hintern ...«

»Wir haben's verstanden, Chels«, unterbricht Victoria sie. »In der wievielten Woche bist du jetzt?«

Sie lachen, denn im Büro machen wir schon die ganze Zeit Witze darüber, dass Chelsea laut Victoria jetzt in die hormongesteuerte Phase kommt, in der sie Dean bei jeder Gelegenheit bespringen wird.

»Sie war doch schon immer scharf wie ein Rettich.« Ich lache, und Chelsea bewirft mich mit Konfetti, das auf dem Tisch liegt.

»Nicht, dass ich es abstreiten würde.« Sie nippt an ihrem Zitronenwasser. »Aber im Vergleich zu Dean hat keiner der Typen hier auch nur einen Funken Sexappeal.«

Wir bemerken eine Gruppe von drei Frauen, die lachend und schwatzend hereinkommen und sich an den Tisch neben uns setzen.

»Sie wirken wie eine jüngere Version von uns«, bemerkt Vitoria ein wenig wehmütig.

»Nicht unbedingt jünger, eher die Single-Version«, erwidert Chelsea.

»Sprich bitte für dich selbst«, sage ich scherzhaft. Immerhin bin ich die Älteste von uns.

Chelsea beäugt die Größte der drei, eine Blondine. »Die Blonde gefällt mir. Sie versteht bestimmt Spaß.«

Jetzt bin ich diejenige, die sie mit Konfetti bewirft.

»Ahh!« Victoria zeigt auf meine Hand und spuckt ein wenig Wein auf die schwarze Tischdecke.

»Heilige Scheiße!« Chelsea packt meine Hand. »Ihr habt euch verlobt?« Ihre Ungläubigkeit spiegelt in etwa das Rumoren in meinem Magen wider, das ich hatte, als Roarke die Schatulle geöffnet hat.

»Nein.« Brav halte ich die Hand hin, während die beiden abwechselnd den Ring inspizieren. »Ihr wisst doch, dass ich kein zweites Mal heiraten werde.«

»Und was sagt Roarke dazu?«, fragt Victoria.

»Da sind wir uns einig. Wir glauben nicht, dass uns ein Blatt Papier glücklicher machen wird. Versteht mich nicht falsch. Ich verstehe, wenn man heiraten will. Ich habe es ja auch getan. Aber ich liebe Roarke, und er liebt mich. Da muss uns der Staat Illinois nicht zu Mann und Frau erklären.«

»Süß«, sagt Chelsea. »Aber ich will es trotzdem Schwarz auf Weiß.«

Victoria sagt nichts, wahrscheinlich aus Höflichkeit. Oder weil sie Angst hat, es könnte falsch rüberkommen. Aber ich bin ziemlich sicher, dass sie auch heiraten will.

»Jede, wie sie will. Aber für uns funktioniert es so.« Ich lächle. Roarke und ich sind zufrieden mit der Situation, das müssen die anderen nicht verstehen.

»Dann ist es so etwas wie ein Freundschaftsring?«, fragt Chelsea und lässt meine Hand los.

Ich betrachte die Diamanten, die im Licht des Kronleuchters funkeln. »Ich bin keine fünfzehn mehr. Aber laut Roarke soll mich der Ring daran erinnern, dass er immer an mich denkt und für mich da ist.«

Victoria nimmt einen Schluck Wein. Ihr Lächeln wird immer breiter.

»Dann war's das also. Wir haben alle unser Happy End bekommen. Dann sind unsere Liebesgeschichten jetzt zu Ende.« Chelsea blickt drein, als würden ihre Hormone gleich wieder zuschlagen.

Ich greife zu ihr hinüber und lege die Hand auf ihren Bauch.

»Sie fangen gerade erst an.«

Sie lächelt, und eine Träne rinnt über ihre Wange.

»Oh. Mein. Gott. Warum habe ich nicht damit gerechnet, dass er hier sein würde? Natürlich ist er hier.« Das Mädchen am Tisch nebenan schlägt die Stirn gegen die Tischplatte.

»Was? Wer?« Die Blondine lässt den Blick durch den Raum schweifen und begutachtet die Junggesellen.

Das Mädchen mit dem Kopf auf dem Tisch murmelt irgendetwas vor sich hin.

»Ich nehme den da«, sagt die junge Frau mit dem kastanienbraunen Haar und zeigt auf einen Polizisten, der gerade an ihnen vorbeigeht. »Und ich dachte, hier wären nur dicke Sanitäter, deren Shirts sich über ihre Bäuche spannen. Aber die Typen sehen aus, als gehörten sie auf den Laufsteg. Von denen lasse ich mich gern verhaften.« Sie lehnt sich zurück, nippt an ihrem fruchtigen Drink und zwinkert einem von ihnen zu.

»Konzentrier dich, Lauren. Maddie braucht uns jetzt.«

»Ganz ruhig, Vanessa. Sie wird schon nicht ausrasten. Sie wird sich nur ein wenig hineinsteigern. Sie liebt ihn seit Ewigkeiten. Stimmt's, Maddie?« Lauren setzt sich auf und sieht ihre Freundin wissend an.

Maddie nickt, ohne den Kopf zu heben. Ich frage mich, wie lange sie sich schon kennen.

»Entschuldigung, dass ich störe ...«, sagt Chelsea.

Victoria sieht mich mit großen Augen an. »Oh mein Gott. Das hat sie nicht wirklich getan.«

»Doch, hat sie.« Ich nicke.

»Seid ihr alle Single?«, fragt Chelsea.

»Ja«, erwidert Vanessa misstrauisch.

»Und befreundet?«

»Nein, wir kennen uns überhaupt nicht«, sagt Lauren und verdreht die Augen.

»Das sind sie!« Chelsea deutet auf den Tisch. »Das sind wir vor sechs Monaten!«

»Oh.« Jetzt ist auch Victorias Interesse geweckt. Sie steht auf und setzt sich zu den Mädels an den Tisch.

»Was ist eure Geschichte?«, will Chelsea wissen.

Die drei Frauen sehen einander verwirrt an und fragen sich bestimmt, warum sich Chelsea in ihre Angelegenheiten einmischt. Ich kann es ihnen nicht verübeln.

»Wir sollten die Damen besser in Ruhe lassen«, sage ich.

»Blödsinn«, widerspricht Chelsea. »Es macht euch doch nichts aus, oder? Habt ihr vor, nachher zu bieten?«

»Hey, Schatz, was geht ab?« Dean kommt auf uns zu, in der Hand einen Drink, der aussieht wie Chelseas.

»Sie geht den drei netten Damen auf die Nerven.« Ich deute auf die hübschen Mädchen, die mir gegenübersitzen.

Er blickt zu ihr herunter, und sie zuckt mit den Schultern, als wollte sie sagen: Komm schon, ist doch lustig.

»Alles klar, ich bin dort drüben. Lasst sie bloß nicht für euch bieten, okay?«

Zwei der Mädchen werden ganz rot. Kein Wunder, Dean ist wirklich ein heißer Feger. Der Junge von nebenan mit dem sexy Grinsen.

Roarke kommt kurz bei uns vorbei und beugt sich zu mir herunter, um mir ins Ohr zu flüstern. »Alles okay?«

»Ja.«

»Ich geselle mich zu Dean.« Er deutet mit dem Kopf auf den Tisch, an dem wir eben noch saßen, und geht hinüber.

Sekunden später ist auch Reed bei ihnen.

»Jetzt zurück zu dir«, sagt Chelsea zu der Brünetten, die den Blick auf einen Feuerwehrmann am anderen Ende des Raums gerichtet hält. Wahrscheinlich wurde er dazu gezwungen, seine Uniform zu tragen, damit die Frauen möglichst viel Geld bieten, um ein Date mit ihm zu gewinnen.

»Wie bitte?«, fragt sie in einem Ton, als hätte man sie gerade beleidigt. »Ich glaube nicht, dass dich das etwas angeht.«

»Maddie ist in den heißen Typen da drüben in der Ecke verliebt«, erklärt Lauren. »Der, der bei dem Polizisten und dem Sanitäter steht.

Chelsea fällt die Kinnlade herunter. »Du kennst Mauro?«

Die Brünette reißt die Augen auf und wird innerhalb von Sekunden knallrot. Schnell schnappt sie sich ihren Drink und saugt am Strohhalm.

»Seit wann? Seit du vierzehn bist?«, fragt Lauren.

»Halt den Mund, Lauren«, sagt das Mädchen namens Maddie und funkelt ihre Freundin böse an. »Wir sind zusammen zur Schule gegangen. Klar, er ist heiß. Ich ...«

»... bewundere ihn aus der Ferne«, beendet Lauren den Satz. »Sie liebt ihn seit dem Tag, als sie ihren Fuß in St. George gesetzt hat.«

»St. George? Da kommt ihr her?«, fragt Chelsea, die nun förmlich vibriert.

Schweigend blicken Victoria und ich von der einen zur anderen.

»Ja«, erwidert Lauren.

»Ich bin in der Gegend zur Schule gegangen. Lane Tech.« Chelsea strahlt. »Wir sind bestimmt direkt nebeneinander aufgewachsen. So habe ich auch die Bianco-Brüder kennengelernt. Dann kennt ihr sie also auch? Soll ich sie zu uns rufen?« Sie deutet auf die Gruppe.

»NEIN!«, kreischt Madison und schlägt Chelseas Hand herunter.

»Dann würde Mauro ja erfahren, dass Madison existiert«, fügt Lauren trocken hinzu.

»Wie? Er kennt dich gar nicht? So groß ist St. George nun auch wieder nicht.«

Madison und Lauren wechseln einen Blick. Die große Blonde, Vanessa, scheint genauso wenig zu kapieren wie Vic und ich.

»Sagen wir es so ... Sie sind eben in verschiedenen Kreisen aufgewachsen«, erklärt Lauren. »Sie war schon damals zu gut für ihn – und sie ist auch heute noch zu gut für ihn.«

»Du glaubst also, du weißt es besser als sie?«, fragt Chelsea.

»Japp.« Lauren faltet die Hände vor der Brust.

Chelsea greift nach dem Bieterschild, das vor Madison liegt und knallt es Lauren hin. »Dann suchst *du* aus, auf wen sie bieten soll.«

»Auf keinen Fall!«, protestiert Maddie. »Sie wird irgendeinen Muskelprotz aussuchen, mit dem man sich nicht mal vernünftig unterhalten kann.«

Lauren zeigt auf Madison. »Diesen Satz nehme ich dir übel. Tad hat im Hauptfach Maschinenbau studiert.«

»Und er ist immer noch auf dem College und versucht, seinen Abschluss zu bekommen«, sagt Vanessa lachend.

»Nun ja, dafür hatte er andere Talente«, erwidert Lauren.

»Haben sie das nicht alle?« Vanessa verdreht die Augen.

»Ich kann nichts dafür, dass du dir immer kleine, popelige Schwänze aussuchst.« Lauren stößt Vanessa mit dem Ellbogen an.

»Dann ist es beschlossene Sache.« Chelsea nimmt Laurens Schild und gibt es Vanessa, und Madison bekommt Vanessas Bieternummer. »Jede sucht für die andere einen Kerl aus.«

»Auf keinen Fall.« Madison gibt Vanessa das Schild zurück. »Sie kann keinen Typen für mich auswählen.«

Chelsea lehnt sich zurück und nippt an ihrem Wasser.

»Du warst schon viel zu oft an der Bar. Außerdem hast du einen ganz anderen Geschmack als ich«, widerspricht Vanessa, was mich ehrlich gesagt ein wenig überrascht, weil sie von den dreien diejenige zu sein schien, die am ehesten zu so etwas bereit ist.

»Es ist nur ein Date. Das wird lustig!« Chelsea lässt nicht locker.

»Dann mach du es doch.« Madison schiebt Chelsea die Bieternummer ihrer Freundin zu.

»Auf keinen Fall.« Dean lehnt sich zurück, sodass sein Stuhl nur noch auf den hinteren zwei Beinen steht. Offensichtlich hat er uns schon die ganze Zeit belauscht. »Sie ist vergeben.« Er streichelt ihren Bauch, und Chelsea strahlt über beide Ohren.

»Ihr müsst es nicht machen, aber es wäre bestimmt lustig.« Chelsea steht auf und tätschelt Madison den Arm. »Keine Sorge, ich werde nichts verraten. Aber Mauro ist wirklich ein toller Kerl.«

Madison errötet. Mir entgeht nicht, dass Lauren nun nicht mehr ganz so abgeneigt ist. Ihr Blick wandert zwischen Madison und Mauro hin und her, und ich hoffe, dass sie ihre Meinung über ihn noch ändert. Für Madison wäre es wahrscheinlich das größte Geschenk, wenn Lauren für sie auf den Mann bieten würde, in den sie schon seit Jahren verliebt ist.

»Wo sind meine alleinstehenden Damen?«, dröhnt die Stimme des Moderators durch das Mikro. Ich stehe auf und gehe zurück an unseren Tisch zu Roarke. Sofort legt er den Arm auf meine Rückenlehne. »Dann lernen wir die Ersthelfer-Junggesellen mal kennen, die heute Abend zur Auktion stehen.«

Ich hoffe, die Mädels befolgen Chelseas Rat. Ist doch eine lustige Sache unter Freundinnen, die alle Single sind. Und was soll schon schiefgehen?

LESEPROBE: Flirting with Fire

Kapitel 1

Lauren betritt Vanessas Schlafzimmer in ihrer üblichen schwarzen Stoffhose und einer schlichten Bluse – das eleganteste Outfit, das sie besitzt. »Dafür bist du mir echt was schuldig«, sagt sie. »Du zwingst mich dazu, auf einen Typen zu bieten, um mich mit ihm auf ein Date zu treffen. Wahrscheinlich haben sie sowieso alle einen Heldenkomplex. Ich will mir gar nicht vorstellen, was es mit ihren Egos macht, wenn eine Horde Frauen auf sie bietet.«

»Dreh sofort um und zieh dir ein Kleid an.« Vanessa lässt den Zeigefinger kreisen und deutet auf die Tür.

Seufzend verdreht Lauren die Augen, bevor sie den Raum verlässt.

Immer wieder streiten sich die beiden über Laurens Modegeschmack. Oder besser gesagt über ihren nicht vorhandenen Modegeschmack.

»Darf ich mir die ausleihen?« Ich halte ein Paar Silbercreolen aus Vanessas Schmuckschatulle hoch.

»Klar, Maddie. Sie haben mal meiner Mom gehört, also verlier sie bitte nicht.« Vanessa lächelt und verschwindet nur mit BH und Slip bekleidet in ihrem kleinen Ankleidezimmer. Ich habe keine Ahnung, wie sie ihre Topmodel-Figur beibehält, bei dem ganzen Müll, den sie in sich hineinstopft. Wäre ich eine große Blondine, die aussieht, als wäre sie einem Cosmopolitan-Cover entsprungen, wäre ich auch so selbstbewusst.

»Werde ich nicht.« Ich stecke die Ohrringe an und betrachte mich im Spiegel auf der Kommode. Normalerweise trage ich nur Stecker, Creolen wären beim Arbeiten viel zu gefährlich. Aber diese Ohrringe werden meinem Outfit heute Abend das gewisse Etwas verleihen.

Mit den geglätteten Haaren und dem Make-up erkenne ich mich selbst kaum wieder. Das bin überhaupt nicht ich. Normalerweise bevorzuge ich Baseballmütze und Yogahose – schnell, einfach, unkompliziert.

Nicht, dass ich etwas dagegen habe, mich nett zu kleiden, aber dieses ganze Wohltätigkeits-Junggesellenauktions-Ding, zu dem wir nur gehen, um Vanessas Dad zu unterstützen, geht mir wirklich an die Psyche. Es ist schwer, den Ruf der Superklugen loszuwerden, der mir seit der Highschool anhaftet. Ja, das soll heißen, dass ich früher ein Nerd war. Und zwar richtig. Meiner Meinung nach ist »schlau« ein Kompliment, aber als hübsch wurde ich noch nie bezeichnet.

»Wie wäre es hiermit? Oder zu nuttig?« Vanessa kommt in einem hautengen Kleid heraus, in dem man sogar die Einbuchtung ihres Bauchnabels erkennt.

»Ähm ... dein Dad wird auch da sein, oder?«, erinnere ich sie, und ihre Augen werden groß.

»Du bist so klug.« Sie öffnet den Reißverschluss, schlüpft aus dem roten Kleid und wirft es zurück in den Schrank.

»Vielleicht solltest du es wieder so aufhängen, wie du es gefunden hast?«, schlage ich freundlich vor.

»Habe ich doch.« Sie meint es todernst.

Es ist mir immer noch ein Rätsel, wie sie mit einem Polizisten als Vater aufwachsen konnte, ohne ein ordnungsliebender Mensch zu werden.

»Ich warte unten auf euch«, sage ich.

»Warte!« Vanessa kommt aus dem Ankleidezimmer geeilt. Diesmal ist das Kleid wesentlich angemessener. Zwar ist es ein bisschen kurz, dafür aber hochgeschlossen und nicht so eng, als hätte man sie mit Körperfarbe bemalt.

»Du siehst wie immer umwerfend aus«, sage ich.

Sie strahlt, wie sie es jedes Mal tut, wenn sie ein Kompliment bekommt. »Danke.«

»Ich werde kein Kleid anziehen«, schimpft Lauren, als sie zurück ins Zimmer kommt und sich in Boxershorts und BH auf das ungemachte Bett fallen lässt. »Ich besitze kein Kleid.«

Ich hebe eine KitKat-Verpackung vom Fußboden auf. »Im Ernst, Van, wenn du so weitermachst, kriegen wir noch Mäuse.« Ich lasse die Folie mit der geschmolzenen Schokolade auf ihren Nachttisch fallen.

Meine beiden Mitbewohnerinnen haben überhaupt kein Problem damit, fast nackt durch die Wohnung zu rennen, während ich bereits mein Kleid trage. Und zwar das einzige, das mir halbwegs steht, weil es meine Hüften und Oberschenkel kaschiert.

»Ich leihe dir eins.« Vanessa verschwindet in ihrem Ankleidezimmer und kommt wenig später mit einem grauen Kleid mit Rüschensaum zurück. Der Ausschnitt ist tief genug, um Laurens beachtenswertes Dekolleté zu unterstreichen, aber auch nicht so tief, als dass man ihr während einer Unterhaltung nur auf die Brüste starren würde.

»Es ist so ... kurz und ... eng«, meckert Lauren.

Vanessa hält es vor ihren Körper. »Es ist perfekt für deine Figur. Komm schon. Heute hat mein Dad seinen großen Abend, und wenn du so dort auftauchst ...«

»Dann was?« Lauren setzt sich auf. »Sprich es ruhig aus.«

»Du bist so hübsch. Ich verstehe nicht, warum du deinen Körper immer unter diesen Sportklamotten versteckst.« Vanessa setzt sich an ihren Schminktisch und öffnet ihre Kosmetiktasche.

Widerwillig kämpft sich Lauren vom Bett hoch und nimmt das Kleid, das Vanessa ihr hingelegt hat. »Weil ich beim Arbeiten sowieso immer schwitze. Außerdem erfordert mein Job bequeme Kleidung. Apropos ... wo warst du eigentlich gestern Abend, als ich nach Hause gekommen bin?« Mühelos schlüpft Lauren in das Kleid.

»Als ich um fünf aufgestanden bin, hat sie sich gerade hereingeschlichen«, erwidere ich und sehe Vanessa mit hochgezogenen Augenbrauen an.

Sie konzentriert sich weiter auf ihr Spiegelbild – ein Auge geschlossen, eins geöffnet – und trägt dunkelbraunen Lidschatten auf. »Ich hab's euch doch gesagt. Ich hatte ein Date.«

»Ach, wirklich? Denn der Typ, mit dem du dich angeblich treffen wolltest, saß gestern in der Bar, in der ich nach dem Fußball noch war«, sagt Lauren.

Vanessas Hand hält kurz inne, setzt ihre geschmeidige Bewegung aber unverzüglich fort. Hätte ich in letzter Zeit nicht öfter mal das Gefühl gehabt, dass sich Vanessa komisch verhält, hätte ich nicht weiter darüber nachgedacht. Aber im Moment geht sie fast jeden Abend aus. Sogar unter der Woche.

Sie hat behauptet, sie hätte einen Nebenjob, doch als wir sie dort besuchen wollten, meinte sie, ihr wäre gekündigt worden. Irgendwas stimmt nicht. Aber Vanessa gehört nicht zu den Leuten, die sich in Lügen verstricken. Man muss sie auf frischer Tat ertappen. Ich weiß das, aber Lauren, nun ja, sie denkt, sie könnte die Wahrheit aus ihr herauskitzeln.

»Weil er eine Lusche war. Ich habe mir einen neuen Typen geangelt. Wohnt in Wrigleyville.«

Lauren sieht mich an, und ich zucke mit den Schultern. Keine Ahnung, was sie von mir erwartet. Soll ich Vanessa ans Bett fesseln und ihr Muffins vor den Mund halten, bis sie uns endlich sagt, was los ist?

»Du weißt, dass du uns alles erzählen kannst«, sage ich in mütterlichem Ton, um ihr zu verstehen zu geben, dass wir sie nicht verurteilen.

»Soll ich etwa die vielen Orgasmen beschreiben, die mir sein riesiger Schwanz beschert hat?« Sie wirft den Eyeliner mit solcher Wucht auf den Tisch, dass er in zwei Teile zerbricht.

Japp, irgendwas ist definitiv nicht in Ordnung.

»Wäre nicht das erste Mal.« Lauren verdreht die Augen, dreht sich weg und fasst ihre langen rotbraunen Haare zu einem Pferdeschwanz zusammen.

»Soll ich dir den Reißverschluss zumachen?«, frage ich und greife bereits danach.

»Danke.« Sie ignoriert die Tatsache, dass sie mich überhaupt nicht darum gebeten hat.

Sie steht vor Vanessas Ganzkörperspiegel, und ich beobachte, wie sie sich mustert. Während sie ihr Spiegelbild betrachtet, zeichnet sich ein kleines Grinsen auf ihren Lippen ab.

»Japp, das ist ziemlich mädchenhaft.« Ihre Arme biegen sich auf seltsame Weise nach hinten. Wahrscheinlich hat sie das beim Yoga gelernt. Sie versucht, den Reißverschluss wieder zu öffnen.

»Lass es an. Du siehst bezaubernd aus.« Ich halte ihre Hände fest, und sie senkt die Arme.

»Ich werde mich den ganzen Abend unwohl fühlen«, jammert sie, obwohl ich sicher bin, dass sie es insgeheim tragen will. Sie ist es einfach nicht gewohnt, ihre Vorzüge zur Schau zu stellen.

»Das ist doch der Sinn daran, eine Frau zu sein, L. Mein Gott, du bist echt wie ein Junge.« Vanessa steuert erneut auf ihr Ankleidezimmer zu.

Lauren und ich wechseln einen Blick, als Vanessa schließlich mit einem Paar High Heels zurückkommt.

»Die passen mir sowieso nicht, du Amazone.« Lauren starrt auf die schwarzen Schuhe in Vanessas Hand.

»Sie haben meiner Mutter gehört. Sie werden dir auf jeden Fall passen. Außerdem ist man mit einem Meter sechsundsiebzig noch lange keine Amazone.« Vanessa schlüpft in ihre eigenen High Heels, die ihr Outfit vervollständigen. Sie sieht aus, als würde sie gleich gemeinsam mit Bradley Cooper aus einer Limousine steigen.

»Nun ja, im Vergleich zu mir und Maddie bist du eine.« Lauren schlüpft in die High Heels und verwandelt sich umgehend von dem Mädchen, das Turnschuhe und Jogginghosen bevorzugt, in einen wahren Augenschmaus.

»Ich habe keine Ahnung, warum ich zwei so kleine Freundinnen habe.« Gespielt enttäuscht schüttelt Vanessa den Kopf.

»Ich hole meine Clutch und meinen Schal.« Ich verlasse Vanessas Zimmer und gehe in den Flur.

»Schal? Was bist du? Achtzig?«, ruft Lauren mir nach.

»Es ist Herbst. Und wir sind in Chicago. Da kann man sich abends ganz schön den Hintern abfrieren. Ich werde meinen Schal nicht mit euch teilen, während wir auf das Taxi warten.« Ich gehe in Richtung Mastersuite, die am Ende des Flurs liegt.

Hey, mir gehört schließlich das Haus, in dem wir alle leben. Es ist also nur fair, dass ich das größte Zimmer mit eigenem Bad bekommen habe. Trotzdem sitzt regelmäßig eines der Mädchen in meinem Whirlpool, wenn ich nach Hause komme. Einmal saß ich schon auf dem Klo, als ich festgestellt habe, dass Vanessa unter dem Berg an Badeschaum noch einen Typen versteckt hat.

Noch ein Grund, warum ich nicht mehr allzu lange hier wohnen will. Sobald mein neues Projekt angelaufen ist, bin ich weg.

Ich verkaufe Häuser. Und zwar keine neuen Häuser, bei denen man lediglich den Fußboden austauschen und vielleicht noch eine Wand fliesen muss. Sondern alte, heruntergekommene Häuser, die keiner mehr will. Häuser, von denen die Leute denken, sie wären verlassen, weil es darin spukt. Häuser, in denen angeblich Penner und Drogenabhängige leben. Ich kaufe sie, entkerne sie und verwandle sie in etwas Wundervolles. Was die meisten Menschen für verkommen halten, ist alles andere als wertlos. Ich liebe es, anderen die Schönheit zu offenbaren, die noch immer in diesen alten Häusern steckt.

Okay, und natürlich die Tatsache, dass ich guten Gewinn mache, wenn ich ein besonderes Schnäppchen finde. Vorausgesetzt, ich erwische ein gutes Bauunternehmen.

Ich betrete mein Ankleidezimmer, nehme den Schal, über den sich die anderen lustig gemacht haben, vom Bügel und wickle ihn um meine Schultern. Dann nehme ich meine Clutch von der Kommode, wo ich sie vorhin abgelegt habe, nachdem ich sie mit allem, was ich heute Abend brauchen werde, vollgepackt habe – Geld, Ausweis, EC- und Kreditkarten (man weiß ja nie), Lippenstift (damit ich ihn im Bedarfsfall auffrischen kann, denn ich hasse es, wenn es für die Drinks keine Strohhalme gibt, dann hält der Lippenstift nur halb so lange), ein paar Kopfschmerztabletten (falls es heute Abend Wein gibt, ist das Risiko groß), mein Handy und ein paar Kaugummis. Die Kaugummis habe ich eigentlich noch nie gebraucht, denn ich küsse keinen Kerl, den ich eben erst kennengelernt habe. Doch das kann ich von meinen beiden Freundinnen nicht behaupten.

Ich verlasse mein Zimmer und steuere auf die Treppe zu.

»Du wirst heute Abend keinen Schal tragen. Du bist siebenundzwanzig, Maddie.« Vanessa reißt mir das Tuch von den Schultern und befördert es in den Mülleimer im Badezimmer.

»Hey! Der ist von Nordstrom Rack«, protestiere ich.

»Da hätte er auch bleiben sollen«, erwidert Vanessa. Ihre High Heels klappern die Holztreppe hinunter, die nächste Woche fertig werden soll.

Wir sind echte Schnäppchenjägerinnen und haben daraus eine Art Wettbewerb gemacht. Jede zieht allein los und muss im Ausverkauf den besten Deal finden. Wer am wenigsten bezahlt hat und das modischste Teil mit nach Hause bringt, hat gewonnen. Der Preis ist ein Frozen Yogurt mit unendlich vielen Toppings. Ja, da geben wir keine Unmengen an Geld aus.

»Dann bezahlst du nachher das Taxi, wenn ich friere.«

Am Treppenabsatz bleiben wir stehen und warten auf Lauren.

»Mit ein bisschen Glück wird dich heute Nacht ein großer Körper warmhalten«, ruft Lauren von oben.

Sie kommt die Treppe herab, und wir starren sie an wie Freddie Prinze Jr. in *Eine wie keine*, nur dass Lauren kein rotes Kleid trägt und wir keine Penisse haben. Ihr wisst schon, was ich meine.

»Lauren«, sage ich seufzend. Ich bin völlig von den Socken. So habe ich sie in den letzten fünf Jahren nur einmal gesehen, als ihr Bruder geheiratet hat.

»Klappt die Kinnladen wieder hoch. Lasst uns gehen.« Sie stolziert an uns vorbei und geradewegs durch die Haustür.

Vanessa und ich sehen uns amüsiert an. Unser kleiner Junge ist wohl erwachsen geworden.

»KOMMT JETZT!«, schreit sie.

Okay, so sehr hat sie sich doch nicht verändert. Also machen wir uns auf den Weg zur Junggesellenauktion. Mal sehen, welche Abenteuer der Abend bereithält.

Kapitel 2

»Normalerweise stehe ich ja nicht so auf Ersthelfer, aber wenn ich mich so umsehe, könnte ich schon bei dem einen oder anderen schwach werden.« Laurens Blick wandert von einem Kerl zum nächsten.

Die meisten Männer tragen Uniform. Manche Typen tragen allerdings nur die Hose und kein Shirt, was geradezu nach One-Night-Stand schreit.

»Haltet euch an die Roten. Finger weg von den Blauen«, warnt Vanessa. Dass sie keine Polizisten mag, liegt wohl an ihrem strengen Vater, Polizeioffizier im achtzehnten Bezirk. Natürlich erwähne ich nicht, dass *er* der Grund ist, warum wir heute überhaupt hier sind.

Sagen wir es so: Die Beziehung zwischen Vanessa und ihrem Vater ist ... kompliziert. Sie hat uns gezwungen, mit ihr zum Wohltätigkeitsball zu Ehren gefallener Helden zu gehen, wo ihr Vater, Commander Flanagan, für ein Date versteigert wird. Vanessa erhofft sich davon, dass ihr Vater endlich wieder eine Beziehung eingehen und etwas Besseres zu tun haben wird, als Vanessa ständig zu sagen, wie sie ihr Leben zu leben hat.

Als ich an ihren verwitweten Vater denke, wandert meine Hand automatisch zu einem der Ohrringe, die sie mir geliehen hat.

»Nur du hast mit den Blauen ein Problem. Ich nicht.« Ein Polizist geht an uns vorbei, und Lauren zieht ihn förmlich mit den Augen aus. Mit einem Zwinkern gibt er ihr das Versprechen, sie heute Nacht zum Schreien zu bringen, sollte sie ihn später ersteigern. »Warum stelle ich mir jedes Mal, wenn einer von denen vorbeiläuft, vor, wie ich mit Handschellen ans Bett gefesselt werde?«

»Weil du Fifty Shades zu oft gelesen hast?« Ich grinse, nehme von der Barkeeperin den Drink entgegen und werfe ein paar Münzen in die Trinkgeldkasse.

Dankend nickt sie mir zu, und mir fällt auf, dass die gesamte Belegschaft ausschließlich weiblich ist. Wahrscheinlich, damit die Junggesellen heute Abend keine Konkurrenz haben.

»Lasst uns einen freien Tisch suchen«, schlage ich vor.

»Wir brauchen erst noch unsere Bieternummern.« Vanessa führt uns an einen Tisch, wo bereits ein paar ältere Damen stehen und dreckige Witze reißen. Vor meinem geistigen Auge tauchen Bilder auf, die ich ganz bestimmt nicht sehen will. Vor allem, wenn ich mir vorstelle, wie John Flanagan mit einer von ihnen ... igitt.

»Ich werde nicht mitbieten. Als du uns eingeladen hast, war keine Rede davon, dass wir mitmachen müssen.« Ich nippe an meinem Drink und lasse den Blick durch den Raum schweifen.

»Wir werden alle bieten.« Vanessa begutachtet die Frauen. Wahrscheinlich sucht sie eine passende Partie für ihren Vater.

Lauren sieht mich an und zuckt mit den Schultern.

Sie will tatsächlich mitmachen?

»Was soll schon passieren?«, fragt Lauren. »Ein Date mit einem heißen Kerl, der genau weiß, wie Mund-zu-Mund-Beatmung funktioniert? Daran kann ich keine Nachteile erkennen.« Gegen Ende des Satzes wird ihre Stimme immer gehauchter.

»Was ist denn mit dir passiert?«, frage ich.

»Was denn?« Sie zieht die Augenbrauen zusammen. »Ich war schon immer spitz.«

»Das weiß ich doch. Aber was, wenn der Typ enttäuscht ist, weil man ihn ersteigert hat? Und dann muss er sich aus Mitleid mit einem treffen und ...« Während ich vor mich hin brabble, erstirbt Laurens Lächeln zusehends. »Ist auch egal.« Ich winke ab, weil ich keine Lust habe, dass sie mir wieder vorhält, ich hätte mich seit der Highschool verändert.

»Überhaupt nicht egal. Du bist wundervoll, Maddie. Das warst du früher schon, und das bist du auch heute noch. Ich verstehe nicht, dass du neun Jahre später immer noch so mit deinem Selbstbewusstsein zu kämpfen hast. Abgesehen davon, dass du versuchst, deinen schönen Körper unter Mutti-Klamotten zu verstecken, bist du eine echte Granate.«

Lauren hat mich schon immer aufgebaut. Sie ist vielleicht eine Sportskanone und ein wenig zu jungenhaft, aber immer wieder macht sie Vanessa und mir klar, dass wir viel mehr wert sind, als wir denken.

»Ich hätte nichts sagen sollen«, sage ich.

Als einer der Sanitäter an uns vorbeigeht, hält sich Lauren an meinem Arm fest und tut, als würde sie ohnmächtig werden. »Ich wusste gar nicht, dass es so viele heiße Typen gibt in Chicago. Wahrscheinlich bekommt man sie nie zu Gesicht, weil sie immer Nachtschichten schieben müssen.«

Lauren dreht sich zu Vanessa um, um ihr den Typen zu zeigen, doch diese ist mit einer älteren Dame vor uns in der Schlange ins Gespräch vertieft.

»Er heißt John Flanagan. Er ist so liebenswürdig. Ein Witwer. Meine Mutter ist gestorben, als ich noch klein war.« Vanessa senkt die Stimme. Natürlich fehlt ihr ihre Mutter, aber jetzt dramatisiert sie das Ganze noch ein wenig, damit die Dame nachher auf ihren Vater bietet. »Er liebt Restaurantbesuche. Und im Sommer geht er jeden Tag am See spazieren. Außerdem geht er bald in Rente.« Sie zwinkert und stößt die Dame, die nun leicht errötet, mit dem Ellbogen an. »Er hat ein Haus hier in der Stadt und noch ein Wochenendhaus in Wisconsin, wo er am liebsten liest und auf Antiquitätenjagd geht.«

Als Lauren das hört, verschluckt sie sich fast an ihrem Drink. Die Dame beäugt uns. Vanessa trägt ganz schön dick auf. Die Vorstellung, dass der Commander einen Antiquitätenladen betritt, ist wirklich zu komisch.

»Sorry, falsche Röhre.« Lauren klopft sich mit der Faust auf die Brust, erholt sich aber schnell wieder.

»Nun ja, danke für den Tipp. Ich werde nach ihm Ausschau halten.«

Die Frau wendet sich wieder ihren Freundinnen zu, die miteinander tuscheln und Vanessa immer wieder Blicke zuwerfen.

»Wahrscheinlich reden sie jetzt über die Witwer-Sache. Es ist wie ein Ass im Ärmel.« Vanessa gesellt sich wieder zu uns. »Und jetzt lasst uns die Schilder holen.«

Wir füllen ein Formular aus, in das wir unsere Namen und Telefonnummern eintragen müssen, und bekommen dann eine Bieternummer zugewiesen.

»Hier haben Sie eine Übersicht über all unsere Junggesellen heute Abend. In dem Ordner befinden sich zu jedem ein Foto, eine Kurzbiografie und ein paar interessante Fakten. »Am Ende der Auktion kommen Sie wieder hierher, um Ihre Zahlung vorzunehmen. Wir akzeptieren Bargeld, Schecks und Kreditkarte.« Die Dame hinter dem Tisch lächelt uns an, als hätten wir gerade eine Reise nach Bora Bora gewonnen.

Lauren schnappt sich den Ordner und blättert durch die Seiten. »Jetzt fängt es langsam an, seltsam zu werden. Als würde ich mir einen Samenspender aussuchen.«

»Laur«, sage ich.

Vanessa lacht. »Vielleicht sollten wir es genau so sehen.«

Ich klemme mir den Ordner und das Schild unter den Arm, nehme meinen Drink in die Hand und trete durch die Tür des Ballsaals. Ich begutachte die Frauen jeden Alters und jeder Größe und frage mich, was sie sich vom heutigen Abend versprechen. Hoffen sie, die wahre Liebe zu finden? Einen Seelenverwandten? Oder nur einen One-Night-Stand?

Eine Gruppe von drei Frauen, die an einem der Tische sitzt, blickt zu uns herüber, als wir den Raum betreten. Ihre Frisuren sitzen perfekt und das Make-up ist makellos, als kämen sie frisch vom Schönheitssalon. Als wir näherkommen, lächeln sie uns an. Keine Ahnung, warum.

»Hier.« Lauren setzt sich an den Tisch neben ihnen und zieht sofort ihren Ordner hervor.

Lauren und Vanessa begutachten und kommentieren die Profile der Männer mit Ohhs und Ahhs.

Bin ich die Einzige, die die Idee, auf einen Typen zu bieten, verstörend findet? Als ich das Glas an die Lippen führe, sind meine Hände schweißnass.

Wieder lasse ich den Blick durch den Raum schweifen und mustere die Junggesellen, die hier und da herumstehen und sich miteinander unterhalten. Als sich ein großer Kerl aus einer der Gruppen löst, beginnt mein Magen, Purzelbäume zu schlagen. Das kann er unmöglich sein, oder? Ich kann mich nicht daran erinnern, mitbekommen zu haben, dass er jetzt Feuerwehrmann ist. Eigentlich kann ich mich an gar nichts mehr erinnern, aber sobald sein Name fällt, muss ich wieder an diese eine Nacht in meinem zweiten Highschool-Jahr denken.

»Oh. Mein. Gott. Warum habe ich nicht damit gerechnet, dass er hier sein würde? Natürlich ist er hier.« Mein Kopf landet auf dem Tisch. Lieber starre ich auf eine schwarze Tischdecke als in seine tiefblauen Augen oder auf sein unordentliches dunkles Haar.

Bilder kommen mir in den Kopf, wie ich in der Highschool in schnörkeliger Mädchenhandschrift seinen Namen in den Einband meines Hefts geschrieben habe. Mauro und Madison ... Ich fand immer, dass unsere Namen schön zusammen klingen. Wie der Name eines italienischen Designerlabels.

»Was? Wer?« Vanessa dreht sich um und lässt den Blick über die attraktiven Junggesellen schweifen.

Ich murmle seinen Namen in die Tischdecke und traue mich nicht aufzusehen.

»Ich nehme den da.« Lauren deutet auf einen Polizisten, der an uns vorbeigeht. »Und ich dachte, hier wären nur dicke Sanitäter, deren Shirts sich über ihre Bäuche spannen. Aber die Typen sehen aus, als gehörten sie auf den Laufsteg. Von denen lasse ich mich gern verhaften.« Sie lehnt sich zurück, nippt an ihrem fruchtigen Drink und zwinkert einem Typen zu.

»Jetzt reicht's aber mit dem Verhaften-Gedöns«, beschwert sich Vanessa. Wahrscheinlich hört sie schon ihr ganzes Leben lang sexuelle Polizistenwitze. »Konzentrier dich, Lauren. Maddie braucht uns jetzt.«

»Ganz ruhig, Vanessa. Sie wird schon nicht ausrasten. Sie wird sich nur ein wenig hineinsteigern. Sie liebt ihn seit Ewigkeiten. Stimmt's, Maddie?« Lauren richtet sich auf.

Ich hebe ein wenig den Kopf, und sie lächelt mich zuckersüß an. Ich nicke, aber vielmehr in Richtung Tischtuch.

In diesem Moment fällt mir auf, dass sich die Blondine vom Tisch nebenan zu uns gesetzt hat.

Sie heißt Chelsea Walsh und ist die Cousine von Skylar Walsh, einer Athletin der Winter Classics, die hier aus der Gegend kommt. Und natürlich kennt sie die Biancos, obwohl sie auf einer staatlichen Schule war und wir auf einer kleinen katholischen. Aber sie war eben beliebt, und in einem Radius von fünfundzwanzig Kilometern scheinen sich alle beliebten Kids zu kennen.

Immer wieder betont sie, was für tolle Männer die Bianco-Brüder doch sind, was den Dolch nur noch tiefer in meinen Rücken bohrt. Lauren erklärt ihr und ihren Freundinnen, dass ich Mauro schon seit Ewigkeiten liebe. Liebe ist ein so großes Wort. Begehren trifft es schon eher. Wenn ihr seinen Bizeps oder seine Brustmuskeln sehen würdet, würdet ihr mit Sicherheit auch ein Stück von ihm abhaben wollen.

Irgendwann gesellen sich auch ihre Freundinnen zu uns. Irgendwie überzeugt uns Chelsea davon, dass es lustiger wäre, wenn wir für die jeweils andere einen Typen aussuchen, also tauschen wir unsere Bieternummern. Dann gehen sie zurück an ihren Tisch. Zurück in ihre eigene Welt – wie in einem Film oder Roman, in dem das Schicksal jemanden schickt, der alle Puzzleteile zusammenfügt.

Ich habe Vanessas Schild und Lauren hat meins. Ein bisschen Schiss habe ich schon, wen sie für mich aussuchen wird.

»Hey, ihr Singlefrauen«, dröhnt die Stimme des Moderators durch das Mikro. »Dann lernen wir die Junggesellen mal kennen, die heute Abend zur Auktion stehen.«

Vanessa dreht sich zu mir um und sieht mich mit zusammengekniffenen Augen an. »Aber keinen Polizisten, okay?«

Ich beiße mir auf die Unterlippe, denn ich will nichts versprechen. »Wir werden sehen«, erwidere ich grinsend.

»Okay, folgender Deal: Keine Diskussionen. Keine von uns darf etwas sagen«, befiehlt Lauren, die immer die Spielregeln festlegen will.

»Biete einfach auf jemanden in meiner Liga«, flüstere ich.

Sie verzieht das Gesicht, als wollte sie sagen: Na ja, wenn du meinst. Dann dreht sie uns den Rücken zu und widmet ihre volle Aufmerksamkeit dem Moderator.

Der Moderator erklärt kurz, wie der Abend ablaufen wird und dass das eingenommene Geld an Familien gespendet wird, die einen Angehörigen verloren haben, der bei der Ausübung seiner Pflicht ums Leben gekommen ist. Dann ist es Zeit für die Auktion, und ich fühle mich, als hätte ich einen schweren Felsbrocken auf der Brust.

»Schlagen Sie bitte Seite eins auf. Das ist unser erster Junggeselle«, sagt der Moderator. »Steve ist Polizist aus dem ersten Bezirk. Auch er ist noch auf der Suche nach der Richtigen, mit der er bis ans Ende aller Tage glücklich sein kann. Außerdem, meine Damen, arbeitet er ausschließlich tagsüber.« Ein kleiner Mann mit athletischer Figur kommt auf die Bühne, tippt sich an die Mütze und lächelt lässig.

»Er wirkt nett.« Ich lasse den Kommentar beiläufig fallen, um Lauren darauf hinzuweisen, nach welcher Art von Typ sie Ausschau halten soll.

Lauren sieht mich über die Schulter hinweg an. »Wir suchen keinen, der kochen kann. Wir suchen einen, der es uns so richtig besorgt.«

Vanessa hat sich zurückgelehnt und tippt mit der Geschwindigkeit eines Teenagers auf ihrem Smartphone herum.

Es werden noch ein paar weitere Junggesellen versteigert. Alle ein wenig zu alt für meinen Geschmack. Allmählich kann ich mich ein wenig entspannen. Ich lehne mich zurück und erinnere mich selbst daran, warum wir eigentlich hier sind. Es ist für einen guten Zweck. Ein Date werde ich schon überleben – egal, wen Lauren für mich aussucht.

Als die Kellnerin vorbeikommt, bestelle ich noch einen Drink und beschließe, mich ab jetzt darauf zu konzentrieren, wen ich für Vanessa auswähle, statt mir die ganze Zeit Sorgen darüber zu machen, wen ich abkriege.

»Unser nächster Junggeselle ist ein Polizist aus dem achtzehnten Bezirk. Am liebsten spielt er Eishockey oder wirft ein paar Softbälle im Grant Park oder lässt sich sonntags von Mutti bekochen. Er sucht eine Frau, die seine Shirts bügelt, weiß, wie man den Wischmopp schwingt und in ihrer Freizeit den Vorratsschrank umräumt.« Noch bevor er auf die Bühne kommt, sehen sich alle Frauen gegenseitig an, als wäre er verrückt. »Ich sollte aber auch dazusagen, dass seine Brüder seine Biografie geschrieben haben. Komm raus, Cristian Bianco.«

Ich muss grinsen, als ein rotwangiger Cristian auf die Bühne geschoben wird, bestimmt von Luca oder Mauro. Ich kenne ihn nicht richtig, aber in der Highschool wirkte er immer total sympathisch. Er setzt die Polizeimütze ab, als hätte er gerade jemanden aus dem Straßenverkehr gezogen. Seine intensiven haselnussbraunen Augen spiegeln ein Unbehagen wider, das seine beiden Brüder sicherlich nicht empfinden würden.

»Wow. Der ist ja richtig heiß geworden.« Lauren greift nach ihrem Bieterschild.

Ich greife zu ihr hinüber, um sie abzuhalten. Wir wechseln einen Blick, und ich neige den Kopf leicht in Vanessas Richtung. Grinsend lässt Lauren von dem Schild ab.

Ein paar Frauen in den vorderen Reihen heben ihre Schilder und geben ihre Gebote ab.

Vanessa ist mal wieder mit ihrem Handy beschäftigt, also hebe ich langsam das Schild, in der Hoffnung, dass sie es nicht merkt.

»Zweihundert von der Dame dort hinten«, sagt der Moderator.

Cristian verengt die Augen, um zu sehen, wer auf ihn bietet, aber ich nehme an, dass ihm das Scheinwerferlicht die Sicht erschwert. Mit seinen breiten Schultern und dem markanten Kiefer erinnert er mich ein bisschen an seinen älteren Bruder. Es sind zwei Merkmale, die alle drei Bianco-Brüder gemeinsam haben.

Ich werde von einer anderen Dame überboten, also hebe ich das Schild erneut.

»Vierhundert von der Dame dort hinten.« Der Moderator deutet auf mich.

Lauren grinst mich über die Schulter hinweg an.

Schnaubend lässt Vanessa das Handy auf den Tisch fallen und greift nach ihrem Drink.

»Habe ich was verpasst?«

Erneut hebe ich das Schild.

»Was? Wer?« Ihr Kopf schnellt herum, um zu sehen, wer auf der Bühne steht. »Nein!« Sie packt mich am Arm, doch ich entkomme ihrem Griff.

»Zum Ersten ... Zum Zweiten ... Verkauft an die Dame dort hinten für sechshundert Dollar.«

Ich lege das Schild beiseite und sehe Vanessa an.

»Das soll wohl ein Scherz sein, oder? Ich habe doch gesagt kein Blau!« Vanessa klingt angsteinflößend, aber sobald sie mit ihm aus war, wird sie mir dankbar sein. Cristian ist mit Sicherheit der perfekte Gentleman.

»Sorry, habe ich vergessen«, lüge ich, und sie verengt die Augen zu Schlitzen.

»Na, warte.« Sie lehnt sich zu Lauren und flüstert ihr etwas ins Ohr.

Verdammt. Was habe ich mir da bloß eingebrockt?

Kapitel 3

Wir sind etwa bei der Hälfte der Auktion angelangt. Ich bin so aufgeregt, wer sich Mauro schnappen wird – kein gutes Zeichen. Selbst nach all den Jahren geht er mir immer noch unter die Haut. Diese eine Nacht ist wie ein Albtraum, der sich immer wieder in meinem Kopf abspielt, sobald sein Name fällt.

Nach einer kurzen Pause kommt der Moderator zurück auf die Bühne. »Okay, Ladys, wenn euch die Biografie des ersten Bianco-Bruders gefallen hat, dann wartet mal ab, was jetzt kommt. Dass die Brüder gegenseitig ihre Biografien geschrieben haben, zeugt durchaus von Humor. Ich will euch nicht länger auf die Folter spannen. Hier kommt der älteste Bruder, ein Feuerwehrmann der Chicagoer Feuerwache 55. Er sucht eine Frau wie seine Mama, die kocht, putzt und mit einem Lächeln auf den Lippen hinter ihm herräumt. Er verspricht, immer brav seinen Teller leer zu essen, dich ständig mit seiner Mutter zu vergleichen und dir stets unerwünschte Ratschläge zu geben.« Lachend hält der Moderator inne. »Klingt nach einem richtig guten Fang, Ladys.« Er deutet auf den Vorhang, und Laurens Kopf schnellt zu mir herum. »Mauro Bianco, meine Damen.«

Ich versuche so zu tun, als wäre es mir egal, doch als er in seiner blauen Uniformhose und der Jacke mit dem Aufdruck »Chicago Fire Department« herauskommt, bleibt mir fast das Herz stehen. Er hat sich gegen seine formelle Uniform entschieden, was mich nicht wundert. Er war nie der Typ, der sich großartig schick gemacht hat. Ich habe gehört, dass er selbst beim Abschlussball seinen Anzug ausgezogen hat, bevor er zum Ballkönig gekrönt wurde.

»Komm schon, Mauro, zieh die Jacke aus«, fordert der Moderator, und die Frauen schreien, als wäre er einer von den Chippendales. Gibt es die überhaupt noch? Das muss ich später mal googeln, sobald ich wieder zu Hause bin.

Er wirft dem Moderator einen schiefen Blick zu, öffnet dann aber den Reißverschluss seiner Jacke und streift sie ab, als würde er gerade nach einem langen Arbeitstag nach Hause kommen. Es hat gar nichts Sexuelles, nicht den Hauch von Verführung, trotzdem beginnen meine Wangen zu glühen. Mein Herz setzt ein paar Schläge aus, als sein marineblaues T-Shirt zum Vorschein kommt, das seine muskulösen Schultern und seinen Bizeps umspielt. Er ist immer noch der GQ-Frauenschwarm von früher.

Ich ziehe den Strohhalm aus meinem Drink, lege ihn beiseite und trinke den Rest direkt aus dem Glas.

Mauro hält seine Jacke umklammert und wartet ungeduldig darauf, dass die Versteigerung endlich losgeht. Fast wirkt es, als wäre er sauer darüber, überhaupt mitmachen zu müssen. Vielleicht ärgert er sich über das, was seine Brüder über ihn geschrieben haben. Dass er immer noch an Mamas Rockzipfel hängt und welche Erwartungen er an seine Zukünftige hat. In diese Familie einzuheiraten ist mit Sicherheit kein Zuckerschlecken. Mama Bianco ist das Familienoberhaupt, und ich weiß nicht, ob man es ihr jemals recht machen könnte.

»Legen wir los«, ruft der Moderator.

Sofort schnellen mindestens zehn Schilder in die Höhe.

Erleichtert atme ich aus, als Lauren nicht das Schild hebt. Stattdessen beobachten wir, wie die gebotene Summe schnell den höchsten Wert des Abends erreicht.

Die Kellnerin serviert mir noch einen Drink, und ich bin dankbar für das perfekte Timing. So kann ich meinen Hass hinunterspülen, den ich für diejenige empfinde, die ihn ersteigern wird.

»Höre ich neunhundert?«, fragt der Moderator. Kein weiteres Schild geht nach oben. »Achthundertfünfzig?« Eine Frau hebt ihre Bieternummer. »Die Brünette in der Ecke hat geboten.«

Wie auch Cristian kneift Mauro die Augen zusammen, um zu sehen, wer ihn ersteigern will, aber ich weiß nicht, ob er tatsächlich etwas erkennen kann.

»Zum Ersten …« Der Moderator lässt den Blick durch den Saal schweifen. Die Brünette ist mit ihren Freundinnen bereits am Feiern.

Ich hasse sie, obwohl ich sie überhaupt nicht kenne.

»Zum Zweiten …«

Die Brünette beißt sich auf die Unterlippe und beäugt Mauro, als wäre er eine ganze Badewanne voller Ben & Jerry's.

»Eintausend!«, ruft jemand. Als ich nach vorn blicke, ist Lauren aufgesprungen und hält ihr Schild hoch.

»Wow! Eintausend von der Dame dort hinten.«

»Lauren«, fauche ich, aber sie schenkt mir keine Beachtung. Nicht, dass sie das jemals tun würde.

»Höre ich mehr?«, fragt der Moderator an die Brünette gewandt, deren Lächeln inzwischen verschwunden ist.

Na, toll. Jetzt tut sie mir leid. Sie dachte, sie hätte ihn, und dann kam Lauren und hat ihn ihr weggeschnappt.

Ihre Freundinnen tuscheln miteinander, vielleicht legen sie gerade Geld zusammen. Lauren hält immer noch das Schild in die Luft.

Die andere Frau schüttelt den Kopf.

»Verkauft für eintausend Dollar!« Der Moderator deutet mit dem Hammer auf Lauren.

Mauro dreht sich um und geht von der Bühne ab.

Lauren wirft das Schild auf den Tisch. »Du kannst mir an deinem Hochzeitstag danken.«

»Ich wollte ihn überhaupt nicht«, widerspreche ich, obwohl mein Magen Purzelbäume schlägt, wenn ich daran denke, einen Abend mit ihm allein zu verbringen.

»Doch, wolltest du. Das ist deine Chance. Entweder entpuppt er sich als Vollidiot, und du hörst endlich auf, jeden Mann mit ihm zu vergleichen, oder er ist tatsächlich so, wie du es dir immer erträumt hast. Du gewinnst so oder so.«

»Okay, klärt mich bitte auf«, mischt sich Vanessa ein. »Vor allem, da ich mit seinem Bruder ausgehen soll.« Sie deutet auf Cristians Biografie und verengt die Augen zu Schlitzen.

»Später«, erwidere ich.

»Na, schön. Wenn das so ist …« Vanessa dreht sich weg und widmet ihre Aufmerksamkeit dem Moderator.

»Falls euch die ersten beiden Bianco-Brüder entgangen sind, dann kommt hier noch der jüngste, beziehungsweise Baby Bianco, wie seine Brüder ihn nennen. Wenn du auf Bad Boys stehst, die ihre Hose nicht anbehalten können, dann ist Luca der Richtige für dich! Stell dich darauf ein, dass du die Nacht durchtanzen und Konkurrentinnen abwehren musst. Biete lieber nicht, wenn du nicht die Krallen ausfahren kannst.« Der Moderator lacht leise. »Luca Bianco!«, ruft er und deutet auf den Vorhang.

Luca betritt die Bühne, als würde er bei einer Modenschau auf dem Catwalk laufen. Er strotzt geradezu vor Selbstbewusstsein. Er trägt seine Sanitäteruniform, schlüpft aus der Jacke, wirft sie über die Schulter und dreht sich, um sich von allen Seiten zu präsentieren. Er grinst flirtend, während er den Blick über den Saal voller Frauen schweifen lässt.

Während Cristian die ganze Sache eher unangenehm war und Mauro ein wenig irritiert gewirkt hat, ist Luca voll in seinem Element. Mit einem Nicken gibt er dem Moderator zu verstehen, dass es losgehen kann.

Sofort werden die Schilder gehoben. Manche werden wieder gesenkt, als der Preis in die Höhe schnellt.

»Achthundert?«, fragt der Moderator, und Vanessa hebt hinter Laurens Kopf das Schild.

»Die hübsche Blondine dort hinten bietet achthundert.« Er lächelt ihr zu, als würde er sich bei ihr eine Chance erhoffen.

Luca lächelt ebenfalls, und ich frage mich, ob er sehen kann, wer auf ihn bietet.

»Achthundertfünfzig!«, ruft eine Frau, die drei Tische weiter sitzt.

»Neunhundert!« Vanessa steht auf.

Lauren schnellt herum und versucht, ihr das Bieterschild aus der Hand zu reißen. »Wag es bloß nicht.« Sie zieht an dem Schild, doch Vanessa ist stärker.

»Okay, die Damen, nicht streiten«, bittet der Moderator.

»Neunhundertfünfundzwanzig!«, ruft die andere Frau.

Vanessa reißt das Schild wieder an sich, und Lauren taumelt nach vorn. »Neunhundertfünfzig!« Strahlend hält Vanessa das Schild in die Höhe, als würden sie und die Frau Schweinchen in der Mitte spielen.

Lauren steigt auf ihren Stuhl und versucht, mit ihren kurzen Armen das Schild zu erreichen. »Du weißt überhaupt nicht, was du da tust«, raunt sie mit großen Augen.

Ich bleibe einfach sitzen und beobachte kichernd das Schauspiel.

»Das wird lustig. Vielleicht können wir alle zusammen ausgehen«, erwidert Vanessa.

Darüber kann ich nur den Kopf schütteln. Sicher will sie es nur als Ausrede benutzen, um Cristian die kalte Schulter zu zeigen.

»Eintausend!«, ruft die andere Frau und grinst selbstgefällig, als hätte sie bereits gewonnen.

»Lauren, du bist diejenige, die gesagt hat, dass wir nicht widersprechen dürfen«, erinnere ich sie.

»Das war, bevor sie auf ihn geboten hat.« Das Wort »ihn« betont sie mit einem gewissen Ekel.

Ich habe keine Ahnung, was sie gegen Luca Bianco hat und frage mich, ob mir meine beste Freundin etwas vorenthält. Laurens Stuhl gerät ins Wanken, und sie muss in die Hocke gehen, um nicht herunterzufallen.

»Sagen Sie mir einfach, wie viel Sie maximal bieten wollen«, ruft Vanessa der anderen Frau zu.

Herausfordernd zuckt die Rothaarige mit den Schultern. Vanessa bläst sich eine Haarsträhne aus dem Gesicht. »Tausendfünfhundert!«

»Vanessa!«, schimpfe ich, weil sie es sich überhaupt nicht leisten kann. Sie schafft es ja nicht mal, einen Job über einen längeren Zeitraum zu behalten. Ihre Monatsmiete zahlt sie immer in Fünf-, Zehn- und Zwanzig-Dollar-Scheinen.

»NEIN!«, schreit Lauren und versucht erneut, ihr das Schild wegzunehmen.

Schließlich verliert sie die Balance und kippt auf Vanessa. Gemeinsam fallen sie in einem Knäuel aus Armen und Beinen zu Boden, doch Vanessa schafft es irgendwie, noch immer das Schild hochzuhalten.

»Sehr schön«, murmle ich kopfschüttelnd.

»Bieten Sie mehr?«, fragt der Moderator die Rothaarige, doch sie lässt sich auf ihren Stuhl plumpsen und leert den Rest ihres Weins.

»Verkauft an die Dame auf dem Boden, die gerade mit ihrer Freundin kämpft. Viel Spaß mit ihr, Luca.«

»So mag ich das«, erwidert Luca und schlendert von der Bühne.

»Ihr könnt jetzt aufhören«, sage ich zu meinen beiden Freundinnen, die immer noch um das Schild kämpfen. Wie elegant wir doch sind, nicht wahr?

Lauren richtet sich auf, schert sich jedoch nicht die Bohne darum, ihr Kleid glattzustreichen oder ihr Haar wieder in Ordnung zu bringen. Wahrscheinlich hätte sie noch genug Puste, um weiterzukämpfen.

»Siehst du, du schlägst alle Konkurrentinnen locker in die Flucht«, bemerke ich lachend.

Lauren funkelt mich böse an.

Vanessa steht auf und richtet sofort Kleid und Haar. »Mein Gott, Lauren. Es ist doch nur ein Date.«

»Ein Date, das ich nicht wahrnehmen werde. Du hast gerade völlig umsonst tausendfünfhundert Dollar verprasst.« Lauren stapft davon in Richtung Bar.

Ich könnte auch noch einen Drink vertragen. Ich stehe auf, um ihr zu folgen, doch als mein Blick auf Mauro fällt, bleibe ich abrupt stehen.

Mit einem Bier in der Hand unterhält er sich mit einer Frau mit goldblondem Haar. Sie trägt ein elegantes Kleid, das ihre tolle Figur betont. Er stand schon immer auf Blondinen. Ich denke an die Mädchen, mit denen er auf der Highschool etwas hatte – Tasha Needlebrook, Holly Jenkins, Katie Iverson. Alle blond, schlank und Cheerleader. Die Frau befühlt lächelnd seinen Bizeps. Als wir noch jünger waren, war ich es gewohnt, dass alle Mädchen über ihn hergefallen sind, aber was mich jetzt am meisten verletzt, ist die Art, wie er sie anlächelt. Er hängt förmlich an ihren Lippen. Eifersucht jagt durch meinen Körper wie ein Stromschlag.

Ich versuche, das unangenehme Gefühl abzuschütteln und setze meinen Weg zur Bar fort.

»Tequila. Sofort.« Lauren schlägt mit der flachen Hand auf den Tresen der mobilen Bar in der Vorhalle des Ballsaals. Mit ihrem unhöflichen Ton zieht sie einige Blicke auf sich.

»Tut mir leid, Miss, aber wir haben keinen Tequila«, sagt die nette Barkeeperin von vorhin, nur dass sie jetzt nicht mehr lächelt. »Möchten Sie stattdessen Gin oder Wodka?«

»Wodka. Zwei.«

»Ich gebe Ihnen einfach einen Doppelten.« Die Barkeeperin greift nach einem Schnapsglas und gießt mehr Wodka ein, als Lauren konsumieren sollte.

Lauren leert das Glas fast in einem Zug.

Luca kommt aus dem Ballsaal, und mein Blick fällt auf Vanessa, die Berge an Bargeld auf den Tisch legt, um für Laurens Date zu bezahlen. Die zwei Damen, die das Geld entgegennehmen, wechseln verunsicherte Blicke.

»Glaubst du, sie prostituiert sich?«, fragt Lauren, die es ebenfalls mitbekommt.

Wer trägt bitte tausendfünfhundert Dollar in bar mit sich herum?

»Nein. Das würde sie niemals tun.«

Sicher bin ich jedoch nicht. Sie ist fast jeden Abend weg, hat immer Unmengen an Bargeld und macht stets ein Geheimnis daraus, wo sie gewesen ist.

Nope. Ich kenne meine Freundin. Niemals würde sie für Geld mit irgendwelchen Typen schlafen. Aber *irgendwas* ist los.

»Wahrscheinlich hast du recht«, erwidert Lauren.

Luca bleibt stehen, als er Vanessa entdeckt, lehnt sich gegen den Tisch und beäugt sie, als wäre sie seine nächste Mahlzeit.

»Na, toll. Jetzt denkt er, sie hätte ihn für sich ersteigert«, jammert Lauren.

Vanessa deutet mit dem Kopf in unsere Richtung. Als Luca Lauren entdeckt, wird sein Lächeln sogar noch breiter.

Hm, vielleicht kann er sich doch an uns erinnern.

»Ich gehe mal bezahlen.« Ich gehe hinüber zum Tisch, während Lauren an der Bar stehen bleibt und noch einen Drink bestellt.

»Hey, kann ich bitte die Nummer meines Dates bekommen?«, fragt Cristian eine andere Dame, die ebenfalls hinter dem Tisch steht, während ich bezahle.

»Da ist sie«, erwidert die Frau und deutet auf mich.

Ich reiße den Scheck aus dem Heft und reiche ihn über den Tisch.

»Sie ist dein Date.« Ich deute auf Vanessa, die bereits davonmarschiert ist.

Er wird ganz blass um die Nase, wendet sich wieder mir zu und mustert mich erneut. »Maddie?« Wie vorhin auf der Bühne kneift er auch jetzt wieder die Augen zusammen.

Ich nicke. Die Tatsache, dass er mich wiedererkennt, trägt nicht zur Steigerung meines Egos bei. Zwar trage ich keine Zahnspange mehr, habe jetzt Kontaktlinsen und inzwischen fast zwanzig Kilo abgenommen, aber für ihn bin ich bestimmt immer noch Specki-Maddie.

Er nimmt mich in seine starken Arme und drückt mich an sich. Als er mich loslässt, hat er zum ersten Mal heute Abend ein Lächeln auf den Lippen, das wirklich von Herzen kommt.

»Oh Mann, wir müssen uns unbedingt mal wieder unterhalten. Wir haben uns bestimmt seit der Highschool nicht mehr gesehen«, sagt er.

Wir plaudern eine Weile, und er spendiert mir sogar einen Drink, obwohl er eher versuchen sollte, Vanessa für sich zu gewinnen.

»Ich verstehe es immer noch nicht so ganz. Wenn du mich ersteigert hast …«

»Wir haben die Bieternummern getauscht und für die jeweils andere geboten.«

Er nickt. Anscheinend hat er es jetzt kapiert. »Willst du etwa, dass ich gefeuert werde?«, flüstert er.

Mein Blick wandert hinüber zu Vanessa, die sich mit ihrem Dad und der blonden Frau unterhält, mit der sie vorhin gesprochen und die ihn tatsächlich ersteigert hat. Die Dame hat sich bei ihm untergehakt. Sie scheinen sich bereits sympathisch zu sein, was Vanessa bestimmt freut.

»Warum?«, frage ich und sehe wieder Cristian an.

»Ihr Vater ist mein Chef«, presst er hervor. »Ich kann mich nicht mit ihr auf ein Date treffen. Sonst lande ich in der Verkehrsstreife.«

Das wusste ich nicht, als ich auf ihn geboten habe. »Das tut mir leid. Aber ich bin sicher, John hat nichts gegen ein Date. Es ist doch für einen guten Zweck.«

»Hast du den Mann schon kennengelernt?«, fragt er sarkastisch und mit hochgezogenen Augenbrauen.

Vanessa verlässt ihren Vater und kommt auf uns zu. So selbstbewusst habe ich sie noch nie erlebt. »Cristian«, sagt sie in unterkühltem Ton. »Bestimmt willst du genauso wenig mit mir ausgehen wie ich mit dir. Ich habe Maddie bereits darüber informiert, dass sie ihr Geld umsonst aus dem Fenster geschmissen hat. Geben wir uns also die Hand darauf, dass wir es dabei belassen.« Sie streckt ihm die Hand entgegen.

Kurz biegen sich seine Mundwinkel nach oben, und er verschränkt die Arme vor der Brust. Inzwischen ist er ein richtiger Mann. Wie Mauro.

»Tut mir leid, aber ich will nicht, dass Maddie ihr Geld zum Fenster rauswirft. Wahrscheinlich hast du was gegen Männer in Blau wegen deinem Daddy, aber wir werden zusammen ausgehen.«

Interessant. Er hat gerade eine Drehung um hundertachtzig Grad hingelegt. Man muss einem Kerl nur sagen, dass man nicht an ihm interessiert ist, und schon ist sein Interesse geweckt.

Streit macht mich immer ganz nervös. An Vanessas Augen erkenne ich, dass ein Sturm aufzieht.

»Ich lasse euch lieber mal allein«, sage ich und schleiche mich davon.

Lauren und Luca stehen zusammen an der Bar. Während er lacht, starrt sie ihn einfach nur an. Ich könnte zurück in den Ballsaal gehen. Oder weiterhin Mauerblümchen spielen, bis es Zeit ist, nach Hause zu gehen. Ich bin es gewohnt, das Geschehen vom Rand aus zu betrachten, wenn wir zusammen weggehen.

Eine raue Hand legt sich sanft auf meinen Unterarm. »Entschuldigung«, sagt eine tiefe Stimme.

Ich halte inne und wirble herum. Als ich Mauro vor mir sehe, stellt mein Körper seine Arbeit komplett ein.

»Ich habe gehört, du hast mich ersteigert? Nun ja, nicht mich, sondern ein Date mit mir. Also ja, eigentlich hast du mich ersteigert.« Kopfschüttelnd lacht er leise vor sich hin.

Ich kichere.

Er streckt mir seine Hand entgegen. »Lass uns noch mal von vorn beginnen.« Sein Lächeln ist ansteckend. Seine Augen verführerisch. Seine Muskeln zum Dahinschmelzen. Umgehend bin ich wieder im zweiten Highschool-Jahr. »Ich bin Mauro Bianco. Danke, dass du bereit bist, einen so guten Zweck zu unterstützen.«

»Hi. Ich bin ... Madison Kelly.«

Sein Lächeln wird noch breiter, während sich meine Eingeweide verknoten, meine Hände ganz feucht werden und mein Herz wie verrückt hämmert.

»Schön, dich kennenzulernen«, sagt er.

Es ist, als würde man mir ein Messer in den Bauch rammen und mein Herz in Scheiben schneiden. Wie dumm von mir zu glauben, er könnte sich an mich erinnern. Natürlich erinnert er sich nicht an mich.

Für ihn war ich immer unsichtbar.

Zum Schluss noch ein bisschen Einhorn-Geschwafel

Das letzte Buch einer Reihe ist für uns immer traurig, aber ihr wisst ja – irgendwann werdet ihr die Figuren wiedersehen. Vielleicht, wenn ihr es am wenigsten erwartet!

Wie wir bereits im ersten Band erwähnt haben, stammte die ursprüngliche Idee von Piper – Feinde, die zu Liebenden werden. Die Geschichte sollte von einer Frau handeln, die sich in den Scheidungsanwalt ihres Ex-Manns verliebt, den sie zunächst verabscheut. An dieser Idee haben wir gefeilt und noch zwei weitere Geschichten entwickelt, um eine ganze Reihe daraus zu machen.

Und wir haben es geliebt, diese Reihe zu schreiben! Wir haben es geliebt, euch drei völlig unterschiedliche Heldinnen und Helden zu bieten, die alle ihre ganz eigenen Vorstellungen davon haben, wie ein Happy End auszusehen hat. Obwohl sie alle verschieden sind, hat jede ihre Daseinsberechtigung. Für manche bedeutet »Happy End« ein Haus mit Garten, zweieinhalb Kinder und ein Hund. Für andere bedeutet es wiederum, zu zweit die Höhen und Tiefen des Lebens zu meistern, im Wissen, dass man es gemeinsam tut.

Für Rayne war es ein besonderer Spaß, die Geschichten in ihrer Heimatstadt Chicago zu verorten. Was uns zum nächsten Thema bringt ... die Bianco-Brüder.

Sehr zu Raynes Freude wird auch die nächste Reihe in Chicago spielen. Mauro, Cristian und Luca Bianco sind die Helden der *Saving-Chicago*-Reihe. Einen Vorgeschmack auf die Heldinnen habt ihr ja bereits bekommen. Und jetzt verraten wir euch ein kleines Geheimnis: Die

Love-and-Order-Reihe haben wir nur aus der Sicht der Heldinnen erzählt, aber wir können euch die Bianco-Brüder nicht schmackhaft machen und euch dann keinen Einblick in ihre Köpfe gewähren, deshalb … ZWEI SICHTWEISEN!

Und nun eine Runde Applaus für unser großartiges Team. Unser Dank gilt:

Letitia von RBA Designs für die wunderschönen Cover.

Ellie von Love N Books fürs Lektorieren. Wir bemühen uns immer noch, unsere Manuskripte nicht erst kurz vor knapp abzugeben (trotzdem schaffst du es jedes Mal, den Abgabetermin einzuhalten).

Shawna von Behind the Writer für ihre Adleraugen, mit denen sie weit mehr entdeckt als Komma- und Rechtschreibfehler.

Sarah Ferguson und Social Butterfly PR für ihr Organisationstalent und dafür, uns immer einen Schritt voraus zu sein.

All den Bloggerinnen und Bloggern, die sich die Zeit nehmen, unsere Bücher zu lesen und zu rezensieren. Eure Freude an unseren Büchern und Charakteren ist das, was uns weiter antreibt.

Allen Testleserinnen. Dafür, dass ihr unsere Bücher lesen wollt und eure Rezensionen postet.

Und natürlich all unseren Einhörnern <3 Eure Liebe zu unseren Figuren erschafft neue Stimmen in unseren Köpfen! Dafür können wir euch gar nicht genug danken!!

XO,
Piper & Rayne